변경

2

변경

이문열 대하소설

1부 불임(不姙)의 세월

2

RHK
알에이치코리아

차
례

전야(前夜)의 한때

"들자니 혁명은 과학이란 말이 있던데 나는 그게 통 못 미더워. 혁명가의 은유적인 자기변호거나 지향(志向) 또는 희망에 지나지 않는 것 같단 말이야."

명훈이 그들 곁에 갔을 때는 김 형이 전에 없이 빈정대는 투로 황에게 그렇게 말하고 있었다. 황의 얼굴은 벌써 한바탕 말다툼을 치렀는지 이상한 열기로 불그레했다. 명훈이 처음 보일러 맨으로 일을 시작했을 때만 해도 논쟁만 벌어지면 개 몰리듯 하던 김 형이었는데 어찌 된 셈인지 그 무렵에는 김 형이 오히려 황을 몰아대는 듯한 느낌이 들 만큼 변해 있었다.

혁명이란 말에 본능적으로 긴장하며 명훈은 그들 곁 풀밭에 자리를 잡았다. 벌써 해가 뉘엿해 구태여 그늘을 찾을 필요는 없었다. 그런 명훈을 곁눈질하며 황은 자신의 열세를 만회하려는 듯이나 세차게 김 형의 말을 부인했다.

"아니, 그 말은 논리적 진술이다. 적어도 지난 세기 이래로 혁명은 과학과 동의어가 되었어."

"그래? 그렇다면 네가 말한 전야(前夜)의 개념도 과학적으로 산출된 것이란 말이지?"

"물론."

"하지만 나는 아무래도 그래 보이지 않는데. 상상임신 같은 것이거나 기껏해야 투르게네프의 감상적인 『전야』 정도겠지."

거기까지 귀담아듣던 명훈은 언제나 그러하듯 다시 그들에게서 투명한 막 같은 걸 느꼈다. 그들의 말소리는 뚜렷이 들려도 거기 실린 뜻이 머리에 잘 오지 않을 때면 어김없이 받게 되는 느낌이었다.

밖에나 나갔다 올까 — 명훈은 문득 그런 생각을 했다가 그대로 풀밭에 길게 누웠다. 여름철에는 보일러 가동이 하루 두어 번을 넘지 않는 데다 그나마도 물이 샤워를 하기에 지나치게 차지 않으면 될 정도였다. 일과가 끝날 때를 맞춰 얼마간 데워 놓은 물이고, 또 날씨가 후텁지근해 자정 무렵까지는 보일러를 꺼 놓아도 별일 없겠지만 게이트 밖으로 나가기에는 지난번 입원으로 닷새나 결근한 게 아무래도 마음에 걸렸다. 평소에도 조장에게 이석(移席)이 세 번 이상 체크되면 자동 해고였다.

하기식(下旗式)이 끝난 지도 한 시간이 넘는 여름 저녁나절의 영내(營內)는 조용하기 그지없었다. 멀지 않은 정구장에서 라켓이 공을 때리는 경쾌한 소리와 알아듣지 못할 외마디 소리만이 이따금 바람에 섞여 들려왔다.

"좋아, 그럼 네가 경영학 전공이니까 경제 분야부터 먼저 말하지. 잉여농산물을 중심으로 한 미국의 원조가 우리 농업의 기본 구조를 파괴시키고 경제 전반을 미국에 예속 내지 의존하게 만들었다, 는 따위 말이 추상적이고 근거 없어 보인다면 숫자로 대 주겠어. 작년 한 해 우리 경제는 무려 3억 7천만 달러의 수입 초과를 나타냈고, 한국 경제 운용을 위한 물자의 자급도는 겨우 5퍼센트 미만인 데 비해 대미(對美) 의존도는 95퍼센트 이상이야. 충분히 자급할 수 있는 식량과 원면 따위를 매년 9천만 달러어치씩이나 사들인 결과 농업 생산고는 해방 전의 60퍼센트로 떨어지고, 3백만의 만성적인 절량 농가가 생겨났지. 거기다가 국제수지 적자를 메우는 데 쓰던 미국의 원조도 작년 3억 8천만 달러에 비해 올해는 2억 2천만 달러로 뚝 떨어졌어. 뿐만 아니라 국내 경제 자체의 운용도 엉망이지. 1955년부터 소비자물가는 연평균 10.4퍼센트씩 상승했고, 현재 총실업률은 30퍼센트 이상, 특히 도회 지역의 실업률은 40퍼센트 이상이야. 서울 지역 근로자의 연평균 임금은 7만 환 남짓, 그러나 지출은 8만 환을 넘어 임금의 10퍼센트에 가까운 적자가 나고 있지……."

황의 베껴 온 것을 읽는 듯한 목소리가 다시 명훈의 귓속을 파고들었다. 짐작으로는, 이 논쟁이 오늘 처음 시작된 게 아니어서,

황이 마음먹고 조사를 해 온 듯했다.

"그만, 그만."

황이 끝없이 숫자를 나열하는 걸 김 형이 중지시켰다. 명훈의 생각과는 달리 조금도 감동하는 눈치가 아니었다.

"숫자가 곧 과학이라는 것도 미신이야. 네가 말하는 통계가 모두 정확하다고 쳐도 그게 곧 네 전야의 개념을 과학적이라고 할 수 있는 근거가 되지는 않아. 너는 한심한 듯 말한 우리 국민소득 8십몇 달러도 내가 알기로는 후진국 중에서는 상당하고, 그 밖에 다른 모든 수치도 다른 후진국에 비해 그리 대단한 건 아닐 텐데. 그럼 모든 후진국이 한결같이 혁명 전야란 말인가?"

"거기다가 우리의 정치 상황이 있지. 12년이 다 돼 가는 장기 집권과 권력 담당층의 부패, 또 처음부터 마뜩잖은 정통성 여부……."

"그렇지만 이것이 한 전야이기 위해서는 혁명 이념을 갖춘 수권 집단(受權集團)의 형성이 필요해. 이 정권을 보수로 규정한다면 명확히 혁신적인 정당이나 기타 사회 세력이……. 그런데 그게 어딨어? 민주당? 그건 애초부터 자유당과 같은 보수의 뿌리에서 출발하지 않았어? 이념보다는 이익에 따라 나누어진 자유당의 한 갈래일 뿐이야. 의심나면 자유당과 민주당의 정강(政綱)을 비교해 보라고. 거기 본질적으로 다른 게 얼마나 있나? 거기다가 그들은 아직 전당대회(全黨大會)조차 제대로 치르지 못하고 있어. 선거가 내년인데, 7월도 반이나 지난 지금까지 대통령 후보조차 내놓지 못하고 있단 말이야. 자유당의 책동이 끼어들었다고는 하지만, 신파니 구파니 하는 내분조차 가라앉히지 못하고 있는 판인데 거기서 무얼 기대하겠어?"

"필요는 생산한다. 변혁의 분위기가 무르익으면 반드시 이 사회의 혁신 세력이 결집해 그 과업을 이행해 나갈 거야. 아니 민주당이라고 못 할 것도 없지. 사회의 요구가 진지하고 힘이 뒷받침되면 정당이나 정치인의 체질 개선도 반드시 어렵지는 않을 거야. 아니 그들이 진정한 정치인이라면 스스로 그 혁신의 흐름을 타려고 발 벗고 나설 거다."

"그게 수재들이 모였다는 대학의 정치과 상급반 학생들이 가진 견해라면 나는 솔직히 실망했다. 나야 시시한 대학에서 언제 제대로 써먹을 것 같지도 않은 경영학 이론이나 듣는 둥 마는 둥하고 지내지만 그래도 한 가지는 보여. 바로 그 혁신이라는 것, 특히 이 남한 땅에서의 혁신이 가진 의미 말이야. 어떤 나라 어떤 민족이든 보수적인 세력과 혁신 또는 진보적인 세력의 대립은 있게 마련이지만, 우리에게는 달라. 외부의 영향이든 내부의 요인이든 우리는 분단으로 그 대립을 해소한 셈이니까. 곧 해방 정국에서 혁신 또는 진보의 이데올로기를 북쪽이 독점하자 보수 내지 개량(改良)의 이데올로기는 부득불 남한이 떠맡게 되었지. 그렇게 된 마당에 이 남한에서의 진보 또는 혁신 세력이 어떤 의미를 가질 수 있겠어? 북이 최대의 적이고, 반공이 최고의 이념이 된 현실에서 그것은 자칫하면 용공(容共)이고 너그럽게 보아도 이적(利敵)이 되기 십상이지. 좀 극단적으로 말하면, 대한민국 12년사는 혁신 또는 진보 계열의 타도사(打倒史)인 것처럼 느껴질 때도 있어. 그중에서도 가장 격렬하고 철저한 대청소는 1950년부터 1953년 사이, 곧 6·25 동란 기간에 있었지. 그동안에 공산주의자뿐만 아니라 온갖 종류의 혁신 및 진보 계열이 소탕되었다고 봐. 그리고 이제 그 마지막 잔뿌리 하나가 뽑히고 있는 중이지. 조봉암이 말이야. 아직 상고 판결은 내리지 않았지만 나는 틀림없이 그가 죽게 되리라고 믿어. 그 내면이야 어떠하건, 감히 진보와 혁신을 표방한 그 무모함 하나만으로도 그는 충분히 죽어야 할 죄를 지은 거야. 그런데 혁신 계열의 결집에 기대를 가져? 더군다나 자유당과 함께 혁신 계열을 타도해 온 민주당에 혁신의 역할을 기대해?"

마음먹고 논쟁을 시작한 것 같기는 김 형도 마찬가지였다. 전처럼 힘없는 빈정거림이나 언제든 가볍게 물러날 준비가 되어 있는 반론이 아니라 제법 추궁의 어조까지 띤 반박이었다. 그러나 건성으로 듣고 있던 명훈이 문득 긴장하게 된 것은 그런 말투보다는 거기서 나온 조봉암이란 이름 때문이었다. 그 이름은 아득한 유년의 기억 한구석에 제법 또렷이 자리 잡고 있는 것들 가운데 하나였다.

전쟁 전 그러니까 국민학교 2학년인가 3학년 때의 일이었다. 더운 여름날이었는데 수업을 마치고 집으로 돌아오니 아버지를 둘러싸고 마루에 앉아 있던 일단의 청년 중에 하나가 말했다.

"조봉암이, 그런 작자 왜 제거해 버리지 않는답니까?"

그때 아버지가 빙긋이 웃으며 말했다.

"그는 이미 죽은 사람이야. 또 우리 사업이 사람 죽이는 일도 아니고."

스쳐가 버릴 수도 있는 그때의 몇 마디가 명훈의 기억 속에 그토록 또렷이 남게 된 것은 아마도 '제거한다'나 '죽인다' 따위의 말이 가지는 강렬한 의미 때문일 것이다. 그러다가 근간 신문에 이따금씩 나는 그의 이름으로 생생하게 되살아나게 되었는데, 이제 그 죽음의 색다른 해석을 듣게 되었다. 그때껏 명훈이 본 사람들의 반응은 대개 '억울하게 죽는구나……' 하는 식이었다.

감히 진보와 혁신을 표방한 죄 — 알 듯 알 듯하면서도 애매한 그 말뜻을 김 형에게 물어보려는데 황이 먼저 입을 열었다.

"정말 철저한 허무주의자군. 어떻게 보면 얄미운 이기주의 같기도 하고 어떻게 보면 둔감과 무관심 같기도 하더니 실은 가장 조악한 허무주의가 네 정체였구나. 가장 추악한 보수 반동을 만들어 내는……"

그런 황의 표정은 심한 욕설을 퍼붓고 있는 사람 같았지만 김 형은 냉정하기만 했다.

"그래도 과학적이란 터무니없는 수식어가 가진 환상에 취해 있는 것보다야 더 정직할 것 같은데……"

"역사적 허무주의, 진보에 대한 비관하기 위한 비관이 오히려 과학적이란 말이지. 이 땅은 언제나 강대국의 신식민주의에 빌붙은 썩어 빠진 극우 보수 정상배(政商輩)와 관료 매판자본가의 폭정과 부패에만 맡겨져 있어야 한단 말이지."

"내가 변혁에 대해 비관하기 위한 비관을 하고 있다면, 너는 점진적 개량에 대해서 마찬가지로 비관하기 위한 비관을 하고 있는 것 같은데……."

"너, 이제는 개량주의까지 들고 나오는구나. 변혁의 조짐은 자꾸 의식을 죄어 오지, 그래도 거기 앞장서 뛰어들 용기는 없지 — 그럴 때 간교한 지식인이 일쑤 내세우는 주장이지. 나도 우리 현실이 개선되어야 한다는 대의(大義)에는 동의한다. 그러나 방법은 급격한 변혁이 아니라 점진적인 개량이다, 그렇게 말함으로써 이쪽저쪽 모두의 환심을 사려는."

"자신의 출신이나 이익이 잘 반영되어 있다는 점에서 가장 이데올로기다운 이데올로기지. 그리고 이데아만으로 혁명하려는 얼치기들보다는 훨씬 과학적이고……."

"과학, 과학 하지 마. 너는 오히려 혁명의 과학을 모욕하고 있어!"

그렇게 되면 명훈이 끼어들 곳은 전혀 없었다. 끼어들기는커녕 막연하게라도 어느 편에 손을 들어 줘야 할지 전혀 가늠이 서지 않는 말의 홍수였다. 하지만 그래도 그들의 논쟁에 귀 기울이는 게 전혀 무의미한 것은 아니었다. 말과 논리로 알아듣는 게 아니라 아버지로부터 물려받은 듯한 어떤 감각으로 느낄 뿐이지만, 그래도 명훈의 눈길을 자기 자신에게서 사회로 조금씩 돌릴 수 있게 해 준 것은 바로 그들이었다. 아버지 때문에 강요받게 된 원죄 의식이나 숙명론만으로는 설명될 수 없는 어떤 사회적인 힘이 자신의 삶에 영향을 끼치고 있다는 것, 그리고 그 힘은 지금 잘못 행사되고 있으며 그 잘못을 바로잡는 방법으로는 바로 김 형과 황이 내세우는 두 가지 서로 다른 길이 있다는 것 정도는 애매하게나마 명훈의 의식에도 와 닿았다.

실제로 뒷날의 명훈은 김 형의 주장이 그려 낸 삶과 황의 주장이 그려 낸 삶 사이를 오락가락하며 길지 못한 일생을 보낸 것이 아닌가 하는 의심까지 든다. 또 지속적인 노력으로 넉넉히 채워 주지는 못했지만 그 뒤 명훈을 일생 내내 지배한 지식에 대한 동경도 어쩌면 그때 그 두 사람의 언어와 논리에서 느꼈던 외경과 신비의 변형이 아니었는지.

명훈이 잠깐 자신의 무식과 둔감을 쓸쓸해하며 흘려듣는 사이에 금세 욕설이라도 터져 나올 듯 달아 있던 두 사람의 논전은 조금 진정되어 있었다. 무엇 때문인지 황이 그때까지의 공격적인 말투를 버리고 목소리를 가라앉혀 김 형에게 물었다.

"그럼, 대중의 의식은 어떻게 보나? 혁명열 같은 그런 대단한 에너지의 축적까지는 모르지만, 나는 그런대로 혁명적이라고 할 만한 의식이 국민들 사이에 확산되고 있다고 보는데⋯⋯."

"네가 목소리를 착 가라앉혀 그렇게 물어 오니 오히려 겁나는군.《사상계(思想界)》라도 제대로 들여다본 게 모두 네 덕분인 내가 뭘 알겠어? 생도의 학습 전진을 가늠해 보려는 교사의 질문 같아서 영 자신 없는데⋯⋯."

"능청 떨지 말고. 사뭇 네 의식 수준이 그쯤인 것으로 속아 왔지만, 이제 더는 안 속아. 내 짐작이 틀림없다면 근간 너는 거의 앙심을 품고 그 방면의 책을 읽어 젖혔어. 물론 나를 이해하고 동조하기 위해서라기보다는 비판하고 부정하기 위해서인 게 탈이지만……. 솔직히 말해 봐. 우리의 시민 의식에 대해서는 어떻게 생각해?"

"인민이란 말을 공산주의자들에게 빼앗겨 버려 고생이 많구나. 대중에서 국민으로, 그리고 국민에서 시민이라. 어째 같은 집단처럼 느껴지지 않는군. 어떤 책에 보니 민중이란 좋은 말이 있던데 그걸 써 보지 그래?"

"용어야 무엇이든 좋아. 여하튼 다스리는 쪽보다는 다스림을 받는 쪽, 뺏는 쪽보다는 뺏기는 쪽, 가진 쪽보다는 못 가진 쪽…… 그런 사람들의 덩어리야. 그래 민중이 좋겠군. 우리 모임에도 그런 용어를 쓰는 친구들이 있지. 또 너를 출세욕에 사로잡힌 현실주의자로만 보고 말을 쉽게 하려다 감겨들었군. 사별삼일(士別三日: 선비와는 헤어지고 사흘 만에 만나도)이면 괄목상대(刮目相對: 눈을 크게 뜨고 상대를 다시 봐야 한다.)라든가. 어찌 됐건 우리 민중의 의식은 어떻게 봐?"

"추켜 대니 더 말하기 힘드네. 아까 혁신과 진보를 얘기할 때와 비슷한 논리로 하나만 말하지. 10년이란 틀림없이 긴 세월이긴 하지만 혹독한 기억을 민중의 의식에서 씻어 낼 만큼은 길지 않아. 바로 그 10년 전 진보와 혁신이 당했던 혹독한 대청소의 기억은 막연해서 오히려 더 큰 공포가 되어 그들의 의식을 사로잡고 있을 거야. 어쩌면 너희들이 그들을 부를 때 쓰는 말이 혼란에 빠진 것도 그 한 연장일 수 있지. 쓰기 편하고 포괄적인 것으로야 인민이란 게 있지만, 만약 너희들이 그렇게 그들을 부른다면 일껏 거리로 쏟아져 나왔던 사람들도 움찔하며 흩어져 가 버릴걸. 당국의 불을 켠 듯한 눈초리는 차라리 그다음 문제일 거야. 따라서 괴로운 현실에 대한 불평이나 무엇인가 달라져야 한다는 막연한 기대까지 혁명 의식으로 친다면 모를까, 뚜렷한 목표와 행동력을 갖춘 어떤 의식 상태는 이 민중에게서 거의 기대하기 어렵다고 봐. 분단이란 혹독한 현실을 잊지 마라. 너는 미국만을 로마로 부르고 있지만, 사실 로마는 둘이며 그 두 개의 강력한 로마가 이 한반도에서 재주와 힘을 다해 겨루고 있다는 사실을."

"그렇게 나올 줄 알았지. 좋아, 그럼 하나만 더 묻자. 이 상황에서 학생들의 역할은 무엇이어야 한다고 보나?"

"그 학생들이란 아마도 최고 학부의 학생, 우리 사회에서는 지식인과 동의어가 되기도 하는 대학생을 말하는 것이겠지? 옥스퍼드에서, 볼로냐에서, 프랑크푸르트에서, 그리고 송(宋)의 태학(太學)과 조선의 성균관(成均館)에서 그들은 한결같이 진보의 첨병인 동시에 정의의 수호자를 자임하곤 했지. 근대에 이르러서는 스스로를 혁명의 전위로 내세우기도 하고. 고급한 지식이 극소수의 성원에게만 개방되어 있던 시대에 먼저 깨우친 자의 의무감과 자부심이 뒤섞여 빚어 낸 강박관념이긴 하지만 또한 그만큼 자랑스러운 지성의 전통이기도 하지. 특히 우리 대학생들의 경우에는 그 고전적인 의미와 매우 가까운. 그렇지만 거기도 역시 첨예하게 맞선 두 개의 로마가 그어 놓은 한계는 있어."

"또 분단인가? 혁신과 진보라는 금기?"

"결국…… 그런 셈이지."

"그럼 잠시 그 혁신과 진보를 떠나기로 하지. 분단도 미국의 질서 안으로 편입된 남한만을 보기로 하잔 말이야. 미국의 질서 안에서 보더라도, 지금의 이 사회구조는 혁명적인 변화를 겪어야 해. 네가 보수로 분류한 자유민주주의의 이데올로기로도 뒤엎어야 할 이유가 백 개도 넘는 게 이 남한의 사회구조란 말이야. 여기 어디에 미국식 정치적 자유가 있어? 어디에 경제적인 기회 균등이 있고, 어디에 말 그대로의 민주가 있는가 말이야. 그런데 지금의 대학생들은 모두가 미국식 교육제도가 도입된 뒤에 국민학교에 입학했어. 아주 정상적인 단계를 밟아 온 지금의 대학 4학년도 대한민국 정부가 수립된 국민학교 2학년 때부터는 미국식 이념을 주입받으며 자랐지. 민주주의는 인류가 고안한 것 중에 가장 탁월한 정치제도인 동시에 가장 고귀한 이상이라는 것, 자유는 목숨을 바쳐서라도 지켜야 할 최고의 가치이며, 비록 분배까지를 포함하지는 못했다 해도 평등 또한 그 누구도 제한할 수 없는 권리라는 것 따위를 노래처럼 들으며 자라난 세대야. 그런 그들을 기성세대의 케케묵은 반공으로 억누를 수 있을 것 같아? 특히 교활한 친일파의 호신 부적(護身符籍) 같은 그 흑백 논리, 반공 논리가 통할 것 같으냐고?"

"네가 말한 혁명의 개념이 그런 것이라면 우리는 애초에 정의가 다른 용어를 혼돈해 쓴 셈이지. 자유당 정권을 무너뜨리고 보다 민주주의적인 정권을 세운다. 좀 안됐지만 내게는 그게 개량에 지나지 않거나 기껏해야 절름발이 혁명으로 보일 뿐이야. 네 식으로 표현하면 더 철저한 로마화이고, 민족적으로 보면 분단의 고착화지. 나는 혁명이란 그 사회구조를 근본적으로 바꾸는 것이지 집권 세력을 교체시키는 것으로 끝나는 것은 아니라고 보았어. 따라서 진정한 혁명이란 우리에게 강요된 이 사회구조를 과감히 거부하는 것, 분단을 거부하고, 예속을 거부하는 어떤 격렬한 투쟁이라는 뜻이었지. 내가 그냥 혁신과 진보라고 뭉뚱그려 말한……. 그런데 그걸 북쪽이 싸구려 선전과 어거지로 미리 독점해 버렸기 때문에 내 한계가 설정되었던 거였어."

김 형이 그렇게 말을 맺었을 때였다. 명훈은 그 까닭을 얼른 알 수가 없었지만, 그런 김 형을 보는 황의 표정이 드러나게 부드러워졌다.

"아니, 혁명의 개념은 너나 나나 크게 다르지 않아. 내가 방금 말한 것은 그 혁명의 한 단계일 뿐이야. 민족의 통일과 자주독립이 빠진 혁명의 개념이 어떻게 가능하겠어?"

"그렇다면 어김없이 너희들의 혁명은 미완으로 끝나겠군. 그다음 단계로의 돌입이 바로 좌절의 시작이 되겠지."

"나도 분단에서 오히려 이득을 보는 우리 내부의 집단과 외부의 제국(帝國)이 강력하다는 것쯤은 알아. 그러나 또한 이대로 가서는 민족의 동질성은커녕 존립조차 위태로워지는 예속과 굴종의 세월이 기다릴 뿐이라는 것도 알고 있지. 누군가가 더 늦기 전에 시작해야 해."

"'먼저 출발하는 자의 영광'인가? '나 죽은 곳에 조국이여, 부활하라'인가? 나는 아무래도 너무 빨리 구식의 혁명가요를 다시 듣게 되는 것 같은데. 그런 노래가 사라진 지 채 10년도 되기 전에."

"자꾸 대공 담당 형사 같은 소리 하지 마라. 설령 네 논리가 옳다 쳐도 모든 혁신 세력을 용공 쪽으로만 몰아가는 거 솔직히 못 참겠어."

황이 다시 표정을 굳게 하며 그렇게 불끈했다가 이내 한숨을 푹 내쉬며 말했다.

"한심하게도 우리의 현실이 그렇다는 건 잘 안다. 하지만 더욱 나쁜 건 너같이 모든 걸 다 아는 듯한 바보들의 섣부른 단정과 체념이야. 어쩌면 그 허무주의 내지 패배주의가 우리가 싸워야 할 가장 힘든 적인지도 모르지. 하지만 적어도 현재의 우리 상황에 대한 너와 나의 인식이 어느 정도 일치한다는 것만으로도 위로는 된다. 털어놓고 말하자면, 얼마 전부터 나는 지난 1년 네 의식을 들쑤셔 댄 걸 은근히 후회했다. 로마를 향한 네 터무니없는 동경과 빤한 출세주의가 역겨워 그 일을 시작했지만, 마음 한구석으로는 한 이념의 동지를 기른다는 턱없는 자부심도 있었지. 그런데 결국 내가 기르고 있는 것은 철저한 논리까지 갖춘 반동인 것 같아 초조하기도 하고 화도 났지. 심할 때는 공연히 적의 칼날만 갈아 준 느낌이 들기도 했어. 하지만 오늘은 한결 마음이 놓인다. 현실에의 대응 방식이나 앞날에 대한 견해는 판이하지만, 그건 살아가면서 바뀔 수도 있으니까."

그러자 김 형도 명훈이 보기에는 처음으로 진지한 표정을 지으며 황의 말을 받았다.

"네가 솔직히 털어놓는다니까 나도 한 가지만 더 말하지. 그것이 어떤 종류의 것이든 네가 이념의 사람으로 살 작정이라면 먼저 이념과 구체적인 인간 관계에 대해 유의해라. 모든 사람이 다 너처럼 월남한 조민(朝民: 조만식이 창당한 조선민주당) 계열 가족이고, 더구나 서청(西靑: 서북청년단)으로 활동하다 자원입대해 대공 전선에서 순직한 대한민국 육군 대위를 형으로 가지지도 못했다는 걸. 우리 모두가 다 용공의 혐의에 대해 타고난 면책특권(免責特權)을 가지지는 못했다는 걸. 조심하고 또 조심해도 끊임없이 그 혐의로 시달림을 받아야 하는 사람들도 있다는 걸. 그러면 이 체제에 저항하지 않는다는 이유만으로 사람을 함부로 반동이라고 규정하는 실수는 없을 거다."

유난히 반동이라는 말을 힘주어 말하는 것으로 보아 그 말에 어떤 충격을 받은 모양이었다. 명훈도 새삼 말이 섬뜩해 김 형을 쳐다보는데 황이 알 수 없다는 듯 더듬거렸다.

"고아라면서? 고아원에서 자랐다면서……."

"한 가족이 한 구덩이에 묻혀 죽은 빨갱이 자식이 고아가 아니면 누가 고아겠어? 그날 운 좋게 산 너머 고모 집에 갔다가 살아남은 열 살짜리가 고아원 아니고 어디서 자랐겠어?"

"……."

"반동이라……. 11년쯤 전에 그 아비는 한 떼의 야산대(野山隊)를 몰고 마을로 내려와 그때의 면장과 일제 때의 무슨 조합장을 그 이름으로 처형한 적이 있지. 그런데 이제 그 아들은 반동이라……. 피의 동질성을 무시한다 쳐도 이건 아이러니다. 시대의, 역사의……."

일그러진 웃음에도 불구하고 이상하게 사람을 숙연하게 만드는 어조였다. 이번에는 황이 충격을 받은 듯했다. 갑자기 말문이 막혔는지 멀거니 김 형을 바라보다가 미안스러운 듯 말했다.

"원래…… 그랬었구나……."

흘려듣고는 있었으나 명훈도 충격을 받기는 마찬가지였다. 모든 일에 약삭빠르고 영악스러운 김 형의 과거 속에 그런 어둡고 끔찍한 기억이 숨어 있었다는 것은 실로 뜻밖이었다. 틈만 나면 영어 회화를 배우기 위해 미군 장교들을 쫓아다니는 그였다. 더러 기꺼이 받아 주기도 하지만 대개는 시답잖아하거나 귀찮아하는 미군들을 따라다니는 그에게서 명훈은 때로 뻔뻔스러움을 넘어 천덕스러움을 느낄 때까지 있었다.

제너럴 톰슨과의 관계도 명훈에게는 못마땅할 때가 많았다. 나이 차이야 그 정도 될 수도 있지만, 김 형이 제너럴 톰슨(그때는 커늘 톰슨이었다)에게 파파, 파파 하며 매달리는 것을 보면 솔직히 역겨웠다.

김 형이 장교 식당의 찌꺼기 음식을 맛있어하는 것도 명훈에게는 또 다른 천덕으로 보였다. 식사 시간 후 미군들이 먹다 남긴 것들을 식당 종업원들이 무슨 큰 선심 쓰듯 다른 한국인 종업원들에게 내놓으면 대부분은 고맙게 얻어먹었지만 김 형의 경우는 유별났다. 다른 사람들은 마지못해 미군들이 손대지 않은 성싶은 것만 골라 먹는 데 비해 김 형은 맛과 영양을 얘기하며 뜯어 먹다 남긴 것 같은 닭다리까지 집어 핥듯이 달게 먹었다. 아무래도 그대로는 먹기 어려운 것들이라 미군들이 남긴 것을 한꺼번에 쓸어 넣어 꿀꿀이죽을 끓일 경우에도 그랬다. 그 꿀꿀이죽은 시장에서 팔리는 것과는 비교가 안 될 만큼 깨끗하고 좋은 재료로 끓여진 셈이지만 결코 맛나다고 할 수는 없는 음식이었다. 단것 신 것 매운 것 짠 것이 한꺼번에 휩쓸려 들어가 시큼털털한 이상한 맛에, 조금만 식으면 역한 비린내가 훅 끼치곤 했다. 따라서 배가 고파 먹기는 해도, 비위 약한 사람은 코 숨을 멈추고 약 먹듯 들이켜기까지 했는데, 어찌 된 셈인지 김 형은 한 숟갈 한 숟갈 맛을 즐겨 가며 먹곤 했다.

"모두들 시장통의 진짜 꿀꿀이죽을 먹어 보지 못해 그래요. 담배 필터와 성냥개비, 이쑤시개에 병마개며 워커 뒷굽까지 들어 있는 20환짜리의 꿀꿀이죽 말입니다. 내가 아는 어떤 사람은 그 꿀꿀이죽 속에서 토막 난 쥐의 아래 몸통을 봤다고 하더군요. 거기 비하면 이건 정말 괜찮은 요리예요. 맛도 영양도 제대로 갖춰진 홀

륭한 한 끼란 말입니다."

김 형은 그렇게 자신이 맛있어하는 까닭을 밝힌 적도 있으나 명훈은 왠지 그게 타고난 그의 천격으로만 느껴졌다.

김 형에 대한 더 나쁜 소문으로는 그가 고급 뚜쟁이 노릇도 한다는 게 있었다. 그가 장교들에게 기를 쓰고 말을 붙이는 것은 회화를 배우기 위해서가 아니라 여자를 소개시켜 주고 사례를 뜯어내기 위함이며, 실제 그가 어떤 장교에게 젊은 한국 여자를 소개하는 걸 보았다는 사람까지 나왔다. 언젠가 황이 그걸 추궁하자,

"골 빈 것들, 명색 여대생이면서 미군 장교라면 무조건 백마 탄 왕자쯤으로 착각하는 것들이 있다니까. 그런가 하면 따라지 대학의 걸레 같은 기집애들이건 뭐건 한국 여대생이라면 곧장 원주민 추장의 딸쯤으로 알고 열을 올리는 얼간이 양코배기도 많지. 이쪽저쪽 제대로 맞춰 어울리는 셈인데 그런 것들 붙여 주어 안 될 게 뭐 있어? 와이 낫?"

김 형은 그때도 빙글거리며 그렇게 받아넘겼지만 명훈은 영 마뜩해 뵈지가 않았다.

내년으로 잡혀 있다는 그의 미국 유학도 그런저런 것들과 한 끈에 이어서 보아 그런지 명훈의 느낌에는 그리 좋지 못했다. 황의 빈정거림에는 비뚤어진 부러움이 섞여 있는 듯했지만, 명훈은 진정으로 그런 식의 유학은 부럽지가 않았다. 김 형이 늘 말하는 것은 그 유학에서 이루어질 학문적인 성취나 정신적인 개안이 아니라, 미국 유학이 한국 사회에서 확보해 주는 현실적인 이득만을

노리고 있는 듯해 마뜩지 못해 보였다. 이를테면 유학하려는 분야만도 대학에서의 전공이나 자신의 자질과는 전혀 무관한, 한국에서의 희소가치만을 겨냥한 어떤 것이었다.

요컨대 김 형은 우연히 그의 CP보일러(대기소)와 자신이 돌보는 보일러가 가장 가깝다는 것, 그가 자신과 비슷한 또래의 대학생이며 세상살이에 밝다는 것과 원인은 모르지만 그가 왠지 자신에게 호감을 가진 듯하다는 느낌을 빼면 명훈과는 전혀 맞지 않는 사람이었다. 어떤 때, 특히 그가 자신의 이익을 위해서 비굴하리만치 다른 사람에게 몸을 굽히는 걸 보게 될 때는 '참 별종의 인간도 있구나……' 싶기까지 했다. 그런데 바로 그 김 형의 지난날 속에 자신과 비슷한 상처와 어둠이 있다는 걸 알게 되자 그 상처와 어둠은 원래의 의미보다 몇 배나 증폭되어 명훈에게 충격을 주었다. 그 때문에 갑작스럽고도 묘한 동지애 같은 것까지 느끼며 명훈이 그에게 무언가를 물어보려고 할 때 저만치서 퉁명스러운 목소리가 뛰어들었다.

"아, 학생들, 시방 거기서 뭐 하는 거여?"

그 바람에 세 사람이 한꺼번에 돌아보니 조장인 최씨 아저씨가 지는 해를 등지고 구부정하게 서 있었다. 1948년 제헌국회의원 선거에 출마했다는 사실이 일생의 자랑이자 한(限)인 50대 후반의 중늙은이였다. 불완전했건 어쨌건 토지개혁으로 몰락한 대지주 출신으로, 농촌에서도 도회에서도 설 자리가 없어져 몇 년 서울 변두리의 진창에서 허덕이다 어떤 알음으로 미군 부대에 취직하게 된 것인데, 나이 덕분에 명훈이 속한 조의 조장 일을 맡아 보고 있었다.

"아이고, 아저씨가 웬일이십니까?"

김 형이 싹 씻은 듯한 얼굴로 평소의 유별난 붙임성을 되살리며 일어났다. 뒤따라 황과 명훈도 엉거주춤 일어났다.

"이 사람들아, 이것도 이석(離席)이여, 이석."

최씨는 그렇게 나무라 놓고 힐끗 명훈을 보았다. 볼일은 자네에게 있네, 하는 듯했다.

"에이, 아저씨도, 엎어지면 코 닿을 데 나와 잠깐 바람 좀 쐬고 있는데 이석은 무슨……"

황이 되쏘듯 그렇게 최씨의 말을 받았다. 김 형과 달리 황은 그 최씨에게 까닭 없이 뻣뻣하게 대했다. 한번은 김 형이 고상한 말을 써 가며 그런 황을 나무란 적이 있는데 그때 황이 말했다.

"저 영감이 풍기는 게 몰락의 애조(哀調)라고? 감상적인 소리 하지 마. 하긴 저 영감이야말로 우리 현대사에서 아주 드물게 제 길을 간 구귀족이지. 정직하지만 또한 볼 때마다 화가 나는 우리들 못난 자화상의 한 귀퉁이이기도 하단 말이야."

그러나 명훈은 감정적으로는 김 형의 편이었다. 몰락의 애조란 말이 주는 소월 시(素月詩) 같은 이미지 때문이었는지도 모를 일이었다.

"아니, 이 사람 좀 보게. 그럼 불이 끓는지 물이 타는지도 모르고 이렇게 나와 몰려 있는 게 이석이 아니란 말여?"

최씨가 제법 목소리를 높였으나 굳이 따지려고 드는 것 같지는 않았다. 아니면 그보다 더 긴한 볼일이 있어서일까. 그는 황의 대답을 기다리지도 않고 다시 명훈 쪽을 보더니 문득 어둡고 가라앉은 목소리로 말했다.

"명훈이 학생, 나 좀 보아."

"무슨 일인데요?"

자신을 보는 눈길이나 목소리에서 어떤 심상찮은 예감을 받은 명훈이 조심스레 물어보았다.

"노무처로 찾아온 사람이 있어. 같이 가도록 허지. 김 군하고 황 군은 제자리로 돌아가고."

최씨는 황에게 대거리하는 게 귀찮고 겁난다는 듯 그렇게 말하고 돌아섰다. 사람이, 그것도 바로 노무처로 와서 찾는 사람이 있다는 말에 명훈은 잠시 어리둥절했다. 미군 부대에 취직한 지거의 2년이 다 돼 가도록 처음 있는 일이었다. 임 전무일까. 명훈은 퍼뜩 그런 추측을 해 보았으나 그럴 것 같지도 않았다. 노무처라는 말에 자신이 소속된 용역 회사의 임 전무를 떠올린 것이지만, 윤상건 아저씨의 편지를 읽고 일자리는 마련해 주었어도 냉담하게 느껴질 만큼 사무적으로 대하던 그가 새삼 찾아올 까닭이 없었다.

"누가 왔는데요?"

최씨를 따라잡자마자 명훈이 물었다. 최씨가 힐끗 돌아보더니 자기들의 얘기가 김 형과 황의 귀에 들리지 않을 만큼 왔다 싶었던지 무슨 큰 비밀을 털어놓는 사람처럼 말했다.

"경찰이여, 형사가 학생을 찾는구먼."

"경찰요?"

명훈은 자신도 모르게 흠칫하며 멈춰 섰다.

"그래, 경찰이여. 학생, 뭔 죄진 일 있는가?"

"아, 그건 벌써 해결 났는데요."

'뭐 죄진 일' 하는 말에 문득 얼마 전에 도치네 패와 싸운 일을 떠올린 명훈이 그렇게 대답했다.

"뭔 일이 있긴 있었구먼. 그래도 몹쓸 죄는 아니겠지?"

최씨의 걱정스러운 말에 명훈이 아직 머리칼이 자라지 않아 소 뜯어 먹은 곳처럼 두피가 훤히 드러나보이는 뒷머리 쪽의 흉터를 보이며 안심시켰다.

"이겁니다. 학교 애들하고 싸워 서로 좀 다쳤는데 화해를 했어 요. 고소하지 않기로 했는데……."

"그럼 학생이 바로 깡패여?"

"별말씀을 다하십니다. 그냥……."

"그냥 싸우는데 이쪽 저쪽이 다 그 모양으로 다쳤단 말여? 보 니 주먹으로 다친 것 같지는 않은디……."

최씨가 공연히 실망했다는 눈치까지 보이며 따지고 들었다. 명 훈이 황보다는 김 형에게 가까운 감정을 품고 있었던 만큼, 그도 명훈을 그 나름으로는 좋게 생각해 온 까닭인 듯했다.

심문

최씨를 안심시키는 동안에 자신까지 마음이 놓여 경찰이 틀림없이 그 일로 왔다고 단정하게 된 명훈이 다시 긴장하게 된 것은 노무처 사무실에 발을 들여놓으면서였다. 자신을 기다리는 형사의 희고 반듯한 얼굴이나 깨끗한 양복 차림은 한눈에 보아도 조무래기 깡패들의 싸움 뒷조사나 온 사람은 아니었다. 그런데 이상한 것은 그 형사였다. 최씨보다 앞장서서 들어서는 명훈을 보고 흠칫해하는 것이 꼭 무엇에 놀란 사람 같았다.

그 놀람의 원인은 곧 밝혀졌다.

"학생이 이명훈이야? 틀림없이 이명훈 맞아?"

그렇게 몇 번이나 되풀이하며 확인하는 게 명훈이 당당히 그 방으로 들어선 것 자체에 놀란 듯했다. 그 놀람은 명훈이 틀림없이 자기가 찾고 있는 사람이라는 게 확인되자 일종의 실망으로 변한 것 같았는데, 그게 오히려 명훈에게 여유를 되찾게 했다. 그가 무언가를 잘못 짚고 온 것 같은 느낌이 다시 도치네 패와의 싸움 때문에 왔을지도 모른다고 생각하게 한 때문이었다.

"그 일은…… 서로 합의해서 좋게 끝냈는데요."

강한 호기심으로 명훈을 살피고 있는 본사 직원이나 노무처 군속들의 눈길을 따갑게 느끼던 명훈은 형사의 확인이 끝나자마자 먼저 그 말을 꺼냈다.

"그 일이라니? 무슨 일 말이야?"

형사가 바짝 긴장하며 명훈의 말을 받았다. 아직 초짜거나 이런 일에는 먼 책상물림이구나. 형사가 표정을 쉽사리 상대에게 읽히는 걸 보고 명훈은 한층 여유를 얻었다.

"이번 싸움 말입니다. 조금씩 다치기는 했지만, 서로 없었던 일로 하기로 했단 말입니다."

"싸움?"

그제야 자신의 표정을 감추려고 애쓰며 형사가 다시 명훈에게 물었다. 그러나 명훈은 그의 얼굴에서 난데없다는 듯한 표정이 언뜻 스쳐 감을 놓치지 않았다.

'역시…… 그 일은 아니었구나.'

명훈은 퍼뜩 그런 생각이 들었지만 이미 내친김이었다. 조금 전 최씨 아저씨에게 그랬듯 뒷머리의 흉터를 내보이며 엄살 섞어 말했다.

"이것 보십쇼. 나도 다쳤단 말입니다. 고소를 한다면 내 쪽이 해야지요. 그렇지만 사나이 대 사나이로 화해를 했다고요."

그러자 다시 그 형사의 얼굴에는 숨길 수 없는 실망의 빛이 떠올랐다. 틀림없이 그는 싸움 때문에 온 것이 아니었다. 그걸 확인하자 애써 그쪽으로 돌리지 않으려고 했던 불안이 명훈의 머릿속을 헤집고 들며 오싹한 한기를 일으켰다.

'아버지로구나……. 아버지 때문에 온 거야.'

하지만 그 일이라면 시치미를 떼는 게 상책이었다. 조금이라도 알은체했다가는 끊임없는 질문의 수렁에 빠지게 된다는 걸 명훈은 어릴 적부터의 경험으로 익히 알고 있었다. 그 바람에 명훈은 짐짓 목소리를 높였다.

"어느 자식이 고소했어요? 도치, 아니 도중이? 아니면 경식이 그 새끼예요?"

"아니야."

형사가 그렇게 말하며 명훈을 빤히 쳐다보더니 드디어 생각을 정했다는 듯 조용히 말했다.

"어쨌든 나와 함께 가 줘야겠어."

"어딜요? 왜요?"

이제는 한기 정도가 아니라 가벼운 떨림까지 느끼며 명훈이 물었다. 모든 일에 비교적 겁이 적은 편이지만, 어떤 특정한 문제로 경찰과 맞부딪게 되기만 하면 야릇한 원죄 의식 같은 것으로 자신도 모르게 얼어붙고 마는 그였다. 형사가 그걸 알아보았는지 어딘가 조금 전보다 자신이 붙은 듯한 얼굴로 말했다.

"잠깐 물어볼 게 있어. 국(局)으로 가서 얘기해."

"저는 지금…… 근무 중입니다."

아무리 마음을 다잡아 먹어도 떨려 오는 목소리를 억지로 숨기며 명훈은 그 핑계를 댔다. 그러나 형사는 그쪽에 미리 손을 써 둔 모양이었다.

"아, 그거? 그건 회사에 내가 얘기해 뒀어. 같이 가. 잠깐이면 돼."

"그렇지만 왜 이러십니까? 가도 뭔지 알아야 가지 않겠어요?"

끌려가더라도 나중을 위해서는 시치미라도 한 번 더 떼 두는 게 좋겠다는 순간적인 판단에 한껏 마음을 다잡아 먹은 명훈이 그렇게 뻗대 보았다.

"알아볼 게 있어. 임의동행이야. 싫다면 영장과 수갑을 가져오라고 전화할 수도 있지."

"저는 수갑 찰 죄를 지은 게 없습니다."

"조금 전에 네 입으로 말하지 않았어? 너도 다쳤지만 상대에게도 상해를 입힌 모양인데 그만하면 넉넉하지. 상해죄는 친고죄(親告罪)가 아니야."

"그건 억집니다. 이미 다 끝난 일을……. 정말 무엇 때문에 이러십니까?"

"꼭 알고 싶어?"

드디어 귀찮아졌는지 형사가 문득 두 눈을 치뜨며 그렇게 물었다. 명훈은 거기서 잠깐 망설여졌으나, 짐작은 어디까지나 짐작일 뿐, 자신을 데려가는 정확한 이유가 솔직히 궁금했다.

"네, 말해 주십시오."

"여기서 말해서 네게 이로울 건 없을 텐데……. 그래도 알아야 가겠단 말이지?"

"네."

명훈은 그렇게 말해 놓고 아차했다. 조금 전부터 자기를 유심히 바라보며 한마디 한마디를 귀담아듣고 있는 본사 직원의 쏘는 듯한 눈길 때문이었다. 양 상무(梁常務) 패로 알려진 그는 명훈을 비롯해 임 전무가 취직시킨 사람들에게 까닭 없는 적의를 보이곤 했다.

하지만 이미 때는 늦은 뒤였다. 형사가 차게 내뱉었다.

"사상범 관계야. 대공계(對共係). 너희 아버지 일로 왔어."

나지막했으나 사무실 구석구석까지 파고드는 듯한 목소리였다. 명훈은 이제 또 다른 필요 때문에 — 흠칫해하면서도 회심의 미소를 짓는 것 같은 본사 직원에게 보이기 위해서라도 — 더욱 강경해지지 않을 수가 없었다.

"아버지가 왜요? 그 사람은 이미 10년 전에 없어진 사람입니다. 그런데 이제 와서 갑자기……."

"그 얘기는 가서 하지. 어쩔 거야? 전화해서 영장하고 수갑 가지고 오게 할까?"

명훈의 허둥댐에 반비례하여 형사는 한층 냉정하고 차분해졌다. 명훈도 곧 생각을 바꾸었다. 알 만큼 안 이상 더 시간을 끌어 봤자 상처만 커질 것 같아 한두 번 더 뻗대는 척하다가 그 형사를 따라나섰다.

"실탄을 장전해 나왔으니까 섣불리 달아날 생각은 마."

게이트를 나오자마자 그 형사가 양복 깃을 들춰 겨드랑이께에 매인 가죽 케이스를 슬쩍 보여 주며 하는 말이었다. 전에 여러 번 겪은 의례적인 보호 감찰이 아닌 것 같은 조짐은 그 밖에도 더 있었다. 전차나 버스를 타지 않고 시발택시를 잡은 게 그랬고, 파출소나 경찰서 대신 시경(市警)으로 가자고 하는 것도 그랬다.

그러나 정작 명훈을 한층 움츠러들게 한 것은 그 형사가 데리고 간 곳이었다. 택시는 시경 앞에서 내렸지만 그가 명훈을 데려 간 곳은 시경 뒤편, 저런 건물이 언제 있었던가 싶은 어떤 우중충한 3층 건물이었다. 입초(立哨)나 특별한 현판이 붙어 있지 않은 걸로 보아 공식적인 별관은 아닌 듯했으나 그 형사가 익숙하게 현관문을 밀고 들어서는 게 어제오늘부터 그 문을 쓰기 시작한 것 같지는 않았다. 뒷날의 짐작으로는 어떤 큰 사건을 처리하려고 낸 대공(對共) 임시 분실쯤 되는 듯했다.

원래 학교의 기숙사였거나 싸구려 호텔이 아니었던가 싶을 정도로 그 건물의 구조는 좀 특이했다. 아래층을 뺀 나머지 두 층은 복도를 따라 여남은 개의 방이 잇대어 붙은 형태였는데 출입문뿐 복도 쪽으로는 창이 나지 않은 게 들어가 보지 않아도 그 방 안이 답답할 것임을 짐작하게 했다.

비어 있는 건물을 일부만 빌려 쓰고 있는지, 아니면 모두 퇴근을 한 뒤라서 그런지 어두워 오는 복도는 조용하기 그지없었다. 그 형사의 징 박은 단화가 시멘트 바닥에 끌리는 소리가 유난스레 명훈의 귀에 거슬렸다. 택시 속에서 그래도 무언가를 가늠해 보려고 이것저것 창밖만 내다보는 바람에 아무것도 묻지 못하고 만 명훈이 3층 복도를 들어서면서 용기를 짜내 물었다.

"여기가 어딥니까?"

"시경이야."

"시경은 저쪽 아닙니까?"

"뭐 그런 게 따로 있어? 어디서든 시경 일을 보면 시경이지."

형사는 그렇게 말하고 출입문 위 흰 벽에 검은 페인트로 숫자만 쓰인 방들 쪽으로 명훈을 끌고 갔다. 그가 명훈을 서게 하고 자신도 옷매무새를 가다듬은 뒤 문을 두드린 것은 '13'이란 숫자가 쓰인 방이었다. 미군들이 유난히 그 숫자를 싫어하던 걸 떠올리며 명훈은 막연한 불안 이상의 공포에 가까운 느낌에 젖어 들었다.

"들어와."

방음이 잘 되어서인지 겨우 알아들을 듯 말 듯한, 그러나 굵고 거친 목소리가 두꺼운 판자문 저쪽에서 들려왔다. 조심스레 문을 열고 들어서는 형사를 따라 들어서니 후텁지근한 방 안에는 이미 불이 켜져 있었다. 매듭을 지어 전깃줄의 길이를 조절한 백열전구였다.

방 안은 생각보다 넓었다. 방 한가운데 달려 있는 백열전구 밑으로 검게 빛나는 나무 책상이 하나 놓여 있고, 그 책상 양쪽으로 나무 의자가 하나씩 놓여 있는데 학교의 생도용 의자와 비슷했다. 책상 위에 얹힌 비품은 검은 표지로 된 서류 뭉치 하나와 백지인 듯싶은 종이 무더기, 그리고 잉크와 펜이 전부였다.

방 안에는 두 사람이 있었다. 하나는 방금 들은 목소리의 주인인 것 같았는데 마흔 가까워 뵈는 건장한 체격의 남자였다. 책상 맞은편 의자에 러닝셔츠 바람으로 앉아 담배를 피우고 있다가 일어나지도 않은 채 들어서는 그들을 쳐다보았다.

다른 하나는 머리를 짧게 깎은 30대로 방 한구석에 놓인 군용 야전침대에서 코를 골며 자고 있었다. 그런데도 둘 사이에 엇비슷이 미지근한 바람을 불어 대고 있는 낡은 선풍기를 빼면, 방 안은 이상하게도 정지해 굳어 있는 듯한 느낌을 주었다.

"이명훈을 데려왔습니다."

형사가 책상 뒤에 앉은 사람 쪽으로 가서 차렷 자세를 하고 말했다.

"그래, 어땠어?"

러닝셔츠의 사내가 힐끗 명훈을 훑어보며 그 형사에게 물었다. 형사가 여전히 차렷 자세를 풀지 않은 채 부대에서 들은 명훈의 평소 행동과 더불어 명훈을 만나 데려오기까지의 경위를 꼼꼼하게 보고했다. 거기서 명훈이 한 말을 거의 토씨조차 틀리지 않을 만큼 정확히 옮기는 그가 새삼 섬뜩했다.

"자네 말대로라면 우리가 단단히 헛짚었다는 뜻 같군……."

러닝셔츠가 그렇게 말하고 서류철을 끌어당기며 지나가는 소리처럼 말했다.

"알았어. 수고했어. 이제 그만 가 봐."

"그럼 저는 이만 돌아가겠습니다. 안녕히 계십시오."

그 형사가 그렇게 말하며 머리까지 숙였으나 러닝셔츠는 서류철만 훑어볼 뿐 고개도 까딱하지 않았다.

한동안 러닝셔츠는 명훈이 거기 서 있는 걸 잊은 듯이나 서류철만 뒤적였다. 그러다가 이제야 문득 생각이 났다는 것처럼 맞은편에 놓인 의자를 가리키며 짧게 말했다.

"앉아."

그리고 명훈이 엉거주춤 그리로 가 앉자 러닝셔츠가 책상 다리에 담배를 비벼 끄며 혼잣말처럼 중얼거렸다.

"단기 4272년 9월 16일생이라…… 아직 법적으로는 미성년이군."

여전히 굵고 거친 목소리였으나 억양은 어딘가 부드럽게 느껴지는 데가 있었다. 미성년이니까 뭐 너를 크게 괴롭히지는 않겠다, 그렇게 미리 안심시키기라도 하는 것 같았다. 하지만 뒤이어 느닷없이 튀어나온 목소리는 또 딴판이었다.

"맞아, 안 맞아? 이 새끼야. 이 생년월일 혹시 난리통에 위조된 거 아냐?"

"마, 맞습니다. 틀림없습니다."

한 차례 호되게 따귀라도 후리는 것 같은 그의 말에 명훈이 의자에서 펄쩍 몸을 일으키며 그렇게 대답했다.

"앉아, 앉아. 사람이 묻는데 대답을 해야지. 그건 그렇고……."

다시 부드러워진 러닝셔츠가 그렇게 안심시키더니 새삼 살피는 눈초리가 되어 명훈을 보며 조용히 물었다.

"최근에 아버지를 만난 게 언제야? 언제 이동영을 마지막으로 보았어?"

"그런 적 없습니다. 아버지는 한 번도 보지 못했어요."

이번에는 그 물음의 엄청남 때문에 명훈이 움찔하며 목소리를 높였다.

"뭐야? 그럼 넌 유복자란 말이야? 나서 아버지 얼굴을 한 번도 못 봤어?"

"그야 어릴 적에는……."

"그럼 그거라도 얘기하면 돼. 언제야? 아버지를 마지막 본 게."

"10년, 아니 정확히는 9년 전이 됩니다. 그해 9월 중순쯤…… 수원에서……."

다시 금세 욕설이라도 튀어나올 것 같아 서둘러 대답을 하면서도 참 별난 걸 다 묻는구나, 하는 기분으로 명훈이 그렇게 말끝을 흐렸다. 그러나 러닝셔츠는 그렇지가 않은 듯했다. 메모라도 할 작정인지 백지를 꺼내고 펜대를 잡으며 재촉했다.

"계속해. 9년 전이라. 그럼 4283년도군. 6·25 아니, 서울 수복 때인 모양인데, 자세히 얘기해. 기억나는 대로 모두."

"그 전날 아버지는 교원 봉급을 수령하신다며 서울로 가셨습니다."

"교원 봉급? 네 아버지가 뭘 했는데?"

서류철을 힐끗힐끗 보는 걸로 미루어 뻔히 알고 있는 것 같은데도 러닝셔츠가 그렇게 명훈의 말을 끊었다. 말하자면, 나는 네 아버지에 대해서 아무것도 모르는 사람이라 치고 네가 아는 걸 남김 없이 얘기해라, 하는 암시였다.

명훈은 그 암시에 따라 되도록이면 세밀히 이제는 아련한 꿈속만 같은 아버지와 마지막 헤어지던 날을 얘기했다. 인천 쪽에서는 함포사격 소리가 쿵쿵 들려오는 그런 전쟁통에 서울까지 가서 수령해 온 교수들 봉급을 찾아다니며까지 나눠 줘야 하는가를 두고 아버지와 어머니가 벌이던 입씨름, 혼자라도 아버지를 따라나서겠다는 할머니와 어머니의 가벼운 다툼, 아버지의 설득과 할머니 어머니의 눈물, 그리고 실습지 곁의 콩밭 모퉁이를. 얘기하다 보니 자신이 끌려와 있는 곳에 어울리지도 않게 아련한 그리움이 일었다.

"그럼 전에는 언제나 아버지와 같이 있었어?"

명훈이 얘기하는 동안 무언가를 *끄적끄적* 메모하기도 하고, 고개를 *끄덕*여 명훈에게 동조하는 태도를 보이기도 하던 러닝셔츠가 얘기 끝나기 바쁘게 물었다. 명훈은 그가 자신에게서 무엇을 찾으려 그러는지 몰라 당황하면서도 정직하게 대답했다.

"제 기억에는 두 번쯤 한동안 집에서 안 보인 적이 있었습니다."

"그게 언제 언제야?"

"한 번은 전쟁이 나고 이틀 뒤 하계동 은신처에서 인민군들과 함께 나가신 뒤 한 보름쯤이고, 다른 한 번은 그보다 두어 해 전 감옥에 가셨을 때 몇 달입니다."

"다 기억할 수 있겠지? 그럼 뒤의 것부터 먼저 얘기해 봐. 요령은 앞서와 같아."

똑같은 일이 반복되자 그때껏 느슨해져 있던 경계심이 갑자기 명훈을 일깨웠다. 얼핏 보아서는 중요하지도 필요하지도 않은 얘기를 묻고 있지만 러닝셔츠는 거기서 무얼 찾고 있음에 틀림이 없었다. 그게 무엇인지를 추측하느라 잠시 머뭇거리는데 러닝셔츠가 이맛살을 찌푸리며 목소리를 높였다.

"뭘 해? 얘기 계속하라는데."

생각할 여유를 주지 않으려는 재촉 같았다. 명훈이 속수무책인 심경이 되어 그때 일을 얘기하기 시작했다.

"전쟁이 터지고 이틀쨀가 되던 날이었습니다. 우리는 그때 하계에 살았는데 아버지는 감자밭을 손보면서 눈길은 줄곧 북쪽 길 쪽에 주고 있었습니다."

"하계? 감자밭? 이상하지 않나? 네 아버지는 뭐야, 무슨 대학의 학장이었다면서."

"아마도 그때 하계에서는 숨어 있었던 것 같습니다. 농부로 위장하고…… 저도 학교에서 장춘(長春)이라는 이름을 썼고, 감자밭은 그때 아버지가 손수 가꾸고 있었습니다."

"그래? 그래서?"

"오후가 되자 북쪽에서 탱크를 앞세운 인민군들이 나타났습니다. 아버지는 들고 있던 호미를 내던지고 그리로 달려가시더군요. 반갑게 달려가는 아버지와 달리 인민군 쪽에서는 무어라고 딱딱 거리더니 따발총까지 들이댔습니다. 그러다가 말 탄 장교 하나와 이야기가 되더니 그를 데리고 집으로 왔습니다. 그리고 뒤꼍에서 무언가를 파내 보이자 비로소 그쪽도 고개를 끄덕였습니다. 아버지는 그날 늦게 인민군 지프에 편승해 서울로 가셨습니다."

"그런데 보름씩이나 소식이 없었단 말이지? 그래 어떻게 다시 만나게 됐어?"

"사람을 보내왔더군요. 아버지 밑에서 일하던 친척 아저씨를. 나를 불러오라 한다기에 반나절을 걸어 형편없이 변한 서울로 들어갔습니다. 제 기억에는 지금 외무부 청사가 아닌가 싶은데 아버지는 그 건물의 어떤 널찍한 방을 혼자 쓰고 계셨어요. 옷은 새것이었으나 수염을 못 깎으셔서 콧수염에 구레나룻까지 거멓게 자라 있더군요. 나를 보자 껴안아 주시며……."

얘기를 하다 보니 차츰 존댓말이 섞여 들어갔다. 되도록이면 아버지에 대해 냉정하게 말해야 한다는 걸 경험으로 알고 있는 명훈이었으나 얘기하는 동안 가슴 저리게 살아나는 그리움 때문에 깜박 잊고 만 탓이었다. 러닝셔츠는 이따금씩 기록을 중단하고 그런 명훈의 표정을 유심히 살피곤 했다.

"만약에 아버지가 지금 네 앞에 나타난다면 어떻게 하겠나?"

그 말을 듣자 명훈은 더 머뭇거릴 수가 없었다. 갑작스러운 위기의식으로 다급해져 과장스레 외쳤다.

"자수를 시키겠습니다. 그리고 정히 말을 듣지 않으면 경찰에 신고하겠습니다."

조금 전의 물음에 머뭇거리다가 답하지 못한 것을 벌충이나 하려는 듯 힘주어 말했으나, 그때부터가 괴로운 그 밤의 시작이었다.

"그래?"

러닝셔츠의 얼굴에 갑자기 빈정대는 빛이 떠오르더니 이내 차게 굳어지며 쏘아붙이듯 물었다.

"그런데 이번에는 왜 신고를 안 했나?"

"네엣?"

기습과도 같은 그 말에 명훈은 놀라기보다는 어리벙벙해 그렇게 되물었다. 너무나도 엄청나 귀가 의심스러울 지경이었다. 러닝셔츠가 틈을 주지 않고 다그쳤다.

"우리는 이동영이 남파되었다는 확실한 정보를 가지고 있어. 너희들과 접선이 되었다는 것도, 둘러댈 생각은 마."

"아닙니다. 결코 그런 일 없습니다. 아니, 우리는 모르는 일입니다."

명훈은 자기도 모르게 벌떡 일어나 후들후들 떨며 소리쳤다. 갑자기 무슨 굵고 질긴 밧줄 같은 것이 목에 친친 감겨드는 것 같은 느낌이었다. 러닝셔츠는 눈도 깜박 않고 앉은 채로 빠안히 그런 명훈을 올려보다가 문득 목소리를 부드럽게 풀었다.

"물론 그럴 수도 있겠지. 하지만 두 가지는 설명해 주어야겠어.

첫째는 너희 가족이 갑작스레 서울을 뜬 것. 그리고 둘째는 작년 네가 미군 부대에 침투해 들어간 경위."

그렇게 본격적인 심문이 시작되었다. 그저 한 가지 다행스러운 것은 그에게 그리 폭력을 쓸 의사가 없어 보인다는 것 정도였다.

명훈은 되도록 침착하려고 애쓰며 먼저 어머니와 철이 남매가 밀양으로 옮겨 가게 된 경위부터 설명했다. 영남여객 댁과의 관계를 과장하는 한편 그 무렵 자기 집 주위를 돌던 형사들에 대해서는 전혀 몰랐던 것처럼 했다.

이번에는 전보다 훨씬 꼼꼼하게 명훈의 말을 받아 적던 러닝셔츠가 펜을 놓고 담배에 불을 붙이며 한마디 했다.

"까마귀 날자 배 떨어진다더니 거참 묘하군. 그런데 어째서 우리가 정보를 입수하고 감시를 시작한 지 겨우 일주일 만에 너희 모두가 싸말아 떠났을까? 그것도 오후 늦게까지 전혀 낌새를 보이지 않다가 날이 어둡기 바쁘게 씻은 듯이. 너희 남매도 그래. 같은 서울에서 옮기는 건데 왜 한밤중에 도망치듯 한꺼번에 싹 쓸어 이사를 했지? 그리고 어째서 너희 둘 다 학생인데도 이웃에 사는 사람조차 어느 학교에 다니는지를 모르게 했지?"

"그거야 어쩌다가…… 실은 부근에 외상과 빚도 있었고."

"우리는 그것도 조사해 봤어. 외상, 빚 합쳐 5천 환도 채 안 되더군. 네 월급 한 달 치면 넉넉히 갚을 수 있는 돈이야. 거기다가 밀양도 이상한 데가 있어. 네 어머니가 얻은 점포는 보증금만도 5만 환하는 시장가의 노른자위야. 그런데 영남여객 김형수 사장이 대 준

돈은 3만 환밖에 안 되거든. 점포세에 양장점 차린 비용까지 치면 적어도 5만 환 이상이 네 어머니에게 있었다는 뜻이지. 그건 웬 돈일까? 너희들이 같은 날 감쪽같이 없어진 것도 어쩌다가…… 하는 식으로는 설명이 다 되지 못해. 이 두 부분은 다시 얘기해 봐야겠어. 숨길 생각 말고 차근차근 얘기해 봐. 우리가 이해할 수 있도록. 어차피 별도 조사가 있을 테니까 감춰 봐야 고생만 하게 돼."

그러고는 다시 그 부분을 받아쓰기 시작했다.

할머니에게서 물려받은 듯한 어머니의 막연한 공포만으로는 러닝셔츠가 지적한 그 부분을 설명하기가 참으로 힘들었다. 더군다나 명훈으로서는 알 길이 없는 돈 문제가 겹치니 나중에는 명훈 자신도 의심이 일 지경이었다. 러닝셔츠는 폭력을 쓰지 않을 뿐 말로는 조금도 사정이 없었다. 한 곳도 빈틈이 있어서는 안 된다는 듯 약간이라도 머뭇거리거나 어물어물 넘어가는 기색이 있으면 가차 없이 파고들어 명훈의 진을 빼놓았다. 그럭저럭 넘기기는 했어도 명훈은 몇 번인가 그 무렵 형사가 주위를 맴도는 걸 자기들이 알았음을 털어놓을 뻔했다.

"자, 이젠 미군 부대 얘기로 들어가지. 우선 누가 거기다 취직을 시켜 주었지? 하우스 보이로 잘 있다가 장교 숙소 보일러 맨으로는 왜 옮겼어?"

겨우 얘기를 끼워 맞췄다 싶어 숨을 돌리려 하는데 러닝셔츠가 다시 쉴 틈도 주지 않고 다음 얘기로 들어갔다. 그의 말을 듣고 보니 평소에는 별생각 없이 드나들던 미군 부대가 갑자기 어마어

마하고 심각한 의미로 명훈의 의식을 짓눌러 왔다. 독일군 부대에 종업원으로 취직한 레지스탕스가 눈부신 활약을 하던 어떤 영화의 장면이 그때 영화를 볼 때와는 또 다른 느낌으로 가슴을 얼어붙게 만들었다. 그 바람에 명훈은 될 수 있으면 숨기려고 마음먹었던 윤상건 아저씨를 처음부터 끌어다 댔다.

"뭐? 안동경찰서장이라고? 틀림없겠지? 지금은 경북도경에 들어가 있고……."

러닝셔츠는 못 믿어하면서도 한편으로는 약간 맥이 빠진다는 표정이었다.

그러나 그의 집요함은 여전했다. 단순한 취직이었음을 몇 번이나 되풀이했건만 놀랄 만한 끈기로 명훈의 취직 목적을 물고 늘어졌다. 그러다가 나중에는 물음을 바꾸어 막사의 배치며 중앙 보일러의 위치, 캠프 사령관의 일정 따위로 넘어갔다. 명훈은 그의 물음 속에 숨어 있는 함정을 피하려고 거의 필사적인 노력을 했다. 그러다 보니 러닝셔츠가 그 부분을 끝내고 다시 담배 한 개비를 뽑아 물 때는 명훈의 온몸이 진땀으로 후줄근했다.

러닝셔츠도 거기쯤 해서는 어지간한 모양이었다. 담배 연기를 길게 뿜으며 의자 등받이로 몸을 젖히다가 깜박 잊었다는 듯 물었다.

"참, 저녁은 어쨌어?"

"생각 없습니다."

명훈은 정말로 저녁 따위는 조금도 생각이 없었다. 오히려 사정이라도 해 보고 싶은 것은 담배였다. 입에 댄 지는 오래되어도 어찌 된 일인지 별로 늘지 않아 특별한 때가 아니면 하루 대여섯 개비로 견뎌 낼 정도였는데 그날은 달랐다. 러닝셔츠가 내뿜는 연기라도 듬뿍 마셨으면 싶을 정도로 담배 생각이 간절했다.

"저녁을 안 먹어서야 쓰나. 뭘 해도 속은 채워야지."

러닝셔츠가 그렇게 말하며 힐끗 시계를 보더니 야전침대 곁으로 가서 침대 다리를 걷어차며 소리쳤다.

"어이, 박 경사, 그만 일어나. 아홉 시 반이라고. 저녁 먹어야지."

그러자 거기 누워 자고 있던 상고머리 사내가 군소리 없이 툭툭 털고 일어나 앉았다. 하지만 얼른 정신이 들지 않는지 몇 번이고 하품을 하다가 천천히 사방을 둘러보았다. 인상도 그랬지만 눈길이 특히 매서워 보였다. 명훈을 한 차례 훑어보더니 이내 알겠다는 듯 러닝셔츠를 보며 물었다.

"새끼, 뭐 좀 불었어요? 어떻게 됐답니까?"

"이제 시작이야."

러닝셔츠가 별 감정 없는 어조로 대답했다. 그러자 침대에서 벌떡 일어난 상고머리가 명훈을 사납게 노려보며 을러댔다.

"반장님, 이 새끼 손 좀 봐줘야 되는 거 아녜요? 뭐 그리 뼉다귀가 억센 놈 같지도 않은데요?"

"아서. 아직 법적으로는 미성년이야. 박 경사에게 맡길 필요가 있으면 맡길 테니 어서 가서 저녁이나 먹고 와. 여기도 설렁탕 한 그릇 보내고."

러닝셔츠가 제법 엄한 표정을 지으며 그렇게 말하자 상고머리는 더 입을 열지 않았다. 못에 걸어 두었던 반소매 윗도리를 벗겨 걸치더니 그대로 방을 나가 버렸다.

"저녁 먹은 뒤 우리가 할 일은 좀 힘든 거야. 너는 지난 석 달을 되살리고 나는 그걸 모두 기록해야 되거든. 하루 단위로 하겠지만 되도록이면 시간까지 제대로 채워 주는 게 너한테 유리해. 그러니 어떻게 그 모든 날을 되살려야 할지 생각해 봐. 특히 필요하면 그때그때 증인을 세울 수 있도록 말이야."

상고머리 박 경사가 나가자 러닝셔츠 바람의 반장(명훈은 그가 무슨 반장인지는 끝내 알 수 없었다.)이 선심 쓰듯 그렇게 말했다. 그러나 명훈은 점점 더 간절해지는 담배 생각으로 대꾸도 잊고 그가 방금 비벼 끈 꽁초만 바라보고 있었다. 그걸 알아차린 반장이 담뱃갑을 내밀며 말했다.

"고등학생이라 깜빡 생각 못 했는데 담배 피우면 한 대 피워."

"고맙습니다. 그럼……."

명훈은 앞뒤 생각 않고 담배 한 개비를 빼 들었다. 반장이 라이터를 밀어 주며 이해심 많은 양 물었다.

"우리 나이로는 스물한 살이지? 피울 때도 됐어. 언제부터야?"

"한 이삼 년 됩니다."

명훈은 라이터를 집어 들다 말고 실제보다 두어 해 줄여 얘기했다. 실은 열다섯 살 땐가 통일역 부근에서 목판 장수를 할 무렵부터 입에 대기 시작한 담배였다.

백양(白羊) 한 개비를 입술이 뜨거울 때까지 태우고 나자 가벼운 현기증이 일었으나 정신은 한결 맑아지는 느낌이었다. 그제야 명훈은 조금 전 반장이 말한 지난 석 달을 되살리는 일에 대해 생각해 보았다. 어디서부터 어떻게 맞춰 나가야 할지 막막했다.

　식당이 멀지 않은지 박 경사가 시켜 보낸 설렁탕은 그가 나간 지 십오 분도 안 돼 들어왔다. 명훈은 별생각이 없었으나 반장이 쥐어 주다시피 하는 바람에 숟가락을 들었다. 제대로 끓인 설렁탕이었다. 거기다가 이제 만 스물을 석 달쯤 남겨 두고 있는 그의 젊은 몸은 곧 거기에 알맞은 왕성한 식욕을 살려 주었다.

　시작과는 달리 오지그릇을 말끔히 비운 명훈에게 반장은 다시 담배까지 한 대 더 권한 뒤에야 예고한 물음에 들어갔다. 등교라든가 출근 같은 고정적인 일과를 중심으로 이야기를 풀어 가자 지난 3개월을 모두 되살리는 것도 생각처럼 막막한 일만은 아니었다. 시간 시간 증인을 대기야 어렵다 쳐도 대강으로 명훈이 의심받을 만큼 많은 시간이 비는 적은 없었다. 부대 안에서의 열서너 시간, 학교 대여섯 시간, 도장 한두 시간에 거의 하루도 빠짐없는 귀가와 영희와의 아침 식사며 또 그 네 군데를 오가는 시간을 빼면 명훈이 따로이 자기가 있었던 곳을 증명해야 할 시간은 그리 많지가 않았기 때문이다. 하지만 한두 달쯤을 되살렸을 때, 첫 번째 고비가 왔다. 바로 경애와 보냈던 그 한 밤이었다. 기억이 그날 밤에 이르자, 명훈은 새삼 쿡쿡 쑤셔 오는 가슴에 못지않게 그 밤을 혼자만의 기억 속에 묻어 놓고 싶은 세찬 고집 같은 것에 휘말렸다. 실제로도 그는 김 형과 황에게 슬쩍 내비친 것 말고는 어느 누구에게도 그 밤 경애와의 일을 말한 적이 없었다.

경찰이 그 밤의 근무 기록과 다음 날의 학교 출석부를 살펴볼 수 있다는 걸 뻔히 알면서도 처음 명훈은 여느 일과(日課)를 보낸 것처럼 넘어가려 했다. 그러나 장씨 아저씨가 해 준 그날 밤의 대리 근무를 다음 날 낮에 갚게 되니, 학교가 비고 도장이 비어 그대로 밀고 나가기가 어려웠다. 거기다가 그 뒤 닷새, 학교에도 가지 않고 경애네 셋방이 있던 흑석동 언저리를 헤매던 날들이 겹쳐지자 절로 갈팡질팡이 되었다.

"여기서 다시. 아무래도 잘 안 맞는 데가 있어."

용케 그 냄새를 맡은 반장이 맨 마지막으로 쓰고 있던 종이를 구겨 던지며 명훈을 쏘아보았다.

"어, 어디 말입니까?"

"5월 2일부터. 왜 갑자기 학교를 안 가고 하루 종일 흑석동을 쏘다녔나?"

반장은 명훈의 목소리가 떨리기 시작한 첫날을 바로 짚었다. 경애와의 밤은 명훈이 워낙 마음을 다잡아 먹고 넘겨 버려 그도 넘어간 듯했다.

"사람을, 사람을 찾아서……."

명훈은 그렇게 더듬거렸으나 이미 경애를 감춰 두기에는 틀린 일 같아 보였다.

"사람, 누구야?"

"그런 사람이 있습니다. 무얼 알려고 하시는지는 잘 모르지만 그 사람은 경찰과는 무관한데요."

"말하자면 내가 알 필요가 없는 사람이다 이거지? 어째서 그런 생각을 했나?"

"아버지의 일과는 전혀 걸릴 까닭이 없는, 그렇습니다. 제 사생활 쪽이기 때문입니다."

명훈은 어떻게든 그를 뿌리쳐 보려고 안간힘을 썼다. 그러나 그는 오히려 그 때문에 더 관심을 보이는 듯했다.

"뭐, 사생활? 그렇지. 미성년이라도 사생활은 있을 수 있지. 그렇다면 네가 찾아 헤맨 건 여잔가?"

그렇게 시작해 꼬치꼬치 캐묻기 시작했다. 그 자신이 방금 쓰고 있는 엄청난 혐의를 적절하게 상기시키며 파고드는 그에게 명훈은 차츰 허물어지기 시작했다. 남파된 아버지와 접선해 같이 무슨 일을 했다는 혐의를 벗기 위해서라면 여기까지는, 여기까지는, 하다가 끝내는 경애와의 그날 밤까지 몰리게 되고 말았다.

"그런데 말이야, 연애를 했다고 다 여자가 갑자기 자취를 감추지는 않거든. 그것도 식구까지 싹 옮겨 가면서 말이야. 너도 그렇지. 사귀던 여자가 한 이틀 안 보인다고 해서 고등학교 3학년이나 되는 녀석이 네댓새씩이나 학교를 결석하고 그 여자가 살던 곳을 빙빙 돌지는 않아. 무슨 일이 있었어? 어째서 그리 됐지?"

"사생활이라고 하지 않았습니까?"

"사생활이라고 해도 국가 안보와 관계 있을 때는 간섭할 수 있지. 더군다나 그 여자는 미군 고급장교 숙사의 하우스 걸이었다면서? 너의 애인이고 말이야. 그런데 네가 너의 아버지와 접선했으리라고 추측되는 시기에 갑자기 자취를 감추었다…… 네가 경찰이라고 해도 당연히 관심 가질 만한 얘기 아니겠어?"

"맹세코 그 여자는 그런 일과는 무관합니다."

"그렇다면 이동영의 남파(南派)에는 너만 관여했다 이건가?"

반장은 확실히 그 방면에 닳고 닳은 전문가였다. 그는 명훈이 두려워하는 게 무엇인지를 속속들이 알고 있었다.

그것들을 적절히 이용할 줄도 알았으며……. 그 바람에 명훈은 마침내 그 밤까지 거의 모두 털어놓지 않을 수 없었다.

묘한 자존심 때문에 조금씩 윤색하여 얘기하다 보니 새삼 경애가 그립고 그 밤이 아름답게 느껴졌다. 그러나 한편으로 왠지 경애의 벌거벗은 몸을 그가 함께 보고 있는 듯한 느낌이 들어 까닭 모를 수치심과 굴욕감에 시달려야 했다. 그 때문에 그 부분에서 진이 빠질 대로 빠진 채 나머지 두 달을 대강 얽고 났을 때는 벌써 통금 예비 사이렌이 울려 오고 있었다.

박 경사라 불리던 상고머리가 약한 술 내음까지 풍기며 들어온 것은 명훈이 쥐어짠 빨래처럼 후줄근해져 앉아 있을 때였다. 자기가 쓴 것을 훑어보고 있는 반장 쪽으로 가서 그것들을 말없이 넘겨보던 상고머리가 물었다.

"뭐 좀 나왔습니까?"

"글쎄 별로…… 하기야 아직 확인은 안 됐지만."

이렇다 할 표정 없이 그렇게 대답한 반장이 문득 시계를 보더니 자기가 쓴 것들을 챙겨 상고머리에게로 밀어 주며 말했다.

"아무래도 박 경사가 하룻밤 더 수고해 주어야겠어. 이거 좀 확인해 줘. 단 아직은 손대선 안 돼. 말로만 묻고 진술이 어긋나는 데가 있으면 체크만 해 놔. 곧 윤 경장 올 테니 그 사람한테도 그렇게 전하고."

"전모(全貌) 발표가 급한 모양이던데요. 이렇게 질질 끌 시간이 있겠습니까?"

상고머리가 못마땅한 듯 떨떠름한 목소리로 받았다. 명훈에게는 오싹하리만큼 위협적으로 들리는 말이었다.

"시키는 대로 해. 내일 아침에 봐."

반장은 긴말하지 않고 나갈 채비를 했다.

"알겠습니다."

상고머리는 그렇게 대답했으나 명훈은 왠지 반장만 나가면 금세 무슨 일이 날 것만 같았다. 10년이 지난 지금도 그 얘기를 할 때면 어김없이 어머니를 파랗게 질리게 만드는 6·25 전야의 엄혹한 취조와 고문이.

다행히도 상고머리는 반장의 지시에 충실했다. 하지만 반장의 기록을 하나하나 짚어 가듯 하며 묻다가 토씨 하나라도 달라진 게 있으면 금세라도 무섭게 주먹을 날릴 듯 몰아세우는 것이나 명훈이 조금이라도 조는 기색이 있으면 서류철로 책상을 후려치며 상소리를 퍼부어 대는 걸로 보아 그 방면으로 한가락 하는 사람임에는 분명했다. 열두 시쯤 돼 야근을 들어온 윤 경장이란 땅딸막한 사람도 반장보다 박 경사 쪽에 가까웠다. 그 바람에 명훈은 잠깐도 졸거나 방심하지 못하고 하얗게 밤을 새워야 했다.

저 문(門) 밖으로

오빠는 안동 시절로 돌아가고 있다. 아니 어쩌면 벌써 돌아갔는지도 몰라. 그 어둠 속으로, 폭력과 범법의 삶으로……. 영희는 콩나물과 비지찌개가 다 식어 가도록 비어 있는 밥상머리를 보며 그런 생각을 했다.

명훈은 벌써 사흘째 돌아오지 않고 있었다. 안동을 떠난 뒤로는 처음 있는 일이었다. 지난번 싸움으로 입원했을 때도 집에 돌아오지 못한 것은 닷새나 됐지만 입원한 다음 날로 연락은 왔었다.

하기야 다른 쪽으로도 전혀 상상이 가지 않는 것은 아니었다. 교통사고나 그 밖의 이런저런 뜻밖의 일들로 명훈이 연락조차 할 수 없는 상태에 빠져 있을지 모른다는 생각으로 가슴이 철렁할 때도 있었다. 그런가 하면 한편으로는 함께 근무한다는 장씨 아저씨에게 무슨 일이 있어, 대리 근무를 해 주느라 명훈이 몸을 빼지 못하는 쪽으로 생각할 수도 있었다.

그러나 이상하게도 무슨 고정관념처럼 영희를 사로잡고 있는 불안은 명훈이 돌아오지 않는 게 지난번 싸움과 연관된 것이라는 단정에서 비롯된 것이었다. 입원 이튿날 연락을 받고 달려갔을 때 명훈의 병실에서 본 사람들 때문이었다. 명훈과 한 반 친구들이라고 했지만 서넛 몰려와 있는 사람들 중에 학생 같은 느낌이 드는 사람은 별로 없었다. 안동 시절의 끄트머리, 명훈이 얼려 다니던 날치 오빠나 돼지머리, 딱새(영희는 그게 별명인 줄만 알았다.) 같은 패거리를 연상시키는 말투에다 아무리 고등학교 3학년이라고 하지만 복장들도 하나같이 교복 차림이 아니었다. 그중에서도 한눈에 깡패라고 알아볼 수 있는 것은 광철이란 이름보다는 깡철이란 별명으로 더 많이 불리던 사람이었다. 제법 기름까지 바른 고수머리에 농구화처럼 흰 끈으로 가슴께가 요란스레 여며져 있는 푸른 셔츠를 입고 앉아 있었는데 표독스러움과 날쌤이 온몸에서 그대로 뚝뚝 듣는 것 같았다.

거기다가 영희에게 더욱 섬뜩했던 것은 누워 있는 명훈의 변화였다. 한번 안동을 떠난 뒤로는 씻은 듯 지워졌던 뒷골목 티가 눈에 띄게 되살아나 있었다. 이를테면 커다랗고 거만스러워 뵈기까지 하는 몸짓, 허세에 찬 큰 웃음, 위악(僞惡)이라고나 이름해야 할 냉혹의 과장 같은 것들이었다. 서울에서의 2년은 집 앞 골목을 걸어 들어올 때도 웅크리고 걸었고, 어쩌다 동네의 조무래기 주먹들

이 걸어오는 시답잖은 시비도 빵집에서 굽신거리며 해결을 볼 정
도로 애써 그런 뒷골목 티를 감추려던 그였다.

변한 것은 그뿐만이 아니었다. 모니카를 대하는 명훈의 태도
도 영희에게는 뜻밖이다 싶을 만큼 달라져 있었다. 그동안 모니
카가 그렇게 안달을 해도 거들떠보지 않고, 억지로 마주 앉혀 놓
아도 못된 누이동생 마음 안 들어하는 오빠 같은 말투가 고작이
었는데, 갑자기 한 여자로 정중히 대하기 시작한 일이었다. 때 만
났다는 듯 엷은 화장까지 하고 과일에 꽃다발까지 마련해 문병을
간 모니카에게 명훈은 전에 없는 관심을 보이고 그녀의 아름다움
을 제법 추켜세워 주기까지 했다. 그리고 그동안 영희에게는 무슨
빚 같았던 그녀와의 영화 구경도 늦게 안 게 애석하다는 듯 선뜻
응낙해 주었다.

전혀 아무런 관련이 없는데도, 영희는 그런 명훈에게서 어린 나
이로 머리를 기르고 담배를 꼬나문 채 지나가는 아가씨들에게 휘
파람을 획획 불어 대던 안동 역전 시절의 모습을 문득 떠올렸다.

무엇이 오빠를 변하게 한 것일까. 무엇이 오빠를 그토록 기를
쓰고 빠져나오려고 애쓰던 삶의 방식으로 되밀어 넣고 있는 것일
까. 영희는 다시 그런 생각을 하다가 힐끗 책상 위에 놓인 시계를
보았다. 벌써 일곱 시 반에 가까웠다. 첫 월급에서 떼어 큰맘 먹
고 산 것이지만, 중고라 그런지 매일 시간을 맞춰도 언제나 오 분
쯤 빨랐다. 그 오 분을 보태도 이제는 더 명훈을 기다릴 시간이
없었다. 윤 간호원이 병원을 그만두어 여덟 시까지는 출근해야 했

기 때문이었다.

서둘러 아침밥을 먹고 집을 나선 영희가 병원에 이르러 문을 따는데 여덟 시를 알리는 괘종시계 소리가 들려왔다. 박 원장의 출근은 아홉 시였지만 그동안 영희가 해야 할 일은 많았다. 병원 안팎을 쓸고 바닥에 물을 뿌리고 책상이며 환자 대기용 소파 따위를 닦는 일만 해도 삼십 분 넘게 걸리는 데다, 어찌 된 셈인지 정규 간호원을 아직 구하지 못해 그 몫까지 해야 했기 때문이었다. 이를테면 의료 기구 소독이라든가 환자 기록 카드 정리 따위였다.

박치과가 간호원을 구하지 못하는 것은 사람이 없어서가 아니었다. 그사이 벌써 몇 명이나 왔다 갔지만, 병원에서는 거의 결정이 된 듯하던 사람도 원장 댁에 들러서는 그대로 퇴짜였다. 원장 아주머니가 까탈을 부리는 탓인데, 거기 대해서는 영희도 들은 게 있었다.

"이 양, 너도 조심해. 닥터 박은 여자 쪽으로 행실이 좋지 않은 사람이야. 아직 어린 이 양에게 이런 소리 하기 안됐지만, 그리고 6촌 형부도 형부라 막말하기 뻐젓잖지만, 닥터 박은 그쪽으로 좋지 않은 전력이 있어. 당숙모와 언니가 원체 꽉 잡고 있어서 그렇지, 그렇잖았음 벌써 일을 내도 여러 번 냈을걸. 거지 같은 걸 거둬 학교 시키고 딸까지 주었는데 은공도 모르고……."

결혼을 며칠 앞두고 병원을 그만두면서 윤 간호원이 털어놓은 말이었다. 그동안 그녀가 한낱 고용인이면서도 걸맞지 않게 박 원장을 빈정거리고 몰아세우던 까닭이 그제야 뚜렷해졌다.

그런데 이상한 것은 그 말을 받아들이는 영희의 감정이었다. 윤 간호원이 거짓말을 하고 있다고는 보이지 않으면서도, 또 그런 종류의 좋지 못한 행실에는 그 어떤 연령층보다 더 큰 혐오를 품게 마련인 나이인데도, 영희는 왠지 윤 간호원보다는 박 원장을 편들고 싶었다. 하루에도 몇 번씩 윤 간호원에게 전화를 해 박 원장의 동태를 감시하는 사모님이나 사흘에 한 번씩은 병원에 나와 수다를 떠는 박 원장의 장모에게 느끼는 적의만큼이나 알 수 없는 감정이었다. 가엾은 이. 무언가로 사모님이 병원까지 쫓아와 한바탕 몰아세우고 나가 버린 뒤 깎은 듯이 앉아 담배 연기만 뿜어 대고 있는 박 원장을 볼 때면 영희는 그런 앞뒤 없는 연민으로 가슴 저려 오곤 했다. 그리고 그때는 박 원장에게 퍼부어지는 모든 비난도 드센 처가가 그를 괴롭히기 위해 꾸며 낸 모함에 지나지 않는 것처럼만 보였다.

"혼자서 애쓰는구나."

진료실 청소를 끝낸 영희가 전기 곤로에 주사기가 든 냄비를 올려놓고 있을 때 박 원장이 들어오며 인사말을 건넸다. 괘종시계를 보니 여덟 시 사십 분, 평소보다는 이삼십 분 이른 출근이었다.

"안녕하세요? 오늘은 일찍 나오셨군요."

영희는 하던 일을 멈추고 일어나 국민학교 학생처럼 머리를 숙여 인사했다.

"음, 오늘은…… 그리 됐어."

그렇게 대답하는 박 원장의 얼굴이 그날따라 유난히 꺼칠했다.

면도를 않은 데다 눈에 붉은 기운이 도는 게 간밤 술이 지나쳤거나 전혀 눈 붙이지 못한 사람 같았다.

"어제 그 언니는 나오게 돼요?"

영희는 꼭 필요해서라기보다는 멍하니 자신을 바라보는 박 원장의 눈길이 거북스러워 간호원 일을 물었다. 묻고 보니 실은 그게 궁금하지 않은 것도 아니었다. 전날 간호고등학교를 졸업하고 치과에만 3년 근무한 경력이 있다는 아가씨가 왔는데, 박 원장은 이번에도 거의 결정한 듯했다. 그러나 박 원장의 살림집으로 가더니 소식이 없는 것으로 보아 글러 버린 듯도 하지만, 아직 그 확실한 결과는 듣지 못하고 있었다.

"이번에는 장모님이 나서서 안 되겠다는군. 며칠만 더 참으라는 거야. 믿을 만한 사람을 구해 놓았다고……. 왜? 혼자서 해내기 힘들어?"

"그런 건 아니지만…… 원장 선생님이 이것저것 불편하실 것 같아서."

"괜찮아, 어디 이게 한두 번인가. 또 어디선가 사돈의 팔촌 처제쯤 데려다 놓겠지."

박 원장이 그렇게 대꾸하고 한숨을 푹 쉬며 자기 의자에 가 힘없이 앉았다.

"참 알 수가 없네요. 병원 간호원 하나 쓰는데 안에서……."

영희가 다시 예의 그 앞뒤 없는 연민에 젖어 거기까지 말했다가 문득 입을 다물었다. 그게 오히려 박 원장의 상처를 건드릴 것 같아서였다. 그러나 박 원장은 별로 아파하는 기색 없이 그 말을 받았다.

"몰라, 아직? 윤 간호원한테 들어도 여러 번 들었을 텐데."

"그거야 뭐……."

"윤 간호원 말이 맞아. 나는 간호원을 건드리는 행실 좋지 못한 의사지. 그러니까 처가에서 온통 나서는 게 아니겠어?"

박 원장이 그렇게 말해 놓고 일그러진 웃음을 짓더니 문득 말머리를 돌렸다.

"그건 그렇고…… 나 아직 아침 못 먹었는데…… 어디 가서 해장국 하나 시켜 줄래?"

하지만 정말로 무얼 먹고 싶은 눈치는 아니었다.

"그래, 저쪽 시장통에 있는 해장국집이 입에 맞더군. 거기 가서 한 그릇 시켜 줘."

그렇게 병원에서 가장 먼 집을 지정해 주는 게 잠시 혼자 있고 싶어 하는 것 같았다.

영희의 짐작은 틀림없었다. 영희가 해장국을 시켜 놓고 병원으로 돌아오니 박 원장은 무언가 자신의 팔에 주사기로 찔러 넣고 있다가 급히 뺐다. 그리고 서둘러 주사 약병을 서랍에 감추며 소매를 내리는 게 적잖이 당황하는 눈치였다.

오래잖아 해장국이 왔을 때도 애초부터 거기에는 생각이 없었음을 금세 알 수 있었다. 박 원장은 몇 술 뜨는 시늉만 하고 그대로 그릇을 밀어 내놓았다. 그러나 영희는 그가 맞은 주사가 무슨 특별한 것이라고는 생각지 않았다. 다시 전날 같은 활기를 찾아 진료를 시작하는 그가 그저 반갑기만 했다.

박치과의 오전은 언제나 예약된 환자들로 바빴다. 부근에 제법 자리가 잡힌 주택가가 있어 이 치장에도 신경을 쓸 여유가 있는 환자 아닌 환자가 많은 덕분이었다. 주로 혈색 좋고 차림 요란한 중년 부인네들로, 그녀들은 멀쩡한 이를 갈고 거기다 금테 은테를 둘러 댔다. 어떤 아주머니는 앞니를 아래위 모조리 금과 백금으로 테를 씌우고도 모자라 어금니까지 금 칠갑을 해 대는 중이었다.

"미친 것들, 건강한 제 이보다 더 예쁜 게 어디 있어?"

때로 그렇게 뒤돌아서서 빈정거릴 때도 있었지만, 박 원장은 대체로 그런 고객들에게 상냥하고 부드러웠다. 고객들의 호감도 상당한 편이어서 어떤 아주머니는 이보다 박 원장을 보러 오는 게 아닌가 싶을 만큼 사흘거리로 드나들었다. 거기다가 설비가 좋고 되도록 아프지 않게 치료하려고 애쓰는 박 원장의 성의가 겹쳐 치과라면 겁부터 내는 사람들도 한 번 다녀간 뒤로는 꼭 박치과를 찾았다.

"미스 리, 환자가 없으면 차 한 잔 끓여 잠깐 들어와."

겨우 여유가 생겼다는 듯 박 원장이 그렇게 영희를 부른 것은 그날 오후 세 시쯤 되었을 때였다. 무슨 특별한 얘기가 있는 듯했다.

영희가 차를 끓여 진료실로 들어가자 박 원장은 환자 보호자용 의자를 가리키며 말했다.

"거기 좀 앉아. 물어볼 게 있어."

"뭔데요?"

그의 착 가라앉은 목소리에 이상스러운 불안을 느끼며 영희가 선 채로 물었다. 영희의 굳은 얼굴이 보기 안됐던지 박 원장이 애써 미소를 지으며 영희를 안심시켰다.

"너무 긴장할 건 없고…… 집안일 몇 가지 물을 게 있어서……."

"집안일……요?"

"그래, 별건 아니지만…… 영희 아버지에 대해 좀 알고 싶은데."

그 말에 영희는 문득 긴장했다. 전쟁이 끝난 뒤로 아버지란 말과 연관되어 좋은 일은 하나도 없었던 데서 온, 거의 본능적인 긴장이었다.

"영희는 아버지가 안 계시다고 그랬지?"

"네."

"6·25 사변 땐가?"

"네, 그때 행방불명되셨어요……."

영희는 낯선 사람들에게 말해 오던 것처럼 납치라고 하려다가 차마 그렇게는 할 수 없어 행방불명이란 애매한 말을 썼다. 그런 영희를 가만히 바라보던 원장이 한층 목소리를 부드럽게 해 말했다.

"행방불명이 아니라…… 월북이지."

"네? 그거 어떻게 아셨어요?"

영희가 깜짝 놀라 물었다. 그런 영희를 안심시키려는 듯 박 원장이 빙긋 웃음까지 지어 보이며 말했다.

"경찰이 왔었어. 어제 네가 학교에 간 뒤에. 하지만 걱정할 건 없어. 이제 다시는 안 올 거니까."

"무슨 일로 왔어요?"

"실은 내가 묻고 싶은 게 그거야. 경찰에서도 무얼 크게 기대하고 온 눈치는 아니고, 나도 왠지 자신 있어 다시 올 것 없다고 말해 보냈는데, 혹 최근에 아버지 소식 들은 거 없어?"

"없어요, 전혀."

영희는 갑자기 후들후들 떨려 오는 몸을 억지로 가누며 자신도 모르게 목소리를 높였다.

"그럼 됐어. 실은 그쪽도 자기들이 뭔가 잘못 짚은 걸 알고 있는 듯한 눈치였어."

"……"

"긴장하지 마. 그리고 한 가지, 나는 네 편이야. 그냥 한번 물어보았을 뿐이니까 안 들은 걸로 쳐도 좋아."

거기서부터 박 원장은 공연한 걸 얘기했다는 표정으로 얘기를 애써 대수롭지 않은 것으로 돌리려 했지만, 영희는 거의 그의 말을 알아듣지 못했다. 한동안 아버지에 관해 이것저것 묻는 말에 되는 대로 대답하다가 불쑥 물었다.

"잘못 짚었다는 건…… 뭐였어요?"

"글쎄, 내 짐작이지만 영희 아버지가 다시 남파돼 온 게 아닌가하는 의심 같았어. 그런데 새삼 그건 왜? 전에 영희가 그러지 않았어? 이제 다시 그 문제로 경찰이 찾아오지는 않는다고."

"아버지가 왔다고요?"

영희는 섬뜩함과 야릇한 기대가 뒤엉킨 착잡한 기분으로 혼잣말처럼 물었다. 섬뜩함은 언젠가 안동에 살 때 일본에서 아버지가 편지를 보냈다는 터무니없는 정보로 어머니와 오빠가 며칠간이나 시달린 기억 때문이었고, 기대는 갑자기 치솟는 애틋한 그리움 때문이었다. 그러나 여자이어서인지 더 세찬 것은 그리움 쪽이었다. 아아, 아버지, 그렇게라도 와 주셨으면……. 그런 앞뒤 없는 생각에 금세 눈물로 쏟아질 것만 같았다. 이제는 그 모습도 목소리도 기억에서 희미해진, 그저 어떤 커다란 따뜻함과 부드러움의 추상이어서 더욱 그랬는지도 모를 일이었다.

"아마…… 무슨 잘못된 제보가 있었던 것 같아. 그래서 열심히 조사했지만 이리저리 허탕만 치고 마지막으로 네게 한번 물어볼 생각을 했던가 봐. 자, 이젠 그 얘기 그만하지. 안 해 줘도 될 얘길 내가 괜스레 해 준 것 같아."

박 원장은 그렇게 서둘러 얘기를 맺고 멍하니 서 있는 영희의 기운을 돋워 주려는 듯 쾌활하게 덧붙였다.

"힘을 내. 나는 영희가 그렇게 훌륭한 집안의 딸인 줄은 몰랐어. 화전민과 산판 인부 사이를 떠돌다 겨우 땅마지기 장만해 눌러앉은 일자 무식꾼의 아들인 내게는 부러울 뿐이야. 긍지를 잃지 마."

그러나 영희에게는 그때부터 다시 그의 말이 하나도 귀에 들어오지 않았다.

영희에게 문득 명훈이 사흘이나 돌아오지 않는 것도 경찰과 관계된 게 아닌가 하는 생각이 든 것은 그로부터 한 반 시간 뒤였다. 한번 그런 생각이 들자 영희는 그대로 앉아서 배길 수가 없었다. 그래, 먼저 경찰서에 물어봐야지, 미군 부대도 가 보고. 그 어디에도 없으면 밀양에 알려 어머니를 불러야 한다. 오빠를 찾아야 해. 잠깐 동안에 그렇게 할 일을 생각해 낸 영희는 한창 환자의 덧니를 갈아 대고 있는 박 원장에게 가서 소리치듯 말했다.

"저, 오늘 일찍 좀 가 봐야겠어요."

그러고는 기계 소리에 그 말을 잘 알아듣지 못해 멍하니 바라보는 박 원장의 허락도 받지 않고 주섬주섬 옷을 갈아입었다.

"뭐라고 했어?"

박 원장이 환자를 잠시 버려두고 진료실 밖으로 고개를 내밀며 물었다.

"집에 가 봐야겠어요. 오빠를 찾아야 돼요."

"오빠를?"

"네, 벌써 사흘째 돌아오지 않았어요."

영희는 그렇게 대답하고 뛰듯이 병원을 나섰다. 한참을 걷다가 문득 미안해져 돌아보니 박 원장이 문께까지 나와 자신의 뒷모습을 물끄러미 바라보고 서 있었다.

박치과를 뛰어나올 때만 해도 이런저런 계획이 없었던 것은 아니었으나, 막상 큰길가에 나서자 영희는 갑자기 막막해졌다. 경찰에 가서 물어본다고 쳐도 어디 가서 어떻게 물어야 할지 알 수가 없었다. 동네 파출소도 경찰은 경찰이지만 기껏해야 순경 네댓으로 운영되는 변두리 파출소가 그런 어마어마한 대공 업무를 떠맡을 리 없다는 것쯤은 영희도 알고 있었다. 그러나 경찰서를 찾아간다 쳐도 막막하기는 마찬가지였다. 우선 어떤 경찰서를 찾아가느냐에서부터 어느 부서, 어느 누구에게 명훈의 행방을 물어야 할지가 짐작조차 되지 않았다.

거기다가 명훈이 경찰에 끌려갔는지 아닌지조차도 아직은 뚜렷하지 않았다. 정말로 끌려갔다 쳐도 자신이 가서 만날 수 있을까 의문인 데다, 그게 아닐 경우는 공연히 일을 어렵게 만들 수도 있었다. 경찰은 그럴 생각이 없는데 먼저 들쑤셔서 의심을 사는 꼴이 된다면…… 그 뒤가 상상만으로도 섬뜩했다.

그 바람에 영희는 곧 미군 부대부터 먼저 찾아가 보는 쪽으로 생각을 바꾸었다. 먼저 거기 가서 명훈의 소식을 알아보고 거기서도 알 수 없으면, 그때 다시 경찰 쪽으로 가 볼 작정이었다. 경찰과 맞부딪치는 것이 까닭 없이 겁나고 싫어, 사는 데 어지간한 불편이 있더라도 되도록이면 경찰을 피하는 그들 가족 공통의 감정도 영희의 그 같은 결정을 한몫 거든 것임에 틀림없었다.

하지만 미군 부대에서 명훈의 소식을 알아보는 것도 곧 쉽지는 않았다. 말이 미군 부대지 용산 언저리에서 이태원까지 끝도 없이 둘러쳐진 철조망과 크고 작은 수많은 출입문 어디로 가서 명훈을 찾아야 할지부터가 캄캄했다.

육본(陸本) 앞에서 버스를 내린 영희는 거의 한 시간 동안이나

이 게이트, 저 게이트를 기웃거리며 빙빙 돌았다. 처음에는 떼 지어 나오는 미군 병사들, 특히 흑인 병사들이 두려워 게이트로 다가갈 수가 없었고, 다음에는 양공주와 그들 간에 벌어지는 노골적이고 추잡스러운 흥정 때문에 게이트 앞을 지날 때는 자신도 모르게 걸음이 빨라졌다. 마침 거기 도착한 시간이 일과가 끝난 직후여서 그랬지만, 그걸 알 리 없는 영희에게는 명훈이 지난 2년 동안 거기서 일했다는 게 새삼 끔찍한 일로 여겨졌다. 자신의 다섯 배에 가까운 명훈의 봉급과 얼마 전 독립기념일인가 뭔가 하던 때 명훈이 얻어 온 선물 — 와이셔츠 상자 두 개는 됨직한 마분지 상자에 삶아서 찢은 칠면조 고기가 가득 들어 있었다. — 따위로 넉넉함과 너그러움만이 그들의 전부인 것인 양 알고 있었던 영희에게는 그런 미군 부대 주변의 지저분함이 너무나도 뜻밖이었다.

영희가 용기를 내어 어떤 게이트께로 다가간 것은 양쪽으로 군데군데 게이트가 나 있는 큰길을 두어 번 오르내린 뒤였다. 어떤 미군 동상(콜트 장군 동상)이 있는 데서 두 번째인가 세 번째 문으로 한국 사람들이 줄지어 나오고 있는 걸 보고 다가간 영희가 그 중에 한 맘씨 좋아 뵈는 중년을 골라 물었다.

"저어…… 아저씨."

"왜 그래?"

영희가 그렇게 더듬거리며 다가가자 그 아저씨가 걸음을 멈추고 영희의 아래위를 살피면서 그렇게 물었다.

"사람을 찾으러 왔는데요. 어떻게 하면 만날 수 있을지 몰라서……."

"누군데?"

"이명훈이라고, 제 오빠예요."

"그게 아니고, 무얼 하느냔 말이야. 카투사야? 군속이야? 아니면 한국인 종업원이야?"

별로 쌀쌀맞은 말투도 아니었는데 그가 그렇게 묻자 영희는 갑자기 당황스럽고 말문이 막혔다. 자신이 알고 있는 오빠의 직책이 그가 말한 그 어느 것에 속하는지 알 수 없었기 때문이었다.

"보일러 맨이라고 하던데요……. 전에는 하우스 보이 일을 했고."

영희가 한참 만에 겨우 그렇게 대답하자 그가 다시 다정하다고도 쌀쌀맞다고도 할 수 없는 어조로 받았다.

"그럼 종업원인데 어디서 일한다고 그래?"

"어디서라뇨? 그냥 미군 부대……."

"그게 아니고, 사령부 쪽이냐 사병 막사 쪽이냐 장교 숙소 쪽이냔 말이야. 그걸 모르면 찾지 못해."

"장교 숙소 쪽 같아요."

잠시 기억을 더듬던 영희가 그렇게 어림잡아 대답했다. 명훈이 띄엄띄엄 들려준 부대 얘기 중에 무슨 대위 무슨 소령 하는 이름을 많이 들은 데다 보일러도 주로 목욕물을 데운다고 한 것 같았기 때문이었다. 그러자 그 아저씨가 길 건너의 한 출입구를 가리키며 말했다.

"그럼 저쪽에 가서 알아봐. 하지만 낮 당번이면 벌써 퇴근했을 걸."

이미 일과가 끝난 지 오래되어서인지 그 남자가 일러 준 게이트는 제법 한산해져 있었다. 뚱뚱하고 나이 들어 뵈는 백인 헌병 하나와 엉덩이가 유난스레 튀어나온 흑인 헌병 하나가 무언가를 낄낄거리고 있다가 이따금씩 나오는 한국인 종업원들의 몸을 뒤지곤 했다.

영희는 공연히 그들이 두려울 뿐만 아니라 다가가 봤자 말이 통할 리 없어 알맞은 한국인 종업원이 나오기만을 멀찌감치에서 기다렸다. 얼마 안 있어 30대 후반의 아주머니 하나가 게이트를 나오는 게 보였다. 차림이나 행동거지로 보아 양공주 같지는 않았지만, 손짓 섞어 미군 헌병들과 농담을 주고받는 게 부대 안에서 일하는 사람임에는 틀림없어 보였다.

쭈뼛거리며 그녀에게로 다가간 영희는 조금 전 길 건너 게이트 쪽에서의 경험을 살려 명훈을 만날 수 있는 길을 물어보았다. 놀랍게도 그녀는 바로 명훈을 알았다.

"아, 명훈이 학생? 내가 알지."

영희가 몇 마디 하기도 전에 그렇게 말하더니 문득 무슨 생각을 했는지 얼굴빛을 흐리며 말을 이었다.

"그런데 참 요즘 그 학생 잘 안 보이더라. 못 본 지 한 사나흘 되지, 아마."

"그럼 부대에 출근도 안 했어요?"

가슴이 철렁해진 영희가 다급히 물었다. 그녀가 기억을 되살리려고 애쓰며 대답했다.

"어제오늘은 틀림없이 본 적이 없는 것 같아. 맞아, 조금 전 장씨가 벌써 사흘째 곱빼기 근무를 하고 있다고 투덜댔지."

"장씨 아저씨는 오빠가 왜 결근하는지 이유도 모른대요?"

"오빠? 그럼 명훈이 학생 누이동생이야?"

"네."

"그런데 집에서도 그 이유를 모른단 말이야?"

"네, 벌써 사흘째 들어오지 않았어요."

"그래? 그것 참 알 수 없네."

"어떻게 한번 알아봐 주시겠어요? 장씨 아저씨한테라도 무슨 말 하고 간 게 없는지."

"그거야 어렵잖지만……."

그 아주머니가 그렇게 말끝을 흐리고 잠깐 무엇을 생각하더니 선선히 돌아섰다.

"좋아, 내 잠깐 알아봐 주지."

그리고 게이트 안으로 들어간 아주머니는 한 반 시간쯤 지나서야 다시 나왔다.

"장씨는 잘 모르고, 반장 최씨가 알 거라고 해서 만나 보려니 이놈의 영감쟁이가 어디 가 있는지 찾을 수가 있어야지. 휴, 사무실에 가서 겨우 알았네."

"그래, 오빠가 왜 안 나온대요?"

"학생, 놀라지 마. 경찰에 불려 갔대."

"네엣, 언제요?"

"그저께 저녁에."

"왜? 무엇 때문에요?"

영희는 얼음 구덩이에라도 처박힌 것처럼 갑작스러운 한기로 몸을 떨며 그렇게 물었다. 기어이 왔구나, 아버지가 정말로……. 그런 생각이 들자 그대로 심장이 얼어붙는 듯했다. 박 원장에게서 처음 아버지 얘기를 들었을 때와는 전혀 다른 느낌이었다.

"그건 잘 모르겠대. 어쨌든 경찰 쪽으로 가서 알아봐. 아니, 어른들에게 그렇게 말씀드려서 그쪽을 알아보시라고 그래."

거기까지 따뜻하게 일러 준 아주머니가 힐끗 손목시계를 들여다보더니 갑자기 서두르는 기색으로 영희의 새로운 물음을 떨쳐 버렸다.

"그럼 난 가 봐야겠어. 여긴 아무것도 모르는 모양이니 학생도 어서 돌아가. 어른들께 그리 알리는 게 좋겠어."

그리고 그동안의 지체를 그걸로 메우겠다는 듯 종종걸음을 치기 시작했다.

고맙다는 인사도 잊고 한참을 멍하니 섰던 영희는 이윽고 정신을 가다듬어 다음으로 자신이 할 일을 생각해 보았다. 어른들께 말씀드리라는 말을 들어서인지 그녀 자신이 경찰서로 명훈을 찾아간다는 것은 얼마 전보다 훨씬 엄청난 일처럼 여겨졌다. 영희는 먼저 그런 자신을 도와줄 만한 서울의 친척들을 떠올려 보았다. 몇 대를 독자로 내려와서인지 친가 쪽으로는 마땅한 사람이 떠오르지 않았다. 다만 국군 중령으로 있는 이모부가 떠올랐으나, 지난해까지만 해도 서울 근교 부대에 있다가 그 봄에야 서울로 옮겨 와 집을 찾기가 쉽지 않을 것 같았다. 어머니에게 전보를 칠까. 영희는 다시 그런 생각을 해 보았지만 그것도 가장 좋은 방도 같지는 않았다. 벌써 우체국이 문을 닫았을 시간이려니와 그렇게 어머니를 놀라 달려오게 했다가 큰일이 아닐 경우 듣게 될 꾸중이 겁났다.

그러다가 영희는 문득 박 원장을 떠올리고 그에게 부탁하기로 마음을 굳혔다. 그의 처가 쪽에 누군가 경찰에 힘 있는 사람이 있다는 말을 들은 적이 있는 데다, 그렇지 않더라도 그 정도의 신분이라면 어떻게 알아볼 수 있을 것도 같았기 때문이었다.

치과로 돌아가니 박 원장은 혼자서 저녁을 먹고 있는 중이었다. 간호원이 없어 병원을 비우지 못하고 저녁을 집에서 날라 온 듯했다. 그를 보자 왠지 갑자기 서러워진 영희가 울먹이며 미군 부대에 찾아갔던 일을 얘기했다. 그 얘기를 들은 박 원장은 이어 영희가 무슨 부탁을 하기도 전에 자신이 먼저 명훈의 일을 알아보겠다고 나섰다.

"그럼 내가 한번 물어보지. 어디 가서 저녁이나 먹고 와. 그 시간 정도면 결과가 나올 거야."

그러면서 바로 전화기를 들었다. 영희는 저녁 생각이 없어 그 자리에서 기다렸다.

박 원장이 누구에겐가 부탁을 한 전화의 회신이 온 것은 그로부터 한 시간쯤 지난 뒤였다. 참다 참다못해 아픈 이를 싸안고 달려온 듯한 할머니를 치료한 뒷설거지를 하고 있는데 전화벨이 요란하게 울렸다.

"응, 그래, 나야. 알아봤어?"

박 원장이 송수화기를 들고 영희보다 더 급한 듯 상대편을 재촉해 댔다. 저편에서 무슨 설명을 길게 하는지 한동안 박 원장은 응, 응, 대꾸만 하며 듣고 있었다.

"알았어. 고맙네."

이윽고 그렇게 전화를 끊은 박 원장이 고개를 기웃기웃하며 영희에게 말했다.

"거참 이상하네. 시내 어떤 서(署)에도 이명훈이란 학생은 없다는구먼. 유치장은 말할 것도 없고 입건조차 돼 있는 서가 없다는 거야."

"혹시…… 잘못 안 게 아닐까요?"

"검사가 알아보았으니 틀림없겠지. 그리고 영희를 찾아왔던 형사도 그래. 만약 오빠를 사흘씩이나 가둬 두고 취조를 해야 할 사건이었다면 왜 그렇게 쉽게 돌아갔겠어? 내 느낌은 틀림없이 무언가 잘못된 줄 알면서도 마지못해 둘러보고 간다는 식이었는데…… 혹 오빠 직장 쪽의 사람들이 뭘 잘못 안 게 아닐까?"

박 원장은 영희를 안심시키려고 엷은 미소까지 지었지만, 영희는 그게 오히려 더 불길하고 두렵게 느껴졌다. 갑자기 명훈이 살아 있는지 죽었는지조차가 걱정되기 시작한 까닭이었다. 그때 박 원장이 무얼 깨우쳐 주듯 가만히 말했다.

"그러지 말고 먼저 집에부터 가 봐. 어쩌면 오빠가 돌아와 있을지도 모르잖아?"

그 말을 듣자 영희는 갑자기 급해졌다. 박 원장에게 인사를 하는 둥 마는 둥 치과를 나와 이미 어두워진 골목길로 종종걸음을 쳤다.

명훈은 정말로 돌아와 있었다. 방 안의 불은 꺼져 있었지만 툇마루 밑에 희끄무레하게 보이는 것은 틀림없이 명훈이 신고 나간 흰 농구화였다.

"오빠!"

영희는 반가움과 기쁨으로 자기도 모르게 소리치며 뛰어들어 방문을 홱 열어젖혔다. 그러나 방 안의 명훈은 아무런 대꾸가 없고 놀란 주인아주머니만 안채 부엌문을 열고 달려 나왔다.

"아이, 깜짝이야. 오늘 이 사람들이 왜 이래? 남매가 짜고 사람 놀라게 하려고 작정이라도 했어?"

"네? 그게 무슨 말씀이세요?"

영희가 퍼뜩 정신이 들어 주인아주머니를 돌아보며 물었다.

"무슨 말씀이나마나 방 안에 들어가 보기나 해. 뭘 들부쉈는지 한참이나 요란스러웠으니까."

"오빠는요?"

"발을 이고 나가지 않은 담에야 방 안에 있겠지. 어서 들어가 보기나 해."

주인아주머니가 툇마루 아래 놓인 신발 쪽을 흘기며 그렇게 쏘아붙이고 부엌문을 소리 나게 닫았다.

그러고 보니 영희의 눈에도 어둑한 방 안에 무언가가 어지럽게 널려 있는 게 보였다. 영희는 조심조심 방 안으로 들어가 불을 켰다. 방 안은 한바탕 싸움이라도 있었던 듯 그야말로 난장판이었다. 함부로 찢어 내던진 책들과 팽개쳐진 액자, 그리고 부서진 석고상이 액자에서 깨져 나온 유리 조각들과 함께 방바닥을 발 디딜 틈 없이 뒤덮고 있었다. 명훈은 그 한구석에 쓰러져 죽은 듯 자고 있었다.

술이라도 마셨는가 싶어 영희는 가만히 명훈의 숨결을 냄새 맡았으나 술 냄새는 전혀 나지 않았다. 그게 오히려 영희를 섬뜩하게 해 새삼 방 안을 둘러보게 만들었다. 팽개쳐진 것은 하나같이 명훈이 아끼던 것들이었다. 영희는 먼저 액자부터 집어 들었다.

문(門)들은 항시 닫혀 있고

너는 다만 그 밖에서 환하구나

길,

한 10년 좋이 돌아

꿈결인 듯 이른 고향 동구(洞口).

이우는 세월의 바람 소리를 들으며

코스모스, 창백한

네 고독을 노래한다.

그해 봄 「코스모스」란 제목의 그 시가 두 번째로 《학원》지에 실렸을 때 그렇게도 기뻐하던 명훈이었다. 그 시를 경애라는 언니가 시화(詩畵)로 만들어 액자에 넣어 준 것인데 명훈은 그 뒤 집 안의 어떤 것보다도 그걸 아꼈다. 요즈음은 명훈이 그녀 이름을 입에 담는 일조차 없어졌지만 영희는 그때 경애라는 여자가 틀림없이 명훈의 애인일 거라고 단정하고 은근한 시샘까지 느꼈다. 그 때문에 명훈이 더욱 그 액자를 아낀다고 생각해 왔는데, 이제 박살이 나서 방바닥을 뒹굴고 있었다.

석고상 역시 그 여자와 관계 있는 선물이었다. 지난 연말 명훈이 싱글벙글거리며 가져온 것으로, 서양의 어린 소년과 소녀가 서로 안고 얼굴을 비벼 대는 귀여운 모습이었다. '1958년 X-마스에 누나가.' 바닥에 못 같은 것으로 새긴 그런 글자가 있는 걸 뒤늦게 안 명훈이 실쭉한 얼굴로 그걸 깎아 내 버리기는 했지만, 그것 또한 아끼기는 시화 액자에 못지않았다. 그런데 이제는 그 석고상도 형체를 알아보기 힘들 만큼 처참하게 부서져 방바닥을 뒤덮고 있을 뿐이었다. 하지만 그것들보다 더욱 영희를 섬뜩하게 만든 것은 거칠게 찢겨 흩어져 있는 책들이었다. 『소야(小野) 영문법』, 『간추린 국사』, 『기초 수학』 또 무엇무엇⋯⋯. 지난 늦여름 그런 책을 한 아름 사 들고 들어오던 명훈의 환하고 생기 차던 얼굴이 문득 영희의 머릿속에 떠올랐다.

"우리는 아버지 때문에 이 사회에서 문밖으로 밀려난 사람들이야. 나는 그 문밖에서 개처럼 천덕꾸러기가 되어 뒹굴며 살다가 끝날 줄 알았는데 이제 달라졌어. 나는 이 책들로 그 문을 당당히 두드려 보겠다. 반드시 좋은 대학에 내 실력으로 합격해서 그 문안으로 들어가겠어."

명훈은 그렇게 다짐하며 그날부터 거기 매달렸다. 모르긴 하지만, 두 달 전인가 갑자기 학교를 며칠씩 나가지 않고 어딘가를 헤매고 다니는 듯한 느낌을 주던 그때까지만 해도 명훈은 틈만 나면 그 책들을 꺼내 읽는 시늉은 냈다.

그걸 생각하자 영희는 갑자기 명훈의 지난 사흘보다 앞날이 더 불안해졌다. 지난 사흘은 명훈에게 그 같은 돌변을 가져온 원인으로서만 궁금할 뿐이었다. 오빠는 정말로 영영 문밖만 돌며 살기로, 저 안동에서와 같은 방식의 삶으로 되돌아가기로 작정을 하고만 것일까. 영희는 그런 불안으로 방을 치운 뒤 몇 번이나 명훈을 흔들어 보았으나 명훈은 나무토막처럼 쓰러져 깨어날 줄 몰랐다.

어두운 열정의 한낮

명훈이 잠에서 깬 것은 열 시가 넘어서였다. 전날 집에 돌아와 누운 게 저녁 여섯 시쯤이었으니까 줄잡아 열다섯 시간을 잔 셈이었다. 꼬박 이틀 밤을 새운 정신은 그래도 아직 잠에 욕심을 부렸지만 벌써 회복된 젊은 몸은 더 누워 있기를 원치 않아 명훈은 자리를 걷고 일어났다. 실은 잠도 두어 시간 전부터는 간간이 의식을 헤집고 들어오는 거리의 소음과 짧은 악몽이 뒤엉킨 수잠이었다.

갑자기 심한 공복감이 일었으나 명훈은 우선 세수부터 하고 싶어 밖으로 나갔다. 사흘이나 씻지 못한 걸 기억해서라기보다는 왠지 얼굴이 붓고 근질거리는 느낌이 들어서였다. 집 안은 조용했다. 햇볕으로 미지근해진 물이었지만 세수를 하고 나니 한결 머릿속이 맑아졌다.

그런데 명훈이 줄에 널린 수건을 걷어 얼굴을 닦으며 툇마루로 다가들 때였다. 문득 부엌 쪽 툇마루 끝에 놓인 쓰레기통에서 무언가가 햇볕을 받아 반짝이는 게 눈에 들어왔다. 무심코 보니 유리 조각과 에나멜 칠한 석고 조각들이었다. 그 석고 조각 중에서 부서진 소년의 얼굴 부분을 보며 명훈은 흠칫했다. 경애가 선물한 석고 인형의 일부였기 때문이었다. 저걸 누가 부수었어. 명훈은 그렇게 불끈하다가 갑자기 매운 채찍질이라도 당한 사람처럼 움찔하며 전날 저녁의 일을 기억해 냈다. 자신이 발작적으로 그 석고 인형과 시화 액자를 방바닥에 태질한 게 퍼뜩 떠올랐기 때문이었다.

　한 가지가 떠오르자 기억은 꼬리에 꼬리를 물고 긴 잠으로 잠깐 잊고 있었던 지난 사흘의 일들을 명훈의 머릿속에서 펼쳐 나가기 시작했다.

　……끌려간 첫날 명훈은 상고머리와 박 경사란 또 한 사람의 취조관에게 시달리며 하얗게 밤을 새웠다. 반장이 세 시간 동안 받은 진술을 그들은 옴니암니 따져 가며 아홉 시간이나 걸려 확인했다. 반장이 다시 그 방으로 들어온 것은 다음 날 오전 열 시쯤이었다. 이제는 보내 주거나 최소한 재워는 주겠지 싶었는데 그게 아니었다. 반장은 다시 세 번째로 명훈의 지난 삼 개월을 파고들었다. 그제야 명훈은 그들이 그 삼 개월 자체가 궁금한 게 아니라 진술이 정말인가 거짓말인가를 확인하고 있음을 알았다.

반장이 참을성 있게 똑같은 물음을 하는 그 낮 동안 다른 두 사람은 여기저기 협조를 얻어 따로이 조사를 진행시키는 것 같았다. 저녁이 되자 그들 셋은 앉은 채로 졸고 있는 명훈을 두고 자기들끼리 무언가를 한 삼십 분쯤 의논했다. 그러다가 석 달 중에서 한 열흘만 뽑아 집중적으로 캐기 시작했다.

　그들은 되도록이면 명훈이 그동안 서울을 떠나 어디선가 다른 곳에서 다른 사람들을 만난 쪽으로 몰아가려 했다. 명훈은 쏟아지는 잠과 싸우면서도 그게 어떤 뜻인지를 이내 짐작했다. 남파된 아버지와의 접선, 또는 어떤 임무의 수행을 위한 시간으로 그 열흘을 의심하고 있는 게 틀림없었다.

　그 바람에 본능적인 위기감에 빠진 명훈은 그가 지닌 정신력을 다해 그들이 지적한 열흘을 기억 속에서 되살렸다. 원래도 기억력은 남에게 뒤지지 않던 명훈이었다. 어렵게 어렵게 그 열흘 동안 자신이 틀림없이 서울에 있었음을 증명할 만한 장소나 사람들을 찾아내긴 했지만, 그게 대강 맞춰지자 다시 날은 하얗게 밝아 있었다.

　눈 붙일 틈을 주지 않고 그 확인이 시작되었다. 취조하는 사람들이 가혹해서라기보다는 그들도 어떤 시한에 쫓기는 듯했다. 그들은 틈만 나면 졸아 대는 명훈을 데리고 이곳저곳을 찾아다녔다. 그런데 정말로 괴로운 것은 명훈이 증인으로 내세운 사람들의 태도였다. 경애와 함께 들어갔던 여관의 안주인이나 술집 종업원들 같은 사람들도 잘해야 "글쎄요……." 하는 대답이었고, 심하면 본 적이 없다고 단언하기까지 했다. 흑석동을 헤맬 때 점심을 먹었던 국밥집의 아주머니와 근처 다방 아가씨들도 그랬고, 명훈이 매일 거의 빠짐없이 나갔던 도장의 관장이나 사범들까지도 명훈이 받고 있는 혐의를 알고는 까닭모르게 주눅 들어 하며 명확한 증언을 피했다.

그렇게 한나절이 지나자 명훈은 몸과 마음이 아울러 지치고 허탈해졌다. 이제는 어쩔 수 없이 이 사람들의 주문대로 자백해 주는 수밖에 없구나, 하는 생각이 들면 반짝반짝 긴장이 되살아나다가도 이내 될 대로 되라는 심경이 되며 아무 데서나 쓰러져 자고만 싶었다.

그런데 그날 오후 다섯 시쯤 되어 참으로 허망한 결말이 전달되었다. 무언가 국(局)에 연락을 취하러 갔던 상고머리가 비실비실 웃으며 돌아와 반장이란 사람에게 말했다.

"반장님, 돌아오시랍니다. 여섯 시에 발표가 있답니다."

"뭐야? 이쪽 조사는 어쩌고?"

반장이 어이없다는 듯 그렇게 물었다. 상고머리가 힐끗 명훈을 곁눈질하며 민망스러운 듯 목소리를 낮추었다.

"짐작대로 지나친 확대 수사였던 것 같습니다. 저 학생은 돌려보내고 그만 국으로 복귀하라는 지시였습니다."

거기까지 듣자 그나마 명훈을 지탱시켜 주던 모든 긴장이 일시에 풀어지며 명훈은 하마터면 그 자리에 풀썩 주저앉을 뻔했다. 갑자기 머릿속이 휑해져 잠시 넋을 놓고 서 있는데, 꿈결에서처럼 반장의 투덜거림이 들리다가 상고머리의 나직한 말소리가 그 뒤를 이었다.

"이동영이 남파되었다는 것은 역시 무근한 소리였던 것 같습니다. 아무러한들 쉰이 가까운 그런 거물을 한낱 간첩으로 남파하기야 하겠습니까……."

그러나 반장은 한동안 대꾸가 없었다. 명훈은 고개조차 돌릴 힘이 없어 멍하니 발끝만 내려보고 있는데 반장이 문득 그쪽으로 눈길을 돌리며 말을 붙였다.

"몹시 지쳐 보이는군. 우리 어디 들어가 쉬어 갈까?"

이상하게도 유혹적으로 들리는 말이었다. 그러나 그쪽 일이 풀린 걸 알자 그때껏 명훈의 마음 한구석으로 물러나 있던 다른 걱정이 문득 고개를 들어 그 유혹을 물리치게 했다.

"아니, 괜찮습니다. 저를 보내 주셔도 된다면 여기서 저는 이만 돌아가 보겠습니다."

명훈은 안간힘을 다해 몸과 마음을 추스르며 그렇게 부탁했다. 그 절박함이 새로운 힘이 되어 그를 지탱시켜 주고 있는 걱정거리란 다름 아닌 일자리였다. 이제 풀려나겠다 싶자 자신이 처음 연행되던 날 노무처에서 보았던 본사 직원의 싸늘한 눈초리가 떠오른 까닭이었다.

명훈이 속해 있는 용역 회사는 두 패거리로 나누어져 다툼이 심했다. 하나는 사장의 아우인 양 상무파였고 하나는 사장의 동서가 되는 임 전무파였다.

명훈에게 일자리를 주고, 하우스 보이에서 보일러 맨으로 옮겨 앉도록 끌어 준 것은 바로 임 전무였는데, 아무래도 이번 일이 명훈 자신뿐만 아니라 그에게까지 영향을 미칠까 걱정되었다. 그렇게 되면 명훈의 일자리는 그대로 날아가 버릴 것이기 때문이었다.

명훈은 먼저 미군 부대에 들러 공기를 알아보고 심상치 않으면 임 전무에게 연락을 할 참이었다. 하지만 아무리 그 일이 급하고, 명훈이 건장한 젊은이라 해도 이틀 밤을 거듭 새운 몸으로는 역시 무리였다. 사과인지 변명인지 모를 말을 장황하게 늘어놓은 뒤 반장과 상고머리가 떠나자마자 그대로 쓰러질 것만 같아 명훈은 얼핏 눈에 띄는 다방으로 휘청휘청 들어갔다. 커피를 마시며 기를 쓰고 가늠해 봐도 그 길로 부대에 들어가 무얼 알아볼 수 있을 것 같지가 않았다.

명훈은 하는 수 없이 부대로 가는 걸 단념하고 임 전무에게 전화부터 걸었다. 임 전무는 기다리고 있었다는 듯 짜증 난 목소리로 물었다.

"도대체 어떻게 된 거야? 거기 어디야?"

"다방입니다. 경찰이 무얼 잘못 알고 저를 찾아온 모양입니다."

"풀려났다니 다행이군, 하지만 이제 여긴 끝났어. 계약처에 알려져 네 패스는 취소됐어."

"네? 그게 무슨 말씀입니까?"

"몰라서 물어? 왜 아버지 관계 진작 말하지 않았어? 나는 윤 서장이 추천한 사람이라 그쪽으로는 또 걱정도 안 했지."

끝말은 곁에 있는 누구에게 들으라고 하는 소리 같았다. 그러나 명훈의 귀에는 끝났어, 란 말만 웅웅거렸다. 듣는 사람이 있어 몸을 사리는 것인지 임 전무는 전에 없이 냉담하게 몇 마디 더 덧붙이고는 전화를 끊어 버렸다.

"끝났어……."

명훈은 그 말만 힘없이 중얼거리며 다방을 나와 눈에 띄는 대로 택시를 잡았다. 생각 같아서는 아무 데나 눈에 띄는 여관에 들어가 잠부터 실컷 자 놓고 보고 싶었지만, 어쩌면 영원히 깨나지 못할지도 모른다는 엉뚱한 걱정이 들어 자취방으로 돌아가기로 했다.

명훈이 시화 액자와 석고 인형을 방바닥에 태질하고 대학 입시용 책들을 찢어 흩은 것은 그렇게 돌아온 뒤의 거의 발작적인 행동이었다. 아무도 없는 방문을 열고 들어서자 그때껏 머릿속만 왱왱거리며 돌아다니던 끝났어, 란 소리가 갑자기 고막을 찢는 듯한 외침으로 변해 그렇게 명훈을 몰아댄 듯했다. 그러나 그때 쓴 힘이 그가 짜낼 수 있었던 마지막 한 방울의 힘이었던지 책을 다 찢어 흩자마자 명훈은 이부자리를 깔 틈도 없이 그대로 쓰러져 버렸다.

명훈은 악몽을 털어 버리듯 머리를 한 번 세차게 흔들고 방 안으로 들어갔다. 방 안에 차려 놓은 밥상에서 나는 것인 듯 반찬 냄새가 훅 코를 찌르며 맹렬한 식욕을 일으켰다. 그래, 우선 밥부터 먹고……. 명훈은 그렇게 중얼거리며 밥상머리에 앉아 상보를

벗겼다. 언제나처럼 찌개 한 가지와 김치뿐이었지만 명훈은 달게
밥그릇을 비웠다.

'자, 이제 어떻게 한다……?'

반찬 그릇까지 깨끗이 비워진 밥상을 좁은 부엌 구석에다 내놓
고 돌아온 명훈은 비로소 자신의 실직에 대해 생각해 보기 시작
했다. 순서대로라면 그릇된 정보로 일자리만 잃게 만든 경찰에 대
한 원망이 먼저겠지만 명훈에게는 달랐다. 한 10년 가까이 어떤
원죄 의식을 강요받아 온 끝이어서인지 경찰을 원망한다는 건 감
히 생각조차 할 수가 없었다. 그들은 언제나 그들의 정당한 권한
을 행사할 뿐이었다.

명훈은 먼저 전날 임 전무와의 통화 가운데 어떤 희망적인 언
질이 없었던가를 더듬어 보았다. 그러나 아무리 생각해 봐도 그
런 언질은 있었던 성싶지 않았다. 그다음으로는 윤상건 아저씨를
다시 찾아보든가 밀양으로 연락해 어머니로 하여금 찾아보게 하
는 방도가 떠올랐다.

이번에는 왠지 죄스러워 고개가 가로저어졌다. 하지만 혼자서
일자리를 구해 본다는 것은 더욱 생각할 수도 없었다. 대학을 나
오고도 열에 아홉이 실업자로 떠도는 게 그 무렵의 사회 실정이
었다.

"영희야, 영희 있어?"

갑자기 방문 밖에서 그런 소리가 들린 것은 명훈이 답답한 속
을 이기지 못해 담배꽁초에 막 불을 댕겼을 때였다. 귀에 익은 목

소리였다.

"누구야? 들어와."

명훈은 그 목소리의 임자가 짐작되었지만 짐짓 시치미를 떼고 그렇게 물었다.

"아, 오빠가 아직 계셨더랬어요?"

그런 가벼운 놀람 섞인 목소리와 함께 방문을 열고 얼굴을 디미는 것은 명훈의 짐작대로 모니카였다.

'요것이 또 꼬리를 치는구나.'

명훈은 속으로 그렇게 빈정거리면서도 덤덤한 얼굴로 그녀를 맞았다.

"영희는 출근했어, 들어오렴."

그 시각 영희가 치과에 가 있다는 것은 모니카가 누구보다 더 잘 알고 있을 성싶었으나 명훈은 굳이 그걸 내색하지 않았다. 상글거리는 눈에서 묘한 빛을 뿜는 게, 그렇게 명훈을 만난 것에 예사 아닌 기쁨을 나타내면서도 모니카는 제법 조심스러운 숙녀 흉내를 냈다. 상큼 눈을 치켜뜨고 놀란 표정을 지으며 새침을 떨었다.

"아이, 오빠 혼자 있는데 어떻게……"

"괜찮아, 이왕 왔는데 여기 좀 앉았다가 같이 영화 구경이나 가지."

명훈은 더욱 능청을 떨며 그녀에게 구실을 만들어 주었다. 생각대로 모니카는 못 이기는 체 방으로 들어왔다. 차림을 보니 그냥 친구를 보러 온 것 같지는 않았다.

"그런데 오빠, 오늘은 왜 학교 안 갔어요?"

짐작으로는 명훈이 있는 줄 알고 온 듯한데도 모니카는 그런 물음으로 한 번 더 우연을 가장했다.

명훈이 모니카를 그렇게 보는 데는 까닭이 있었다. 처음 모니카가 그들 집을 드나들기 시작한 때만 해도 명훈은 그녀를 못마땅하게만 여겼다. 얼핏 보면 눈에 띌 만큼 예뻐 보여도 한참만 마주 앉았으면 싫증 나는 얼굴도 그랬지만 어딘가 어른들 사회의 천덕스러운 애교가 벌써 몸에 밴 듯한 게 더욱 그랬다. 어쩌면 먼저 영희의 친구로 그녀를 보았기 때문에 명훈의 눈이 더 엄격해 그리 느껴졌는지도 모를 일이었다.

거기다가 그때는 또 명훈이 경애에게 앞뒤 없이 몰두해 있을 때였다. 경애의 지적인 분위기와 세련된 몸가짐에 빠져 있는 그에게는 모니카가 이상하게도 동물적이고 무지하게 느껴져 그녀가 다가오려고 애쓰면 애쓸수록 뒤로 물러나고 싶었다. 그동안 영희를 통해 몇 번이나 졸라 대도 영화 구경 한 번 같이 가 주지 않은 까닭도 거기에 있었다.

그런데 지난번 입원 뒤로 그녀를 보는 명훈의 눈이 갑자기 달라졌다. 학생이면서 양장을 하고 화장기까지 있는 얼굴로 그녀가 병실에 처음 나타났을 때는 못마땅했지만, 그녀가 자신의 손을 잡고 눈물을 글썽이며 숨을 쌔근거리자 갑자기 뭔가 짜릿하게 가슴에 닿아 오는 게 있었다. 거기다가 그녀가 가고 난 뒤 도치네 패가 그녀의 아름다움을 추켜세우며 명훈을 부러워하는 것도 썩 기분

나쁜 일은 아니었다. 경애가 떠나 버린 뒤의 공허함과 심하게 다쳐 입원한 환자 특유의 감상도 모니카의 인상을 호전시키는 데 적지 않은 몫을 했다.

하지만 그렇다고 모니카를 향한 명훈의 감정이 당장에 경애 때와 같이 된 것은 아니었다. 아니, 한 여성으로 인정하게 되었다는 것만 빼면 그 감정은 달라도 많이 달랐다. 그녀의 호감을 받아들이는 것도 경애 때처럼 감격이 아니라 꼬리를 치는 강아지를 쓰다듬어 주는 것과 비슷한 그런 마음가짐이었고, 그녀에게 바라는 것도 정신적인 아늑함이나 우아한 지성이 아니라 기회를 보아 한번 안았으면 하는 게 고작이었다. 하지만 명훈은 그런 감정이 자신의 타락에서 우러나온 것이라기보다는 그녀가 유도한 것이라고 믿고 있었다. 그만큼 모니카의 다가옴이 당돌하고 적극적이었다는 뜻도 되었다.

"음, 오늘은…… 글쎄, 좀 쉬었으면 싶어서……."

명훈이 그렇게 대답하자 모니카는 조금 전의 망설임도 잊고 무릎걸음으로 바짝 다가들며 물었다.

"그런데 어딜 가셨더랬어요? 영희의 걱정이 이만저만이 아니었는데……."

제법 걱정까지 하는 얼굴이 이전같이 밉지만은 않았다. 거기다가 문득 코끝으로 스며드는 화장품 냄새가 묘하게 명훈을 자극했다. 오래 뜸 들일 것도 없이 요걸 당장…… 명훈은 문득 그런 야비한 생각을 했다. 모니카가 1년 가까이 주위를 뱅뱅 돌아서인지 명훈은 이상하게도 그녀에 대해 자신을 가지고 있었다. 그러나 그녀가 여동생의 친구라는 것과 이제 겨우 열일곱이라는 어린 나이가 그런 명훈을 자제하게 했다. 더구나 안집에서 나는 인기척도 신경 쓰이지 않는 것은 아니었다.

"경찰에 불려 갔었어."

명훈은 무심코 그렇게 대답했다가 화들짝 놀라는 그녀를 보고 문득 생각이 달라져 심각한 표정으로 덧붙였다.

"사상 관계로…… 문초를 받았지."

"네? 그게 무슨 말씀이세요? 오빠가 무슨 일로……."

예상대로 모니카가 낯빛까지 하얘진 채 한층 가까이 다가들며 물었다. 대담한 건지 순진한 건지 알 수 없구나. 명훈은 속으로 그렇게 생각하면서도 이왕 벌인 연기를 그럴듯하게 매듭지었다.

"그럴 일이 있어. 말해도 네가 알 수 없고…… 함부로 말해 줄 수도 없어."

그렇게 말하고 길게 한숨을 푹 내쉬었다. 하지만 실은 그때까지만 해도 명훈에게 무슨 뚜렷한 계획이 있었던 것은 아니었다. 그저 그녀에게 뭔가 무거운 감동을 주고 싶어 그 일을 조금 과장했을 뿐이었다. 그런데 모니카의 다음 행동이 갑자기 일을 묘하게 만들었다.

"오빠, 고생하시지 않았어요?"

그렇게 말하며 명훈의 두 손을 부여잡고 빤히 올려보는 그녀의 눈에는 눈물마저 글썽였다.

어딘가 과장의 혐의가 짙은 모니카의 눈물보다는 두 손을 통해 전해 오는 그녀의 따스한 체온이 갑자기 명훈의 생각을 바꾸게 했다. 그 당시는 스스로도 사랑인 것으로 착각했지만, 실은 음험한 욕정에 더 가까운 어떤 칙칙한 충동 때문이었다.

"너, 정말로 나를 좋아하는 모양이구나……."

명훈은 짐짓 감동한 눈길로 그녀를 보다가 두 손을 빼 그녀의 어깨를 가만히 감싸 안았다. 하지만 그녀가 조금만 처녀다운 조심성과 경계심을 보였더라면 금세 물러날 채비가 되어 있는 접근이었다. 그런데 모니카는 오히려 자연스러운 기회를 만났다는 듯 그대로 명훈의 가슴에 머리를 묻으며 코맹맹이 소리를 했다.

"걱정했어요. 지난 사흘간 얼마나 걱정했는지 몰라요……."

그렇다면 처음 그 방으로 들어올 때 한 말들은 모두가 거짓인 셈이었다.

다시 말해 우연히 영희에게 놀러 온 것이 아니라 의도적으로 명훈을 만나러 왔다는 뜻인데, 모니카는 방에 들어온 지 오 분도 안 돼 스스로 그걸 까뒤집어 보이고 있었다. 순진한 것인지 모자라는 것인지 알 수 없는 아이였다. 그러나 그 어느 편이든 명훈을 보다 대담하게 만들기는 마찬가지였다.

명훈은 이제 그녀의 어깨를 감싸 안았던 팔을 풀어 허리께를 휘감으며 가만히 끌어당겼다.

"별건 아니었어. 걱정하지 않아도 돼……."

모니카가 자연스레 당겨와 안겼다. 생각보다 훨씬 풍만하게 그녀의 젖가슴이 느껴지며 옅은 크림 냄새가 코끝을 가만히 찔러 왔다. 모든 것이 스물한 살 앞뒤 없는 욕정을 끌어내기에 충분한 자극들이었다. 명훈은 점점 묘한 열기로 들떠 손바닥으로 그녀의 몸을 쓸며 건성으로 중얼거렸다.

"실은…… 전부터 널…… 좋아했어."

"저도요."

나중에 생각해도 이해 안 될 만큼 모니카는 작은 저항도 없이 온몸을 맡긴 채 그렇게 중얼거렸다. 그 따스한 입김이 목덜미에 닿자 명훈은 이내 독한 술에라도 취한 사람처럼 몽롱해졌다. 더듬거리던 말조차 잊고 그녀를 거칠게 끌어다 아직 펼쳐진 채로인 이부자리에 뉘었다.

"오빠, 뭐 하려고, 그래?"

그제야 모니카가 반짝 눈을 뜨며 놀란 듯 물었으나 한번 해 보는 소리였다. 가볍게 명훈의 가슴을 밀치는 시늉으로 그뿐, 고스란히 명훈에게 안긴 채 요 위에 뉘어졌다.

"너하고…… 자고 싶어졌어. 어때? 괜찮겠지?"

명훈은 느닷없이 길고 격렬한 입맞춤을 하고 나서야 비로소 그렇게 더듬거리며 대답했다.

하지만 그날의 그 급격한 진전에는 무엇에 홀린 듯한 모니카의 도발과 젊은 명훈의 욕정만으로는 설명할 수 없는 부분이 있었다. 그것은 명훈의 내부에서 점차 뚜렷하게 되살아나고 있는 파괴와 범법의 어두운 열정이었다. 지난 2년 명훈이 힘겹게 저항해야 했던 거대한 유혹이기도 했던 그 어두운 열정은, 이제 밝고 떳떳한 삶으로의 편입이 불가능하다고 단정 짓게 되자마자 갑자기 그를 거세게 몰아친 것이나 아니었는지. 더욱 쉽게 말하면, 경애와의 이별과 실직이 가져다준 섣부른 자포자기의 감정이 명훈의 도덕적 제어 능력을 없애 간 최초의 증상이라고 할 수도 있었다.

1950년대 말의 스물한 살 난 청년과 열일곱 살 난 소녀의 정사에 있었음 직한 실랑이는 그 뒤 꼭 한 번 있었다.

"오빠, 싫어. 이러면 무서워."

명훈의 손이 그녀의 스커트 밑을 헤집고 들자 모니카가 문득 다리를 오므리며 도리질을 쳤다. 그 행위에 실린 도덕적인 관념이나 처녀다운 감정에서라기보다는 그 행위 자체에 대한 어떤 육체적인 공포 같았다.

"괜찮아……. 사랑하는 사람들의 권리야."

그녀가 갑자기 고함이라도 치며 저항할까 봐 겁이 나면서 퍼뜩 정신이 든 명훈이 머리를 쥐어짜듯 그 한마디를 생각해 내 그녀의 귓전에 속삭여 주었지만 한동안 그녀의 몸은 가여울 만큼 떨렸다. 그게 명훈을 더욱 다급하게 만들어 그 떨림이 완전히 사라질 때까지 명훈은 그녀를 정성 들여 어루만지고 달랬다.

하지만 막상 그녀 위에 몸을 올려놓은 뒤로는 몽롱한 취기에 빠진 것 같은 상태에서도 명훈은 몇 번이고 이상한 느낌을 받았다. 우선 당연히 있어야 할 처녀다운 고통의 호소가 없었다. 명훈이 그녀의 아랫도리로 파고드는 순간 움찔했을 뿐, 생각보다 고통이 작은 데 오히려 안도한 것처럼 지그시 눈을 감을 뿐이었다.

그다음으로 이상한 것은 겨우 한 고비를 넘겼다 싶어진 명훈이 다음 단계를 서두르고 있을 때 그녀가 한 행동이었다.

"잠깐요."

그렇게 명훈의 가슴을 약간 떼민 그녀는 스커트의 호크와 윗옷의 단추를 벗기더니 뱀 허물을 벗듯이 몸 위쪽으로 벗어 던졌다. 눈이 부시도록 흰 살결과 소녀답지 않게 풍성한 젖가슴이 명훈의 눈앞에 그대로 드러나도 두 손으로 젖가슴 한 번 가리는 법조차 없었다.

"덥고 스커트가 말려 올라가 가슴이 배겨요."

모니카는 그렇게 소곤거리며 명훈을 빤히 올려보다가 명훈이 걸치고 있는 러닝셔츠 자락을 걷으며 덧붙였다.

"오빠도 이거 벗어 버리세요."

어쩌면 이 아이는 이게 처음이 아닐지도 모르겠구나. 명훈은 숨 막힐 듯한 흥분 속에서도 퍼뜩 그런 생각이 들었다. 그가 모니카의 스커트도 벗기기 않고 서두른 것은 그게 처녀의 수치심을 건드려 일을 어렵게 만들까 봐 겁이 난 까닭이었다.

그런데 그녀는 하찮은 불편을 이유로 스스로 알몸을 드러내고 있지 않은가.

명훈을 받아들이는 자세도 알 수 없는 구석이 많았다. 경애 때의 어색하고 거북한 자세와는 달리 편안하고 자연스럽기 그지없었다. 꼭 그렇다고는 말할 수 없지만 이상하게도 명훈이 몇 번 드나들었던 뒷골목 여자들의 몸가짐을 연상시키는 데가 있었다.

그러나 당장 급한 것은 멀지 않은 분출을 앞두고 명훈을 몰아 대는 욕정이었다. 명훈은 미처 그런 걸 이상하게 여길 겨를도 없이 영원히 계속되어도 좋다 싶은 그 반복 행위 속으로 잦아들었다. 거센 충격처럼 자신을 후려쳐 올 절정의 예감에 몸을 움찔움찔 떨어 가며.

정사 도중의 이상한 느낌을 명훈에게 일시에 일깨워 준 것은 스스로도 허망하다 싶을 만큼 빠른 절정의 순간을 보내고 그녀의 몸 위에서 내려오는 그에게 한 모니카의 물음이었다.

"벌써 끝났어? 오빠, 뭐 그리 빨리 끝나?"

실오라기 하나 걸치지 않은 몸을 감출 줄도 모르고 반듯이 누운 채 고개만 돌려 그렇게 묻는 그녀에게 명훈은 갑작스레 적의와 비슷한 감정을 느꼈다.

"너, 이게 처음이 아니지?"

애써 감정을 나타내지 않으려 해도 목소리가 굳어졌다. 표정도 심상치 않았던지 그녀가 흠칫하더니 이내 코맹맹이 소리를 하며 명훈의 가슴 속으로 파고들었다.

"오빠, 그게 무슨 소리야? 무서운 얼굴을 하고……."

"그럼 어떻게 내가 빨리 끝낸 줄 알아? 더 오래 하는 사람을 너 어디서 봤어?"

"그런 일 없어! 그냥 해 본 소린데……."

"처음이라면서 도무지 처음 같지가 않아."

"몰라, 몰라……."

모니카가 갑자기 그렇게 말하고 쿨쩍거리기 시작했다. 명훈은 엉거주춤 그런 그녀를 받아 안지 않을 수 없었다. 땀에 끈적거리는 자신에 비해 차고 굳은 그녀의 몸이 명훈에게 언뜻 딴생각이 들게 했다.

'하기야 분명히 남자를 아는 몸 같지는 않다…….'

그 역시 그 방면의 대단한 전문가는 아니지만 적어도 그녀의 몸이 자신과 같이 달아오른 적이 없었던 것만은 알 수 있었다. 그때 언뜻 명훈의 눈에 들어온 그녀의 목덜미 쪽 단발머리 밑으로 송송히 돋은 솜털도 그녀를 새삼 어리고 연약하게 보이게 했다. 그것이 이상한 애처로움을 느끼게 하며 명훈의 의심을 자제하게 했다. 열일곱의 이제 겨우 고등학교 2학년인 계집아이를 상대로 한 의심치고는 아무래도 잔인한 것 같았다.

그러나 결국 모니카와의 정사는 이미 실연과 실직으로 비뚤어지기 시작한 명훈을 더욱 비뚤어지게 하는 걸로 끝을 보고 말았다. 그녀를 달래다가 젊음이 다시 달아올라 두 번째로 명훈이 숨가쁜 흥분 속으로 잦아들고 있을 때였다. 어느새 속이 풀렸는지 가만히 몸을 내맡기고 있던 그녀가 살풋 눈가에 웃음기까지 흘리며 물었다.

"오빠, 내가 어떻게 하면 오빠가 더 즐거울 수 있을 것 같아?"

"뭐?"

눈을 감은 채 자신의 동작에만 열중하고 있던 명훈이 귀를 의

심하며 물었다. 그녀는 여전히 백치 같은 웃음을 흘리며 말했다.

"오빠를 더 즐겁게 해 주고 싶어. 오빠가 좋아한다면 나는 무엇이든지 할 거야. 어떻게 해? 이렇게, 이렇게?"

그러면서 밑에서 몸을 꼼지락거리는 게 갑자기 명훈의 욕정에 찬물을 끼얹었다.

명훈은 그런 동작에 끔찍한 기억을 가지고 있었다. 안동 시절의 끝 무렵, 열여덟 살이 끝나 가는 늦가을이거나 열아홉이 시작되는 늦겨울 어느 날의 일이었다. 그는 날치의 부추김에 빠져 역전 뒷골목으로 간 적이 있었다. 겨우 한 살 위였건만 날치는 벌써 그곳에 익숙한 듯했다. 쑥스러워 꽁무니를 빼는 명훈을 끌고 이 집 저 집 기웃거리다가 그중 한 집으로 들어가더니 색시 대여섯을 있는 대로 불러 놓고 말했다.

"오늘 누구 아다라시(숫총각 혹은 숫처녀) 따먹을 사람, 진짜 순 아다라시야."

그러자 색시들이 저희끼리 낄낄거리더니 그중에 하나가 대뜸 명훈의 허리를 껴안으며 넉살을 부렸다.

"아이고 서방님, 이제 오셨어요? 저도 오늘은 아직 아다라시예요. 제 방으로 가세요."

그러면서 반쯤은 얼이 빠져 있는 명훈을 구석방으로 끌고 갔다.

"잘해, 이년아, 오늘밤 걔 딱지 못 떼 주면 꽃값은 없는 줄 알아."

날치 녀석은 그녀의 뒤통수에다 그런 데 이골이 난 건달처럼 그렇게 소리치고는 남은 색시들 중에 하나를 골라 딴 방으로 들어가버렸다.

나중에는 좀 달라졌지만, 그날 밤 일은 한동안 기억하기에도 끔찍했다.

불빛 아래서 보니 나이가 자신의 갑절은 될 것 같은 여자와 지저분하고 퀴퀴한 냄새 나는 판잣집 방에 갇히자 명훈은 금세 열여덟의 소년으로 돌아갔다. 거의 그 뒷골목에서 잔뼈가 굵다시피 했고, 그 무렵은 날치 녀석의 빠른 출세에 오기가 나 제법 담배까지 삐딱하게 빼 물며 어른 흉내를 내고 다니던 그였으나 여자 앞에서는 아직 속수무책이었다.

날치 녀석의 말을 곧이들었는지, 아니면 그 어떤 짓궂음에서였는지 명훈을 데리고 간 창녀의 공세는 적극적이면서도 집요했다. 거침없이 옷을 벗어 던져 칼자국인지 뭔지 보기 섬뜩한 흉터가 여럿 번쩍이는(명훈은 그게 임신 때 배가 튼 자국이란 걸 나중에야 알았다.) 아랫배와 노란 털이 시답잖게 덮여 있는 그 아랫부분을 드러내고 벌떡 드러누웠다가, 여전히 머뭇거리고만 있는 명훈에게 덤벼들어 옷을 벗길 때는 그대로 고함이라도 지르며 달아나고 싶었다. 아니, 그 여자가 화장 짙은 얼굴로 킬킬거리며 다가들 때는 정말로 그냥 나가려고 하기까지 했다. 일부러 명훈에게 재려는 듯 옆방으로 옮겨 와 제 여자와 큰 소리로 시시덕거리는 날치 녀석에 대한 오기 때문이 아니었더라면, 그는 그때 그 여자의 가슴이라도 내지르고 뛰쳐나갔을 것이다.

그래도 여자의 벗은 몸을 보았다고 서서히 부풀어 오르는 남성으로 어렵게 그 여자와 어울린 뒤에도 마찬가지였다. 일부러 질러 대는 듯한 괴상한 콧소리와 요란한 몸짓이 여지없이 그의 남성을 위축시켜 버리는 것이었다. 나중에는 자신이 고자가 아닌가 싶어 무슨 악착 같은 싸움을 치르듯 일을 끝내기는 했지만 그때까지는 참으로 끔찍한 시간이었다.

"가만있어, 이 기집애야."

명훈은 그 불쾌한 기억에 목구멍까지 치솟는 욕지기를 그 정도로 억누르며 한층 거칠게 모니카를 짓이겨 댔다. 다시 절박한 요의(尿意)처럼 몸 한끝에 몰려 분출을 기다리는 욕정이 아니었더라면 그대로 몸을 일으키고 말았을 것이다.

그 후 그들의 야릇한 악연이 끝날 때까지도 명훈이 끝내 알지 못한 것은 모니카란 여자의 본질이었다. 가만히 두고 보면 어김없이 백치인 것 같다가도 어떤 곳에는 터무니없이 예민하고 또 매혹적이기까지 했다. 하지만 그래서 그쪽으로 보아 주려 하면 어느새 백치 같은 소리와 짓거리를 해 댔다. 동물적이고 천박한 욕망에만 따라 움직이는 것 같다가 다시 놀랄 만한 정신력으로 명훈을 감탄시키는 것이 그녀였다.

그날도 그랬다. 명훈이 성난 김에 세차게 코를 풀 듯 서둘러 욕정을 해결하고 그녀에게서 떨어져 눕자 그녀는 가만히 몸을 일으켰다. 그리고 방 한구석에 팽개쳐 있던 수건을 찾아 명훈의 몸을 구석구석 닦아 주며 소곤거렸다.

"오빠, 피곤하지 않아?"

웬만하면 명훈의 심사가 틀어져 있는 것쯤은 알 만한데도 도무지 거기까지 미칠 만한 잔신경이 없는 사람 같았다.

거기다가 그제야 불쑥 떠올라 모니카에 대한 명훈의 감정을 더욱 악화시킨 것은 여기저기서 읽은 소설책의 구절들이었다. 거기서 여자들은 첫 경험의 끝을 한결같이 처녀를 잃은 허전함에서 온 눈물로 장식하고 있었다.

그런데 그녀에게서는 그 비슷한 기색도 읽을 수가 없는 게 그러잖아도 기울어진 명훈의 심증을 굳혀 주었다.

'처녀가 아니다……. 겨우 열일곱의 기집애가…….'

그러자 명훈은 그녀가 갑자기 그때껏 경험한 그 어떤 밤거리의 여자보다 더 더럽고 음란하게 보였다. 포만감과도 비슷한 정사 뒤의 허탈이 이제는 현저하게 효용이 떨어진 그녀의 육체를 갑작스레 진력나게 해 명훈의 그런 느낌을 더욱 과장했는지도 모를 일이었다.

명훈의 마음속이 어떻게 돌아가는지에는 아랑곳없이 수건으로 이마의 땀을 꼭꼭 찍어 내던 그녀가 또 백치 같은 미소를 지으며 물었다.

"오빠, 어땠어? 좋았어?"

마침내 명훈은 더 참지 못했다.

"이 손 치워. 어디서 순……."

명훈은 그대로 누운 채 날 선 목소리로 거기까지 말했다가 '똥

치같이……'라는 뒷골목 똘마니 시절의 야비한 다음 말을 간신히 참았다. 그제야 겨우 모니카도 명훈의 심상찮은 기색을 알아본 것 같았다. 갑자기 겁먹은 눈으로 명훈을 가만히 내려보았다. 주인의 갑작스러운 고함 소리에 놀란 강아지의 눈 같았다. 그 티없고 단순한 놀라움의 눈이 명훈의 마음을 약간 누그러뜨렸다.

"오빠, 오빠, 그러지 마."

"어서 옷이나 입어."

명훈이 벌떡 몸을 일으켜 아무렇게나 벗어 던졌던 바지를 꿰며 차게 말했다. 그러나 그녀는 여전히 겁먹은 작은 짐승처럼 오도카니 명훈을 올려보며 떨리는 목소리로 되물을 뿐이었다.

"오빠, 왜 그래? 뭣 땜에 맘 상했어? 내가 뭘 잘못했어?"

"어서 옷이나 입으라니깐, 얘기는 그 뒤에 해."

어느새 셔츠까지 찾아 꿰며 명훈이 약간 목소리를 풀었다.

그러자 좀 마음이 놓이는지 모니카도 흩어진 옷가지를 찾아 걸치기 시작했다. 그녀가 옷을 입는 동안 이상한 열중과 세밀함이 다시 한 번 명훈을 알 수 없는 감동에 몰아넣었다. 잠시 명훈을 잊은 듯 자신의 옷을 모두 모아들인 그녀는 옷 솔기 구석구석까지 살피고 손톱으로 주름까지 펴며 속옷부터 차례로 하나씩 입어 나갔다. 시간은 걸렸지만, 옷을 다 입자 되바라진 차림이긴 해도 어디까지나 단정한 여학생의 입성에서 크게 벗어난 것은 아니었다.

그녀는 다시 앉은뱅이 거울로 얼굴이며 머리 매무새까지 꼼꼼히 살핀 뒤에야 명훈을 돌아보며 걱정스레 물었다.

"오빠, 아까 무슨 소리예요? 뭣 땜에 맘 상했어요?"

말투까지도 어느새 공손한 존대로 바뀌어 있었다. 명훈은 그녀의 그 같은 돌변에 잠시 어리벙벙했으나 그녀의 물음에 다시 조금 전의 불쾌감을 되살리고 얼굴을 찌푸렸다.

"너 말이야, 지금부터 내가 묻는 말에 숨김없이 대답해야 돼. 그럴 자신 없거든 지금 당장 이 방에서 나가 버려! 그리고 다시는 내 앞에도 영희 앞에도 나타나지 마."

이윽고 마음을 가다듬은 명훈이 한마디 한마디에 힘을 주어 그렇게 말했다.

그녀가 금세 울음을 터뜨릴 듯한 얼굴로 명훈에게 다가들며 물었다.

"그게 무슨 말씀이세요? 무얼 알고 싶으신 거예요?"

온몸이 다 근질거리는 것처럼 마음속에서 부글거리는 불쾌감에도 불구하고 문득 안아 주고 싶은 마음이 들 만큼 순진하고 가엾어 뵈는 얼굴이었다.

"너 이게 처음이 아니지? 대답하고 싶지 않으면 그냥 나가 버려. 다시는 내 앞에 나타나지 않으면 돼."

명훈은 자칫 약해질 것 같은 마음을 다잡으며 한층 목소리를 차게 했다.

"그럼, 바로 말하면 괜찮다고 약속하시겠어요? 그 때문에 절 싫어하지는 않으시겠어요?"

울상이 된 모니카는 그런 바보 같은 물음을 몇 번이나 되풀이

한 뒤에야 털어놓기 시작했다.

"중학교 3학년 때였어요. 저는 반 아이들 다섯과 함께 담임선생님 대에 과외를 다녔어요. 저녁 일곱 시부터 열 시까지 영어 수학을 공부했는데 수학은 담임선생님이 맡고 영어는 아르바이트하는 대학생이 이틀에 한 번씩 나오는 식이었지요. 선생님은 결혼하신 지 오래되지 않은 분으로 내가 처음으로 과외 수업을 시작했을 때 사모님은 첫아이를 가져 배가 조금 봉긋했어요. 그러다가 시월 초 어느 날인가 해산하러 친정에 갔다며 사모님이 보이시지 않더군요……."

거기까지만 들어도 대강 짐작이 가건만 모니카는 여전히 깍듯이 선생님이고 사모님이었다. 명훈은 그때 벌써 속이 뒤틀려 왔으나 내색하지는 않았다.

"담임선생 사모님이 안 보이게 된 둘째 날이었는데 선생님은 저하고 윤숙자란 애 둘에게 남으라더군요. 공부 좀 더하며 선생님 댁에서 자고 아침 짓는 걸 거들어 달라시는 거예요. 우리 여섯이 둘씩 번갈아 사모님이 오시게 될 때까지 그렇게 해 달라는 부탁이어서 숙자와 나는 별 의심 없이 남았어요. 그날 공부도 참 많이 했어요. 밤 한 시 반인가 두 시까지 했으니까요. 그리고 숙자와 나는 건넌방에서 잠이 들었어요……."

"그런데 자다가 답답해서 눈을 떠 보니 선생님이 올라타고 있더란 얘기겠지?"

명훈이 스스로 생각해도 야비한 말투로 그렇게 모니카의 말허리를 잘랐다. 정말로 더 듣고 싶지 않은 얘기였다. 그런데도 모니카는 밉살스러울 만큼 명훈의 그런 감정을 읽어 내지 못했다. 남의 일처럼 별 감동 없는 목소리로 하던 얘기를 계속했다.

"잠결에 무언가 내 몸을 더듬는 것 같아 떨쳐 버리면서도 연신 곯아떨어졌는데 갑자기 몸이 쪼개지는 듯한 아픔이 나를 깨웠어요. 소리를 지르려고 하니 입은 막혀 있고 선생님의 나지막한 말소리가 귓전에……."

"시끄러! 이 기집애야. 그만해."

마침내 더 듣지 못한 명훈이 그렇게 꽥 소리쳤다. 소리를 쳐 놓고 보니 정말로 화가 났다. 뺨이라도 한 대 올려붙이고 싶은 걸 가까스로 참고 더욱 야비하게 빈정거렸다.

"물론 처음에야 그랬겠지. 하지만 차츰 좋아져서 틈만 생기면 붙어 먹었다는 얘기 아냐? 아니면 처음부터 네가 꼬리를 치고 덤볐거나. 그래 얼마나 오래 붙어 먹었어?"

"아니에요. 그렇지는 않아요."

모니카가 갑자기 목소리를 높였다. 두 눈이 눈물로 번쩍이는 가운데도 억울하다는 빛이 뚜렷했다.

"너무너무 아파서 그 뒤로는 선생님을 보는 것조차 소름이 끼쳤어요. 다음 날부터 과외 수업도 가지 않았는걸요. 물어보세요, 애들한테."

"그럼 딱 한 번이란 말이지?"

명훈은 상대가 누구라는 것도 잊고 잔인한 복수심에 차 그런 욕지기와도 비슷한 빈정거림을 계속했다.

"그래요. 맹세할 수 있어요. 선생님하고는……."

그런 그녀의 말투에 묘한 여운이 느껴져 명훈이 얼른 말꼬리를 잡고 늘어졌다.

"그럼 선생님 말고 또 있어? 그건 또 누구야?"

"없어요."

그녀는 강경하게 잘라 말했지만, 남의 눈치를 보는 데 남다른 명훈의 감각에 걸려 오는 어떤 느낌은 그 부인으로 더욱 짙어졌다.

"그럼, 가 봐. 어차피 참말 하지 않을 거, 그 개 같은 담임새끼 얘기는 왜 했어?"

명훈이 다시 그 효과 있는 무기를 휘둘렀다. 그러나 그녀도 이번에는 제법 완강했다.

"그런 사람 없어요. 정말로."

그렇게 말하고는 꼬옥 입을 다물었다. 그때 퍼뜩 명훈의 머리에 떠오르는 게 있었다. 개, 주간부에서 퇴학당하고 야간으로 온 애예요. 남자관계지, 아마. 언젠가 영희가 별 악의 없이 그렇게 귀띔한 적이 있었다.

"그럼 퇴학은 왜 당했지? 뭣 때문에 좋은 여고 놔두고 여상 야간부로 옮겼어?"

명훈은 그렇게 시작해 넘겨짚기로 들어갔다. 몇 번 거듭하기도 전에 모니카가 울면서 다시 털어놓았다.

"그 일이 있고부터는 학교가 싫어졌어요. 선생님들은 하나도 바

로 보이지 않고 아이들은 또 아이들대로 바보스럽게 보이데요. 고
등학교에 가서는 더했어요. 책가방 속에 사복을 넣고 다니면서 함
부로 놀았어요. 그러다가 1학년 2학기 때 극장에서……."

"이번에는 제대로 연애가 된 모양이군……."

"아녜요. 미성년자 관람 불가를 보고 있는데 형사라면서 끌고
가서 여관에서……."

"이번에는 형사 나리까지……."

"그런데 그 사람은 형사가 아니었어요. 둘이 같이 있는 여관에
임검이 들어 그 사람은 붙들리고 진짜 경찰이 학교에 내 일을 통
보해 주는 바람에……."

"그럼 이번에도 당했단 말이지?"

"그래요. 정말이에요."

그녀는 그게 자신의 결백을 보여 주는 증거라도 되는 양 힘주
어 대답했다. 그러나 명훈은 화가 나기보다는 힘이 쭉 빠졌다. 제
정신이 있는 아인가 한참을 멍하니 쳐다보고 있는데 그녀가 갑자
기 매달리며 열띤 목소리로 말했다.

"오빠, 이젠 정말로 얘기 다 했어요. 감춘 건 아무것도 없어요.
차라리 후련해요. 이젠 정말 약속대로 하시는 거죠? 이것 때문에
절 싫어하시지는 않겠죠?"

그러다가 애교까지 섞어 다짐하는 것이었다.

"정말로 제가 좋아서 가만히 있은 건 오빠가 처음이에요. 이제
부터는 무어든 오빠가 시키는 대로 할 거예요. 오빠가 좋아한다면

공부도 잘할게요. 좋은 대학에도 갈게요. 절 싫어하지만 마세요. 애인으로 삼아 줘요. 네? 정말 좋은 애인이 될게요."

명훈은 그런 그녀를 뿌리칠 기력마저 없었다. 웃음기까지 머금고 다가오는 그 백치 같은 얼굴을 그저 아연히 바라볼 뿐이었다. 그 뒤 그녀가 겨우 30년의 짧고 비극적인 삶을 마칠 때까지 명훈이 몇 번이고 겪어야 할 아연함이었다.

"그래, 알았어. 그러나 한 가지만 더 물어보자. 나는 네가 아직 이런 일 그 자체에는 어떤 즐거움을 느끼지는 못하는 걸로 짐작한다. 그런데 나를 즐겁게 해 주고 싶다는 건 무슨 뜻이지? 그건 어떻게 알았어?"

이윽고 아연함에서 깨어난 명훈이 문득 얼마 전의 의문 하나를 떠올리고 다시 물었다. 그 목소리가 평온해서였는지 모니카가 한결 마음 놓인 듯한 표정으로 대답했다.

"남자를 즐겁게 해 주지 못하는 건 여자도 아니라고 엄마가 말했어요."

"너희 어머니가? 정말로 네 어머니가 네게 그런 소리를 했어?"

"내게가 아니라 아버지에게 소곤소곤 말하는 걸 들었어요."

"아니 그럼 다 큰 너를 두고 네 부모가 그런 소리를 주고받았단 말이지? 도대체 네 부모 뭐 하는 사람들이야? 너희 아버지 뭐 해?"

"몰라요. 상당히 높은 공무원이라는 것밖에는, 사나흘에 한 번쯤 집에 오는데 그때는 엄마와 옆방에서 자도 이상하게 그 방에 신경이 쓰여요. 그래서 엿들은 소리예요."

명훈은 그 말을 듣자 비로소 모니카를 이해할 수 있는 열쇠를 하나 찾은 느낌이었다.

"사나흘에 한 번 오는 아버지? 그럼 너희 아버지는 딴 집이 또 있겠구나? 도대체 너희 어머니는 뭐 하는 사람이야?"

명훈은 자신의 짐작을 좀 더 구체적으로 확인하고 싶어 그렇게 물었다. 이번에도 모니카는 별로 숨기려는 기색 없이 대답했다.

"동대문 쪽에서 술집을 해요. 색시들이 있는…… 엄마는 말 않지만 가끔 그 언니들이 집에 와서 그걸 알아요."

역시 짐작한 대로였다. 모니카는 거기서부터 망가져 온 아이였다. 부모의 잘못으로부터. 생각이 거기에 미치자 그때껏 그녀에게 느끼던 더러움과 역겨움은 그 부모에 대한 미움으로 변했다. 그리고 이어 그 미움은 자신의 아버지에 대한 미움과 대비되면서 모니카에 대한 갑작스러운 연민을 끌어내었다.

'어쩌면 너는 나를 맞게 찾아온지도 모르지. 굳게 닫힌 저 문밖에서 들개처럼 떠돌며 살게 되어 있는 나를, 폭력과 범법의 어둠만이 지붕이고 방바닥이 될 나를. 내가 만약 여자였다면 받았을 상처는 결코 너보다 작지는 않았을 것이다. 아니 어쩌면 지금까지의 네 삶이 안고 있는 상처만으로도 나는 이미 너에게 침 뱉을 자격이 없다……'

실로 변덕이라 해도 좋을 만큼 갑작스러운 감정의 변화였다. 그리고 그런 감정의 변화 속에는 언제든 손만 벌리면 안을 수 있는 여자를 확보해 둔다는 음험한 편의주의도 분명히 섞여 있었다.

"알고 보니 불쌍한 애로구나, 너는. 그래, 좋아. 나는 그 일로는 너를 싫어하지 않겠어. 지난 일은 이제 잊어버려. 하지만 앞으로는 조심해. 우선 쓸데없이 나다니지 말고……. 그렇지, 공부를 해. 그리고 남들처럼 좋은 대학엘 가. 그렇게만 해도 내가 너를 버리는 일은 없을 거야."

명훈이 완전히 풀어진 목소리로 그렇게 말하며 파마 기운 있는 단발머리를 쓰다듬자 그녀는 이제 마음 놓고 명훈에게 감겨들었다. 마치 주인의 손길이 미치기 바쁘게 머리를 비비며 기대 오는 한 마리 강아지 같았다.

붙들기만 하면 그대로 며칠이고 눌어붙어 있을 듯한 모니카를 달래 보내고 명훈이 집을 나선 것은 오후 두 시가 넘어서였다. 학교는 너무 늦어 틀렸다 싶어 도장에 나갈 참이었다. 지난번 도치네 패와의 싸움으로 한 열흘 빠진 데다 이번에 다시 사흘을 빠져 일주일밖에 안 남은 승단 심사가 또 불안해진 까닭이었다.

그러나 후텁지근한 날씨로 땀을 닦으며 버스 정류장으로 가는 동안 명훈의 마음은 갑자기 학교 쪽으로 기울었다. 어찌 됐건 이제 대여섯 달밖에 안 남았으니 졸업장은 받아 두어야겠다는 생각도 있었지만, 그보다는 도치네 패와의 만남이 전에 없는 기대로 명훈을 이끈 것이었다. 그전부터 명훈은 도치네 패가 노는 걸 은근히 부러워했다. 그들이 교실 구석에 모여 돌림 담배를 피우며 킬킬거리고 하는 얘기들은 명훈에게 한결같이 멋있게만 보였다.

패싸움에서의 무훈담, 뒷골목에서 학생을 상대로 한 공동 약탈과 그 탕진, 여자들 얘기, 극장, 술집……. 그때는 스스로를 한껏 억제하고 있을 때였는데도 그런 그들의 얘기를 들으면 명훈은 어김없이 가슴이 일렁였다. 진저리를 쳤던 안동에서의 날들이 새삼 그리움으로 떠오르는 것도 그럴 때였다.

그렇지만 그때는 우선 명훈이 그들의 패거리가 아니었고, 또 그들이 끼워 준다 해도 그들과 함께 어울려 돌아다닐 틈이 없었다. 오후 세 시만 되면 바쁘게 도장으로 뛰어가야 하고 다시 다섯 시만 되면 미군 부대로 헐떡이며 달려가야 했다. 거기다가 그때만 해도 밝고 바른 사회로의 재편입에 열정을 품고 있을 때라 그런 유혹에 대한 경계 또한 날카로웠다.

그런데 이제 모든 것이 달라졌다. 그는 단번에 도치보다 높은 서열로 그들 패거리에 끼어들었고 이제부터는 수업이 끝나는 대로 허둥대며 달려가야 할 직장도 없었다. 도장도 야간에 나가면 별문제 없었으며 건강하고 정직하게 살겠다는 결의도 하룻밤 새 깨끗이 지워진 뒤였다.

'녀석들과 어울려 한나절 놀고 기분이나 푼 뒤 도장엘 가야지.'

명훈은 아무런 주저 없이 그렇게 마음을 정하고 동대문 쪽으로 가는 버스에 올랐다.

간첩단(間諜團) 3개조(3個組) 11명(名) 일망 타진.

명훈이 주먹 같은 신문 활자를 보고 석간 한 장을 산 것은 그 버스 안이었다. 평소 같지 않게 신문을 산 것은 간첩이란 말이 그 날따라 유별나게 그를 자극한 까닭이었다.

군경(軍警) 합동 수사반은 지난 3일 동해안과 경북 일원을 거점으로 지하 공작망을 구축하려고 한 남파 간첩 이병문(36), 김천석(41)과 그에게 포섭되어 간첩 활동을 한 이병현(39·이병문의 형), 최윤식(50), 조옥화(36·김천석의 처), 김관식(30·김천석의 조카), 박병균(37), 박대균(43) 등 아홉 명을 체포하였다.

간첩 이병문은 경북 안동군 일직면이 고향인 자로 25세 때인 단기 4281년 6월경 민청(民靑)에 가입하고 이듬해인 4282년 5월 정식으로 남로당원(南勞黨員)이 된 자로서 4283년 9월 자진 월북했다가……

거기까지 읽어 나가던 명훈은 이병문이란 이름이 이상하게도 귀에 익어 신문 한 모퉁이에 있는 그의 사진을 보았다. 겨우 엄지손톱만 한 크기의 동그라미에 조잡한 인쇄로 나와 있어 얼른 알아보기 힘들었지만 틀림없이 낯익은 얼굴이었다.

명훈은 그 얼굴과 이름을 번갈아 보며 기억을 더듬다가 문득 한 이름을 떠올렸다. '문이 아재.' 바로 그 사람이었다. 혜화동에 살던 때 거의 한집안 식구처럼 지내며 아버지를 거들던 친척 아저씨가 분명했다. 그때 그 비슷한 사람이 많이 드나들었지만 명훈이 유독 그를 잘 기억하는 것은 사람이 싹싹하고 손재주가 좋은 데다 일이 없을 때는 자주 명훈의 놀이 동무가 되어 준 까닭이었다. 한번은 그가 멋진 새총을 만들어 주어 명훈은 오래오래 동네 아이들의 부러움을 산 적도 있었다. 붉은 타이어 조각을 면도칼로 반듯하게 썰어 만든 넓찍한 새총 고무는 어떤 아이들 것보다 멀리 돌을 날릴 수 있게 해 주었고, 하얗게 벗긴 탱자 나뭇가지를 불에 휘어 만든 새총 나무도 누구의 것보다 보기 좋은 Y 자 꼴로 또래에게 자랑거리가 되었다.

명훈이 그러다가 전쟁 전해 가을쯤부터 안 보이던 그를 다시 본 것은 전쟁이 나던 해 7월 중순쯤의 일이었다. 가족들이 아버지를 따라 수원으로 이사 갈 채비를 하고 있는 사이 골목에 나와 놀다가 따발총을 든 인민군들을 뒤딸린 채 붉은 완장을 차고 성큼성큼 걸어가던 그를 본 적이 있었다. 이미 어머니의 시장바구니를 들어 주거나 자기에게 새총을 만들어 주던 그 문이 아재는 아니었다.

그가 간첩으로 내려왔다. 생각이 그렇게 이어지자 명훈은 섬뜩한 가운데서도 지난 사흘 자신이 당한 고초가 전혀 근거 없는 것도 아니라는 느낌이 들었다. 그가 남파되어 왔다면 아버지가 의심받는 것도 무리가 아니었다. 더구나 반장이라던 그 형사는 헤어질 때 변명 비슷이 말했다.

"우리는 자네 아버지가 월북한 뒤의 행적을 더듬어 보았는데, 길게 잡아도 4287년(1954년) 이후로는 거기서도 잠적했어. 그 때문에 더욱 자네들의 동태에 신경 쓰지 않을 수 없었지. 거기 없으면 어디로 갔단 말인가?"

풀려나기 전 박 경사가 말한 '발표'란 그 기사 내용을 가리키는 것임에 틀림이 없었다.

하지만 결과적으로 그 기사는 모니카와 마찬가지로 그날 오후 명훈의 행동에 광포성과 대담함을 더해 주었을 뿐이었다. 그 자신은 뚜렷이 느끼지 못하고 있었으나 그것은 아마도 자포자기의 한 변형이었을 것이다.

버스에서 내려 시장 골목으로 접어들면서 명훈은 어떻게 도치네 패를 만날까를 궁리했다. 학교로 바로 들어가면 되지만, 이미 공부와 학교 그 자체에서는 마음이 떠 버린 뒤라, 도중에 선생들이라도 만나 이런저런 소리를 듣게 되는 게 귀찮았다. 등교 때나 퇴교 때 같으면 규율부가 나와 있어 연락이 가능했지만 목요일의 오후 세 시 어름은 그러기에도 어중간한 시간이었다.

그러나 운 좋게도 그 일로 오래 머리를 썩일 필요는 없었다. 교문 근처에서 아무라도 동급생을 만나면 학교 안으로 들여보내 도치네 패를 불러내기로 마음을 굳힌 명훈이 천천히 학교 골목으로 접어드는데 누군가 머리 위에서 부르는 소리가 들렸다.

"어이 간다, 어디 가?"

'간다'는 도치네 패가 새로 붙여 준 명훈의 별명이었다. 명훈은 기억에 없지만 지난번 싸움 때 그가 여럿을 뚫고 나갈 때마다 "간다!" 하고 소리쳤다 해서 그런 별명이 생긴 것이라고 들었다.

명훈이 고개를 들어 소리 나는 곳을 힐끗 쳐다보니 길가 중국집 2층의 열린 창문으로 깡철이가 삐죽 고개를 내밀고 있었다. 본성이기보다는 허세로 다듬어진 그 차가움이나 비꼬임 섞인 듯한 깐깐한 목소리가 이상하게 도전적으로 들려, 평소에는 거리를 두고 지내던 깡철이었지만, 그날은 웬지 반갑기 짝이 없었다.

"야, 깡철이, 넌 거기서 뭘 해?"

명훈이 구김살 없이 웃으며 손을 흔들자 깡철이도 엷은 미소로 답하며 짤막하게 말했다.

"올라와."

중국집 2층에 올라가니 깡철이는 잡채 한 접시에 제법 배갈까지 두어 홉 받아 놓고 앉아 있었다. 술만 반쯤 비워져 있고 잡채 접시는 별로 젓가락이 가지 않은 것같이 보이는 걸로 미뤄 먹고 마시는 일 자체보다는 자릿값으로 시킨 듯했다.

깡철이의 차림은 어디에도 학생 같은 데가 없었다. 좀 짧지만 잘 손질된 스포츠머리에다 줄이 서게 다려 입은 모직 바지에 굵은 물방울무늬가 요란스러운 남방을 걸친 게 전에 없이 어른스러웠다.

"뭐 하는 거야?"

명훈이 맞은편 자리에 앉으며 다시 물었다. 깡철이가 엷은 입술을 오므린 채 작은 배갈 잔이 찰찰 넘치게 술을 따른 뒤에 짤막하게 대답했다.

"애들을 기다려."

되도록이면 말을 짧게, 그리고 자주 하지 않는 게 그 사회에서는 권위와 연결된다는 걸 잘 알고 실천하는 녀석 같았다. 명훈은 그게 은근히 아니꼬웠으나 깡철이의 기다리는 자세가 심상찮아 한 번 더 물었다.

"걔들을 기다려 뭐 하려고?"

"일이 좀 있어."

깡철이가 다시 짤막하게 대답했다가 문득 생각이 바뀌었는지 불쑥 물었다.

"간다, 너 오늘도 직장인가 어디 나가야 돼?"

"아니, 이젠 종 쳤어. 빌어먹을 양키 부대는 이제 끝장이야."

명훈이 그렇게 내뱉자 깡철이의 얼굴에 약간 놀라는 표정이 떠올랐다.

"그래? 무슨 일 있었구나. 참, 학교에도 며칠 안 나왔다며?"

"니미럴, 그럴 일이 있었어."

깡철이나 도치네 패를 만나면 묘하게 치솟는 위악의 충동으로 그렇게 대꾸한 명훈은 이어 그 도수를 높였다.

"짜보(경찰)들에게 달려 갔다 왔어."

"뭐?"

"전에 시골 역전에서 사원들(소매치기 패) 뒤를 좀 봐준 적이 있지. 수틀려 짜보 하나를 찌르고 튀었는데 그게 어떻게 여기까지 따라잡았어. 새끼, 그때 아주 잠재워 버리는 건데……."

명훈은 아버지 얘기를 바로 해 이 어린놈을 기죽여 줄까, 하다가 그렇게 거짓말로 둘러댔다. 효과는 기대 밖이었다. 어딘가 한

칸 높은 곳에서 내려다보고 있는 듯하던 깡철이의 자세가 알아보게 허물어졌다.

"짜식, 너 알고 보니 정말로 야쿠자 물 좀 먹은 놈이구나. 그런데도 그 병신 새끼들이 머리 꼭대기까지 기어오르도록 그 능청을 떨다니……."

깡철이가 그렇게 감탄 비슷이 말해 놓고 이내 목소리를 낮추어 물었다.

"야, 너 오늘 한바탕 뛰어 보지 않을래?"

"뭔데?"

"아무래도 도치네 애들은 어려서 말이야……."

"무슨 일인데? 우선 들어나 보자."

명훈이 그렇게 흥미를 보이자 깡철이가 잠깐 멈칫멈칫하더니 이내 털어놓듯 말했다.

"실은 돌개 형님 부탁인데, 한 군데 들부숴 놀 데가 있어. 그 형님네 나와바리(세력권) 안에 술집이 하나 생겼는데 주인 놈이 뭘 믿고 까부는지 세금을 안 내는 모양이야. 형님 밑의 애들을 보내려니 걔들은 그 부근에서 쪽이 팔려 뒤가 떨떠름하대. 그래서 우리보고 한번 찔러 보라는 거야. 주인 놈 뒤에서 뭐가 나오는지……."

"어떻게 찔러? 칼로?"

명훈이 약간 긴장하여 물었다. 깡철이가 엷게 웃으며 대답했다.

"칼이 아니고 한바탕 둘러엎으라는 거야. 주인 놈이 덤비면 팔 하나쯤 꺾어 놓고……. 어때? 생각 있어?"

"좋지."

이번에는 갑작스러운 파괴와 가학의 충동에 내몰리며 명훈이 선뜻 대답했다.

"나중에야 어찌 되건 그 자리에서는 튀는 게 좋을 거야. 그런데 도치네 녀석들은 도무지 어려서……. 공연히 여럿 데려갈 거 없이 둘이서 후딱 해치우고 튀는 게 어때?"

"그게 낫겠어. 그런데 언제?"

명훈이 아직도 도장에 가야 한다는 생각을 떨치지 못하고 물었다. 깡철이가 가만히 생각하더니 이내 마음을 정한 듯 말했다.

"둘이 간다면 아무래도 본격적인 영업시간 전이 좋겠어. 네댓 시쯤 가서 한 시간쯤 뜸 들인 뒤 해치우고 튀지."

그러면 일곱 시에는 넉넉히 도장에 갈 수 있겠구나. 명훈은 그런 계산으로 더 망설일 것도 없이 깡철이의 제안을 따랐다. 아직도 그에게는 그 일이 대상도 모를 마음속의 분노를 풀어 줄 한바탕 신나는 활극으로만 여겨지고 있었다.

대강 의견을 맞춘 명훈과 깡철이는 배갈 세 홉으로 제법 얼얼해진 뒤에야 그 중국집에서 일어났다. 명훈 역시 사복 차림이기는 했으나 흰 포플린 남방이 학생티를 풍기는 것 같았던지 깡철이가 자신이 입었던 물방울무늬 남방을 벗어 주었다. 녀석은 안에 또 새빨간 티셔츠를 받쳐 입고 있어서 그것만으로 나다닐 만했다. 명훈은 자신의 흰 남방과 도복 뭉치를 그 중국집에 맡기고 깡철이를 따라나섰다.

깡철이가 데려간 술집은 동대문시장을 저만치 길 건너로 바라보고 있는 큰길가의 술집이었다. 대폿집이라기에는 너무 크고 깨끗했고, 요정이라기에는 구조가 걸맞지 않은 그런 형태였다. 대강 여남은 평이 되는 홀과 안쪽으로 서너 개의 방이 있었는데, 홀에서는 뜨내기 대포 손님들을 받고 방 안에서는 색시를 들여 방석 손님을 후릴 작정인 듯했다.

명훈과 깡철은 노점상이거나 막일꾼같이 보이는 남자 서넛이 오이 안주로 낮술을 마시고 있는 홀을 지나 대뜸 가장 크고 번듯한 방에 자리 잡았다. 덕지덕지 화장을 해도 이미 시드는 얼굴을 속일 수 없는 안주인이 나와 수상쩍다는 듯 물었다.

"보아하니, 학생들 같은데 대낮에 웬일이유."

"씨팔, 학생은 무슨 얼어 죽을 놈의 학생이야. 여기 안주 좋은 거 있는 대로 몇 사라(접시)하고 술이나 두어 되 갖다 주쇼. 싱싱하게 물오른 조개도 두어 사라 내오고……."

"어쩌나…… 색시들은 아직 없는데."

깡철이가 짐짓 거칠게 나오자 주인 여자는 그게 오히려 안심이 된다는 듯 제대로 손님 받는 시늉을 했다. 깡철이가 더욱 기세를 올렸다.

"아니, 한 년도 없어? 그럼 아주머니라도 들어오슈. 하기는 뭐 늙은 조개가 더 질기고 맛난다더라."

깡철이가 반말, 해라를 뒤섞어 가며 그렇게 지껄여 대자 주인 여자도 더는 그들을 학생으로 보지는 않는 눈치였다. 그러나 아직도 어딘가 의심 가는 구석이 있는지 뭉싯거리며 무얼 더 살피려 했다. 깡철이가 갑자기 호주머니에서 백 환짜리 한 움큼을 꺼내 빈 상 위에다 소리 나게 놓으며 그녀를 내몰았다.

"이것 때문에 그러는 모양인데 걱정 마슈. 공술 먹고 튀진 않을 테니까."

그러자 그녀도 드디어 마음을 정한 것 같았다.

"그건 아니지만……" 하고 나가더니 이내 삶은 문어 한 접시와 계란 부침 한 접시에 막걸리 주전자를 들고 왔다. 색시가 없다는 것도 빈말인 듯 한참 고기 굽는 냄새가 나더니 불고기 접시를 들고 온 것은 조금 전의 주인 여자가 아니었다.

"김 양이에요."

화사한 한복 치맛자락을 살풋 걷어 쥐며 앉는 여자를 보니 나이는 그들보다 서넛쯤 위로 보여도 꽤나 반반한 얼굴이었다.

"이년아, 김 양은 무슨……. 패 양이지, 조개 패(貝) 자 패 양"

깡철이가 그렇게 색시의 기를 죽여 놓고 명훈을 턱짓해 가리키며 다시 이죽거렸다.

"너 저분이 누군지 알아? 해암 선생이야. 바다 해(海) 자 바위 암(岩) 자, 해암 선생. 조개가 시커멓게 붙는다고 생긴 별명이야. 너 저 친구 옆에 가 봐. 저 친구 비위에만 맞으면 오늘 밤 여섯 번은 까무라칠 테니……."

"뭐, 코 보니 별것도 아니겠는데. 내사 가무잡잡한 얼굴에 매부리코가 좋더라."

색시도 당하다 보니 안 되겠다는 듯 그렇게 응수하며 짐짓 깡철이 쪽으로 무릎을 박았다.

깡철이는 도치네 패하고 있을 때와는 달리 오히려 다변한 편이었다. 그때껏 명훈이 본 그의 과묵은 일종의 허세거나 다른 데서 보고 들은 것의 흉내에 지나지 않은 듯했다. 한동안 색시와 그런 시시껍적한 농담을 주고받으며 이골 난 난봉꾼 흉내를 냈다.

그러나 명훈은 모니카와의 정사가 준 어떤 성적인 포만감 때문인지, 아니면 몸에 익지 않은 그곳의 분위기 때문인지 색시가 들어오고 나서부터는 줄곧 입을 다문 채 술잔만 받았다. 너무 취하면 나중에 싸울 때 몸놀림에 지장이 있게 되는 걸 경계하면서도, 한 잔 한 잔 받다 보니 중국집의 배갈이 겹쳐 금세 술이 얼큰하게 올라왔다.

깡철이는 그 뒤로도 쉴새없이 색시와 수작을 주고받았는데 차츰 두고 보니 단순히 다변 때문만은 아닌 듯했다. 그는 농담 중에도 무언가를 캐고 있는 눈치였다. 명훈이 문득 정신을 집중해 들어 보니 그 술집의 뒤를 봐주는 주먹이 있는지, 있다면 어느 패인지를 알아내기 위해 이리저리 말을 둘러대 가며 쑤셔 보는 중이었다.

하지만 아무래도 그런 건 없어 보였다. 말투로 보아서는 색시들 중에도 주인과 특별히 가까운 듯한데 그녀는 그런 술집에 뒤 봐주는 주먹이 있어야 한다는 것조차 부인하려 들었다.

"됐어."

이제는 됐다 싶은지 깡철이가 그렇게 나직이 내뱉고는 명훈에게 눈짓을 했다. 그 눈짓을 받자 명훈은 갑자기 술기운이 싹 가시며 대상도 모를 전의로 온몸이 팽팽하게 긴장됐다. 그새 시간이 제법 흘러 저녁 술손님들이 하나둘 찾아들고 있었다. 옆방에도 왁자하게 손이 드는 기척이 났다.

"가서 주인 불러와. 우린 가야겠어."

깡철이가 조금 전 색시와 농짓거리를 할 때와는 딴판인 차고 가라앉은 목소리로 그렇게 말하자 색시가 깜짝 놀란 얼굴로 물었다.

"무슨 소리예요? 술하고 안주도 아직 그대론데……."

"글쎄 가 봐야겠어. 주인 불러와."

깡철이가 갑자기 눈꼬리를 치켜올리며 매달리는 걸 털어 내듯 매몰차게 말했다. 잠깐 머뭇거리던 색시가 이내 단념한 듯 풀 죽은 소리로 말했다.

"계산이라면 저한테 해도 돼요. 보자, 전부 2천 환만 내세요."

"계산 같은 소리 하고 있네. 어서 주인 불러오라니까. 주인아저씨 말이야."

깡철이가 한층 매섭게 쏘아붙였다. 그런 깡철이와 언제든 튕기듯 일어날 채비를 갖춘 채 굳어 있는 명훈의 얼굴을 번갈아 보던 색시가 문득 이상한 느낌이 들었는지 슬그머니 일어났다.

"어디야, 누가 날 찾아?"

잠시 후 그런 걸걸한 소리가 들리더니 러닝셔츠 바람의 건장한 중년 남자가 방문을 메우듯 가로막고 섰다.

"자네들이 날 찾았어? 다 마셨으면 계산하고 갈 일이지 굳이 날 찾는 이유는 뭐야?"

깡철이와 명훈을 훑어보고 대뜸 내지른다는 게 반말이었다. 그 사이 그 특유의 허세로 돌아간 깡철이가 벽에 비스듬히 기댄 채 차갑고 나직나직한 소리로 그 말을 받았다.

"계산은 좀 그어 둡시다. 오늘은 그냥 가 봐야겠는데 안 되겠소?"

"뭐야?"

주인 남자가 버럭 소리를 질렀다. 그러나 깡철이는 용하다 싶을 만큼 자세 하나 흩트리지 않았다.

"들으니 세금도 안 낸다는데 이까짓 술 한 상 가지고 뭘 그리 흥분하슈?"

"내가 세금을 왜 안 내? 도대체 네놈들은 뭐야?"

주인 남자가 더욱 목소리를 높였다. 그런데 그 순간이었다. 깡철이가 비스듬히 앉은 채로 몸을 그쪽으로 돌리며 그대로 주인 남자의 배를 걷어찼다.

"시끄러, 이 새끼가 기차 화통을 삶아 먹었나? 웬 고함은……"

그 불의의 기습에 주인 남자가 흑 하는 소리와 함께 배를 싸쥐었다. 대담하고도 몸이 빠른 놈이구나. 명훈은 속으로 그런 깡철이에게 감탄했지만 그것도 순간이었다. 와장창 하는 문소리와 함께 주인 남자의 거구가 쓰러질 듯 깡철이를 덮으며 솥뚜껑 같은 손이 깡철이의 목을 짓눌렀다. 어린애처럼 바둥거릴 뿐 깡철이가 빠져나오지 못하는 걸로 보아 대단한 완력인 것 같았다.

'유도로구나……'

명훈은 퍼뜩 그렇게 생각하며 공격 태세를 갖추었다. 그러나 깡철이를 내리누르고 있는 주인 남자에게는 마땅하게 칠 만한 곳이 보이지 않았다. 효과적이기는 그의 낯짝을 걷어차면 가장 낫겠지만 그러기에는 그의 희끗희끗한 머리칼이 마음에 걸렸다.

"요놈의 새끼, 너 동대문 이정재 똘마니지? 하지만 이정재가 와도 내게 이러지는 못해! 그런데 마빡에 소똥도 안 벗어진 쥐 싼닥지(얼굴) 같은 새끼들이……."

주인 남자는 명훈을 완전히 무시한 채 깡철이를 짓이기며 그렇게 씨근댔다. 밑에 깔린 깡철이도 흠칫하는 듯했고, 명훈도 이정재란 사람은 잘 모르지만 그 남자의 엄청난 기세에 눌려 몸이 굳어 버렸다. 그런데 실수는 그다음 말이었다.

"종로 바닥에서만 20년 경찰 밥을 먹은 나야. 옛적 귀신 같다던 미와[三輪] 경부도 알아준 나라고. 그 이천(利川) 촌놈이 뭔 장사가 한다고 동대문시장 구석에 기어 들어와 처박힐 때부터 내 그놈을 훤히 알지. 지금은 내 아무리 옷을 벗었다지만 제 놈이 찾아와 인사를 해도 시원찮은데 어디서 순 피라미 같은 걸 보내서……."

그 경찰 밥이란 말이 멈칫해 있던 명훈의 적의를 맹렬하게 일깨웠다. 그러나 막상 발길질을 하려고 보니 그것도 반드시 훌륭한 공격이 될 것 같지는 않았다. 주인 남자는 어느새 무릎으로 깡철이의 두 어깻죽지를 찍어 누르고 두 손을 푼 상태였다. 그의 완력이나 생각 밖의 재빠름으로 미루어 어설픈 발길을 넣었다가는 그 두 손에 잡혀 도리어 발목이 꺾여 버릴 것 같았다.

그때 그런 마구잡이 싸움에 강한 명훈의 기지가 다시 번뜩했다. 일생 싸움에서는 남의 설움을 안 받을 수 있게 해 준 기지였다.

명훈은 대련에서는 반칙인 지권(指卷)으로 재빨리 그의 두 눈을 찔렀다. 검지와 중지의 두 마디를 접음으로써 상대가 실명(失明)할 위험은 간신히 피한 일종의 살수(殺手)였다.

"억!"

명훈의 발길질만 경계하고 있던 그는 그 뜻 아니한 공격에 외마디 소리와 함께 두 눈을 감싸 쥐었다. 그러자 그의 기름 낀 목덜미가 아무런 방비 없이 명훈 앞에 드러났다. 명훈은 다시 제법 격파 자세까지 갖춰 가며 수도(手刀)로 그런 그의 목덜미를 내리쳤다. 격파, 특히 수도 격파는 도장에서도 알아주는 명훈의 장기였다.

주인 남자는 신음 소리도 없이 그대로 깡철이의 가슴 위에서 허물어져 내리듯 방바닥에 굴러떨어졌다. 한구석에 밀려나 있던 술상이 그 바람에 요란한 소리를 내며 엎질러졌다.

"가, 튀자!"

그제야 빠져나온 깡철이가 벌겋게 상기된 얼굴로 졸렸던 목 어름을 어루만지며 다급하게 재촉했다.

그런데 그 무슨 잔인한 가학의 열정이었을까. 명훈은 깡철이에게 무얼 과시한다거나 깡철이에게 그 일을 시킨 배석구에게 호감을 사 둔다는 따위 아무런 계산 없이 이상한 격정에 휘몰려 소리쳤다.

"팔 하나쯤 꺾어 놓으라고 했다면서?"

그러고는 널브러져 있는 주인 남자의 접힌 팔을 모질게 짓밟고서야 방을 나왔다. 그제야 달려 나온 주인 여자와 색시들의 자지러질 듯한 비명에 홀에서 술을 마시던 대여섯이 엉거주춤 일어났으나 아무도 길을 막지는 못했다.

한참을 달려 그 술집에서 멀리 벗어났을 때야 겨우 제 표정을 되찾은 깡철이가 약간 아첨기 섞인 어조로 명훈에게 말했다.

"지독한 짜식이구나, 너."

하지만 명훈은 갑자기 울적해졌다. 자신이 왜 그렇게 모질게 사람을 쳤는지 스스로 아연해짐과 아울러 크게 욕지기라도 내뱉고 싶을 만큼 까닭 모를 불쾌감이 차올랐다.

"우리 돌개 형님을 찾아가 보자. 아마 한턱 톡톡히 낼 거야. 어쩌면 여자까지도 안겨 줄지 몰라."

명훈이 찌푸린 얼굴로 말없이 걷기만 하자 깡철이가 명훈의 기운을 돋워 주려는 듯 꾸며 낸 쾌활함으로 다시 그렇게 떠들었다.

"아니."

명훈은 그제야 그런 깡철이를 돌아보며 무겁게 고개를 가로저었다.

"나는 도장에나 가 보겠어. 한턱 얻어먹자고 이런 건 아니야."

그게 그때의 솔직한 심경이었으나 결과적으로는 그런 명훈의 태도가 그를 어둠의 세계로 더 깊숙이 끌어들인 계기가 됐다.

그리운 집

뿌리치듯 깡철이와 헤어져 학교 앞 중국집으로 돌아갔을 때만 해도 명훈은 아직 도장으로 갈 생각을 하고 있었다. 그러나 막상 도복을 챙겨 들고 보니 아무래도 술이 너무 오른 것 같았다. 성깔 매섭기로 이름난 엄 사범에게라도 걸리는 날이면 대련이란 구실로 한 반 시간은 호되게 얻어맞을 각오를 해야 했다. 맞는 거야 두렵지 않다 쳐도 불성실로 그에게 찍히게 되는 것은 견딜 수가 없었다. 아직 도장에서만은 성실한 수련생으로 남아 있고 싶었다.

그 때문에 명훈은 배갈만 한 홉 더 걸치고 자취방으로 돌아갔다. 아직 저물지도 않은 시간에 얼큰히 취해서 자취방으로 돌아가는 버스에 오르고 보니 술기운 탓일까, 제법 한가로운 기분까지 들었다.

자취방에는 그 시각 학교에나 가 있을 줄 알았던 영희가 오두 마니 앉아 있었다. 방문을 여는 소리를 들었을 것 같은데도 고개를 돌리지 않는 게 무언가 잔뜩 골이 나 있는 듯했다.

"너, 있었구나. 학교는 안 가?"

모니카를 떠올리고 문득 멋쩍어진 명훈이 짐짓 태연스러운 말투로 그렇게 말을 걸었다. 그러자 영희가 거의 표독스럽게 느껴질 만큼 명훈 쪽으로 홱 돌아앉으며 차게 물었다.

"학교고 뭐고, 오빠, 정말 왜 그래? 이제는 아주 막가는 거야?"

"뭘?"

"정말 창피해 죽겠어. 모니카는 어쨌어? 그리고 어디로 데려간 거야? 주인아주머니가 뭐라시는 줄 알아?"

"뭐라던?"

"오빠가 점점 못돼진대. 처음에는 성실한 학생인 줄 알았는데 이제는 대낮에 어린 여학생까지 끌어들여 욕보이고……."

"욕?"

거기서 명훈은 자신도 모르게 푸시시 웃음이 나왔다.

"모니카 얘기하는 거냐? 내 말하겠는데 앞으로 걔하고 놀지 마. 걔야말로 못된 기집애야."

"오빤 그런 소리 할 자격 없어!"

영희가 갑자기 그렇게 소리쳐 놓고 다시 매달리듯 물었다.

"오빠, 정말 왜 이래? 모니카는 그렇다 치고 무슨 일 있었어? 어제 그제 그끄제는 어떻게 된 거야? 미군 부대는 이제 정말 끝난 거야?"

그렇게 한꺼번에 쏟아져 나오는 물음에 명훈은 잠시 말문이 막혔다. 그러나 어차피 알려야 할 일이고, 영희도 이제는 어린애가 아니었다.

"빌어먹을 양놈들하고는 어저께로 끝났어. 새로 일자리를 구해 봐야지."

명훈은 먼저 직장 문제부터 밝혔다. 영희가 별로 놀라는 기색 없이 물음을 계속했다.

"아버지 땜에? 그럼 어제 그제도 경찰에 불려 갔다 온 거야?"

"너, 그거 어떻게 알았어?"

명훈이 오히려 놀라 그렇게 물었다.

"병원에도 경찰이 다녀갔어. 박 원장님을 만나고 간 모양이야."

"너까지……. 그래, 원장님은 아무 말 않던?"

"그분은 괜찮아. 그런데 미군부대 일은 이제 안 된대? 경찰이 바로 미군들을 찾아간 거야?"

"그건 아니지만…… 본사에서 겁을 내. 임 전무님이 특히."

"그래도 부대에서는 아직 오빠가 다시 나올 걸로 아는 눈치던데? 실은 나도 거기 가 봤어."

"네가? 언제……?"

명훈은 아직 어리게만 생각되는 누이동생의 당돌함에 놀라 그렇게 물었다가 이내 힘없이 말했다.

"하지만 안 될 거야. 다른 곳도 아닌 미군 부대야. 그들의 장교 숙사에 빨갱이가 침투해 있다. 듣기만 해도 어마어마하잖아?"

"오빠가 빨갱이야? 도대체 우리가 뭐 어쨌다고 그래?"

영희가 발끈했다. 명훈이 한층 자조적으로 받았다.

"빨갱이지. 나는 아버지와 헤어질 때 열두 살이었어. 어떤 종류의 말은 알아들을 수도 있고, 사상적으로도 어렴풋하게나마 감염될 수도 있는 나이지."

"오빠가 정말로 그래?"

"아니, 나는 아버지의 말 중에 기억되는 게 전혀 없어. 그의 사상이 어떤 것인지는 느낌조차 남아 있지 않지. 그 뒤에 나온 영화의 빨갱이나 괴뢰군밖에 아는 게 별로 없다고. 하지만 경찰이 그렇게 말했어. 그리고, 그 말을 듣고 보니 나도 정말로 공산주의에 대해 뭘 좀 아는 것같이 느껴지데. 최소한 씨[種子]라도 거리에 차고 넘치는 저 우익 반동(反動)들과는 다른 데가 있다는 걸 그들이 일깨워 준 셈이지."

거기까지 말해 놓고 나니 갑자기 술기운이 배나 오르는 것 같았다. 영희가 문득 움츠러들며 목소리를 떨었다.

"오빠, 그러지 마. 겁나. 우리는 이왕 이런 처지가 되었으니 우리가 던져진 사회에 적응하고 그 방식으로 성공해 보자고 말한 건 오빠가 아니었어? 이 사회가 문을 닫아걸더라도 열 번이고 스무 번이고 그 문을 두드려 열고 들어가자고 하지 않았느냔 말이야? 그래서 그들과 함께 어우러져 잘 살자고 하지 않았냔 말이야?"

"그랬지. 정말로 그러고 싶었어. 만약 이 사회가 우리를 받아 준다면 나는 열심히 공부해 훌륭한 시인이 되고 싶었어. 김소월이나 이육사 같은……. 그리고, 지난 2년간 나는 그걸 위해 노력도 꽤나 했지. 하지만 이렇게 받아 주지 않는데 어떻게 해?"

"오빠 혹시 아버지 핑계를 대고 옛날의 그 생활로 되돌아가려는 거 아냐? 마구잡이니까 편하고 손쉬운 생활 말이야. 잘되지도 않는 늦은 공부로 골치 썩일 필요도 없고, 다람쥐 쳇바퀴 돌 듯 직장에서 학교로, 학교에서 집으로 허겁지겁 뛰어다녀도 되지 않는 그런 생활 말이야. 나중에야 어떻게 되건 말건……"

영희가 빤히 쳐다보면서 명훈의 아픈 곳을 찔러 왔다. 명훈은 그 아픔에 불끈했으나 영희에게서 느낀 대견스러움으로 속을 눌렀다. 영희를 더는 어린애로 볼 수 없다는 생각이 다시 그의 무턱 댄 부정을 힘없게 했다.

"그건 아니야."

"그럼 책은 왜 찢어 팽개쳤어?"

"이제 공부완 끝장이야. 직장도 없는 놈이 공부는 무슨……"

"까짓 일자리야…… 또 구하지 뭐."

"그게 쉬울 것 같아? 지금 같은 세상에 나 같은 게 공부하기에 넉넉한 일자리가 또 있을 것 같으냐고?"

명훈이 다시 기세를 회복해 영희의 말을 받았다. 그러나 영희는 명훈의 말을 그대로는 받아들여 주지 않았다. 고개를 살래살래 흔들며 다시 명훈의 아픈 곳을 건드려 왔다.

"아냐, 일자리 때문만은 아닌 것 같아. 오빠, 이번 일 말고도 무슨 일이 있었지? 한 달 전 아니, 한 두어 달 전부터 말이야."

"없어, 아무것도."

경애 때문에 찔끔했으나 명훈은 짐짓 퉁명스레 잘랐다. 그런 명훈을 한동안 빤히 바라보던 영희가 기습처럼 재빠르게 물었다.

"경애라던가…… 무슨 대학 다녔다는 그 언니 때문 아나?"

"시끄러. 쬐끄만 기집애가 뭘 안다고……."

명훈이 다시 그렇게 나이로 억눌러 보았지만 소용이 없었다. 영희는 조금도 물러서지 않았다.

"그럼 그 석고상하고 액자는 왜 깼어? 주먹질도 다시 시작하고. 아니야, 모든 발단은 거기 있는 것 같아. 그 언니하고 뭔 일 있고서부터…… 이번 경찰 일이나 직장 문제는 더 좋은 핑계가 되었을 뿐이야."

그러더니 금세 고함이라도 칠 것처럼 험악한 표정으로 노려보는 명훈을 피하듯 일어나 종이 바른 사과 상자 위에 얹혀 있던 편지 봉투 하나를 꺼내 던져 주었다.

"오빠, 우선 그것부터 봐. 그거 읽고 얘기해."

명훈은 그 봉투를 받자 지금까지의 시비는 깨끗이 잊고 세차게 가슴이 뛰기 시작했다.

'경애로구나. 경애가 글을 보냈구나…….'

하지만 터무니없는 지레짐작이었다. 봉투 뒷면에 쓰인 것은 경애의 주소나 이름이 아니라 고향 면사무소의 고무 도장이었다. 이미 열려 있는 봉투에서 알맹이를 꺼내 보니 신체검사 통지서와 함께 고향 면사무소에서 서기 일을 보고 있는 친척 아저씨의 흘려 쓴 쪽지가 하나 나왔다.

　명훈 보아라

　지난봄에 네 신체검사 통지가 나왔으나 너희 주소를 알지 못해 전하지 못했다. 이번에 추가로 나왔으니 꼭 와서 받도록 해라. 만약 이번에도 받지 않으면 병역기피로 처리되니 그대로 볼 수가 없어 특별히 몇 자 쓴다. 이곳 지서에서도 겨우 며칠 전에야 네 주소가 입수된 모양이라 날짜가 좀 촉박할 것이다. 총총.

　　　　　　　　　　　　　4292년 7월 5일 병호(秉浩) 서(書)

　경애의 편지는 아니었지만 전혀 뜻밖이고, 또 까맣게 잊고 있었던 군대 문제라 충격은 컸다. 신체검사라…… 군인이 된다…….
　아마도 대한민국 젊은이들에게 가장 보편적인 성년식이 있다면 그것은 군 입대일 것이다. 더구나 그때는 아직도 군대가 죽음(戰死)과 어떤 연관을 맺고 있는 것으로 받아들여지던 1950년대 끄트머리여서 입대가 가진 의미는 더욱 컸다.
　잠깐 멍해 있던 명훈은 이윽고 신체검사 통지서를 들여다보았다. 장소는 돌내골에서 한 30리 떨어진 군청 소재지의 하나뿐인 중학교, 날짜는 7월 18일이었다. 겨우 일주일 남짓 뒤인 셈이었다.
　"오빠, 그럼 군대는 언제 가는 거야?"

명훈이 신체검사 통지서에 정신이 팔려 있는 걸 보고 영희가 언제 경애 얘기를 했냐는 듯 말짱한 얼굴로 물어 왔다. 명훈이 퍼뜩 정신을 차리며 대답했다.

"뭐? 응, 신체검사 받고 한 1년 뒤쯤 되겠지."

"대학 가도 군대는 가야 하는 거야?"

"졸업 때까지는 연기할 수 있어."

"그럼 오빠가 만약 내년에 대학을 못 가면 제대하고 난 뒤에나 대학엘 가겠네."

"다 늙어 빠져서? 그때 내 나이가 얼만지 알아? 스물여섯이야, 스물여섯. 그것도 가을이 된다고."

"그것 봐. 그러니까 지금 이대로 있어서는 안 돼. 오빠는 내년에 꼭 대학을 가야 돼."

"대학? 내가 무슨 수로? 공부를 해 논 게 있어? 돈 많고 빽 좋은 부모가 있어? 꿈같은 얘기야. 당장은 우리가 어떻게 먹고사느냐가 문제야. 정신 차려."

명훈이 다시 심사가 났는지 비뚤어진 소리를 했다. 그러다가 그런 자신을 올려다보고 있는 영희의 얼굴에 눈길이 멎자 움찔하며 입을 다물었다. 영희의 두 눈에는 금세라도 흘러넘칠 듯 눈물이 홍건히 고여 있었다.

"어쩌다 우리 오빠가 이렇게 변했어? 우리 집안의 기둥이 왜 이렇게 되어 버렸는지 모르겠어……."

이윽고 그런 넋두리를 하던 영희가 눈물을 주르르 쏟으며 매달렸다.

"오빠 더도 말고 2년 전으로만 돌아갈 수 없어? 우리가 처음 서울 올라올 때만으로라도 돌아갈 수 없어?"

겨우 세 살 차이였지만 부정(父情)과도 같은 보호 의식으로 10년 가까이 영희를 기르다시피 해 온 명훈은 그 눈물을 보자 갑자기 가슴이 아릿해 왔다. 그리고 그것은 아직도 강하게 남은 술기운과 결합되어 그의 한낮을 지배한 폭력과 가학의 어두운 열정을 갑자기 아득한 슬픔의 정조로 바꾸어 놓았다.

시큰한 콧마루로 영희를 가만히 받아 안으며 명훈은 음울하게 물었다.

"그래, 알았다. 네 생각에는 이제…… 어떻게 하면 되겠니?"

"오빠, 우리 돌아가. 집에, 엄마 곁에. 거기서 며칠 밤 자며 다시 생각해 봐. 무슨 수가 있을 거야. 오빠는 절대로 옛날로 돌아가선 안 돼. 우리도 떳떳하고 행복하게 살 권리가 있어……."

"어머니에게? 거기 가 본들 별수 있겠니? 양장점이 안 돼 기어이 때려치우고 지금은 변두리 동네로 옮겨 구멍가게를 하신다는데…… 철이, 옥경이 데리고 굶고 계시지나 않을까 걱정인데……."

"아냐. 엄마한테 무슨 수가 있을 거야. 그리고 돌내골인가 거기 우리 땅도 좀 있다면서? 그거라도 팔아 보지 뭐."

"돌내골은 내가 잘 알아. 팔 만한 것은 아버지가 이미 다 없앴고, 그 나머지는 또 할머니 돌아가실 때 모조리 훑었어."

"그래도 한때는 천 석지기가 넘었다면서……?"

"없어. 그리고 뭐가 좀 있다 해도 어머니가 가지 않으려 하실걸. 어머니는 돌내골에 어떤 본능적인 공포를 느끼고 계셔."

"그럼 오빠가 가 보면 되잖아? 어쨌든 우리 낼이라도 밀양엘 가. 거기서 의논해 다시 시작해."

"병원은 어떡하고? 학교는?"

"오늘 원장님께 말씀드렸어. 사흘 말미를 주셨어. 어차피 여름 방학에는 며칠 집에 보내 주실 생각이셨대. 치과란 게 원래 전문직으로 훈련된 간호원이 꼭 필요한 것도 아니고. 학교는 며칠 결석하면 돼. 이대로는 어차피 공부고 뭐고 안 될 건데 뭘."

영희는 마음먹고 일을 준비한 것 같았다. 언제나 덜렁대는 선머슴애쯤으로 여겨 온 명훈에게는 또 새로운 변화로 보였다.

"그래, 낼은 밀양으로 가자, 어머니한테. 하기야 보고 싶기도 하구나. 철이와 옥경이도. 어차피 신체검사를 받으러 돌내골엘 가야 하니까 그전에 한 번 들러야 되기도 하고……."

명훈이 더 뻗대지 않고 자신의 말을 받아 주자 눈물을 닦고 떨어져 앉은 영희가 다시 말했다.

"그리고…… 오빠한테도 미리 의논해 둘 게 있는데……."

"또 뭐야?"

"병원 말이야. 박 원장님께서 말씀하시기를 나보고 병원에 와서 기거하래. 그러면 작은 계집아이를 하나 더 데려다가 내가 학교에 간 뒤 불편 없이 쓰시겠대."

"병원엘?"

"그래, 거기에 접는 군용 침대가 있어. 식사는 원장님 댁에 가서 하고…… 윤 간호원 언니가 하던 대로지 뭐. 아무래도 비싼 기구들이 있는 병원을 밤새 비워 두기가 불안한가 봐. 실은 학교를 그만두면 전에 윤 간호원 언니에게 주던 봉급을 그대로 주겠다고 했어."

"건 안 돼."

명훈은 영희가 학교를 그만둔다는 말에 펄쩍 뛰듯 그렇게 소리쳐 놓고 다시 덧붙였다.

"다만 병원에서 기거하는 건 좀 두고 생각해 보자. 썩 마음 내키지는 않지만, 정히 그렇다면 어쩌겠니?"

그러나 마음속으로는 그것도 반대였다. 어린 계집아이가 집을 떠나 딴 집에 기거한다는 게 왠지 불안했다. 단순히 막연한 불안이 아니라 무언가 틀림없이 좋지 못한 일이 생기고 말 것 같은 예감이 든 때문이었다.

제법 대견스러운 소리들로 은근히 명훈을 놀라게 하기는 했지만 영희는 역시 열여덟의 여고생이었다. 곧 낯선 곳으로 여행하게 된다는 설렘에 금세 들떠 그 여행이 가지는 음울한 의미 따위는 깨끗이 잊고 수선을 피워 대기 시작했다.

"오빠 뭐 입고 갈 거야? 난 역시 교복이 좋겠지? 그런데 지금 빨아서 내일 아침까지 마를까 몰라. 여름 운동화도 사라시(표백)해야겠는데……."

여름날

어둑한 방문을 여니 어머니가 엎드려 기도를 올리고 있었다. 철은 조심스레 책가방을 내려놓고 기도가 끝나기를 기다렸다. 설움에 복받쳐 흐느끼며 하는 어머니의 기도 소리가 알아들을 만큼 뚜렷했다.

"주님, 지(저희)들을 이 시험과 환난에서 구해 주시이소. 지로 하여금 그 사람을 더는 원망하지 않게 해 주시이소. 그냥 고이 잊을 수 있게 해 주시이소……."

그런 소리를 듣자 철은 조금 전까지도 동무들과 쾌활하게 떠들며 집으로 돌아온 아이답지 않게 음울해졌다. 철은 어머니의 기도 속에 나오는 그 사람이 누구인지 알고 있었다. 그 사람은 바로 그에게는 불길한 추상에 지나지 않는 아버지였다.

한 일주일 전쯤의 일이었다. 철이 학교에서 돌아오니 가게 문은 닫혀 있고 옥경이 혼자서 울고 있었다.

"어떤 아저씨들이 와서 어머니를 데려갔어. 내가 따라가려 했지만 안 된대. 어머니도 그냥 집에 있다가 오빠가 오거든 함께 영남여객 댁으로 가랬어. 거기서 엄마가 돌아올 때까지 기다리래."

옥경이 울며 그렇게 말했다. 철은 그 아저씨들이 누구인지 이내 알아차렸다. 그러자 끌려간 어머니에 못지않게 걱정되는 일이 하나 있었다.

'형사들이 왔구나……. 그럼 우리는 또 떠나게 될지도 모르겠다. 명혜가 없는 어떤 낯선 도시로…….'

철이 그렇게 생각하는 데는 까닭이 있었다. 어려서 기억이 뚜렷하지는 않지만 고향에서 안동으로 옮겨 갈 때도, 안동에서 서울로 올라갈 때도 무언가 경찰과 연관된 이유가 있어서였다. 그리고 다시 서울에서 밀양으로 옮겨 올 때도 철이 엿들은 것은 역시 그들 주위를 맴도는 형사들 때문이었다. 그런데 다시 이곳까지 형사가 나타났으니 또 떠날 것은 뻔했다. 그러잖아도 그 무렵 어머니와 영남여객 댁 아주머니 사이는 전 같지가 않았다. 자세히 알지 못하기는 해도, 드디어는 사흘에 한 사람꼴로도 손님이 찾아오지 않게 된 양장점 때문인 것만은 틀림없었다.

"옥경이 어무이, 보증금 더 깨지기 전에 이마이서 그마 치우입시더. 백지로(공연히) 비싼 집세 물어 가미 뻗댄다꼬 될 일이 아인 갑심더. 어디 삼문동쯤에라도 물러앉아 쪼매는 구멍가게나 하고 옥경이 어무이 솜씨 좋은 바느질 곁들이는 게 훨씬 실속 있을 낍니더."

아주머니는 벌써 그전부터 어머니에게 그렇게 권하곤 했다. 그러나 어머니는 생각이 달라 보였다.

"비싼 틀(재봉틀) 사 였고(사 넣고), 점방 치장에 만 환씩이나 처여(처넣어) 겨우 석 달 해 보고 어예 그만두겠노? 또 양장점이 안 된다 캐도 여다서 다시 딴 걸 해 봐야재. 덤불이 커야, 토째비(도깨비)도 크다꼬, 그래도 장사를 할라 카믄 시장 모팅이가 낫제. 삯바느질을 한다 캐도 글코."

그러면서 그 자리에서 버텨 보려고 애썼다. 하지만 아무래도 아주머니의 안달을 배겨 내지 못했던지 끝내는 시장 가까운 사거리의 목 좋은 양장점을 내어놓고 삼문동으로 옮겨 앉고 말았다. 삼문동에서도 번화가인 뱃다리거리와 역전을 잇는 도로변과는 먼, 변전소 쪽 동네 끄트머리의 갈래 진 골목길 어귀였다. 그 셋방 툇마루에 가작(假作: 임시로 만듦 또는 그런 물건)을 달아 작은 가게를 내고, 또뽑기 몇 갑과 사탕이 든 유리 단지 두엇에 비누 몇 장, 성냥 몇 갑 하는 식의 구멍가게를 차리면서 어머니는 한숨 섞어 말했다.

"보증금을 빼 아주무이 빚을 갚으이 속이사 시원하다마는 여다서 무슨 장사가 되겠노? 앞집 뒷집 모두 사는 거 보이 1년 가도 옥양목 치매 한 불(벌) 해 입을 같잖은데 여다서 바느질은 무슨…… 그마이 살면서도 돈 5만 환이 그래 무서운강…… 아무리

아자씨 몰래 빌려 준 돈이지만……."

드러내 놓고 말하지는 않아도 영남여객 아주머니를 은근히 원망하는 눈치였다. 다행스럽게도 상대편인 아주머니는 어머니와 달랐다. 그렇게 정리를 해 자기 발등의 불을 끄고 나니 철이네가 사는 꼴이 보기 안됐던지 전보다 몇 배나 더 자상하게 돌보아 주었다. 사나흘에 한 번씩은 와서 철이네가 사는 양을 살펴보고, 돌아갈 때는 또 어김없이 빨랫비누며 성냥, 양초 같은 것을 한 보따리씩 사 갔다. 철이가 보기에는 집 안에 필요해서가 아니라 누구에게 나눠 주거나 읍내의 친구들에게 자신이 산 값으로 떠맡기기 위함인 듯했다. 아주머니가 그러자 명혜와 병우도 몇십 환어치의 군것질까지 그들에게는 꽤 먼 철이네 가게로 와서 했다.

하지만 철에게는 그들이 노력해서 보이는 호의라 오히려 그게 불안했다. 그런데 엎친 데 덮친 격으로 다시 어머니가 경찰에 불려 가는 일이 생겼다. 나이가 나이라 어른들의 이해관계를 속속들이 다 이해하지는 못했지만 철은 적어도 그런 일이 자기들에게 유리한 인상을 영남여객 댁에 줄 수는 없으리란 것쯤은 분명하게 알고 있었다.

그 바람에 철은 지레 주눅이 들어 꼭 죄진 사람처럼 옥경과 함께 영남여객 댁으로 갔다. 그날만은 명혜를 만난다는 설렘도 느껴지지 않을 정도였다.

철이 먼저 아주머니를 만나 대강 있었던 일을 얘기하자 짐작대로 아주머니는 금세 낯빛이 하얘졌다. 그러나 놀라고 겁먹은 목소리로 그 자리에서 아저씨에게 건 전화가 곧 모든 걸 해결해 주었다. 아저씨가 뭐라고 했는지 수화기를 놓을 때는 벌써 얼굴이 풀려 여느 때처럼 대해 주었다.

"에이, 숭악한 놈들. 옥경이 어무이가 바로 뭔 큰일을 냈다 캐도 전쟁 난 지 이기 벌씨로 몇 년이고? 10년 아이가, 10년. 더군다나 아이들이사 뭔 죄가 있노? 가(그 애)들 안 놀랬는강 몰라. 내 서장한테 알아보이 그리 큰일은 아인갑더라만 우쨌든 동 옥경이 어무이 나올 때까지 가들한테 잘해 조라. 썰데없는 걱정하지 말고……."

얼마 후에 돌아온 아저씨는 철과 옥경이가 쪼그리고 앉아 있는 건넌방까지 들리는 목소리로 그렇게 말했다. 철에게는 눈시울이 화끈할 만큼 고맙게 들리는 소리였다.

그날 밤을 경찰서에서 새운 어머니는 다음 날 점심때가 되어서야 풀려나왔다. 무슨 일이 있었는지 모르지만 마침 토요일이어서 철이 오전 수업만 마치고 돌아왔을 때까지도 어머니는 아주머니를 상대로 넋두리를 되풀이하고 있었다.

"그놈의 영감쟁이는 죽지도 않고 우예 이래 사람 속 골병을 믹이노? 명혜 어무이요, 참말로 몸써리 납니데이. 나이라도 젊다 카믄 순사 첩이라도 돼 가주고 아아들 아부지를 한번 갈바 보고(맞서 보고) 싶습니데이……."

철은 조마조마한 가슴으로 문밖에서 한동안 어머니의 넋두리를 엿들었다. 전날부터 줄곧 그를 사로잡고 있는 불안 — 밀양을 떠날 작정인가 아닌가를 알아보기 위해서였다. 그러나 어머니는 계속해 아버지에 대한 원망만 늘어놓을 뿐 떠나겠다는 말 같은 것은 내비치지 않았다.

"우리가 가이 인자 어딜 가겠노? 소리 종적 없이 밤중에 싸 말아 와도 넉 달 만에 알고 찾아온 경찰들이따. 이 밝은 세상에 더 가이 어딜 가노? 어딜 가 숨는단 말이고……?"

집으로 돌아온 뒤 철이 그래도 못 미더워 넌지시 물었을 때 어머니의 대답은 그랬다. 그 대신 생긴 변화가 한번 시작되면 쉬이 끝날 줄 모르는 기도였다. 전에도 어머니는 교회에 열심이었고, 새벽 기도도 빠짐이 없었지만, 방 안에서 혼자 기도하는 일은 드물었다.

철은 한동안 기도에 빠져 있는 어머니를 보다가 슬그머니 일어났다. 가게 문을 열어 놓았으면 거들 일이라도 있겠지만 그날은 그럴 일도 없을 것 같았다. 그렇다고 방구석에 눌러앉아 공부를 하거나 책을 읽기에는 어머니의 기도 소리가 시끄러울 뿐만 아니라 날도 너무 무더웠다. 어머니는 철이 왔다가 나가는 걸 아는지 모르는지 여전히 기도에만 열중해 있었다.

"……주님, 또 서울에 남겨 둔 아이들한테도 어떤 일이 생겼는지 모르겠심더. 부디 그들의 손길로부터 그 아이들을 지켜 주시옵시고, 그 아이들이 마음먹고 가는 길에 장애가 되지 않도록 해 주시이소. 특히 명훈이는 아직 새 생활로 접어든 지 오래되지 않았습니더. 그 아이가 용기와 힘을 잃지 않게 해 주시이소……."

서울에 있는 아이들이란 말에 문득 형과 누나가 떠올라 걸음을 멈추었던 철은 거기까지 듣고서야 마당으로 내려섰다. 갑자기 형과 누나가 눈물이 핑 돌 만큼 그리워졌다. 겨우 대여섯 달 남짓한데 헤어진 지 10년은 되는 것 같았다. 처음 밀양으로 옮겨 올 때만 해도 일주일에 한 번은 편지가 오았으나 그 무렵에는 왠지 뜸했다. 특히 형의 자상하던 편지는 벌써 두 달이 넘게 끊겼고, 누나의 편지만 띄엄띄엄 왔는데 그것도 한 달 전이 마지막이었다. 무슨 일이 있는 것 같다고 철이 눈치채게 된 것은 누나의 마지막 편지를 읽고 난 어머니가 한 혼잣말 때문이었다.

"명훈이 가아(그 애)가 무신 일고? 지발 어긋매끼(세상과 어긋나게)로 나가지는 않아야 될 낀데……."

그러한 어머니의 표정은 "인자 느그 형이 대학을 마치고 취직만 하게 되믄……." 하던 때와는 판이하게 달랐다.

집을 나와 남천강가로 나가며 철은 한동안 형과 누나를 생각했다. 언젠가 눈 오던 날에 찢은 닭고기(실은 칠면조 고기)가 가득 든 상자와 미제 만화를 한 아름 안고 돌아오던 형, 철이 우등상을 타 왔을 때 목말을 태우고 동네를 한 바퀴 돌며 좋아하던 모습이며, 형만 돌아와 있으면 집이 그득하던 것 같던 느낌이 생생하게 되살아났다. 그리고 누나, 때로는 심술궂게 굴고 호된 손찌검을 하기도 하지만, 형과는 또 다른 부드러움과 따뜻함으로 안아 주던 그 누나도 보고 싶었다.

"인자 보름만 있으면 형우 히야(형)하고 윤혜 누부(누나) 온데이."

지난번 영남여객 댁에서 하룻밤을 자게 됐을 때 그렇게 자랑하던 병우의 얼굴이 떠오르며 새삼 부러움과 시새움이 일었다. 형우와 윤혜는 부산에서 고등학교와 중학교에 다니는 병우의 형과 누나였다.

그러나 자신의 형과 누나는 방학이 되어도 오지 못하리라는 게철에게는 이미 기정사실로 되어 있었다. 방학에 대한 기대가 아이들에게 은근히 번져 가던 그달 초순, 철이 어머니에게 형과 누나의 귀가를 물었을 때 어머니는 어두운 얼굴로 말했다.

"가들(그 애들)이사 매인 몸이 돼 놔서…… 방학을 한들 집엘 와 내겠나? 몰라, 잘하믄 하루이틀 왔다 갈 수 있을 동……."

날은 뜨겁고 바람 한 점 없었다. 동네가 끝나고 들판이 시작되는 둑길 근처에 이르렀을 때 누군가 부르는 소리가 철을 형과 누나의 생각에서 끌어냈다.

"야야, 거랑(강) 가나? 이거 몇 개 가지고 가이라."

철이 퍼뜩 그리로 눈길을 돌려 보니 가까운 토마토 밭에서 토마토를 따고 있던 집주인 아저씨였다. 밭둑에는 대나무로 짠 상자들이 대여섯 개 놓여 있고 상자마다 큼직큼직한 토마토가 가득했다. 집주인 아주머니도 몸뻬에 러닝셔츠 차림으로 유난히 큰 젖을 출렁거리며 뛰어다니다가 덩달아 소리쳤다.

"그래그라이. 오늘 거는 지대로 익은 거다이 ―."

편할 대로의 마구잡이 차림새 때문에 어머니가 '미친 여자'라고 부르며 혀를 차는 아주머니였다.

"괜찮아요. 생각 없어요 —."

철은 그렇게 맞받아 소리 지르고 갑자기 발걸음을 빨리해 둑길로 올라갔다. 남에게 무얼 얻어먹는다는 게 주는 쑥스러움 탓도 있지만, 실제로도 그는 토마토를 그리 즐기지 않았다. 그러나 그들의 순박한 정만은 가슴에 닿는 데가 있었던지 뒷날 그가 쓴 밀양에 관한 많은 글 중에는 이런 구절이 있다.

당신들 중에 30년 전의 밀양 삼문동 농부들을 기억하는 이들이 계시는지 모르겠다. 지금도 나는 청과물 도매시장이나 성수기의 시장 모퉁이에서 여름 야채와 과일 들이 작은 산처럼 쌓여 있는 걸 보고 있노라면 그 그늘에서 어김없이 그 옛날의 삼문동 농부들과 만나게 된다.

그때는 물론 지금에조차도 일반적인 농부들과 구분 지을 수 있는 그들의 특성은 활기참과 부드러움이었다. 그때는 보릿고개로 상징되는 농촌의 절대 빈곤으로, 그리고 요즈음은 도농(都農) 격차라는 상대적 빈곤감으로, 농촌의 활기란 TV의 눈요깃감으로나 연출되는 듯싶지만, 내가 보았던 삼문동의 농부들은 달랐다. 부산과 대구의 한가운데라는 교통상의 이점과 발달한 근교농업 기술에 힘입어 그들은 많지 않은 농토로도 활기에 차 있었다. 소유주의 성이나 이름이 쓰인 대바구니와 마대가 산더미처럼 쌓여 있던 밭머리며, 그것들을 거두어 대구나 부산으로 나갔던 마을 청년이 도시 중간상들을 멋지게 해치우고 돌아온 무용담으로 거기서 허풍을 떨던 광경은 그 뒤 어떤 농촌에서도 나는 다시 보지 못했다. 내 기억으로 거기서는 값이 폭락해 토마토가 밭이랑에서 으깨지거나 배추가 그대로 갈아엎어지는 경우는 없었으며, 도회의 시장가격이 그곳 밭두렁에서의 열 곱이나 하는 그런 일도 있었던 성싶지 않다.

그게 농부들의 특성이라고는 하지만, 삼문동 농부들의 부지런함도 특별히 기억될 만큼 유별났다. 온상이란 게 아직은 농업학교 실습지에서나 하는 걸로 인식되어 있었던 그 시절에 그들은 벌써 집집마다 온상을 가지고 있었으며, 직파(直播)란 게 오히려 보기 드물 지경이었다. 따라서 그들은 농번기가 따로 없이 음력설을 앞뒤로 한 얼마간을 제쳐 놓고는 1년 내내 아침부터 저녁까지 쉴새없이 일했다. 요즈음에는 다른 곳에도 그런 농부가 많이 생겨났지만, 그래도 나는 그들을 삼문동의 농부들과 구별해 주고 싶다. 이미 근교농업의 기사(技士) 또는 약삭빠른 농업 경영인으로 바뀌어 환금작물(換金作物)에만 집착하거나 때로는 농업 투기꾼으로까지 전락해 과잉생산으로 폭삭 망하는 그들과 우리 삼문동 농부들은 달랐기 때문이다. 지금은 어떻게 변했는지 모르지만.

삼문동 농부들의 유별난 억셈과 거침도 내게는 퍽 인상적이었다. 순하고 어리석은 농부란 이미 그들과는 맞지 않았다. 생산과 그 이익을 지키는 데는 양보를 몰랐으며, 그 때문에 삼문동의 밭머리는 종종 이런저런 다툼으로 요란했다. 그러나 그 무엇보다 인상적이었던 것은 삼문동 농부의 아낙인 어머니들의 억셈이었다. 언젠가 나는 집 부근의 어떤 농갓집 아이가 무언가 당치 않은 학용품을 요구하다가 어머니가 끝내 들어주지 않자 상스러운 욕을 퍼붓고 학교로 달아나는 걸 본 적이 있다. 그때 몽당치마에 다 떨어진 러닝셔츠 차림으로 마루를 훔치던 그 어머니가 맨발로 뒤쫓아 가는 걸 보고 나도 등교했는데, 1킬로미터쯤 되는 교문 앞에 이르러서 보니 거기서야 겨우 아이를 붙들었는지 얼굴이 시뻘게진 그 어머니가 선생님의 만류에도 아랑곳 않고 아이를 후려 패고 있었다. 찢어진 러닝셔츠 틈으로 새까만 젖꼭지가 비어져 나오고 고무줄 넣은 몽당치마는 엉치께에 겨우 걸려 있었다…….

하지만 한번 이웃이 되면 한없이 순박하고 정 많은 게 또 그들이었다. 우리는 그곳에서 1년 남짓 살았는데, 그동안 야채나 풋과일을 돈 주고 사 먹어 본 기억이 거의 없다. 거기다가 하나 더 고마운 것은 그들이 우리에게 베푼 게 처량한 동정에서가 아니었다는 점이다. 아마도 그 읍에서는 명사에 속하는 영남여객 댁 아주머니의 잦은 출입이 우리의 몰락을 좀 미화시켜 준 덕분일 테지만, 그들은 우리가 점차 적빈(赤貧)으로 떨어져 끝내는 더할 나위 없이 참담한 모습으로 뿔뿔이 흩어지게 된 뒤에도 우리 집안에 대한 막연한 경의를 잃지 않았다.

그리 흔하지는 않아도 놀이에서 보여 준 삼문동 농부들의 신명 또한 쉬이 잊을 수 없는 데가 있다. 그들에게는 유일한 농한기라 할 수 있는 음력설 앞뒤의 한 달은 아무 상관 없는 나까지도 흥겨웠다. 그들 스스로 꾸몄는지 읍내에서 들어온 패거린지 그들이 '풍물(風物) 논다'라고 표현하는 농악대가 사흘거리로 동네를 휩쓸고 다녔고 이 집 저 집에서는 작은 종지에 엄지손가락만 한 옻을 넣어 멍석 위에 뿌리는 종지 윷놀이로 왁자한 남정네의 웃음소리가 새어 나왔다. 그러다가 정월 대보름 동네 청년들이 볏짚과 청솔가지로 마음먹고 만든 커다란 달집을 태우는 것으로 놀이는 마감했는데, 그때 쥐불 넣은 깡통을 철사로 꿰어 돌리며 까닭 없이 신이 나 달집 주위를 뛰어다니던 일은 지금도 기억에 생생하다.

그 밖에 그때의 삼문동 농부들이 내게 심어 준 것으로 꽤나 중요한 것은 생산의 개념이었다. 겨우내 비어 있던 들에 토마토나 고추, 오이의 모종이 옮겨지고, 줄지어 선 대나무 버팀대에 의지해 그것들이 무성해져 탐스러운 열매들이 달리기 시작하면 어린 마음에도 '아하, 생산이란 저런 것이로구나!' 하는 감탄이 절로 나왔다. 지금도 나는 땅에서 만들어진 것이 아니면 왠지 야바위같이 느껴지며 미더웁지 않은데, 어쩌면 그런 완고한 생산의 개념은 바로 그 삼문동의 농부들이 내게 심어 준 것이 아닌지 모르겠다.

하지만 그것은 나중의 일이고 그날 철이 사로잡혔던 감정은 아직 뒷날처럼 그리 호의적이지 못했다. 이미 말했듯, 약간은 자존심 상하기까지 하는 데가 있는 쑥스러움이었고, 그 바람에 그는 뛰듯이 둑길을 넘어 강가로 갔다.

바람 한 점 없기는 강가도 마찬가지였다. 철은 무턱대고 강물 속으로 뛰어들었다가 펄쩍 놀라며 도로 물러났다. 마침 강물이 얕고 넓게 퍼져 천천히 흐르는 곳이라 물이 불쾌할 만큼 뜨거웠기 때문이었다.

그러고 보니 강가에는 사람이 별로 눈에 띄지 않았다. 7월 중순의 한낮은 한산하게 마련인 게 그쪽 강줄기였다. 여울살이거나 방금 철이 들어갔다 나온 곳 같은 느린목이라 아이들이 미역을 감기에는 마땅치 않았고, 어른들이 파리 낚시를 던지거나 빨래를 하러 나오기에는 또 뙤약볕이 너무 따가웠기 때문이었다.

철은 거기서 갑자기 막막한 기분이 들었다. 강가에만 가면 아이들이 있거나 놀잇거리가 생길 줄 알고 나온 것인데 어느 쪽도 글러 버렸다.

'이럴 줄 알았으면 사발무지라도 준비해 오는 건데…….'

철은 그제야 그렇게 후회해 보았지만, 다시 돌아가서 준비를 해올 만큼 절실한 것은 아니었다. 음울한 기도에 빠져 있는 어머니에게서 사발무지에 쓸 흰 천과 사기대접을 얻어 내는 것도 썩 마음 내키지 않았으려니와 손바닥만 한 그늘 한 조각 없는 강가에서 혼자 고기를 잡고 앉았기도 맥 빠지는 일로 느껴졌다.

'뱃다리거리 위쪽으로 올라가 영남루 발치 대밭아래 바위 부근에서 미역이나 감을까?'

철은 다시 그렇게 생각하다가 이내 고개를 저었다. 미역 감는 거야 재미있지만 아직 헤엄을 못 치는 게 물이 깊은 그쪽으로 가는 걸 꺼리게 했다. 또래 아이들은 모두 물개처럼 강 이쪽저쪽을 왔다 갔다 하는데, 혼자 조무래기들과 물가에서만 놀기가 어쩐지 부끄러웠다.

병우에게 가 볼까 싶었으나 그것도 마땅치가 않았다. 어린 병우와의 놀이보다는 명혜를 보는 즐거움 때문에 자주 영남여객 댁을 드나들기는 해도 일요일이 아니면 명혜를 대하기는 어려웠다. 중학 입시를 놓고 벌써부터 명혜를 몰아대는 가정교사의 극성 때문이었다.

정수리를 지져 대는 것 같은 불볕 아래서 한참이나 강가를 서성이던 철은 이윽고 내일동에 사는 윤호를 찾아가 보기로 했다. 윤호는 철이 그곳으로 옮겨 와 처음으로 사귄 동무였다. 짓궂고 요란스러운 장난 외에는 별다른 특징이 없었으나, 새로운 생활로 한창 기가 되살아나 있던 철에게는 그런 특징이야말로 더할 나위 없는 매력이 되었다. 어떤 우연한 기회에 어울리게 된 그들은 그 무렵에는 단짝이 되어 학교생활을 거의 한 덩어리로 뒹굴며 지내다시피 했다.

윤호네 집은 읍사무소와 영남루의 중간쯤 되는 비탈진 동네에 있었다. 철은 삼문동 끝에서 거기까지 불볕 아래 걸어갈 생각을 하자 잠시 암담했으나 곧 스스로를 격려해 둑길로 올라섰다. 언제나 바쁘지만 또한 놀이를 위해서는 언제나 차고 넘치는 게 유년의 시간이었다. 윤호에게 가면 무언가 재미난 놀이가 불안과도 흡사한 그 심심함에서 자신을 구해 줄 것 같았다.

뱃다리거리로 올라서면서 철은 문득 그날이 장날임을 상기했다. 등굣길에 사람들이 읍내로 장 보러 나서는 걸 본 게 떠오른 까닭이었다. 그렇다면 집보다는 장터로 가야 윤호를 만날 수 있을 것 같았다. 윤호 역시 홀어머니였는데, 그녀는 장터에서 놋그릇 장사를 하고 있었다.

철은 주된 장터인 읍사무소 앞 공터로 가서 전에 윤호 어머니가 전을 벌이고 있던 곳을 찾아보았다. 어찌 된 셈인지 그날 장에는 윤호 어머니가 그곳에 보이지 않았다. 철은 이미 한산해진 장터를 두리번거리며 윤호네 집 쪽으로 발길을 향했다.

윤호 어머니는 공터가 끝나는 골목길 안쪽에다 자리를 잡고 있었다. 가마때기 한 장 펼쳐 놓은 넓이에 놋그릇 여남은 벌을 늘어놓은 게 장사의 전부였지만, 철은 그런 노점의 초라함을 거의 느끼지 못했다. 그저 윤호 어머니를 찾아냈다는 게 반가워 한달음에 달려가 물었다.

"윤호 여기 안 왔어요?"

"몰라. 아까 돈 얼매만 달라고 떼를 쓰디 안 비네(보이네)."

처마 그늘에 들어앉아 기왓가루를 묻힌 수세미로 놋그릇을 닦고 있던 윤호 어머니가 손등으로 이마의 땀을 닦으며 퉁명스레 대답했다. 목소리는 그래도 외아들의 단짝인 걸 아는 까닭인지 눈길은 부드럽기 그지없었다. 전쟁 미망인으로 가난한 1950년대를 힘겹게 넘기느라 찌들어서 그렇지 천성은 인정 많은 사람 같았다.

"암메(아마) 집 근처에서 놀 끼라. 글로 가 봐라."

철이 적이 실망한 얼굴로 주위를 둘러보며 섰자 윤호 어머니가 그렇게 일러 주며 몸뻬 주머니에서 꼬깃꼬깃한 10환짜리 두 장을 꺼냈다.

"윤호 찾거든 이거 쫌 갖다 조라. 떼기(딱지) 같은 거 사지 말고 시원한 아시께끼(아이스케이크)나 하나씩 사 묵으라 캐라."

돈을 내밀면서 하는 말투가 그 돈을 둘에게 같이 쓰라는 것 같았다.

다행히도 윤호를 찾는 것은 힘들지 않았다. 녀석은 집 앞 나무 그늘에 퍼질러 앉아 동네 아이들과 딱지 따먹기를 하고 있었다. 딱지를 힘으로 쳐 넘겨 따먹는 게 아니라 '가기'라는 노름 형태의 딱지 따먹기였다. 땅바닥에 바를 정(正) 자를 크게 써 놓고 '오야' 라는 아이가 딱지를 한 움큼 쥐면, 나머지 아이들은 1부터 5까지 를 나타내는 자리에 각기 얼마간의 딱지를 걸고 하나를 '오야' 몫 으로 남긴 다음에 '오야'의 손에 든 딱지를 헤어 5로 나누고 남은 숫자로 승부를 정하는 방법이었다. 예컨대 석 장이 남으면 3에 건 아이가 자기가 건 만큼의 딱지를 다른 아이들로부터 찾아가고 나 머지는 '오야'의 몫이 되는데, 만약 딱지를 많이 건 아이가 맞으면 '오야'가 그 부족분을 물어야 했다.

삼문동에서 먼 길을 왔고, 또 은근히 속 졸이며 찾아다닌 끝이 라 철은 눈시울이 화끈할 만큼 윤호가 반가웠다. 그러나 윤호 녀 석은 그 놀음에 완전히 정신이 팔려 있었다. 철을 반가워할 줄도 모르고, 그 어머니가 전해 주라는 돈도 휴지 조각 쑤셔 넣듯 호주 머니에 쑤셔 넣을 뿐 '가기'에만 열을 올렸다. 그런 녀석의 러닝셔 츠는 이미 그동안 딴 딱지로 배 근처가 불룩했다.

철은 은근히 화가 났지만 거기까지 오느라 들인 공이 아까워 참고 놀이가 끝나기만을 기다렸다. 그러나 가만히 들여다보니 쉽게 끝날 판이 아니었다. 윤호 녀석이 계속 판을 쓸어 약이 오른 나머지 셋이 하나가 되어 이판사판 덤비는 그런 형국이었다. 개중에 6학년쯤 되어 보이는 덩치 큰 녀석은 벌써 딱지를 다 잃고 돈을 거는 중이었다.

하지만 언제까지나 자신에게는 별로 재미도 없는 그 구경만 하고 있을 수도 없어 철이 가만히 윤호의 옷깃을 당기며 말해 보았다.

"야, 그만해. 그만하고 어디 놀러 가."

그러자 윤호는 정작 대답이 없고 나머지 세 녀석이 험한 얼굴로 철을 돌아보며 얼러 댔다.

"어라, 이누묵 새끼가 뭐라 카노? 따먹고 튀라 이 말가?"

"이 서울내기, 주딩이 안 다무나? 니가 뭔데 지랄고?"

"가, 이누묵 새끼. 안 가나? 달가지(다리몽뎅이)를 뿌라 놀라."

더 버티고 있으면 셋이 한꺼번에 덤벼들어 몰매라도 줄 듯했다. 그 기세에 눌린 철은 자신도 모르게 엉거주춤 일어났다. 그러나 먼저 철이 그곳을 떠날 마음을 먹게 된 것은 그들의 위협보다는 놀이에 취해 멍해 있는 윤호 녀석의 침묵 때문이었다. 그의 동네인 만큼 철을 보호해 줘야 할 의무가 있었건만 녀석은 조금도 그쪽으로 신경을 써 주지 않았다. 한참을 멀거니 철을 올려다보다가 녀석 또한 귀찮다는 얼굴로 불쑥 내뱉는 것이었다.

"맞따, 니는 가 봐라. 오늘은 마 니캉 놀기 파이따(좋지 않다)."

그 소리에 철은 눈물까지 핑 돌았다. 그렇다면 거기 더 눌러 있어야 할 까닭이 없었다. 철은 이를 악물듯 간신히 돌아섰으나 한동안은 눈앞이 흐려 와 앞이 잘 보이지 않을 지경이었다. 뒷날의 해설이 되겠지만 밀양에서의 첫 번째 우정은 그렇게 금 가기 시작했다. 실제로 그날부터 몇 달 되기도 전에 철과 윤호는 전에 단짝이었던 것만큼이나 앙숙이 되어 얼굴만 맞대면 으르렁거리기 시작하다가 끝내 화해하지 못한 채 졸업으로 헤어지고 만다.

철은 자신이 어디로 가고 있다는 것도 거의 느끼지 못하고 영남루로 올라갔다가 그 누각 그늘에서 한동안 머리를 식힌 뒤에야 겨우 마음을 가다듬고 집으로 향했다. 외로움으로 과장된 분함은 그 사이 제법 단단한 응어리로 가슴속에 눌러앉았다.

철이 뱃다리거리 아래서 마음에도 없는 미역을 감고, 다시 올 때보다 갑절은 되게 느껴지는 길을 터덜거리며 집으로 돌아왔을 때는 여름 해가 제법 마음산 쪽으로 기울어진 뒤였다. 그런데 그 무슨 묘한 직감이었을까. 저만치 집이 보이는 골목길로 접어들자 철은 갑자기 무언가 좋은 일이 집에서 기다리고 있는 듯한 느낌에 걸음을 빨리했다.

아아! 정말로 그랬다. 철이 열려 있는 대문으로 들어서는데 마당가 펌프 곁에서 시원하게 벗어부치고 세수를 하고 있는 젊은 남자가 먼저 눈에 들어왔다. 이제는 완연히 어른이 된 것 같은 형 명훈이었다…….

"오빠, 서울서 큰오빠하고 언니가 왔어!"

어디선가 옥경이 쪼르르 달려 나오며 무슨 대단한 공이나 세운 양 그렇게 떠들었다. 비누 묻은 얼굴로 힐끗 철을 돌아본 형이 비누도 제대로 씻지 않고 다가와 철을 번쩍 들어 올리며 말했다.

"보자, 우리 철이 이제는 총각이 다 됐구나. 공부는 물론 잘하겠지?"

철은 반가움과 기쁨으로 거의 정신을 잃을 지경이었다. 비누가 묻는 것도 모르고 든든한 형의 목에 매달려 얼굴을 비벼 댔다. 어머니가 방문을 열고 내다보며 한마디했다.

"야가 이 뜨거운데 어디 갔다 오노? 저런, 얼굴이 뺄갛게 익었네……."

그런 어머니에게도 어둑한 방 안에서 끝없는 기도를 올릴 때의 음울한 여운은 조금도 느껴지지 않았다. 그 어머니 어깨 너머로는 그동안 보고 싶었던 누나 영희가 환히 웃고 있었다.

되돌아가는 길목

후텁지근한 다방 안은 낡은 유성기가 이따금씩 판 긁히는 소리와 함께 쏟아 내는 유행가 가락으로 가득 차 있었다. 명훈이 소나기로 젖은 머리칼을 쓸며 들어서자 열에 아홉은 실업자들임에 틀림없는 손님들이 일제히 입구 쪽으로 고개를 돌렸다. 시간이 된 듯싶은데도 배석구의 모습은 보이지 않았다.

구석진 곳에 자리 잡은 명훈은 배석구를 기다리지 않고 혼자 차 한 잔을 시켰다. 레지의 의심쩍어하는 눈총이나 은근한 주문 독촉이 귀찮아 앞질러 자릿값을 낸 셈이었다.

2학기 등교가 시작된 뒤로 석구는 두 번이나 깡철이를 시켜 만나자는 전갈을 보내왔다. 지난번 술집 주인의 팔을 꺾어 준 데 대한 사례로 한턱 쓰겠다는 것이었지만 명훈은 왠지 내키지 않았다.

그런 접근이 가져올 결말을 명훈은 본능적으로 짐작하고 있었다.

'아직은……'

명훈은 그런 감정으로 마음 한구석의 음험한 유혹에도 그때껏 버텨 왔다. 석구와 가까워져 어떻게든 그와 맺어진다는 것은 저 안동 역전 시절로의 온전한 복귀에 지나지 않는다는 걸 짙게 예 감하고 있었기 때문이었다.

그러나 그날 아침 깡철이가 세 번째로 석구의 전갈을 전해 왔을 때는 명훈도 더 버텨 내지 못했다. 그는 점점 자신을 잃고 지쳐 가고 있었다. 달포가 넘도록 이리저리 찾아다녔지만 일자리를 얻기는커녕 앞으로도 얻게 될 것 같지 않았고 어머니에게서도 아무런 소식이 없었다.

"미군 부대서 떨레(털려) 나온 거는 이자뿌라. 언제는 할애비 콩 죽 얻어먹고 살았나? 대학 갈 준비도 해야 되이 맘잡고 공부나 하는 게따. 니는 이번에 고향 가거든 팔 만한 기 어디 있는 동 알아 보고, 나는 나대로 어디 빚이라도 얻어 보꾸마. 한 3만 환이믄 대여섯 달 학비하고 자취는 안 할라? 영희는 원장 아자씨 말대로 그 병원에 드가는 게 좋을따. 니까지 뒤댈 힘은 없으이 그래라도 해 보고, 정 힘들거든 고마 학교 때려치우고 여다로(여기로) 싸 말아 내려온나."

그게 지난번 밀양에 갔을 때 어머니가 결론 삼아 한 말이었다. 명훈은 일단 그 말을 따르기로 하면서도 마음속으로는 여전히 따로 일자리를 구해 보기로 작정했다. 그러나 대학 나온 사람들도 거의가 실업자로 헤매는 시절이었다. 야간이든 주간이든 공부를 계속하며 생활비를 벌 수 있는 일자리는 쉽지 않았다. 거기다가 어떻게든 곧 돈을 마련해 보내리라던 어머니에게서도 소식이 없어, 그날은 드디어 영희에게 손을 벌리고 오는 길이었다.

다방으로 들어설 때 흘러나오던 무언가 구성진 노래가 끝났는지 한동안 판 긁히는 소리가 지익지익 나더니 다시 새로운 노래가 흘러나왔다.

> 꽃잎이 떨어지이는 낯설으은 타아향 쓸쓸한 곳에
> 꽃잎을 바라아보니 잊었던 고향 생가악
> 또오다시 떠오오른다……

전쟁이 끝난 지 6년이나 되었건만 아직도 유행가의 대부분은 실향의 슬픔이나 타향살이의 외로움과 고달픔에 쏠려 있었다. 그 바람에 전에는 별생각 없이 흘려듣던 노래였으나, 그날따라 이상하게 가슴속을 건드려 와 명훈은 잠시 그 노래에 귀를 기울였다.

> 성황당 고오갯마루 하안 모오퉁이에
> 마알없이 눈무울 흐을리더언
> 열아호옵 살 가닥 머리가아 다아시 그으리이워……

노래는 거기서 끝나고 잠시 구성진 반주 소리가 들렸다. 그런데 그 무슨 감정의 과장일까, 갑자기 가슴을 쿡쿡 쑤셔 오는 아픔과 함께 명훈의 눈시울이 화끈해 왔다. 새로 찾은 고향이란 말이 갑작스레 강요하는 끈끈한 감상 때문이었다.

명훈이 고향에 도착한 것은 밀양을 떠난 다음 날 늦은 오후였다. 대구와 영천에서 한 번씩 기차를 갈아타고 안동으로 가 거기서 또 버스로 백 리를 가야 하는 불편한 교통 탓도 있었지만, 안동에서 잇뽕 형을 만난 게 하루가 늦게 된 더 큰 원인이었다. 안동역에 내려 한편으로는 어두운 과거에 몸서리치면서도 다른 한편으로는 알 수 없는 그리움에 역전 거리를 두리번거리다가 마침 거기 나와 있던 잇뽕 형과 맞닥뜨리게 되었다.

벌써 2년 하고도 몇 개월이 더 지났고, 또 교복을 입고 있었지만 잇뽕 형은 한눈에 명훈을 알아보고 반겼다. 그리고 그 사회의 의리라 할까, 나름대로는 마음 써서 하룻밤을 대접했다. 명훈이 고등학생이라는 데 대한 배려를 잊지 않으면서도 숙식 모두를 안동에서는 최고의 수준으로 해 준, 명훈에게는 생각 밖의 대접이었다.

그때는 무슨 장엄한 성(城)같이 올려보던 대흥장 안방에서 한 상을 받고, 또 그 읍에서 제일 크고 깨끗한 문화여관에서 잠을 자면서 들은 안동의 뒷골목은 그새 많이 변해 있었다.

윤상건 서장 때문에 상이군인 세력이 꺾이면서 결정적인 타격을 받은 오광이는 끝내 전날의 위세를 회복하지 못했고, 안동의 뒷골목은 군웅할거 시대로 돌아가 버렸다. 먼저 신시장패가 떨어져 나가고 구시장패도 더는 오광이 밑에 있으려 하지 않았다. 잇뽕 자신도 사실상 역전 거리를 떼어 나온 것이나 다름없어 오광이는 겨우 통일역을 중심으로 한 읍 거리만 붙들고 있을 뿐이었다.

명훈 또래도 변화가 많았다. 날치는 기어이 안동에서 튀었고, 어떤 녀석들은 형무소에 가서 안동에 없었다. 그러나 개중에는 그 2년 동안에 관록을 쌓아 제법 한 패거리의 중간 '오야붕'으로 큰 녀석도 있었다.

얘기를 듣는 동안 치솟는 야릇한 치기로 명훈도 하마터면 최근에 자신이 서울에서 펼친 무용담을 털어놓을 뻔했다. 그러나 잇뽕 형의 그 과분한 호의는 무사히 자기들의 세계에서 벗어난 옛 동료에 대한 부러움 섞인 축하에 가까운 것이어서, 차마 그런 그의 지레짐작에 찬물을 끼얹을 수가 없었다. 어디까지나 대학 입시를 몇 달 앞둔 모범 학생으로 안동에서의 하룻밤을 버티었다.

"우리야 뭐 이렇게 빵깐이나 들락거리며 한세상 때우겠지만, 너는 잘해 봐. 꼭 출세해야 한다. 그리고 출세하거든 우리 모르는 척 하지 말고……"

잇뽕 형이 그렇게 말하면서 돈까지 3천 환 쥐어 준 것은 틀림없이 밝은 사회로의 편입에 성공한 명훈에게였다. 어떻게 보면 흔들리고 있던 명훈에게는 뜻밖의 격려이기도 했다.

그러나 그런 잇뽕 형보다 명훈의 흔들림을 잡아 준 것은 역시 고향이었다. 버스가 눈에 익은 잿마루와 산모퉁이를 돌아 고향에 가까워지면서 명훈은 차츰 알지 못할 감동과 흥분에 들떠 갔다. 그런 고향을 6년이나 까맣게 잊고 지냈다는 게 스스로도 이상할 지경이었다.

명훈이 버스를 내린 곳은 고향에서 한 10리쯤 떨어진 국도변의 방천(方川)이란 곳이었다.

도로는 고향 면사무소까지 나 있고, 산판 길은 고향 산골 구석구석까지 들어갔지만 버스는 아직 정기 노선이 없었기 때문이었다. 영양(英陽)으로 가는 버스를 타고 거기서 내려 10리를 걷는 게 대부분의 고향 사람들이 귀향하는 방식이었다.

그것도 길목이라고 전에 주막집 하나만 있던 방천은 서너 채 집이 불어나 제법 마을 티를 내고 있었다. 마루에 차린 가게의 상품들이 좀 늘어났다는 것뿐 6년 전과 조금도 달라진 게 없는 예전의 주막집을 보자 불현듯 거기 어린 옛 추억들이 되살아났다.

가장 오래된 추억은 전쟁이 터진 이듬해 겨울 처음으로 고향을 찾아들었을 때였다. 하기야 그전에도 고향을 드나들기는 했지만 그때는 너무 어려 아무것도 기억에 없고, 눈보라 속을 걸어서 찾아들었던 그해의 귀향만 떠오르는 것이었다. 갓난 옥경이는 어머니가 업고 세 살 난 철이는 자신과 할머니가 번갈아 업으며 그곳에 이르자 할머니가 한숨과 함께 말했다.

"휘유 이 마당에 뭐가 부끄럽고 뭐가 안됐을 게 있노마는, 저것들한테 이 꼬라지를 어예 보일로(보이겠느냐)."

그런 할머니 곁에서 어머니는 눈물만 쏟고 있었다.

그러나 기억에 더 생생한 것은 6년 전 그곳을 떠나올 때였다.

후생(厚生)사업이란 명목으로 고향의 산을 깎아 내던 군용 트럭의 원목 더미 위에 이삿짐이랄 것도 없는 보통이 몇 개를 얹고 어린 사 남매와 함께 올라탄 할머니는 그곳을 지나다가 나직이 중얼거렸다.

"인제 내 생전에 돌아올 수 있을라……"

머지않은 자신의 죽음이 어떤 예감으로 가슴에 와 닿았던 것임에 틀림없었다.

그 갑작스러운, 가슴 서늘한 추억들이 난데없는 술 생각을 일으켜 명훈은 주막 술청에 앉았다. 술을 청하자 낯익은 아주머니가 나와 명훈을 잠깐 살펴보다가 부엌으로 들어갔다.

부엌 바닥에 묻어 놓은 술독에서 막걸리 한 되를 퍼 열무김치와 함께 내온 아주머니가 아무래도 못 참겠다는 듯 물었다.

"보자, 이기 누고? 많이 눈에 익다마는……"

"명훈입니다. 저도 뵌 듯하기는 한데……"

명훈이 그렇게 대꾸하자 그녀는 한층 자신이 선다는 듯 다시 물었다.

"그기 아이고, 암매(아마) 돌내골 살제? 윗대 택호(宅號)가 어예 되노?"

"화천 댁(華川宅)입니다. 제가 손자됩니다."

명훈이 그렇게 택호를 밝힘과 함께 고향은 거기서부터 문득 새롭게 시작되었다.

"글치러. 글치러. 똑 금호 양반 닮았다 캤다. 벌써 니가 이래 컸구나."

그녀는 그렇게 말해 놓고 이어 한숨과 함께 덧붙였다.

"참말로 아까운 양반이제. 여기 터억 제끼고 있었으믄 국회의원 한 자리는 문제없었을 낀데……. 그래 요새는 어데 사노?"

"서울…… 삽니다."

명훈은 이상한 감동으로 자기도 모르게 말을 더듬었다. 할머니 말고도 아버지를 그렇게 추켜세우는 사람을 만난 게 하도 오래돼 신선한 충격 같은 것까지 느껴졌다.

그러잖아도 과장돼 있는 명훈의 감정에다 돌내골에서 시집왔다는 그 아주머니의 추억담과 술기운이 보태져 돌내골로 들어가는 10리 길은 굽이굽이 그대로 감동의 길이 되었다. 선산이나 다른 유서 깊은 땅이 보일 때마다 그 옛날의 귀향길에서 들려주던 할머니의 목소리가 아득한 세월을 건너 되살아났다.

"저건 큰산소다. 지관(地官)이 던져 둔 죽은 학이 땅기운을 받고 살아났다는 명당이따."

"저건 어로(御路)따. 우리 여암(藜庵) 선생을 모셔 갈라꼬 임금이 사람을 보내 닦은 길이따."

"저거는 불귀봉(不歸峰)이따. 이조(李朝)에는 벼슬을 마라 카는 선조의 명을 어기고 벼슬을 살러 떠나던 우리 원(原)종가의 윗대가 저곳에 올라가 돌내골을 바라보며 종물(宗物)과 족보를 동생한테 넘과 좃제(넘겨 주었지)……."

그러나 무엇보다도 명훈을 가슴 저리게 한 것은 '낙끝'이라는 고향 언덕의 낭떠러지였다. 거기서 어머니의 다짐을 받아 내던 할머니와 그날의 붉게 노을 졌던 하늘을 떠올리며 명훈은 자신도 모르게 눈시울을 적셨다. 다시 한 번 할머니의 목소리가 10년 가까운 세월 저쪽에서 들려왔다.

"오이야, 실컷 울거라. 울어 풀 수 있는 설움이거등 울어서 다 풀어 뿌래라. 글치만 오늘뿐이데이, 내일부터는 절대로 눈물을 보여서는 안 된데이. 새로 시작하는 게라. 새 해[日]를 기다려 보는 게따."

그런데 그 새 해, 새날은 어떻게 되었는가. 명훈은 그저 암담하게만 느껴지는 자신의 앞날을 생각하며 흐르는 눈물을 닦는 것도 잊고 서 있었다.

"거기 훈이 아이가? 니 훈이 맞제?"

갑자기 누군가 언덕 위쪽에서 명훈을 보고 소리쳤다. 명훈이 얼른 눈물을 닦고 그쪽을 올려보니 한복에 맥고모자를 쓴 젊은 이가 풀 짐을 세워 놓고 자신을 내려보고 있었다. 한참을 보니 알 만한 얼굴이었다.

"병현이구나. 오랜만이다."

명훈이 얼른 생각해 낸 이름으로 그렇게 대꾸하자 그가 구르듯 언덕을 내려왔다. 일가이고 그곳에서 살 때의 지겟다리 친구였다.

"글치 싶드라. 니가 웬일고? 소리 소문도 없이……."

이제 어엿한 농군 티가 나는 병현은 돌내골을 떠난 뒤 한 번도 그를 생각해 본 적이 없다는 게 문득 부끄러워질 만큼 명훈을 반겼다. 생각보다 얼굴에 많이 오른 것 같은 술기운에다 공연한 자격지심으로 아는 사람을 피해 가며 거기까지 온 명훈에게는 또 새로운 고향의 한 모습이었다.

"여다 이래 섰지 말고 집에 가자. 얼매나 있을 동 몰따마는 우리 집에 있거라."

명훈이 신체검사 때문에 왔다는 얘기를 하자 병현은 끌듯 명훈을 데리고 자기 집으로 갔다. 촌수는 멀어도 한집안인 닭실 댁[酉谷宅]이었다. 명훈에게는 할아버지뻘이 되는 닭실 어른도 자식이나 조카 맞듯 명훈을 반겼다. 한 6년 도회를 떠돌며 일가간의 정을 잊다시피 살아온 명훈으로서는 감격하고도 남을 피의 따뜻함이었다.

그날 밤 병현이가 부지런을 떨어 명훈은 옛날의 지겟다리 친구들을 대부분 만나볼 수 있었다. 대개는 집안의 같은 또래들로, 병현이처럼 농군이 된 녀석도 두엇 있었지만, 나머지는 거의가 학생이었다. 전란을 겪어도 어느 정도는 살림을 지킨 집안의 아이들은 벌써 대학에 적을 두고 있었고, 좀 못한 쪽은 명훈처럼 늦게 고등학교를 다니고 있었다. 마침 여름방학 때여서 거의 다 모일 수 있었는데, 개중에는 이틀 뒤 명훈과 함께 신체검사를 받으러 가게 된 녀석도 둘이나 있었다.

명훈은 그들과 어울려 계획에도 없던 열흘을 고향에서 보냈다. 냇가에서의 고기잡이와 술로 낮 시간이 지나가고, 수박 서리 외서리로 밤도 잠잘 틈이 없을 지경이었다. 신체검사와 면사무소에서 토지대장을 들추며 보낸 하루를 빼면 긴 잔치와도 같던 열흘이었다.

그동안 50여 호 남아 있던 일가들 중에서 스무남은 집이 형편대로 한 끼씩 명훈의 식사를 준비했다. 서로 순서를 다퉈 가며 하는 인정 어린 대접이었다. 그리고 그 상머리마다 집안 어른들은 명훈에게 가문에 대한 자부심과 아울러 몰락한 집안을 되일으켜 세워야 한다는 다짐을 일깨워 주었다.

그러나 무엇보다도 허물어져 가고 있는 명훈에게 강한 자극이 되어 준 것은 고향에 간 지 여드레쩬가 아흐레째 날 기다리다 참지 못해 찾아온 구동 영감의 말이었다.

"우리가 몇 대를 걸쳐 자네 집 밥을 빌어먹었고, 이제는 또 이마이 장성한 자네한테 이래 될라마는, 자네 부친 동영 씨도 내가 자기를 도련님이라고 부르는 거는 마다했으이 자네를 그냥 자네라고 부르겠네. 그런데 자네, 어찌 이럴 수가 있는가? 윗대의 정분은 제쳐 놓고라도 우리 안사람한테 젖 얻어먹은 값만 해도 돌내골 온 지 열흘이나 됐으믄 얼굴 한번 내밀 만은 할따. 참말로 섭섭데이……."

지팡이를 짚고 숨을 헐떡이며 명훈이 묵고 있는 닭실 댁을 찾아와 그렇게 나무라고 기어이 자기 집으로 데려간 구동 영감은 그 어떤 집안 어른보다 더하게 명훈을 몰아댔다.

"자네는 자네 집이 어떤 집인지 알고나 있나? 화천 댁, 아니 녹동(鹿洞) 댁 자손이 어때야 되는지 생각이나 해 봤나? 나는 그래도 자네가 이마이 커서 학생이 돼 가주고 왔더라 카이 반갑드라. 이제 녹동 댁이 다시 일어나는가 싶으이 쑤시던 뼛골까지도 괘얀(괜찮)터라. 그런데 열흘 동안 하는 모양이 그게 뭐로? 천렵질에 술타령에 남의 수박 밭이나 밟아 놓고……. 아무리 오랜만에 온 고향이고 방학이라 카지마는 그거는 아인 동(아닌 듯)싶다. 어예 책 한 장 들따(들여다)보더란 소리 한번 안 들랬노(들리노)? 동영 씨는 안 그랬다. 동경서 돌아오믄 맨 먼저 치우는 게 서실(書室)이랬고, 들따보는 거는 책이랬다. 자네같이 그래 가주고 언제 자네 집 다시 일라서는 걸 볼로? 하늘 같은 화천 댁 한을 누가 풀어 줄로 이 말이따."

얼음물이라도 뒤집어쓴 것처럼 정신이 확 드는 소리였다. 아마도 구동 영감이 아니었더라면 명훈은 돌내골에서 방학을 거의 채웠을 것이다. 다음 날 명훈은 20정보짜리와 7정보짜리 쓸 만한 산이 둘 남아 있다는 것만 면사무소 등기대장에서 다시 확인하고 쫓기듯 돌내골을 떠났다…….

하지만 그날 명훈을 느닷없는 고향 생각으로 끌어들인 것은 실은 "열아홉 살 가닥 머리……"라는 구절이었는지도 몰랐다. 구동 영감의 말이 가슴 섬뜩하게 머릿속을 울리고 지나가자, 이어 복스럽고 예쁘게 자란 고향의 소녀들이 떠올랐다. 흰 옆줄 쳐진 검은 광목 팬티를 입고 물장구를 쳐 대던 예전의 어린 계집아이들은 어느새 제법 처녀 티를 내며 수줍음들을 탔다. 개중에는 도회로 나가 여고생이 되기도 해 그녀들이 정자 그늘 같은 데서 가닥 머리를 늘어뜨리고 앉아 있는 걸 보노라면 뻔히 일가인 줄 알면서도 명훈의 가슴은 알지 못하게 설렜다.

"오래 기다렸어?"

명훈이 막 고향의 처녀 아이들 중에서도 특히 해맑은 얼굴과 문학적인 취향으로 마음을 끌던 처녀 아이를 떠올리고 있을 때 누군가 다가와 어깨를 치며 물었다. 펄쩍 놀라 쳐다보니 배석구였다.

"네, 좀……."

명훈은 일어서려다 말고 담담한 목소리로 그렇게 대답했다. 뻗대서 값을 퉁겨 보겠다는 계산에서가 아니라 두 번 세 번 만나자는 전갈을 보내 놓고 오히려 그쪽에서 늦게 나온 데 정말로 은근히 심사가 틀어져서였다.

배석구는 정장에 넥타이까지 반듯이 매고 있었다. 가다(어깨)라는 말에 어울릴 만큼 떡 벌어진 어깨가 몹시 위압적이었다.

"여긴 덥군. 우리 자리를 옮겨서 얘기하지."

말아 쥔 신문으로 몇 번 부채질하는 시늉을 한 배석구가 다시 뜻 모를 웃음과 함께 그렇게 말했다. 명훈은 거기서 얘기하자고 버텨 보려 하다가 굳이 그의 신경을 건드릴 건 없다 싶어 말없이 일어났다.

"그냥 둬. 필요없어."

명훈이 찻값을 치르려고 계산대 앞에 멈춰 서자 휘적휘적 걸어

가던 배석구가 되돌아보며 말했다. 돈을 받으려던 마담이 찔끔하고 손을 거두며 억지웃음을 지었다.

"됐어요. 그냥 가세요."

그 말에 명훈은 못 이기는 척 계산대를 지나쳤다. 집을 나서면서 영희에게 들러 얻어 온 5백 환이 호주머니에 그대로 있었으나, 그 순간 설핏 명훈의 가슴속을 건드렸다 사라진 야릇한 쾌감은 돈 몇 푼을 아꼈다는 사실과는 무관했다. 그게 옳은 것이건 그른 것이건 힘의 단맛이 은연중에 한 쾌감으로 명훈에게 느껴졌음에 틀림없었다.

배석구가 명훈을 데려간 곳은 종로 쪽 큰길가에 자리 잡은 '풍차'라는 비어홀이었다. 이제 막 청소를 끝낸 듯 깨끗하고 조용한 홀 한구석에 자리 잡으며 석구가 안쪽을 향해 소리쳤다.

"어이, 거기 아무도 없어?"

"아이고, 형님이 웬일이십니까?"

아직 불을 켜지 않아 어둑한 주방 쪽 구석에서 나비넥타이를 맨 젊은이 하나가 달려와 굽신댔다.

"짱구 어디 갔어?"

"멤바님요? 아직 안 나오셨는데요."

"그 새끼, 지금 몇 신데 어디 가 자빠졌어? 그래 가지고 밥 먹겠어?"

석구는 그 젊은이를 상대로 그곳에 없는 멤버를 개 나무라듯 하고는 명훈을 돌아보았다.

"어때? 좀 이른 듯하지만, 우선 목이나 좀 축이지."

명훈은 거기서 좀 망설였다. 그와의 술자리가 어떤 뜻을 가지게 될지 불안하면서도, 돈 많은 사람들이나 드나드는 곳인 줄 알았던 비어홀에서 제끼고 앉아 한잔한다는 데 적잖은 유혹을 느꼈다. 그러나 석구는 처음부터 명훈의 의사를 존중해 물은 것 같지는 않았다. 명훈의 대답을 기다리지도 않고 젊은이에게 맥주를 시켰다.

"가서 시원한 맥주나 좀 가져와. 안주 갖춰서."

대략 명훈 또래의 웨이터로 보이는 그 젊은이는 황공스럽다는 듯 머리를 숙이고 주방 쪽으로 가더니 보기에도 시원할 만큼 병 표면에 물방울이 맺힌 맥주 두 병과 야채 안주 한 접시를 들고 왔다.

"수데끼(스테이크) 지금 시켜 놨어요. 술은 필요하시면 더 부르십시오."

그러고는 다시 허리를 굽신대며 물러나는 게 사극영화에 나오는 무슨 간신 같았다. 명훈은 문득 안동에서 본 전성기의 오광이를 떠올렸다. 하얀 장식 줄이 어깨 쪽에 현란하게 늘어진 하사관 예복에 쇠갈고리(의수)를 반짝이며 남산정(南山亭)이나 대흥장으로 들어서면 마담과 색시 들이 있는 대로 몰려나와 맞아들이곤 했는데 짐작으로는 배석구가 그 부근에서 떨치는 위세도 그에 못지않을 것 같았다. 그게 다시 한 번 경계와 선망을 동시에 일으켜 명훈의 마음속을 헝클어 놓았다.

"전에 학교서 엉겨붙는 애들 잡는 걸 보고 네가 깡다구 있는 놈이란 건 알았지. 그런데 이번에 보니 생각 이상이야. 그 짭새 퇴물 꼭 팔 하나만 꺾어 났더구먼. 넌 오도꼬(남자 기질)가 있는 놈이야."

석구가 술잔을 따르면서 지난번 경찰 출신 술집 주인 잡아 준 일로 슬며시 명훈을 추켜세웠다. 별로 기분 나쁘지는 않았다. 그런데 석구의 다음 말이 문득 명훈을 긴장시켰다.

"진작 널 만나고 싶었는데 통 연락이 닿지 않더군. 여러 가지로 쓸 만하다 싶어 그랬는데……. 어디 갔다 왔어? 개학 뒤에는 또 왜 안 나왔지?"

"꼭 만나야 할…… 일이…… 없는 것 같아서요."

명훈이 마음속의 불안을 숨기며 그렇게 떠보았다. 석구가 입가의 맥주를 닦으면서 다시 뜻 모를 웃음을 흘렸다.

"그래애? 나는 그렇게 생각하지 않는데."

"무슨 뜻이죠?"

"일자리를 잃었다면서? 그래서 새 일자리를 찾는다면서?"

"그건 그렇습니다. 학교를 마칠 수 있을 만한……."

"그러니까 말이야. 어때? 내 밑에서 일해 보지 않겠어?"

석구는 더 말을 돌리지 않고 바로 만나자고 한 이유를 댔다. 짐작했던 것이었지만 명훈은 새삼 섬뜩했다. 그가 뒷골목의 사내라는 것, 그리고 그것도 중간 오야붕은 되어 보인다는 게 그와 함께 할 일의 성질을 절로 밝히고 있었기 때문이었다.

나올 때 충분히 예상했고, 어느 정도는 조건만 좋으면 받아들일 마음까지 있었지만, 막상 석구로부터 직접 그 말을 듣자 명훈은 다시 움츠러들고 굳어졌다. 지난 2년의 힘겨운 노력이 허사가 되고, 일껏 도망쳐 나온 그 세계로 되돌아간다는 게 갑자기 끔찍스러웠다.

"저는…… 학생입니다. 내년에는 대학엘 갈 겁니다."

"알고 있어. 그러니까 더 쓸모 있는 거야."

명훈의 결연한 대답을 그렇게 눙친 석구가 이어 한층 은근한 어조로 물었다.

"어때? 우리 반공청년단에서 일해 보지 않겠어? 특히 우리 단부(團部)에서 말이야."

석구는 반공청년단을 힘주어 내세웠지만, 명훈의 마음은 풀어지지 않았다. 거창한 이름에도 불구하고 실은 그게 깡패 조직을 합법화시킨 것에 지나지 않는다는 것쯤은 명훈도 들은 적이 있었다. 거기다가 반공이란 말도 명훈에게 본능적인 혐오감을 일으켰다. 사상 그 자체와는 무관한, 피에서 피로 전해지는 어떤 유전 같은 감정이었다.

"아무래도 저는…… 공부나 하겠습니다."

명훈이 그렇게 완곡한 거절을 표시하자 석구는 갑자기 열을 올렸다.

"넌 우리 반공청년단을 잘못 이해하고 있는 것 같은데…… 내 일러 주지. 이른바 깡패나 건달 들이 많이 끼어든 건 사실이지만, 이건 어디까지나 국가적인 단체야. 국부(國父)이신 리승만 박사와 만송(晩松) 리기붕 선생을 정·부통령으로 모시고 든든한 반공 국가를 건설하자고 모인 애국 청년들의 단체란 말이야. 내무부와 치안국이 뒤를 밀어주는……. 이것 봐."

석구는 그러면서 갑자기 말아 들고 온 신문을 펼치더니 한 군데를 손가락질했다. '보성·양산 여당 압승'이란 시커먼 컷이었다. 그 무렵에 있었던 재선거 결과였다. 그러나 그 아래 있는 '야당 개표 불참'이란 소제목이 아니더라도 그 승리가 자랑스러운 것일 것 같지는 않았다. 정치에 대해서는 의식적으로 무관심한 명훈에게도 그 며칠 잇달아 보도된 야당지들의 주먹만 한 활자들은 기억에 있었다. "청중 없는 야당 강연회", "자유당 완장 부대 동원", "우울한 유권자 — 검거 선풍에 괴로워" 따위였다.

명훈이 그 기사를 보고도 별로 이렇다 할 표정이 없자 석구는 더욱 열을 올렸다.

"너 알아? 우리 오야지 이정재(李丁載), 선거구 때문에 리기붕 선생 눈 밖에 나지 않았을 때 일이지만, 내무부 장관설(說)까지 있었다고. 이번에 새로 온 우리 신 단장(辛道煥) 봐. 내년 선거만 잘되면 어떻게 되는가. 결국 이건 골목에서 남의 주머니나 터는 조무래기 주먹은 물론 시장에서 자릿세나 뜯는 깡패들하고는 다른 거야. 협객이란 말 들어 봤어? 일본이 한창 끗발 날릴 때 일본의 정치가를 도운 것은 바로 그 협객들이었지. 우리나라와 만주를 먹을 때 바로 그들이 앞장서서 길을 닦았다고. 그 역할을 이번에는 우리가 맡는 거야. 리승만 박사가 대통령이 되고 리기붕 선생이 부통령이 되면 우리나라는 민주 반공 국가로 든든하게 뿌리박는다 이거야.

우리는 주먹으로 그 앞장을 설 젊은 일꾼들이야. 양산하고 보성 보궐 선거가 왜 이리 떠들썩한지 알아? 이게 바로 내년 선거의 전 초전이라고. 그리고 봐. 보라고. 이렇게 멋지게 해치웠어."

"나이치고는 정치에 영 쑥맥인 것 같은데, 우리는 네 나이 때 안 그랬어. 선배들이 찬탁(贊託) 반탁(反託)으로 갈려 싸울 때부터 정치에 눈떠 반공으로 일관해 왔지. 너 빨갱이 주먹들과의 싸움이 어떤 것이었는지 알아? 피가 튀고 목숨이 왔다 갔다 하는 거였다고. 뿐만 아니야. 이 대한민국, 뭐 미국서 돌아온 그 유식한 양반들이나 알량한 한민당 떼거리 덕에만 선 줄 알면 오산이야. 그 뒤에는 우리 주먹이 있었다는 걸 알아야 해. 반공뿐만 아니야. 왜 놈들 시킨 대로 절간마다 계집자식 주렁주렁 달고 차지해 앉았던 그 되잖은 중놈들도 마찬가지야. 그 대처승 똘중 놈들 모두 쫓아 내고 요즘같이 절다운 절 만든 것도 모두 우리 주먹이란 말이야."

"아는지 모르지만 이번 최 내무 장관(崔仁圭)도 관계와 경찰을 대청소했지. 늙다리나 돌대가리 간부들 목 자른 것만도 3백이야, 3백. 내년 선거를 위해 그쪽에서 얼마나 기를 쓰고 있나를 잘 보여 주는 예지. 그런데 우리라고 가만있을 수 있어? 신 단장은 쓸 만한 젊은이로 백만 단원을 채우겠다는 계획이야. 학생은 오히려 환영할 만한 단원이지. 네게도 이건 기회가 될 거야. 잘 생각해 보라고."

아직 처음에 가져온 맥주 두 병도 다 비우지 않았는데 배석구는 마치 취한 사람처럼 그렇게 주워섬겼다. 정치에 대한 경원과 반공이란 말에 대한 거부감으로 굳어져 있는 명훈에게는 거의 귀에 들어오지 않는 말이었다.

'풍차'에서 조금이라도 명훈의 마음이 흔들렸다면 그것은 오히려 그런 데서 누리는 배석구의 엄청난 특권 때문이었다. 자신으로서는 있는 말 없는 말 다한 셈인데도 명훈이 솔깃해하는 기색이 없자 배석구가 잠시 알 수 없다는 눈길로 명훈을 살피며 입을 다물고 있는데 갑자기 출입구 쪽에서 누군가 구르듯 달려왔다.

"아니 형, 웬일이우?"

그렇게 소리치며 배석구 앞에 와 서는 것은 이마빼기가 유난히 튀어나온 스물대여섯의 청년이었다. 석구처럼 역시 양복을 빼입고는 있었으나 왠지 어울리지 않는 게 마구잡이 주먹패 같았다.

"짱구 넌 짜식아, 영업시간이 가까운데 어딜 그리 쏘다니냐? 그래 가지고 주인이 월급 줘?"

석구가 그렇게 나무라고는 거품이 넘치는 맥주잔을 내밀었다. 목마른 듯 단숨에 잔을 비운 짱구가 응석 반으로 불평을 했다.

"내가 언제는 뭐 월급으로 살았수? 아직 다섯 시밖에 안 됐는데 자리를 뜨려니까 되레 얼마나 화딱지가 나던지……."

"어딜 갔다 오는데?"

"임 단장(林和秀) 쇼 구경요. 진짜 가수 진짜 배우 나와 요란뻑적지근한데 구경하다 말고 극장을 나오려니 정말 눈 튀어나오더구면. 거 뭐유, 뚱뚱이 홀쭉이에 조미령이까지 나왔수."

"임 단장도 보이데?"

"웬걸, 그런 데까지 나오겠어요? 바쁘고 귀하신 몸인데, 똘마니들 보내 돈이나 거둬 갔겠지요."

"하기야……."

"그런데 형, 정말로 날 이 쥐 이마빼기만 한 맥주집에다 처박아놓고 말 작정이유? 카바레 지배인 자리라도 하나쯤 떼 낼 수 없수? 이거 쥐꼬리만 한 월급에 기집애들 뒷돈이나 뜯어 살자니 감질나서 원……."

"쌔끼, 배불러 터진 소리하고 자빠졌네. 여기가 어때서? 이제 먹는 입만 자꾸 늘어날 텐데 이 자리도 과분한 줄 알아. 끽소리 말고 자빠져 있어."

그런 그들의 대화에서 명훈이 느낀 것은 짐작보다는 엄청난 배석구의 힘이었다. 불평은 해 대도 짱구는 배석구의 그늘에 빌붙어 사는 여럿 중의 하나임에 분명했다. 처음에 일자리 얘기를 꺼낸게 꼭 자신을 손발로 쓰기 위한 허풍은 아니었던 것 같아 그쪽으로의 기대에 조금씩 마음이 풀어지려 하는데 배석구가 문득 짱구와 명훈을 번갈아 보며 말했다.

"서로 알고 지내. 얘는 이명훈이라고 괜찮은 놈이야. 여기는 장형필이. 박치기가 일품이지. 알아 두어 해로울 거 없을 거야."

그러자 진작부터 곁눈질로 명훈을 살피던 짱구가 불쑥 손을 내밀며 시원스레 인사를 청했다.

"알아주지도 않는 이름 석 자보다는 짱구가 기억하기 쉬울 거야. 근처 일 있으면 들러."

"이명훈입니다. 부탁드립니다."

명훈도 꼭 마다할 이유가 없어 마주 손을 내밀었다. 배석구가 짱구에게 뭐라고 찡긋 눈짓을 보내며 명훈에게 큰 인심이나 쓰듯 말했다.

"부탁드립니다, 는 무슨…… 형이나 붙여 주고 말은 서로 터. 네가 형이라고 불러도 괜찮을 다호가이(터프가이)야."

"그래, 들고 있기 무거울 텐데 말 콱 놓아 버려."

네댓 살은 손위로 보이건만 짱구도 그렇게 선선히 말 트기를 권했다. 안동의 뒷골목 관습으로 보면 대단한 예우인 셈이었다. 하지만 그날은 미처 말을 틀 겨를이 없었다. 짱구가 빈자리에 앉아 술 한 잔을 돌릴 무렵 해서 여급인 듯한 아가씨들 서넛이 홀 안으로 들어섰다.

"잠깐 다녀오겠수."

짱구가 그렇게 말하더니 갑자기 사나운 어조로 아가씨들 쪽을 향해 소리쳤다.

"야, 정자하고 은숙이, 나 잠깐 봐."

그러자 쭈뼛쭈뼛거리며 들어서던 아가씨들 가운데 하나가 낯빛이 핼쑥해져 짱구 쪽으로 돌아봤다.

"대기실로 와. 너희 둘은 주방에 있고."

성큼성큼 앞장서 걸어가며 그렇게 말하는 짱구에게서는 좀 전과는 판이한 위엄이 느껴졌다.

그러나 그날 '풍차'에서 결정적으로 명훈의 마음을 끈 것은 그 비어홀 주인이 간접으로 보여 준 배석구의 힘이었다. 짱구가 안으로 들어가고 얼마 안 돼 들어온 50대 주인은 웨이터보다 더 배석구에게 굽신댔다. 그리고 그날이 특별히 정한 상납일이었는지는 모르지만, 저물 무렵 석구와 명훈이 그곳을 나설 때는 두툼한 봉투까지 내밀었다.

"넣어 둬. 요즘 일자리 구한다며?"

석구는 그 자리에서 마다하는 명훈의 주머니에 억지로 그 봉투를 쑤셔 넣어 주었는데 나중에 뜯어 보니 놀랍게도 빳빳한 천 환짜리가 열 장이었다.

"한 번 더 생각해 보고 내일 우리 특별단부(特別團部)로 와. 상인조합과 같은 건물이야. 찾기 어렵거든 깡철이와 같이 오면 돼. 녀석은 아직 나이가 안 됐지만 그곳은 잘 알지. 입단 원서는 거기다 비치되어 있으니까 증명사진이나 가져오면 돼."

석구는 그 말을 마지막으로 '풍차' 앞에서 명훈과 헤어졌다. 갑자기 뭔가 아쉬운 마음이 든 것은 오히려 명훈 쪽이었다. 깡철이의 암시로 질탕한 술자리쯤을 기대했기 때문일까. 맥주를 대여섯 병이나 마셨건만 술도 턱없이 모자랐다.

석구와 헤어져 집으로 가는 버스에 기계적으로 올라타긴 했지만 명훈은 이내 갈 곳 없는 사람처럼 막막해졌다. 지난 2년간 바쁘게 맞물려 돌아가던 나날들이 남긴 타성 때문에 아무도 없는 자취방으로 돌아가야 하는 초가을 해거름이 더 막막했는지도 모를 일이었다. 거기다가 한편으로는 어차피 결론지어야 할 큰 문제가 머릿속을 무겁게 짓누르고 있었다. 석구와의 일이었다. 그러나 명훈이 집 근처의 버스 정류장에 내려 아무 데나 눈에 띄는 술집으로 뛰어든 게 앞서의 막막함 때문이었는지 판단하기 어려운 그 문제 때문이었는지는 술과 안주가 나올 때까지도 분명하지 않았다.

"학생이 오늘은 일찍부터 웬일이야?"

전에도 몇 번 와 본 적이 있었던지, 할머니라 부르기에는 너무 젊고 아주머니라고 부르기에는 또 너무 늙은 술집 안주인이 막걸리 주전자와 빈대떡 접시를 탁자 위에 내려놓으며 알은체를 했다.

"아, 네, 좀……."

명훈은 그렇게 대꾸했으나 그의 의식은 이미 몇 달 전의 기억에 매달려 있었다.

반공청년단이란 게 결성된 지 얼마 안 됐을 때였다. 아직 미군 부대에 근무하던 명훈은 무슨 일론가 김 형의 대기소에 갔다가 다시 김 형과 황이 잡담을 나누는 자리에 끼게 되었다. 화제가 어떻게 그쪽으로 돌아가자 정치나 사회 쪽으론 별로 아는 게 없는 명훈은 언제나 그러하듯 김 형과 황의 얘기에 귀만 기울이고 있는데, 한동안 황이 알아듣지 못할 말로 흥분해 떠든 뒤를 이어 김형이 차분한 목소리로 말했다.

"너는 무엇이든 추상적이고 관념적으로 몰고 가 오히려 핵심을 놓치고 있어. 나는 이번 반공청년단의 결성을 뭐 그렇게 복잡하게 보지 않는데. 좀 천박한 표현 같지만 그저 밥의 문제로 보일 뿐이란 말이야."

"밥?"

황이 좀 엉뚱하다는 듯 그렇게 되묻자 김 형이 한층 목소리를 가라앉혀 이어 갔다.

"그래, 밥이지. 다시 뒷골목의 부랑 세력이 합법적으로 밥을 먹을 기회가 왔다는 뜻이야. 해방 직후부터 6·25까지 그들은 반공으로 합법적인 밥을 먹었지. 나는 해방 후 한때 백만을 떠들었던 남로당을 이승만 정부가 그토록 효과적으로 분쇄한 데 대해 늘 의아했었지. 그때 경찰은 기껏해야 2만을 넘지 못했고 국방경비대를 합쳐도 십만 안팎이었는데, 저쪽은 최소한 당원만 몇십만에다 그 몇 배의 동조 세력까지 있지 않았는가 말이야. 미국, 미국, 하지만 미군이 대규모로 동원된 적도 없고……. 그런데 요즘 와서 보니 짐작이 가. 반공으로 합법적인 밥을 먹게 된 주먹의 힘이 더 있었던 거지. 특히 재작년 장충단공원 사건을 보니 그게 더욱 실감이 나더군. 기껏 백 명 안쪽의 깡패에게 수십만 군중의 집회가 난장판이 되지 않았어? 그런데 6·25의 대청소는 그들의 합법적인 일터를 없애 버린 셈이지. 적어도 남한 땅에서의 용공 세력은 자취를 감춰 버려 그들은 다시 뒷골목의 불법과 폭력에 의지해 밥을 먹을 수밖에 없게 된 거야. 일부가 불교 정화에 동원되고, 또 일부는 장충단 때처럼 간간 정치 폭력에 이용되기도 했지만, 적어도 반공처럼 합법적이고도 든든한 명분을 전면에 내세울 수는 없게 됐지. 아마도 지금 자유당은 그 시절에 대한 그들의 향수에 착안한 것 같아. 그들에게 법과 경찰에 쫓기지 않고 밥을 먹을 수 있게 해 주는 대신 자기들의 장기 집권 기도에 협력하고 봉사케 하려는 걸 거야. 반공이라는, 낡았으면서도 아직은 신통한 효험을 지닌 부적을 나눠 주면서 말이야……. 두고 봐. 이제 그들이 다음 선거에서 어떤 역할을 담당하게 될 것인가를. 그들의 주먹은 또 한 번 합법성과 정통성의 결여가 키워 가는 자유당 통치력의 공간을 땜질하게 될 거다. 경찰이나 관료 같은 합법적인 장치로는 아무래도 드러내 놓고 하기 어려운 구석을 그들이 채울 거야."

"그렇다면 자유당도 끝장나는 거지. 벌거숭이 폭력이란 단기적으로는 가장 효과적인 위하(威嚇) 수단이지만, 또한 그만큼 거센 대중의 반발을 이끌어 내는 독수(毒手)이기도 하지. 더구나 그걸 이미 한 번 써먹은 적이 있다면 말이야."

황은 김 형의 말을 받아 그렇게 결론지었다. 그러나 김 형은 가만히 고개를 저었다.

"그 반발도 단기적으로는 네 낙관대로겠지. 하지만 그다음은 몰라. 시민 의식의 성숙에 바탕하고, 냉철한 의지로 한 단계 한 단계 치밀한 개량의 길을 가는 것이 아니라, 일시적인 충동으로 일어나고 한꺼번에 모든 것을 다 얻으려는 성급에 휘말린다면 결과는 아무도 예측하지 못해. 우리가 분단 상태에 있고, 더구나 아직은 공산주의 이념을 가진 무장 집단과 휴전 중일 뿐인 한, 반공은 여전히 전능한 칼이지. 좋은 뜻으로든 나쁜 뜻으로든 말이야."

거기서 다시 둘의 대화는 명훈으로서는 금세 알아듣기 어려운 성질의 논쟁으로 변했다. 사람들이 모두 들고일어난 뒤의 일을 황은 좋게만 보고 있고, 김 형은 그 뒤가 오히려 걱정일 수도 있다고 보고 있음을 짐작할 수 있을 뿐이었다.

뒷골목의 주먹이 반공으로 합법적인 밥을 먹었다. 맥주를 마신 뒤라서 그런지 유난히 껄끄럽게 느껴지는 막걸리를 천천히 들이켜면서 명훈은 그런 김 형의 말을 속으로 곱씹어 보았다. 그러나 구체적인 이해 대신 다시 오래된 기억 한 토막이 떠올랐다.

이번에는 국민학교 하급반 때의 일이었다. 남한 정부가 수립되기 전의 어떤 초가을 날로 수업을 마치고 늦도록 놀다가 학교 앞 골목길을 빠져나오는데 기분이 이상했다. 골목 끝에 어떤 험상궂은 아저씨들이 몽둥이와 쇠사슬을 들고 떼 지어 숨어 서서 숨소리 하나 없이 골목 바깥쪽을 노려보고 있었다. 그뿐만이 아니었다. 그 골목이 끝난 공터에 이르자 그 공터로 모이는 네댓 개의 골목 입새마다 그 비슷한 아저씨들이 그렇게 숨어 있었다. 다만 집으로 가는 골목 하나만 휑뎅그렁하게 빈 채 괴괴함에 휩싸여 있을 뿐이었다.

명훈은 그 괴괴함에 까닭 모를 불안을 느끼면서도 집으로 가는 골목 쪽으로 갔다. 그런데 미처 그 골목 안으로 발을 들여놓기도 전이었다.

"꼬마야, 이리 와 봐."

누군가가 낮고 음산한 목소리로 그를 불렀다. 명훈이 움찔하며 소리 나는 쪽을 보니 바로 곁 골목 어귀에 모여 있던 사내들 중에 하나가 손끝을 까닥거리고 있었다.

"왜 그러세요?"

명훈이 끌린 듯 그쪽으로 다가가며 겁먹은 목소리로 묻자 그가 다가와 손목을 낚아채며 말했다.

"그리로 가선 안 돼. 저쪽 길로 돌아가."

그런 사내의 미간에는 무엇에 찍혔던 것인지 크고 끔찍해 뵈는 흉터가 하나 번들거리고 있었다. 거기 질린 명훈은 대답도 제대로 하지 못하고 그가 가리킨 골목께로 갔다. 그리로 돌면 어린 그에게는 꽤 먼 길을 돌게 되지만 그것조차 생각할 겨를이 없었다.

하지만 그 골목으로 들어가는 것도 마음대로 되지 않았다. 그를 보내 준 사내가 갑자기 마음이 바뀌었는지 그쪽 골목 입구를 지키는 패거리에게 낮게 소리친 탓이었다.

"어이, 그 꼬마도 잠깐 붙들어 둬."

그러자 머리를 박박 깎은 청년 하나가 명훈을 가로막더니 한곳으로 끌어다 붙였다. 집과 집 사이의 좁은 공터였는데, 거기에는 이미 그 비슷한 경위로 끌려와 있는 듯한 사람이 대여섯 서 있었다. 얼굴이 새파랗게 질린 여학생 하나와 부들부들 떠는 중년 부부에다 한복 차림의 젊은 부인네와 다리를 저는 청년 하나였다.

명훈은 그때껏 자신이 붙들려 있는 까닭을 몰랐지만 그들은 모두가 잘 아는 것 같았다. 감히 항의할 엄두도 못 내고 비어 있는 골목 쪽만 힐끗거리고 있었다. 그들을 짓누르고 있는 공포가 전염

된 것일까, 명훈도 덩달아 떨며 그들 사이에 섞여 그들이 힐끗거리는 쪽으로 뜻 없는 눈길을 보냈다.

"온다!"

갑자기 비어 있는 골목의 맞은편 전봇대 뒤에서 그런 나직한 목소리가 무거운 정적을 깨뜨리며 공터를 가로질러 왔다. 명훈을 잡아 둔 패거리 쪽에서 무언가 번쩍이는 걸 빼 들기도 하고 몽둥이를 쥔 손바닥에 침을 뱉기도 하는 따위 작은 술렁거림이 일었다. 이어 비어 있는 골목 쪽에서 여러 사람이 걸어 나오는 웅성거림이 들려왔다.

그 속에 아버지가 있을지도 모른다는 갑작스러운 걱정이 명훈을 이상한 마비 상태에서 깨어나게 한 것은 바로 그때였다. 그 골목 끝에 명훈네 집이 있고, 아버지도 이따금씩 집회장에서 습격당한 얘기를 한 적이 있었다.

'달려가 알려야 한다, 어서…….'

갑작스러운 다급함에 빠진 명훈은 속으로 그렇게 소리쳤으나 마음뿐이었다. 싸움 직전의 살기를 내뿜고 있는 사내들의 눈길만으로도 오금이 얼어붙은 듯 움직일 수 없었다.

그사이 웅성거림은 점점 가까워지더니 이윽고 비어 있던 골목에서 한 떼의 사람이 나타났다. 한복 차림의 풍채가 좋은 중늙은이 하나와 양복에 파나마모자까지 받쳐 쓴 중년 하나를 여남은 명의 청년이 에워싸듯 하고 나온 것이었다. 다행스럽게도 아버지는 거기 없었다. 아니, 그들 중에는 낯익은 사람이 하나도 보이지 않았다.

"죽여!"

"쳐라!"

명훈이 막 안도의 숨을 내쉬는데 여기저기서 그런 소리가 들리며 골목마다 숨어 있던 사내들이 벌 떼처럼 뛰쳐나왔다. 하지만 상대도 빨랐다.

재빨리 방금 빠져나온 골목으로 물러서는가 싶더니 그중 예닐곱 명의 청년이 스크럼을 짜듯 해 좁은 골목 입새를 막아서며 뒤돌아보고 크게 소리쳤다.

"백색테러다. 빨리 피해! 여긴 우리가 맡을 테니."

"어이, 두 분 동지 모시고 뛰어!"

그러나 미처 그 말이 끝나기도 전에 맹렬한 공격이 시작되었다.

너무 서둘러 퇴로를 막지 못했다는 데서 온 이편의 당황이 그대로 맹렬함으로 바뀌어 나타난 공격이었다.

상대편의 대여섯은 조금도 겁먹지 않고 꿋꿋이 맞섰다. 제법 노래인지 구호인지 모를 외침까지 내지르며 맞서는 게 어린 명훈을 감동시켰다. 하지만 워낙 머릿수가 모자랐다. 이편은 수십 명인 데 비해 그쪽은 겨우 예닐곱, 거기다가 빈손이었다.

몽둥이가 튀고 돌이 날며 귀에 거슬리는 쇳소리가 들리던 것도 잠시, 곧 그 골목의 입새가 이편 사내들에 의해 열렸다. 마치 둑을 무너뜨린 홍수처럼 저편 청년들을 짓밟고 골목길로 뛰어든 사내들의 거친 외침이 들렸다.

"서라, 빨갱이 새끼들!"

"어딜 가? 가 봤자 네놈들은 독 안에 든 쥐야."

하지만 골목 중간에서 또 한 번의 저항을 받는지 그 외침은 싸우는 소리로 변했다. 그사이에도 골목 입새에 널브러진 대여섯은 가혹한 짓이김을 당하고 있었다.

얼마쯤이나 되었을까. 여학생과 아주머니는 두 눈을 싸쥐고 어린 명훈과 다른 남자들은 덜덜 떨며 제자리에 못 박힌 듯 서 있는 사이에 골목길로 뒤쫓아 갔던 청년 여남은 명이 피투성이가 된 두셋을 떠메고 돌아왔다.

"쌔끼들, 튀었어."

"하필이면 바로 거기서 공사가 있을 게 뭐야. 어찌나 모질게 벽돌을 던져 대는지……."

"너무 빨리 덮친 거야. 충분히 공터로 끌어낸 뒤 퇴로를 막고 시작하는 건데……."

한 덩이가 된 사내들이 분을 못 이긴 듯 씨근대며 그렇게 떠들어 댔다. 그때 어디선가 사이렌 소리가 들려왔다. 그 소리가 점점 가까워지자 그들 중 하나가 소리쳤다.

"모두 흩어져! 흩어져서 본부로 돌아가!"

그러자 악에 받친 목소리가 그 말을 받았다.

"씨팔 양코쟁이들, 이거 도대체 어떻게 된 거야. 남은 목숨 걸고 빨갱이를 때려잡는데 즈이들은 되레 우릴 잡아 가두려 드니……."

하지만 그걸로 그뿐, 그들은 저마다 손에 들었던 몽둥이를 내던지고 뿔뿔이 흩어졌다.

　잠시 후 정말로 스리쿼터를 뒤딸린 미군 백차 한 대가 소총을 든 몇 명의 미군을 뒤에 태우고 그 공터로 달려왔다. 백차 앞자리에서 뛰어내린 미군 하나가 무어라고 알아듣지 못할 소리를 질러대니 차에서 내린 미군들이 아직도 널브러진 채 움직일 줄 모르는 저편 청년 대여섯을 짐짝 싣듯 차에 실었다. 그날 집으로 돌아가는 골목길 입새의 마른 흙 위에 나 있던 검붉은 핏자국이 어찌 그리 섬뜩하던지…….

　새삼 눈앞에 선명하게 떠오르는 그 핏자국에 몸을 떨며 명훈은 다시 술잔을 채웠다. '밥을 먹는다.'는 일상적이면서도 왜소한 말과는 아무래도 관련이 지어지지 않는 기억이었다.

　거기서 명훈은 황과 김 형의 방식으로 반공청년단을 이해하기를 포기하고 깡패라는 소박한 개념으로 돌아갔다. 그제야 '밥을 먹는다.'는 말과 훨씬 쉽게 연결이 갔다. 그리고 이어 자신이 학교에 집착하는 것도, 되도록 뒷골목으로 되돌아가지 않으려 애쓰는 것도 모두가 앞날의 밥을 위해서란 데까지 생각이 미쳤다. 그가 하는 현재의 노력은 그 모두가 그날에 '합법적으로 밥을 먹기 위해서'일 뿐이었다.

　하지만 이대로는 어렵다. 학교를 그만두고 공장에 들어가 기술을 배우거나 육체노동을 해도 합법적인 밥은 먹을 수 있을지 모른다. 하지만 그 밥은 너무 거칠고 먹기에 고되다. 나는 편안하면서도 좋은 밥을 먹고 싶고, 그러기 위해서는 어떻게든 학업을 계속해야 한다. 아직도 세계와 인생의 존재 원리에 세련된 의미를 부여하지 못하고 있던 명훈은 생각이 거기에 미치자 다시 조금 전 배석구의 제안에 강렬한 유혹을 느꼈다.

'그래, 잠시만이다. 만약 그가 내 학업만 보장해 준다면 잠시 그 밑에서 굴러 보자. 아니, 어머니가 어떻게 학비를 마련해 보낼 수 있거나 달리 떳떳하게 일할 수 있는 자리가 구해질 때까지만. 그러다가 때가 오면 손을 씻는 거다. 다시 내 자리로 돌아가는 거다……'

이윽고 명훈은 그렇게 결론지었지만, 실은 반드시 그런 순진하면서도 듣기에 갸륵한 데마저 있는 이유 때문만은 아니었다. 좋은 술과 예쁜 여자들 틈에서 위세를 부리던 짱구나 그런 꼬붕을 여럿 거느린 채 한 거리를 휘어잡고 있는 배석구의 누림에 대한 상상도, 무시 못 할 매력으로 명훈을 그들에게 이끌었다. 어쩌면 초자아(超自我)가 거의 결여된 상태로 소년기의 대부분을 벌거숭이 생존 투쟁의 현장에서 시달리고 닦이며 보낸 그에게 그 이상의 결론을 기대하는 것은 처음부터 무리였는지도 모를 일이었다. 갑작스러운 귀향이 준 뜻밖의 감동이 그에게 어떤 구속력을 행사하리라고 기대하는 것도.

명훈이 막걸리 한 되를 다 비우고 제법 얼큰해져 자취방으로 돌아온 것은 밤 열 시쯤이었다. 아무런 생각 없이 마당으로 들어서던 명훈은 방 안에서 환히 불빛이 새어 나오는 걸 보고 얼큰한 중에도 고개를 갸웃거렸다.

'영희가 왔나……'

그러나 아니었다. 방문을 열자 모니카가 샐샐 웃으며 명훈을 맞았다.

"웬일이야?"

명훈은 까닭 없이 울컥 치솟는 속을 가까스로 억누르며 퉁명스레 물었다. 명훈은 그때부터 이미 그녀에게서 이상한 애증을 느끼기 시작하고 있었다. 멀리 떨어져 있으면 불현듯한 애정으로 그리워질 때도 있었지만 그녀 쪽에서 다가들면 몸서리가 쳐질 만큼 혐오감이 이는 식이었다. 하지만 욕정과 연결되면 그 애증은 또 뒤바뀌었다. 그가 한껏 달아올라 먼저 그녀를 안았을 때는 단 한 번의 뒤엉킴으로 이내 구역질이 날 만큼 포만감에 빠져 무슨 징그럽고 흉측한 벌레 털어 내듯 그녀를 멀리하게 만들었다. 그러나 한번 그녀가 귀기 서린 암내 같은 걸 풍기며 덤벼들면 욕지기가 나게 그녀가 싫다가도 결국은 밤새도록 샘솟는 욕정에 머리끝까지 젖어 들고 마는 것이었다.

그런 그의 기묘한 애증은 그녀의 특이한 성의 기교와 더불어 그 뒤 10년이나 그들을 얽어 놓게 되지만, 그때는 아직 어느 편에게도 그게 실은 사랑의 한 방식이라고는 인식되지 못하고 있었다. 그들에게는 한 끈에 이어진 사랑과 미움이 아직은 서로 단절되어 있는 듯 느껴져 사랑은 그저 사랑이고 미움은 그저 미움일 뿐이었다.

"놀러 왔어요."

아직은 명훈의 그런 감정을 다룰 줄 모르는 모니카가 여전히
샌샌 웃으며 그렇게 대답하자 명훈은 걷잡을 수 없는 미움으로 소
리쳤다.

"뭐야? 쬐끄만 기집애가 밤중에……. 빨리 집에 가! 뺨이라도
한 대 후리기 전에……."

"엄마한테…… 영희네 집에서 자고 온다고…… 허락받고 나왔
어요. 저번같이……."

그제야 놀란 모니카가 웃음을 거두고 눈이 휘둥그레져 더듬거
렸다. 그러나 명훈은 그녀가 지난번의 어울림을 애써 상기시키려
드는 게 더욱 밉살스러웠다. 고향에서 돌아온 뒤로 두 번이나 앞
뒤 없는 욕정으로 모니카를 여관으로 끌어들이고 다시 욕지기 속
에 헤어진 게 무슨 악몽처럼 떠올랐다.

"나가! 못 나가? 정 그러면 내가 밖으로 내던져 버릴 거야."

명훈은 한층 소리를 높여 잔인하게 모니카를 몰아냈다. 변태에
가깝다 할 만큼 종잡을 수 없는 명훈의 성적인 변덕에 그새 조금
은 익숙해진 모니카였지만 끝내 견뎌 내지는 못했다. 큰 소리에 놀
란 주인집 아주머니가 마당으로 나오는 기척이 들릴 즈음 눈물이
쏟아지는 얼굴을 두 손으로 싸안고 방을 뛰쳐나갔다.

앞서 그들의 기묘한 사랑의 방식을 말한 적이 있지만, 정확히
말하면 그것이 한 방식으로 굳어지기 시작한 게 실은 그날 밤부
터인지도 모르겠다. 모니카의 신발 끄는 소리가 미처 언덕길을 내

려가기도 전에 명훈은 갑작스러운 후회와 그녀에 대한 걷잡을 수
없는 연민에 빠졌다.

"거기 있어! 밤중에 어딜 간다고……."

뒤따라 달려 나간 명훈은 내리막길 끝에서 그렇게 모니카를 불
러세우고 가녀린 그녀의 어깨를 가만히 감싸 안았다.

그리고 이튿날 아침 동네의 작은 여인숙에서는 곯아떨어진 그
녀의 아이 티를 채 벗지 못한 얼굴을 바라보면서 어쩌면 자신이 정
말로 그녀를 사랑하고 있는지도 모른다는 생각으로 당황해했다.

폭풍우 치던 밤

며칠째 찌푸린 날씨더니 오후부터는 질금질금 비가 오기 시작했다. 양은 많지 않았으나 가을비답지 않게 눅진한 느낌이 드는 것이 늦장마처럼 여겨졌다. 그러나 영희는 그런 날씨에 거의 신경을 쓸 틈이 없었다. 치과도 추석 대목을 타는지 하루 종일 밀려든 환자 때문에 점심마저 거를 지경이었다. 허드렛일을 거들던 여자애까지 추석을 쇠어야 한다며 시골로 내려가 버려 일손 부족은 더욱 심했다.

그 비가 여느 소나기가 아니라 태풍의 일부라는 것, 그리고 밤에는 제법 거센 바람까지 일고 있다는 걸 영희가 알게 된 것은 그날 저물 무렵이 되어서였다. 대기실에서 복작거리던 환자들이 그럭저럭 다 돌아가고 이제 한숨 돌렸다 싶을 때 갑자기 무언가 양

철판이 땅바닥에 팽개쳐지는 듯 요란한 소리가 밖에서 들렸다. 놀라 나가 보니 병원 출입구에 붙여 두었던 커다란 입간판이 바람에 쓰러져 있었다. 얼마 전에 새로 쓴 '박(朴)치과'란, 제법 아이 키만 한 입간판이었다.

"사라혼가 뭔가 하는 태풍이 북상 중이라더니 그것인 모양이군."

방금 온 석간을 뒤적이다 그 요란한 소리에 따라 나온 박 원장이 그렇게 말했다. 날씨만큼이나 찌푸려져 있던 얼굴이 어찌 된 셈인지 좀 펴져 있었다.

그 며칠째 박 원장 부부는 냉전 중이었다. 이번 추석에는 시골집도 찾아보고 성묘도 해야겠다는 박 원장을 사모님이 시골집에 고깃값을 보내는 것으로 대신하고 주저앉혀 버린 까닭이었다. 병원을 이틀씩이나 닫아 둘 수 없다는 게 겉으로 내세운 이유였지만, 꼭 그런 것만도 아닌 것은 영희도 알고 있었다.

"흥, 기어들고 기어 나오는 시집은 1년에 한 번도 가 보고 싶지 않단 말이지. 가난하고 무식한 시부모나 냄새나는 시누이 시동생은 대하기도 싫단 말이지? 알았어. 관둬. 당신이 우리 집에 시집온 게 아니라 내가 당신 집에 장가들었다는 건 잘 기억하고 있으니까."

전날 오후 박 원장은 장인 영감의 자가용 차를 얻어탈 수 없으면 기차표라도 사 두라고 사모님에게 전화하다가 무슨 소리를 들었던지 그렇게 빈정거리며 수화기를 놓았다. 하얀 미간에 골 깊게

진 잔주름이 예사 아닌 분노를 나타내고 있었지만 고함 한 번 지르지 못하는 그에게서 영희는 문득 가슴 저린 측은함을 느꼈다.

박 원장은 그 뒤로도 종내 속이 풀리지 않는지 그날 하루 종일 찌푸린 얼굴로 환자만 보았는데 이제 원래대로 돌아온 듯했다.

"그럼 차라리 시골에 안 가시길 잘하셨네요. 이 비바람에 강원도까지 어떻게……."

영희는 무심코 그렇게 불쑥 말했다가 이내 새파랗게 날이 서는 그의 얼굴을 보고 찔끔했다. 대꾸는 없었지만, 입간판을 구겨 던지듯 바람막이가 되는 골목 안쪽에다 끌어 놓고 병원으로 들어서는 그의 찬바람 도는 뒷모습이 호된 꾸지람을 대신하는 것 같았다.

자기 자리로 돌아가서도 줄곧 담배만 피우고 있던 박 원장이 옷을 갈아입고 나선 것은 날이 온전히 저문 뒤였다.

"안에 들어가거든 나 기다리지 말고 저녁들 먹으라 그래."

그러는 그의 어조에는 어딘가 뒤틀린 듯한 데가 있었다.

또 술을 마시러 가는구나. 함께 일한 지 그새 네댓 달이 되어서인지 영희는 박 원장의 뒷모습만 보아도 대강의 행선지를 짐작할 만했다. 살림집인 처가로 돌아가지 않으면 술집으로 가는 뻔한 선택이어서이기도 하지만, 그만큼 그의 감정을 읽을 줄 알게 되었다는 뜻이기도 했다.

어쩌면 자기 때문에 그가 잊고 있었던 불쾌한 일을 다시 상기하게 된 것일지도 모른다는 생각에 텅 빈 병원 바닥을 쓸면서도 영희는 줄곧 박 원장 생각을 했다. 가까이서 보게 될수록 가엾은 사람이었다. 허영심 많은 아내와 드센 처족들 가운데서 지난날 진 은혜의 빚에 짓눌려 허덕이는 그를 보고 있으면 영희는 자신마저 답답해짐을 느꼈다. 어떤 투명하면서도 질긴 사슬이 그를 옥죄고 있어 그의 몸은 말할 것도 없고 영혼까지 신음하고 있는 것 같았다. 처음에는 그녀에게 까닭 모를 반감까지 일게 한, 백화점에서 갓 포장돼 나온 것 같은 옷차림이며 하이얀 얼굴과 파르스름한 면도 자국도 이제는 그의 인상에 애처로움을 더할 뿐이었다.

"원장 선생님은?"

병원 청소를 마친 영희가 저녁을 먹으러 사택으로 들어가니 방금 어디로 외출이나 할 듯 요란스러운 화장을 한 사모님이 물었다. 영희는 공연히 죄진 듯한 기분이 들어 움츠러들며 말했다.

"잠깐 볼일이 있으시다고…… 기다리지 말고 저녁들 드시래요."

"흥, 볼일은 무슨 볼일. 보나마나 곤죽이 되어 돌아와 사람을 들볶아 대겠지."

남편을 꼭 '원장 선생님'이라고 높여 부를 때와는 달리 사모님이 그렇게 비쭉대자 방문을 열고 내다보던 그녀의 어머니가 거들었다.

"아범은 왜 그리 날이 갈수록 사람이 더 잘아지냐? 추석에 찾아보지 못할 수도 있는 거지. 뭐 그리 대단한 집안이라고……."

"왜 아니래요. 재작년에 암것도 모르고 시집이라고 내려갔다가 얼마나 혼났는지 아세요? 사랑방이라고 치워 주는데 퀴퀴한 냄새에 밤새 잠도 못 잤다고요. 거기다가 아이, 끔찍해. 꼭 콩알만 한 빈대가 스멀스멀 기어 다니더라니까요."

자기가 듣고 있다는 것도 잊은 듯 모녀가 그렇게 주고받고 있는 걸 뒤로하고 영희는 부엌방으로 갔다.

영희를 비롯해서 운전사 겸 허드렛일꾼인 박씨와 이런저런 객식구가 함께 밥상을 받는 방이었다. 영희가 박씨와 함께 수저를 들 때까지도 모녀의 빈정거림은 계속되고 있었다.

"술을 마셔도 근본은 못 버린다니까. 맨날 허름한 지게꾼들 틈에 끼어 막걸리 사발이나 훌쩍이니……."

그러나 영희에게는 그런 박 원장이 오히려 애처롭게 느껴졌다.

모니카가 찾아온 것은 저녁밥을 먹은 영희가 막 병원으로 돌아와 앉았을 때였다.

"누구예요? 오늘은 진료 끝났어요."

고리를 잠그고도 못 미더워 나무 빗대를 지른 출입문 미닫이를 열려고 애쓰며 문을 두드리는 소리를 듣고 영희가 그렇게 소리치자 모니카 특유의 꾸며 낸 목소리가 유리창 너머로 들렸다.

"나야, 문 좀 열어……."

영희가 반갑잖은 마음으로 문을 열자 모니카가 교복 차림으로 가방을 들고 안으로 들어왔다. 한쪽 손에 종이우산이 들려 있으나 교복은 여기저기 젖어 있었다.

"웬일이야? 오늘은 수업이 없잖아?"

야간부라 지방 학생이 많아 추석 전인 그날 밤은 수업이 없었는데 교복 차림인 게 이상해 영희가 물었다. 모니카가 별 뜻도 없는 눈웃음을 살살 치며 말했다.

"으응, 그냥 너한테 오고 싶어서 학교 간다는 핑계로 나왔지 뭐."

그러자 영희는 퍼뜩 짚이는 게 있었다. 오빠에게 갔었구나…….

"너 이 기집애, 바른 대로 말해. 오빠한테 갔다가 오빠가 없으니까 이리로 온 거지?"

영희가 갑작스레 치솟는 정체 모를 적의를 억지로 감추며 그렇게 묻자 모니카의 얼굴에서 웃음기가 사라졌다.

"아냐. 오늘은 정말로 네가 보고 싶어서 왔어."

"거짓말 마. 너 주인아주머니 말 들으니 이달에도 벌써 두 번이나 오빠 찾아왔더라며?"

영희는 그 말에 이어 '같이 나가 잤지?'까지 내뱉고 싶었으나 차마 그렇게는 못 했다. 그날 밤 명훈이 돌아오지 않았다는 주인아주머니의 얘기가 못 미더워서라기보다는 '잤다'는 말에 포함된 성적인 의미가 공연히 망측하게 느껴져서였다.

"그건 맞아. 그날은 오빠를 찾아갔어. 하지만 오늘 여기 온 건 정말로 아냐."

모니카가 금세 겁먹은 얼굴이 되어 사실대로 털어놓았다. 번번이 속으면서도 영희는 다시 그녀의 겁먹은 얼굴과 거의 바보스럽게 느껴지는 정직함에 마음이 약해졌다.

세상에 백치란 게 있다면 그것은 아마도 정신적인 결함 또는 정신 그 자체의 공백 상태에 느끼는 동정심에 바탕한 감정의 장난일 것이다. 그런데 모니카의 유일한 정신적인 매력은 바로 그 백치미였다. 아무리 그녀에게 성을 내고 있다가도 그녀가 그걸 무슨 무기처럼 드러내면 속절없이 지고 마는데, 그럴 때 그녀가 가장 자주 효과를 보는 게 겁먹은 표정과 바보스러운 정직이었다. 그녀의 길지 않은 일생 동안 명훈 남매와 또 더 많은 사람이 거기에 걸려 길을 잘못 들고 삶을 낭비하게 되는.

"차암…… 그래 알았어. 그런데 웬일이야?"

"오빠에 관해 알고 싶은 게 있어서……."

영희가 자신과 오빠의 관계를 싫어한다는 걸 이제는 알 만한데도 모니카가 태연히 그렇게 털어놓았다. 그게 역습의 효과를 나타내 영희는 잠시 오빠를 잊고 그녀 편이 되어 물었다.

"뭔데?"

"어떻게 하면 오빠가 나를 정말로 좋아하게 할 수 있어? 오빠는 어떤 여자를 좋아해?"

"뭐야, 자기네끼리 좋아서 갈 데까지 다 가 놓고 무슨 소리야?"

"아냐, 그저께 아침에도 느꼈는데 오빠는 나를 조금도 좋아하지 않아."

"뭐라고? 그끄저께 밤에 오빠가 너를 따라 나가 자고 왔다더니, 그럼 너랑 함께 밤을 지냈구나."

거기서 영희는 되살아나는 그 정체 모를 적의로 목소리에 날을 세웠다. 모니카의 무방비한 정직이 다시 그런 영희의 감정을 가볍게 흩어 버렸다.

"그래, 맞아. 하지만 이상한 게 있어. 그날 밤 나는 내가 아는 모든 재주를 부려 오빠를 즐겁게 해 주려고 했지. 그런데 아침에 자고 일어나니 오빠는 컴컴한 여인숙 방에 나 혼자 팽개쳐 두고 가 버린 뒤였어."

"재주라고?"

"그래, 나는 어머니가 가게 언니들에게 하는 말을 엿들은 것, 이런저런 책에서 읽은 것 해서 남자가 즐거워한다는 건 다 해 보았어."

"너 정말 못됐구나, 쬐그만 기집애가……."

영희는 자신도 모르게 확 달아오르는 얼굴로 그렇게 말하고 고개를 돌렸다. 모니카와 남몰래 함께 읽은 잡지의 성관계 기사가 문득 떠오른 것이었다. 그러나 모니카는 낯색 하나 변하기는커녕 더욱 진지해지며 물었다.

"그래, 바로 그거야. 오빠도 걸핏하면 나를 그렇게 몰아대는데, 못됐다는 게 뭐야? 쬐그만 거는 또 뭐고? 오빠는 왜 그게 그렇게 싫은 거야?"

"너 지금 몇 살이야?"

"열일곱 살."

"신분은?"

"학생이지 뭐."

"그것도 겨우 고등학교 2학년이지? 그런데 남자하고 어울려 자

고도 못된 게 아냐? 그건 어른이 되어 결혼한 뒤에 그래야 한다
는 것도 몰라?"

영희는 거기까지 기세 좋게 말하다가 갑자기 주춤했다. 그게 왜
나쁜가를 설명하려 들자 자신도 까닭을 모르고 있음을 깨달은 것
이었다. 그런 영희에게 모니카가 더 기막힌 걸 물었다.

"그럼 남자 어른들은 왜 나한테 그래? 남자와 여자가 서로 좋
으면 당연히 그러는 거라면서? 그쪽에서는 그래도 되고 내가 그
러면 못된 거야?"

"남자 어른들이라고?"

"그래, 남은 아파 죽겠는데 그게 날 좋아하기 때문이래. 그런데
나는 오빠가 좋아 오빠하고 그랬는데 왜 못됐다는 거야?"

그 말에 영희는 아연해졌다. 지난 1년 그녀와 사귀면서 어딘가
모자라는 데가 있다고는 느껴 왔지만 그 정도인 줄은 모르고 있었
다. 이건 모자라는 게 아니라 한구석이 숫제 망가져 버렸구나 — 그
런 생각이 들자 갑자지 모니카가 측은하기 짝이 없었다.

"이 기집애, 너 오빠에게도 그 얘기 다 했니?"

영희는 이번에는 까닭 모를 보호 본능에 휘말려 다급하게 물
었다.

"하고 싶지 않았는데 오빠가 하도 캐묻는 바람에⋯⋯."

"바보 같은 기집애. 그런데도 오빠가 다시 널 찾든? 너를 다
시⋯⋯?"

"내가 찾아다녔지 뭐. 싫은 소리는 좀 들어도 끝까지 내쫓지는

않대. 그 뒤에도 서너 번 같이 밤을 지낸걸."

그렇게 되면 그 이상은 영희의 경험과 지식 밖이었다. 아니 오히려 궁금한 것은 영희 쪽이었다.

"너 무서운 애로구나……."

영희는 그렇게 감탄해 놓고 이어 물었다. 명훈의 누이동생으로서나 모니카의 친구로서가 아니라 호기심 많은 열여덟의 처녀로서였다.

"그런데 너 정말로 알아?"

"뭐 말이야?"

"소설 같은 데 많이 나오잖아? 남자와 여자가 잘 때 정말로 그렇게 황홀하고 어쩌고 해?"

"실은 나도 그걸 모르겠어. 그저 괴로울 뿐이야. 물론 갈수록 참을 만해지지만."

"그럼 왜 오빠를 따라다녀 가며 그랬어?"

"그게 사랑한다는 표시라니까. 실은 오빠하고 그러고 있으면 그 순간만은 오빠가 나를 사랑하고 있다는 게 확실하게 느껴지는 것도 같아. 그 확인하는 기쁨 때문에 오빠가 어지간히 모질게 굴어도 참을 수가 있어."

그렇게 되면 이제는 영희가 더 물을 것도 없었다. 기껏해야 모니카가 이미 딴 남자와 그런 짓을 한 줄 알면서도 오빠가 어떻게 용서했을까, 하는 따위 처녀다운 궁금증이 더 있었지마는 그 대답도 이해할 수 있는 범위 밖이었다.

"그렇게 사랑을 확인하는 데서 기쁨을 느낀 것은 오빠가 처음이었거든. 그전에는 그저 겁났을 뿐이었어. 그러니까 진짜는 오빠하고가 첨이라는 얘기를 해 줬어. 오빠는 '그럼, 네가 뭐 테스냐?' 하고 핀잔을 주었지만 전처럼 화내는 것 같지는 않대. 그리고 그 담부터는 그 얘기는 일체 꺼내지 않았어."

이번에는 영희보다 열 살은 더 많은 여자처럼 모니카가 그렇게 대답했다.

"테스가 뭔데?"

"나중에 형배오빠에게 물었더니 영국 소설에 나오는 여자래. 나쁜 남자의 꼬임에 빠져 정조를 잃었다던가?"

그러나 영희에게는 모니카와 테스가 아무래도 연결되지 않았다.

그날 모니카는 거의 열한 시가 다 되어서야 일어났다. 영희가 망연해서 입을 닫고 있자 여느 때 같지 않은 꼼꼼함으로 명훈이 좋아하는 것과 싫어하는 것을 물으며 두어 시간을 더 보낸 그녀가 일어서는 걸 보고 영희가 다시 불쑥 물었다.

"기집애, 너 또 오빠한테 가는 거 아니니?"

"아냐, 이제 한 번만 더 자취방으로 찾아오면 따귀를 때려 쫓겠대."

"그럼 다시는 안 만나는 거야?"

"곧 취직을 하면 연락할 수 있는 곳을 알려 준댔어."

"취직?"

거기서 영희는 문득 긴장해 물었다.

"어디 곧 취직이 될 건가 봐. 그저께는 돈도 많던데……."

모니카가 대수롭지 않다는 듯 아는 대로 대답했다. 그러나 영희는 갑작스레 불길한 예감에 사로잡혔다. 모니카가 말하는 그날 아침도 명훈은 자기에게 와서 5백 환을 얻어 갔기 때문이었다. 그 전날 온 어머니의 편지는 고향의 산이 반값에 내놔도 안 팔린다는 걱정만 늘어지게 하고 있었고.

"취직은 누가 시켜 주는 거래?"

"몰라. 학교를 마칠 때까지만이라던데……."

모니카는 그렇게 말하며 종이우산을 폈다. 그러나 영희는 이제 전과는 또 다른 이유로 망연해져 그런 모니카를 보고만 있었다.

"잘 있어. 내일 일 없으면 연락할게. 우리 「카사블랑카」나 같이 봐. 험프리 보가트와 잉그리드 버그만이 주연이래."

모니카는 그렇게 말하고 그새 비바람이 밎은 바깥으로 우산을 받으며 나가 버렸다.

모니카가 나간 뒤 영희는 잠시 오빠 명훈을 생각했다. 밀양엘 내려갔다가 다시 고향에 들러 신체검사를 받고 돌아온 명훈은 한 동안 제정신을 되찾은 듯했다. 푹푹 찌는 듯한 자취방에 틀어박혀서 찢어 팽개쳤던 책들을 다시 구해 뒤적이는가 하면 이리저리 뛰어다니며 일자리를 구하려고 애쓰기도 했다.

"안 되면 아이스케키 통이라도 메고 나서야지. 가을 겨울에는 찹쌀모찌 장사라도 하고……."

대단찮은 알음이나마 몇 군데 부탁을 넣었던 일자리가 모조리 어그러져 버린 뒤에도 영희에게라기보다는 스스로에게 다짐하듯 그렇게 말하곤 했다. 그리고 틈틈이는 박치과에 아주 들어앉은 영희를 애처로워하는 자상함까지 보였다.

　"잠자리는 불편하지 않냐? 병원 일 때문에 네 공부가 너무 방해받지는 않아? 조금만 참아. 고향 산이 팔리든지 내가 좋은 일자리만 구하면 그날로 박치과를 그만두는 거야. 여잘수록 제대로 공부해야 되는데……."

　그런데 며칠 전부터 오빠는 또 달라지고 있었다. 틈날 때마다 자취방에 들러 주인아주머니에게서 들은 말은 꼭 두 달 전으로 되돌아간 듯했다. 자주 술에 취해 돌아오고, 취직이 된 것도, 학교에 나가는 것 같지도 않은데 하루 종일 바깥에 있다가 통금 직전에야 자취방으로 돌아온다고 했다.

　그런데 조금 전 모니카의 말을 듣고 보니 아무래도 무슨 일이 난 것 같았다. 모니카를 좋아하지도, 가엾게 여기는 것 같지도 않으면서 거듭거듭 그녀와 어울리는 불성실함이나, 모니카가 보았다는 출처를 알 수 없는 많은 돈이 자꾸 영희에게 불길한 상상을 불러일으켰다. 안동에서 날치 오빠와 어울려 다니던 때의 기억이 뼈대가 되어 짜 맞추어진 상상으로, 그 끝은 언제나 명훈이 온몸에 쇠사슬을 감고 컴컴한 감옥에 처박히는 광경으로 맺어지는 것이었다.

　'안 되겠어. 오빠에게 다녀와야겠어.'

갑자기 불안해져 견딜 수 없게 된 영희는 잠자리를 마련하기 위해 군용 야전침대를 펴려다 말고 시계를 보았다.

밥 주기를 깜박 잊어 대기실 옆 벽에 걸려 있던 시계는 아홉 시 십오 분 어름에서 멎어 있었다. '축(祝) 개업. 증(贈) 친우 일동'이란 글씨가 시계 유리판에 흰 페인트로 씌어 있는 커다란 벽시계였다.

아무래도 무턱대고 나서기에는 통금 시간이 너무 가까운 것 같아 영희는 다시 라디오를 켰다. 어차피 시계도 맞추어 두어야 할 판이었다. 다이얼을 HLKA에 맞추자 약한 잡음과 함께 일기예보가 나오고 있었다.

"제17호 태풍 사라호가 드디어 남부 해안에 상륙했습니다. 중심 기압은 9백 6십 밀리바, 초속 30미터의 강풍과 폭우를 동반한 태풍으로 중부까지 영향권에 들게 되었습니다. 국민 여러분께서는 가일층 일기예보에 주의를 기울이도록 해 주십시오……."

그러나 경보가 끝나도 시간이 나오지가 않아 조바심을 내고 있는데 마침 사이렌이 울렸다. 특별하게 표시가 나는 것은 아니었지만 영희는 그게 예비 사이렌이라고 단정했다. 아무래도 열두 시까지는 되지 않은 것 같았기 때문이었다.

삼십 분이면 자취방에 들러 명훈과 한 십 분은 얘기하고 돌아올 시간이 된다 싶어 영희는 얼른 병원 문을 잠그고 밖으로 나갔다. 원장 댁에서 알면 병원을 비워 둔 걸 싫어하겠지만, 경우에 따라서는 자취방에서 오빠와 자고 통금이 해제되는 대로 돌아올 수도 있었다.

밖은 다시 빗방울이 후둑후둑 듣고 있었다. 영희는 뛰듯이 어두운 골목길을 지나 자취방으로 갔다. 언덕길로 접어들면서 방에 불이 꺼져 있는 게 보였으나 그녀는 내처 달려가 대문을 두드렸다.

명훈은 나오지 않고, 추석빔이라도 마련하고 있었던지 그때껏 깨어 있던 주인아주머니가 나와 물었다.

"영희 학생이 밤늦게 웬일이야? 명훈 학생이 어제부터 안 들어오길래 나는 또 둘이 고향에라도 내려간 줄 알았지. 그런데 학생은 안 갔어?"

"네."

영희는 그렇게 대답했으나 온몸에서 힘이 쭉 빠지는 것 같았다.

"들어와. 왜 거기 엉거주춤 서 있어? 어디 못 올 집에 왔나?"

그런 영희를 보던 주인아주머니가 한쪽으로 비켜서며 말했다. 영희는 방으로 들어가 거기서 자며 오빠를 기다릴까도 생각해 보았다. 그러나 이내 마음을 바꾸고 그대로 돌아섰다. 오빠가 그날 밤으로 꼭 돌아오리라는 보장도 없거니와, 왠지 비워 두고 온 병원이 갑자기 불안스러웠다.

오랜 세월이 지난 뒤에 영희는 이따금씩 그날 밤을 떠올리고, 꼭 회한에 차서라고 할 것까지는 없으나 쓸쓸한 표정으로 뇌까리곤 했다.

'그날 밤 그대로 그 자취방에 눌러앉기만 했어도 내 삶은 달라졌을지 몰라. 그런데 그 뭣에 씌어 빗길을 되돌아갔는지⋯⋯.'

그 '뭣'은 말을 달리하면 아마도 운명 같은 게 될 것이다. 그리고 그 운명은 먼저 놀라움의 형태로 되돌아온 영희를 맞았다.

통금까지는 여유가 있었지만 까닭 없이 다급해진 영희가 골목 길을 달려 내려와 병원으로 뛰어들 때였다. 주먹만 한 미제 자물통이 걸려 있는 병원 출입문께에 누군가 음산하게 붙어 서 있다가 휙 돌아섰다. 짙은 어둠 속에서는 사람의 얼굴도 인광(燐光)을 쏟아 낸다는 걸 영희가 경험한 것은 그때가 처음이었다. 둥글고 희미한 그 빛다발은 야릇한 귀기(鬼氣) 같은 것으로 영희를 오싹하게 했다.

"누, 누구세요?"

영희는 하마터면 비명을 지르고 주저앉을 뻔하다가 겨우 버텨서며 물었다. 코끝을 쏘아 오는 독한 술 냄새와 함께 귀에 익은 목소리가 들렸다.

"나야, 문 좀 열어."

박 원장이었다. 가까이서 보니 어둠 속에서도 눈에 띌 만큼 심하게 건들거리고 있었다. 그러나 그가 박 원장임을 알아본 뒤에도 영희의 두려움과 떨림은 그치지 않았다. 손이 후들거려 열쇠를 자물통에 끼워 넣기 어려울 지경이었다.

영희가 좀 진정이 된 것은 병원 안으로 들어와 불을 켠 뒤였다. 박 원장은 어디를 어떻게 돌아다녔는지 온몸이 물에 빠졌다 나온 것처럼 젖어 있었다. 그러나 비틀거리는 걸음걸이에 비해 얼굴은 창백하기만 했다. 심장이 얼어붙는 듯한 조금 전의 그 두려움이 스러지고 점차 까닭 모를 애처로운 느낌에 젖어 들며 영희가 수건을 찾아 내밀었다.

"필요 없어."

박 원장은 평소답지 않게 거친 말투로 손을 내젓고는 자기 자리로 가 가죽 안락의자에 소리 나게 앉았다. 그리고 조금도 취해 뵈지 않는 눈길로 찬찬히 병원 안을 둘러보았다. 마치 전혀 낯선 곳에 와 그 모든 게 신기하다는 듯이.

이윽고 그의 눈길이 머문 곳은 책상 위에 눕혀져 있는 세모 기둥의 명패였다. 검은 옻칠을 한 바탕에 '원장(院長) 박현상(朴賢相)'이란 글자를 자개로 박은 것인데 한 자 남짓한 길이였다. 한동안 그걸 쏘아보던 그의 입가에 문득 일그러진 미소가 떠오르는가 싶더니, 영희가 미처 말릴 틈도 없이 그가 그 명패를 잡고 책상 모서리를 내리쳤다. 요란한 소리와 함께 명패가 두 동강 나며 그 한 동강이가 시멘트 바닥을 뒹굴었다.

"선생님, 왜 이러세요?"

영희가 이번에는 또 다른 종류의 두려움에 질려 오들오들 떨며 물었다.

그제야 박 원장은 영희가 거기 있음을 알아본 듯 흠칫하더니 이내 뜻 모를 웃음을 피식 흘렸다.

"흠, 영희였구나. 그렇지, 여긴 내 병원이지. 좋아, 너 요 앞 가게에 가서 술 한 병 사 와. 소주하고 오징어면 돼."

박 원장이 갑자기 주머니를 뒤지더니 집히는 대로 백 환짜리 한 움큼을 책상 위에 내놓으며 말했다. 이번에는 영락없이 고주망

태가 된 술꾼이었다. 그게 언제 거친 주정으로 바뀔지 몰라도 우선은 그의 태도가 부드러워진 데 조금 마음을 놓은 영희가 조심스레 말해보았다.

"벌써 통금 시간이에요. 약주는 집으로 돌아가셔서 더 드시도록 하세요."

그러자 박 원장의 안색이 금세 싸늘하게 굳어졌다. 목소리도 완연히 시비조가 되어 영희에게 쏘아붙였다.

"집이라고? 그것도 돌아가 술을 더 마실 수 있는 집이라고? 흥, 내게 그런 집이 어딨어? 잔소리 말고, 술이나 사 와."

그러고는 한층 더 비틀린 목소리로 덧붙였다.

"하기야 이 근처 어디 처갓집은 있지. 술 한잔 걸치고 들어가면 장인 장모에 처제까지 나서 사람을 개 몰 듯하는 처갓집 말이야. 그러니 여기서 한잔 더 하고 가야겠어. 어서 갔다 와."

그 소리에 영희는 갑자기 마음이 약해졌다. 거기다가 저물 무렵의 미안함까지 불쑥 떠올라 더 말리지 못하고 병원을 나섰다. 가까운 가게는 닫혀 있어 골목 끝까지 갔다 막 돌아오는데 통금 사이렌이 울렸다.

병원으로 돌아오니 박 원장은 전화를 하고 있었다.

"왜 나는 술 먹고 외박도 못 하나? 추석이라고? 그럴 때는 되게 추석을 챙기네. 시애비 시에미한테는 거지 동냥 주듯 돈 만 환 보내는 걸로 때우는 주제에……."

사모님과 말을 주고받는 듯했다. 어디 고급 요정에 틀어박혀 전화를 거는 양하며 한동안 사모님을 약 올리더니 저쪽에서 장모를 바꾸겠다고 하는지 갑자기 목소리를 높이며 전화를 끊었다.

"기생집에서 술 마시는 난봉꾼 사위한테 장모가 할 말은 무슨 할 말이야. 일없어. 잠이나 푹 주무시라고 그래!"

영희는 그런 그 앞에다 술병을 내려놓고 의료 기구를 소독할 때 쓰는 알코올램프에 불을 붙였다. 오징어와 마른 명태 새끼를 굽기 위함이었다. 밉살맞은 사모님을 골려 준다는 데 은근한 쾌감과 공범 의식까지 느끼며 하는 자발적인 봉사였다.

언제나 깔끔하고 예절 바른 그의 몸 어느 구석에 그런 면이 있었던지 박 원장이 이빨로 야비하게 소주병을 따며 영희에게 말했다.

"구울 필요 없어. 스루메(말린 오징어)와 노가리라면 내가 잘 알지. 이것도 어쩌면 내 고향 쪽에서 올라온 것들일 거야. 생짜로 그냥 뜯어 먹는 게 맛이 나아."

그러고는 소주를 병째 몇 모금 마시더니 정말로 마른 명태 새끼를 먼지도 털지 않고 그대로 으적으적 씹었다. 그것 또한 야비하고 천박하기 그지없어 보였지만 영희는 오히려 그 때문에 정이 가고 마음이 놓였다. 처음 한동안 영희는 그의 맵시 있는 차림과 깎은 듯한 태도에서 어쩌면 그의 혈관에는 맑고 차가운 피가 흐르고 있을지도 모른다는 느낌을 받곤 했었다.

정말로 태풍이 지나가고 있는지 이가 잘 안 맞는 나무 창틀이 거센 바람에 요란스레 떨리더니 후드득 하며 유리창에 빗발 뿌리는 소리가 들렸다. 알코올램프를 끄고 엉거주춤 서 있는 영희에게 박 원장이 눈짓으로 환자용 의자를 가리키며 말했다.

"이리 와 앉아, 그 의자 가지고…… 어차피 내일은 병원 문을 안 열 거니까 오늘밤은 좀 늦게 자도 되겠지."

그럴 때는 또 조금도 취한 사람 같지 않았다. 붐비는 진료객들을 혼자서 치다꺼리하느라 하루 종일 제대로 앉아 볼 틈 없이 보낸 뒤였으나 영희는 별로 고단하다는 느낌 없이 박 원장이 시키는 대로 의자를 끌어다 책상 맞은편에 앉았다. 입가로 술이 흘러내리는 것도 모르고 소주를 병째 찔끔거리며 절어빠진 오징어와 명태 새끼를 번갈아 찢어 먹는 박 원장의 볼품없는 모습이 전에 없이 그녀를 푸근하게 만들어 준 까닭이었다.

"서양의 동화와 전설에 이런 유형의 얘기가 있지. 정직하고 가난한 나무꾼의 아들이 화려한 성 안으로 들어가 우여곡절 끝에 마침내 귀부인과 결혼하게 된다는 유형 말이야. 그런 얘기의 끝은 언제나 '그리하여 그들은 행복하게 살았습니다.'지. 그러나 나는 그게 몹시 잘못된 거라고 봐. 도대체 어떻게 그리 되겠어? 나무꾼의 아들에게는 그가 나고 자란 들판이나 숲 속의 문화가 있고, 성 안의 귀부인에게는 또 그녀 나름대로 몸에 밴 성 안의 문화가 있어. 결혼을 할 정도의 나이라면 그들은 적어도 20년 넘게 서로 판이한 문화 속에서 그 몸을 기르고 정신을 만들어 간 거야. 한데 그런 그들이 어떤 특별한 계기로 맺어졌다고 해서 그대로 오래오래 행복하게 살리라고 어떻게 단정할 수 있느냔 말이야. 오히려 열에 아홉, 그들은 불행하게 끝장을 보고 말았다고 추측하는 편이 옳아. 처음의 감격과 열정이 식으면서 나무꾼의 아들은 자기의 아내가 숲 속의 어머니처럼 순종적이지도 헌신적이지도 않다는 데 불만을 품을 것이고, 귀부인은 귀부인대로 자기 남편이 아버지나 옛 구혼자들처럼 강력하고도 세련된 영주나 기사가 아닌 데 불만을 쌓아 갈 거야. 그리하여 후회와 한탄 속에 나란히 늙어 가거나 원망과 미움으로 오래잖아 끝장을 보게 되는 게 그 대부분의 결말이겠지. 아무리 물질문명의 발달을 바탕으로 한 서양의 동화라 해도 도대체가 너무 엉터리야. 재부(財富)의 획득이나 사회적인 신분의 상승을 곧 행복으로 단정하는 어거지란 말이야. 그런데 더 큰 문제는 그런 서양의 동화가 아무런 비판 없이 이 나라 아이들에게도 되풀이 읽히고 있다는 점이야. 벌써 수십 년 전부터 읽히어 수많은 아이에게 비뚤어진 꿈을 심어 주었고, 그 일부는 실제 삶에서 그 미신을 믿은 쓰디쓴 대가를 치르기도 했지. 그 따위 동화는 없애든가 고쳐 써야 돼. 적어도 그들이 행복해졌다고 단정하기 전에 상당한 단서는 꼭 붙여져야 한단 말이야. '만일 한쪽의 문화에 무사히 동화되었다면' 또는 '두 문화가 이상적인 조화에 이르렀거나 최소한의 타협점이라도 찾았다면' 하는 단서를. 아이들이 이해하기 쉽도록 풀어쓴 또 다른 이야기가 계속된 뒤에 그들이 행복해졌다는 결말이 나와야 한다고……."

그날 밤 박 원장이 한 얘기 중에서 영희에게 가장 많은 감동을 준 것은 대강 그런 얘기였다. 점차 혀는 꼬부라지고, 얘기 자체도 상당히 추상적이었지만, 영희는 그가 자신의 얘기를 하고 있음을 이내 알아들었다. 억세면서도 정에 약한 성격이 다시 영희를 동정과 연민으로 가슴 저리게 했다. 실은 터무니없고 위험스럽기까지 한 동정과 연민이었다.

뒷날로 미루어 볼 때 그날 밤 박 원장이 처음부터 어떤 음험한 의도를 가지고 있었던 것 같지는 않지만, 뒤이은 화제는 그런 밤의 정석(定石)대로 흘러갔다.

"차암 이상하지. 마흔이 다 돼 가는 내가 겨우 열여덟의 너를 상대로 이런 얘기를 하고 앉았으니……. 하지만 그러면서도 마음은 이렇게 푸근하고 아늑하구나. 마치 어렸을 적 누님이나 어머님 품에 안겨 있을 때처럼 말이야……."

박 원장은 그렇게 말머리를 돌리더니 이어 어렸을 적 추억으로 돌아갔다.

"소학교 상급반에 다닐 때 이웃집에 좋아하던 누나 하나가 있었지. 작은 방앗간집 딸이었는데 나보다는 두어 살 위였을 거야. 벌써 소학교를 졸업하고 어머니와 함께 아버지의 방앗간 일을 돕고 있었으니까. 이제 생각하면 그리 예쁜 것 같지도 않은데 내가 왜 그렇게도 반했던지. 등굣길에 그 방앗간을 지나다 그녀를 보게 되면 어찌나 가슴이 뛰던지 그 소리가 그녀에게 들릴까 겁이 나 냅다 뛰어 지나가곤 했어. 제법 나이가 들어 — 그러니까 내가 강릉에 나와 중학교를 다닐 때까지도 — 그녀와 결혼해 그 작은 방앗간에서 함께 일하는 꿈을 꾸었을 정도였지. 그런데 영희 네가 꼭 그 누나를 닮았어……."

영희가 조금만 더 세상 물정에 밝았거나 남녀간의 일에 예민했
더라도 그쯤에서 경계를 시작했을 것이다. 그러나 아버지가 없어
진 뒤의 고달프고 쓰라린 10년에도 불구하고 명훈의 지나친 보
호 의식에다 젊고 홀로 된 어머니의 성에 대한 병적인 혐오와 기피
가 겹쳐 오히려 영희를 그 두 편 모두에 어둡게 했다. 거기다가 무
슨 미망처럼 그녀를 사로잡고 있는 그 터무니없고 위험스러운 동
정과 연민은 그렇게 뚜렷하지는 않은 대로 제법 달콤한 동일시까
지 느끼게 했다. 곧 성 안으로 들어가 귀부인과 결혼한 나무꾼의
아들이 일평생 마음속으로 그리워했을, 숲 속에 남겨 두고 온 소
녀와 자기 자신의.

그리하여 그 모든 것으로부터 온 방심은 마침내 취한 박 원장
이 환자 대기용 소파에 모로 쓰러질 때조차도 아무런 위험을 감지
해 내지 못했다. 그날 밤 영희에게 평소와 다른 것이 있었다면 기
껏해야 옷을 입은 채로 야전침대에 누웠다는 정도인데, 그것도 무
엇을 경계해서라기보다는 덮을 담요를 젖은 몸으로 웅크리고 자
는 박 원장에게 뺏겨 자신이 덮을 게 부실했기 때문이었다. 하기
야 원한과도 비슷한 아내에 대한 불만으로 폭음을 하고 새벽 두
시까지 쉴 새 없이 지껄이다가 혼절하듯 잠든 서른여덟의 남자 어
른을 겨우 열여덟의 여자애가 한 남성으로 경계해서 어떤 비상한
수단을 썼다 해도 또한 이상했을지 모르지만.

술을 마시지 않아 좀 더 버티었을 뿐 잠자리에 들어서 곯아떨

어지기는 영희도 박 원장과 크게 다름이 없었다. 그 죽음같이 깊은 잠에 빠졌던 영희가 갑작스레 몸을 타고 누르는 엄청난 무게에 놀라 눈을 뜬 것은 이튿날 새벽 어스름 속이었다. 그 얼마 전부터 이상스러운 스멀거림으로 선잠이 되어 있었는데 무언가 집채 같은 것이 덮쳐 영희를 그 선잠에서 끌어냈다. 아직 잠을 다 씻어 내지 못한 시력과 의식이었지만 그게 사람인 것만은 이내 알 수 있었다.

"으, 누……?"

영희는 본능적인 공포로 힘을 다해 그의 가슴을 떠밀며 얼굴을 쳐다보았다. 그러나 창틀은 희뿌예도 집 안이 아직 어두워 얼굴을 알아볼 수는 없었다. 상대를 짐작조차 할 수 없다는 게 더욱 큰 공포가 되어 영희의 저항을 한층 거세게 했다.

"누구야? 으, 누구……?"

영희의 날카로운 외침이 거기까지 새어 나왔을 때였다. 어둠 속에서 하얀 손바닥이 날아와 영희의 입을 막았다. 이어 뜨거운 입김이 목덜미 근처를 간질이며 귀에 익은 목소리가 소곤거렸다.

"쉿, 조용히 해. 나야."

박 원장이었다. 그제야 영희는 의식이 일시에 확 깨어나며 잠들기 전의 상황이 뚜렷이 떠올랐다. '그래, 맞아. 원장 선생님이 소파에 쓰러져 잠들었지…….' 하지만 아무래도 알 수가 없는 것은 박 원장이 덮쳐누르고 있는 일이었다. 아직 경험은 못 했어도 남자와 여자가 어떻게 몸으로 어울리는가는 영희도 이미 알고 있었다.

그녀 자신도 가끔씩은 어떤 남자와 알몸으로 뒹구는 걸 상상한 적이 있고, 드물게는 설익은 대로 느닷없이 찾아드는 욕정을 자위로 해결해 보려하기까지 했다. 그러나 박 원장과 그런 형식으로 맺어질 수 있으리라고는 전혀 상상조차 해 본 적이 없었다.

자, 어쩐다. 실로 어이없게도 영희는 잠시 낭패한 기분이 되었다. 나중 이런저런 삶의 굽이를 거치면서 그 새벽 박 원장에 대한 영희의 감정은 그때그때 자신에게 유리하게 윤색되어 기억되었지만, 아마도 그 당시는 묘한 균형 속에 있지 않았나 싶다. 그 균형의 한끝은 박 원장에 대한 전체적인 호감이었다. 처음에는 약간 역겹기도 했지만 실은 마음속의 이상과 비슷한 그의 깔끔하고도 귀족적인 용모에 대한 은연중의 흠모와 그가 재능과 노력으로 이룩한 사회적 신분 상승에 대한 경의, 그럼에도 불구하고 인간적인 행복을 움키는 데는 끝내 실패하고 만 것처럼 보이는 그의 삶에 대한 동정과 연민 같은 것들은 영희에게서 매몰차고도 이판사판 저항을 할 힘을 앗아가 버렸다. 그러나 그 균형의 다른 한끝은 또 달랐다. 처녀의 본능적인 공포심과 수치감에다 나이와 신분의 차이가 일깨워 준 그와의 거리감이며, 설령 그 모든 걸 극복한다 해도 마침내는 그런 형식의 맺음이 가져올 불행한 결과에 대한 순간적인 타산 같은 것들이 영희에게 가냘프면서도 끈질긴 저항을 계속하게 했다.

거기 비해 박 원장의 의지는 처음부터 외곬이었다. 한번 발동된 비뚤어진 욕정은 광기처럼 그 충족만을 고집하여 영희의 저항을 꺾어 나갔다. 때로는 벌거숭이 폭력으로, 때로는 달콤한 설득으로.

결과로 보아 둘 모두의 삶에 치명적인 상처를 입히고 만 그 새벽의 격렬한, 또한 쓸쓸한 육체의 맺음을 길게 늘어놓는 일은 그만두자. 운 좋게 성 안의 귀부인을 아내로 맞은 나무꾼의 아들이 아니라, 관료 매판자본이란 요술 막대기 한 토막을 주운 마왕(魔王)의 딸에게 영혼을 팔았을 뿐인 한 시골 수재가, 그 비뚤어진 욕정을 채우기 위해 무분별하게 휘두른 팔다리와 혀의 폭력을 상세히 기술해 본들 무슨 뜻이 있겠는가. 마찬가지로, 불어오는 제국의 바람 방향을 잘못 본 변경의 얼치기 혁명가 또는 잔존(殘存)의 방식을 잘못 고른 구귀족 출신의 인텔리겐치아가 버리고 간 딸이, 제대로 피어나지도 못한 몸으로 처녀를 잃던 순간의 그 놀라움과 당혹, 아픔과 상실감에 대해서도. 혹 있었을지도 모르는, 실은 타락과 부패의 대가에 지나지 않는 박 원장의 가짐과 누림에 그녀가 느꼈을 그 유혹과 기대에 대해서도.

다만 한 가지 얘기해 두어 좋은 듯도 싶은 게 있다면, 그것은 저항을 포기한 순간 언뜻 영희의 눈앞을 스쳐 간 얼굴 정도일 것이다. 상대의 고통에는 아랑곳없이 그 이기적이고 격렬한 몸짓을 되풀이하며 뜨거운 입김을 얼굴에 쏟아붓고 있는 박 원장에게 몸을 맡긴 영희가 갑자기 무슨 회한처럼 떠올린 것은 알 수 없게도 벌써 다섯 달째나 만나 본 적이 없는 형배의 얼굴이었다. 평범해서 짜증 나던 그 얼굴, 그게 문득 애틋한 그리움 같은 것으로 떠오르다 사라져 가면서 한 줄기 눈물까지 흘러내렸는데, 그러나 그 눈물이 누구를 위한 것이었는지는 그녀 자신에게도 뚜렷하지 않았다.

그날 박 원장은 한숨 같기도 하고 신음 같기도 한 깊고 거친 숨결을 마지막으로 영희의 몸에서 내려가자마자 옷을 걸치고 밖으로 나가 버렸다. 나갈 때 잠깐 멈추어 서서 아직도 죽은 듯이 누워 있는 영희를 흘깃 건너보았으나 끝내 입을 열지는 않았다.

영희는 날이 환히 밝고 제법 사람들이 수런거리며 거리를 나다니는 기색이 들릴 때까지도 꼼짝 않고 누워 있었다. 잠든 것도 아니고 무얼 골똘히 생각하는 것도 아닌 멍한 상태였다. 어쩌면 무얼 생각한다는 게 두려워 일부러 스스로를 그런 치매 상태에 던져 주었는지도 모를 일이었다.

그런 영희를 어쩔 수 없이 깨어나고 움직이게 한 것은 갑자기 무슨 폭음처럼 울린 전화벨 소리였다. 영희가 불편한 걸음으로 다가가 송수화기를 드니 대뜸 짜증 섞인 사모님의 목소리가 들려왔다.

"넌 어떻게 된 애야? 열 시가 넘었는데 왜 아직 안 올라오는 거야? 뭐 안 먹고 사는 생불(生佛)이라도 되었어?"

그런데 영희가 그런 그녀에게 전에 없던 공포와 아울러 맹렬한 적의를 느낀 것은 무엇 때문이었을까. 충격에서 깨어난 의식이 처음으로 느낀 게 어째서 그런 닳아빠지고 암팡진 감정이었을까.

"깜박 늦잠을 잤는가 봐요. 곧 올라갈게요."

짐짓 아무렇지 않은 목소리를 지어 그렇게 대꾸할 때는 어떤 악마적인 기쁨 같은 것까지 희미하게 느끼고 있었다.

병원 살림집으로 가니 박 원장은 아직도 돌아오지 않은 듯 처가 사람들은 식구대로 둘러앉아 그를 흉보느라 입이 벌게져 있었다. 특히 노처녀로 굴러먹다 심심해서 유학이나 가 볼까 하며 여기저기 뛰어다니는 큰처제는 박 원장 흉을 본다기보다는 언니를 약 올리는 데 더 재미를 붙이고 있었다.

"형부 혹시 어디 묻어 둔 여자 있는 거 아냐? 인물 반반하겠다, 돈 있겠다. 그래서 공연히 추석 귀성 꼬투리 잡고 막 놀아나는 거 아냐?"

"닥쳐! 찢어진 입이라고 너 함부로 말하는 거 아니다."

사모님은 그렇게 박 원장을 편들었지만 바글바글 끓는 속은 앙칼진 말투만으로도 넉넉히 짐작이 갔다.

영희는 아무것도 모르는 척 못 들은 척 마당을 가로질러 부엌방으로 갔다. 허드렛일을 하는 복상(朴氏)이 추석날인데도 나와 한 상을 푸짐하게 받고 있었다. 식모인 천안댁(天安宅)이 내주는 밥과 국을 받아 입맛도 당기지 않는 수저를 드는데 참지 못한 사모님이 신발을 끌고 부엌방 앞에 와서 영희에게 따지듯 물었다.

"너 바른 대로 말해. 원장님 어떻게 된 거야?"

영희는 그 소리에 가슴이 철렁했으나 이내 그녀가 자신을 의심해서 묻는 게 아니라는 걸 알아차리고 태연하게 말했다.

"어제 말씀드리지 않았어요? 진료 끝나자마자 금고를 몽땅 털어 나가시며 저녁은 우리끼리 먹으라고 하시데요."

"그것 말고 어디 간단 소리는 안 했어?"

"술 마시러 가신다던데요."

"그건 알아. 그런데 어느 술집이야? 너 혹시 몰라?"

"제가 술집을 어떻게 알아요? 왜 무슨 일이 있었어요?"

거기까지 말하고 나니 문득 가슴속에서 잔인한 유혹이 일었다. 이 여자를 좀 괴롭혀 주자, 허파가 뒤집히고 속이 자글자글 끓게. 그러나 그게 왜 자신에게 즐거움이 되는가에는 아직 생각이 미치지 않았다.

"원장 선생님 안에 안 계세요?"

영희가 뻔히 알면서도 그렇게 묻자 짐작대로 사모님은 눈에 쌍심지를 돋우었다.

"넌 귀도 없니? 사람이 아직 돌아오지 않고 있으니까 식구대로 이렇게 걱정하는 거 아냐?"

그렇게 쏘아붙여 놓고는 더 참을 수가 없는지 진저리 치듯 나직이 악을 썼다.

"아휴 이 벼엉신, 머저리, 이걸 그냥……."

영희는 그걸 보며 까닭 없이 고소한 느낌으로 아직은 모래알 같은 밥을 한 숟가락 입안에 떠 넣었다.

박 원장은 식사를 마친 영희가 한 시간쯤 머물러 갑자기 밀어 닥친 그 집의 손님 접대를 돕고 다시 병원으로 돌아갈 때까지도 돌아오지 않았다. 영희는 그게 은근히 걱정되다가도 사모님이 구석구석 팔팔 뛰고 있는 걸 보면 이내 기분이 유쾌해졌다. 그녀로 상징되는 어떤 위기감이 오히려 영희가 그 새벽에 받은 충격을 완화시켜 주는 듯했다.

병원으로 돌아오자 몸은 노곤했으나 정신은 아침과는 달리 말짱했다. 원장 살림집에서 사모님으로부터 받은 야릇한 자극에다 이미 이루어진 일은 어쩔 수 없다는 체념이 겹쳐 조금씩 안정을 되찾은 영희는 아직 펼쳐진 채로인 야전침대에 앉아 가만히 앞일을 생각해 보았다. 그러나 영희가 아무리 현실적이고 적응력이 놀랍다 해도 아직은 아무것도 머릿속에 떠오르는 게 없었다. 어떤 끔찍한 일을 저질렀다는 막연한 느낌에 골치만 지끈거려 올 뿐이었다.

그런데 마침 모니카의 전화가 왔다.

"영희야? 오늘 병원 안 열지?"

모니카는 전과 다름없이 맑고 들뜬 듯한 목소리로 그렇게 물었다. 그날따라 그녀가 가깝게 느껴져 영희는 여느 때와 달리 목소리에서 심술기를 뺐다.

"그래 그냥……."

"그럼 나하고 「카사블랑카」 보러 가. 영화가 아주 멋있대."

그래, 영화 구경이나 하며 욱신거리는 머릿속이나 씻을까. 영희는 잠깐 그렇게 생각하다가 이내 머리를 저었다. 그렇게 보아도 물리지 않던 사랑 영화가 갑자기 심드렁해지며 갑자기 추석 극장의 북적거림에 시달릴 일이 끔찍하게 느껴졌다.

"좋은데…… 오늘은 그만두겠어. 지금 몸이 별로 안 좋아."

"몸이? 그럼 많이 아픈 거야?"

모니카가 호들갑스럽게 목소리를 높였다. 네게 잘 보일 기회는 이때라는 듯이.

"아플달 건 없고…… 그저 안 좋아."

영희가 그렇게 얼버무리고 있는데 갑자기 출입문이 열렸다. 송수화기를 든 채 그쪽을 힐끗 보니 박 원장이 들어서고 있었다.

"저어…… 누가 왔어. 다음에 전화해."

영희는 그렇게 서둘러 전화를 끊고 가만히 박 원장을 살폈다. 어디를 다녀왔는지 어제저녁 그대로의 후줄근한 차림인데 얼굴은 창백하다 못해 푸르스름했다.

그에 대한 감정 가운데는 자못 격렬한 미움과 원망이 없었던 것은 아니었으나 영희는 그런 그를 보자 이내 마음이 약해졌다. 난데없이 가까운 피붙이를 대할 때와 같은 끈끈한 정이 느껴지며 그의 괴로움을 자신에게 유리한 쪽으로만 해석했다.

'괴로워하고 계신 거야. 저분은 진심으로 나를 좋아하셨던 것임에 틀림없어……'

그러자 영희는 갑자기 그와 마주 쳐다보고 있는 게 어색하고 쑥스러워졌다.

어떻게 피해 볼까 해서 눈길을 다른 곳으로 돌리는데 마침 야전침대 위의 흐트러진 홑이불이 눈에 들어왔다. 간밤 담요를 그에게 덮어 주는 바람에 그 한 장을 접어 깔고 덮고 한 옥양목 여름 홑이불이었다.

영희는 그와 대면하고 서 있는 어색함에서 빠져나가기 위해 그 홑이불을 개기 시작했다. 홑이불 네 귀를 맞추어 반듯하게 개어 놓고 다시 야전침대를 접고, 이어 바닥이나 쓸 양으로 바닥에 물을 뿌릴 때까지도 그는 굳은 듯이 서서 영희가 하는 양을 멀거니 바라보기만 했다. 그러다가 영희가 그의 발 앞까지 비질해 왔을 때에야 가만히 영희의 어깨를 잡아 일으켜 세우며 말했다.

"너는 뜻밖에도 강한 아이로구나. 고맙다. 우리 어젯밤이 우리의 삶에 상처로 남지 않게 하기 위해 애써 보자."

그러고는 영희의 이마에 가만히 입 맞추었다. 그 순간 영희는 안도감과 더불어 묘한 행복감까지 맛보았다. 하룻밤 새 10년은 더 산 여자처럼 의젓하고 영악스러워져 그럴 때 그에게 가장 위로가 될 말을 생각해 보았다.

"원장 선생님, 너무 괴로워하지 마세요. 이게 운명이라면 또 그 대로의 길이 있겠지요."

이윽고 영희는 스스로도 은근히 감탄하며 그렇게 그를 위로했다. 하지만 그 운명이 그녀 앞에 펼칠 삶에 대해서는 구체적인 상상은커녕 막연한 예측조차 하지 못하고 있었다.

사라호의 추억

유년의 일들은 언제나 돌연스럽다. 실은 그 일이 구체적으로 모습을 드러내기까지에는 알게 모르게 조짐과 예비와 진행이란 과정이 있었겠지만, 그 시절의 불완전한 의식은 언제나 그 완성된 형태나 결말만 돌연스러움으로 받아들일 뿐이다.

또 유년의 일들은 그 해석과 기억에도 그 시절의 단순성으로 왜곡된다. 세상이 모두 놀이터처럼 보이는 것과 마찬가지로, 거기서 벌어진 모든 일도 그 무렵에 특히 열중했던 놀이 또는 깊이 빠져 있던 관념과 연관되어 해석되고 기억될 뿐이다.

차차 자라 가면서 그 모든 일은 원인과 결말이 가지런해지고, 해석은 객관성을 회복하고 기억은 왜곡에서 벗어나지만, 그러나 이미 그것은 우리의 유년과는 무관하다. 그것은 다만 인상의 종합이며, 기억의 재조정이고, 세월에 부대끼어 닳아빠진 의식의 새로운 왜곡에 지나지 않는다. 성숙 또는 논리란 이름의, 성년(成年)끼리 약속된 어떤 허구에 바탕한.

1959년 9월 17일, 이 땅의 남부 지방을 할퀴고 간 태풍 사라호도 철에게는 바로 그런 유년의 일들 가운데 하나였다. 하지만 나중에 말과 글의 장인(匠人)이 된 철은 미문(美文)으로 이름을 얻은 어떤 산문집에서 성년 사이에 약속된 허구의 규칙이나 그들에게 공통된 인식과 해석에 얽매임 없이 그날의 추억을 그려 내고 있다. 거의 유년의 의식 그대로.

그 태풍은 정말이지, 내게는 갑작스럽기 그지없었다. 그때도 일기예보는 있었고, 어쩌면 그전 하루이틀쯤은 비가 심하게 퍼붓거나 바람이 거세게 불기도 했을 것이다. 그런데 그것들은 어찌 된 셈인지 내 어린 의식을 빗겨 가 그 태풍이, 그 끔찍한, 혹은 신나는 결말로 내 의식을 찔러 왔을 때는 온전히 돌연스럽기만 했다.

그 태풍의 조짐이나 진행을 알아차리지 못하게 한 것은 아마도 그 무렵 들어 한층 더 그 열기와 깊이를 더해 가고 있던 내 어린 사랑이었을 것이다.

"옥경이 어무이, 이번 추석은 따로 채리고 우짜고 할 것 없이 마 우리 집에 오이소. 아아들 다 데불꼬. 서울 있는 큰아아들, 명훈이 하고 영희도 안 내리온다 카이 그기 안 좋겠습니꺼?"

그 며칠 전 들렀던 영남여객 댁 아주머니가 그렇게 말한 뒤로 나는 밤잠도 제대로 자지 못하고 추석날만 기다렸다. 하루 종일 누구의 방해도 받음 없이 명혜와 함께 있을 수 있다는 것, 마음껏 그녀를 보고 느낄 수 있다는 것. 어른 된 지금에조차도 가슴 설렐 만큼 나는 거기에 대한 달콤하고 황홀한 기대에 눈멀고 귀먹어 있었다. 어쩌면 그 전날은 폭풍주의보가 아니라 북한의 선전포고가 있었더라도 나는 알아듣지 못했을는지 모른다. 하물며 비바람쯤이야.

오히려 그때의 기억으로 더 뚜렷한 것은 추석빔으로 어머니가 사주신 바지와 운동화였다. 바지는 녹색 바탕에 검은 얼룩무늬 같은 게 있는 코듀로이로 만든 것으로 어머니가 시장 바닥에서 산 대단찮은 물건이었다. 운동화도 요즈음 학생들의 실내화 비슷한 디자인의 검은 헝겊신으로, 콧등 위쪽에 끈 대신 탄력성 있는 하얀 천 — 거기에 대개 이름들을 썼다. — 이 붙은, 역시 흔해 빠진 물건에 지나지 않았다. 그런데도 그것들이 그토록 기억에 생생한 것은 오직 명혜와의 연관 때문이다. 그 새 바지를 입고, 그 새 신을 신고 명혜를 만나는 상상을 수없이 되풀이하는 동안 문밖을 불어 가는 비바람 소리보다 그게 더 뚜렷이 내 기억에 남게 된 것임에 틀림이 없다.

그날 아침 태풍 사라호가 처음 내 의식을 비집고 들어오게 된 것은 무엇 때문인가로 밖에 나갔던 옥경이가 뛰어 들어와 호들갑스레 지른 소리 때문이었다.

"엄마, 사람들이 피난을 가요."

그 말에 아침 일찍부터 명혜를 만난다는 설렘으로 들떠 설치다가 어머니의 호된 꾸중에 시무룩해 있던 나는 가게 쪽 방문을 열고 골목

길을 내다보았다. 정말로 한 떼의 사람이 무언가를 이고 지고 지나가는 게 보였다. 빗발이 그리 센 것 같지 않은데도 온몸이 물에 젖어 허둥지둥 가는 게 꼭 무엇에 쫓기는 듯했다.

"어이, 최병식, 어디 가?"

앞서의 사람들에 이어 다시 골목길을 지나는 사람들 중에서 한 반 아이를 발견한 내가 물었다. 변전소 옆 모자원(母子院)에 사는 아이였다.

"물이 들었다이. 느그도 피난 준비해야 될 거로."

그 애는 걸음도 멈추지 않고 그렇게 중얼거리며 지나가 버렸다. 그러나 나는 그게 무슨 소린지 얼른 알아들을 수 없었다. 그때 바깥에서 집주인 아저씨와 아주머니가 떠들썩하게 말하는 소리가 들렸다.

"와이고, 대단한 물이따. 봐라, 어딨노?"

"야(예), 무슨 일인교?"

아주머니가 문을 열고 그렇게 되물었다. 아저씨가 무엇을 찾는 것처럼 마당을 왔다 갔다 하며 대답했다.

"강에서 뭣 좀 껀지야(건져야) 되겠다. 선불(과수원이 많던 남천강 상류 땅이름)이 떠내려가는지 사과도 쌔 삐까리고(아주 흔해 빠졌고) 돼지 새끼를 껀진 사람도 있다."

그제야 아주머니가 궁금함을 참지 못한 듯 방문을 열고 나와 물었다.

"물이 글케 많으믄 여기는 괜찮겠습니꺼?"

"하모오. 이 뚝이 어떤 뚝인데……."

아저씨가 긴 대나무 장대 끝에 낫을 묶으며 그렇게 대답하고는 다시 아주머니를 재촉했다.

"봐라, 뭐 하노? 같이 나가자 카이. 뭐든 동 껀지자. 소쿠리 큰 거 하나 들고 따라오이라."

"내참, 뭐시 대단한 기 있다꼬 추석날 아침부터……."

그렇게 빈정대면서도 지름이 한 발은 될 듯한 큰 대소쿠리를 찾아 뒤따르는 아주머니를 보고 나도 벌떡 몸을 일으켰다. 명혜 생각으로 잠시 억눌려 있던 유년의 놀이 충동이 그 아저씨의 몇 마디로 갑작스레 되살아난 까닭이었다.

밀양에서의 추억 중에서 잊을 수 없는 것 중에 하나는 장마철 둑길에 서서 하는 남천강의 물 구경이다. 밤새 비가 내린 날 아침, 시뻘건 강물이 넓은 강바닥을 온전히 메우고 둑길까지 다가와 발밑에서 세차게 흘러가는 걸 보는 것만으로도 나는 벌써 가슴이 뛸 만큼 신이 났다. 어른이 되어 내 말이 때 묻고 공식화된 후에 때때로 나는 그런 광경을 보며 '위대한 자연의 힘'이니 '오, 저 거침없는 여정' 따위 뻔한 묘사를 시도해 보기도 했지만 그때는 이름도 의미도 뚜렷하지 않은, 그저 거대한 감동의 덩어리로서의 흐름이었다.

그러나 솔직히 말해 그 물 구경이 추억의 중요한 부분이 되게 한 것은 그런 감정적인 이유보다는 그럴 때의 강둑이 그대로 유년의 한 특이한 놀이터가 되어 주는 까닭이었다. 그곳에서의 놀이 중에서 가장 재미있는 것은 고기잡이였다. 홍수가 지면 물고기들은 모두 양쪽 강둑에 몰려 거센 물살을 피하는데 나는 대소쿠리나 조잡한 반두로 그들 중에서 재수 없는 놈들을 잡아내었다. 사발무지나 낚시보다 훨씬 소득이 적고 잡힌 고기의 종류도 미꾸라지를 비롯한 잡고기들이기 일쑤였지만 잡는 재미는 다른 어떤 수단을 쓸 때보다 더 나았다. 미끼로 꾀지도 않고 도구로 속이지도 않는 정직한 어로(漁撈)였기 때문일까.

하지만 거기에 못지않은 것이 제대로 된 도구를 가지고 고기잡이를 하는 어른들을 따라다니며 구경하는 재미였다. 아주 물이 많고 물살이 거셀 때 어른들이 주로 쓰는 도구는 커다란 매미채와 같은 삼각형 테를 가진 반두였다. 그들은 그것을 가지고 물이 들어찬 둑 허리를 긁어 내려갔는데 거기서 건져 내는 물고기들은 내가 대소쿠리로 잡을 때와 견줄 수가 없을 정도의 크기였다. 손바닥만 한 붕어나 팔뚝만 한 가물치에 때로는 뱀장어나 자라 같은 게 들기도 했다. 강물이 줄고 황토가 가라앉아 녹회색 물이 강둑 아래 고수부지를 넘실거릴 때 어른들이 주로 쓰는 것은 투망이었다. 그리고 그때는 씨알의 굵기며 물고기의 종류가 달라졌다. 보통 '가잽이'라고 부르는 반두질은 씨알이 들쑥날쑥한 반면 투망에서 건져 올린 고기는 크기가 고르고, 물고기의 종류도 흔히 '뜬고기'라고 부르는 피라미나 누치·은어에, 드물게는 잉어도 끼어들었다.

그때의 반두잡이나 투망꾼은 대개 두엇의 조수를 데리고 다녔다. 다래끼나 물양동이를 들고 건져 낸 고기를 주위 담거나 반두와 그물에 걸린 나뭇가지며 물풀 따위를 떼어 내 주는 게 그 조수들의 일이었다. 그러나 보통은 올망졸망 따라붙은 아이들로 제법 한 동아리를 이루게 마련인데 나는 바로 그 아이들 중의 하나가 되곤 했다.

처음엔 단순한 구경꾼으로 따라나서지만 한참 뒤따르다 보면 자신도 모르게 고기잡이 패와의 동일시에 빠져 함께 기뻐하고 함께 분해하기 마련이었다. 그러다가 마침내 강둑길이 끝나 그들과 헤어져야 할 때면 이따금씩 허망감에 젖는 일은 있어도, 그 허망감이 두 번 다시 그런 구경꾼 노릇을 하지 못하게 하는 법은 없었다.

그다음 장마철의 그 강둑길이 놀이터의 기능을 하게 되는 것은 홍수가 실어 오는 자질구레한 획득의 기쁨이었다. 물이 고수부지를 지나 강둑 발치를 핥을 만큼만 되면 거기에는 틀림없이 상류의 농경지들이 입은 피해가 우리들의 작은 전리품이 되어 떠내려왔다. 수박이나 참외에다 아직은 맛이 덜 든 풋사과와 이런저런 과일들이 때로는 뿌리째 뽑힌 그 줄기들과 함께 붉은 물결을 타고 흐르는 것이었다. 기껏 건져 봤자 상했거나 맛이 안 들어 먹지 못하는 경우가 대부분인 과일이고 힘센 어른들 없이는 땔감으로 만들기 어려운 나무 둥치였건만, 그것들을 건져 낼 때의 기쁨과 자랑은 또 어찌도 그리 크던지. 좀 과장해 말한다면, 그 뒤 내가 맛본 어떤 획득의 자랑과 기쁨도 그때에는 미치지 못했다. 그런데 그 중요한 놀이터가, 더구나 어느 때보다 더 재미있는 놀이가 이미 벌어진 듯한데, 나는 명혜 생각으로 깜박 잊고 있었다.

나는 그제야 겨우 간밤의 심한 비바람을 기억해 내고 그랬는데도 그쪽으로는 생각을 못 한 스스로에게 은근히 화까지 내며 우르르 달려 나가 신발을 꿰었다. 그때만은 명혜도 까맣게 잊어버린 게 결국은 내가 열두 살의 소년에 지나지 않는다는 증명일 것이다.

"야야, 철아, 니 어디 가노?"

담벼락에 기대 세워 두었던 매미채를 찾아들고 대문 밖으로 달려 나가는 내 등 뒤로 어머니의 그런 물음이 따라왔다.

"물 구경 좀 하고요."

나는 뒤도 돌아보지 않고 그렇게 소리치며 강둑을 향해 뛰었다.

"오빠, 나도 같이 가."

한참 달리는데 옥경이 멀리서 그렇게 소리치는 게 들렸다. 그러나 나는 깨끗이 무시하고 그날따라 유난히 길게 느껴지는 골목길을 지나 강둑으로 뛰어 올라갔다.

강둑 위에는 전에 없이 많은 사람이 나와 있었다. 이제 생각하면 걱정이 되어 나온 사람들이었겠지만, 아직은 모든 일을 놀이와 연관 지어 생각하는 내게는 그들 모두가 짜고 나를 그 재미난 놀이에서 빼돌린 것 같아 그저 야속하고 밉살스럽게만 느껴졌다.

강물은 실로 엄청나게 불어 있었다. 그때껏 내가 본 가장 높은 수위는 산책로에 이어진 둑이 4분의 1쯤 잠긴 정도였다. 그러나 그날은 버얼건 물이 강둑의 3분의 2 가까이 올라와 있었다. 동네 바닥이 강물보다 낮다는 게 잠깐 기이한 느낌과 더불어 어떤 위기감을 자극했으나, 내 감정은 곧 나이에 충실했다. 강물을 뒤덮다시피 하고 떠내려 오는 갖가지 표류물에 정신을 뺏겨 버린 때문이었다.

기억의 과장일까, 참으로 온갖 것이 다 떠내려오고 있었다. 어느 정도 바알갛게 익은 사과들과 누런 호박, 새빨간 고추에 나무 함지박이며 비닐로 주둥이가 단단히 처매진 독, 용케 떠간다 싶은 양재기, 사과가 주렁주렁 달린 채 뿌리째 뽑혀 흘러가는 사과나무, 중동이 부러져 잠겼다 떴다 하는 버드나무…….

그러나 무엇보다 섬뜩한 것은 떠내려가는 지붕들이었다. 드물게 함석지붕도 보였지만 대개는 초가였는데, 어떤 지붕에는 박 넝쿨에 하얗게 박이 달린 채였다.

떠내려 보낸 사람에게는 틀림없이 불행이요 재앙이었겠지만, 나는 거의 그런 사람들이 있다는 것조차 의식하지 못하고 그 표류물들 중의 몇 종류를 내 전리품으로 만드는 데 열중했다. 그러나 그런 내 비정(非情)을 탓할 수만은 없는 것이, 주인집 아저씨를 비롯해 나보다 훨씬 나이 들고 지각 있는 어른들도 강둑 군데군데서 나와 같은 열중에 빠져 있었다. 어떤 헤엄 잘 치는 청년은 몸에 긴 밧줄을 매고 제법 멀리까지 헤엄쳐 들어가 값져 뵈는 것들을 건져 오기도 했다.

나는 주로 사과나 배, 고추 같은 작은 과일이나 야채를 건져 냈다. 주인집 아저씨가 장대에 낫을 매어 나가는 걸 보고 덩달아 들고 온 매미채는 그 일에 효율적인 도구가 되어 주었다. 거기다가 기어이 뒤따라온 옥경이도 훌륭히 조수 노릇을 해 적어도 사과만은 어떤 어른에게도 지지 않을 만큼 건져 냈다.

"사람이다. 사람이 떠내려온다!"

"아직 살아 있다! 손을 흔든다…….."

"아이고 저 일을 우야꼬…….."

갑자기 둑길이 그런 소리로 떠들썩해진 것은 내가 막 엄청나게 커

보이는 사과 하나를 건져 냈을 때였다.

사람들이 손가락질하는 곳을 보니 강 한가운데 아름드리 나무가 떠내려가는데 그 밑동에 사람 하나가 매달려 있었다. 너무 멀어 나이를 가늠할 수 없었으나 남자였다. 이따금씩 손을 휘저어 보이는 게 틀림없이 살아 있었다. 강둑 위의 사람들이 저마다 그를 향해 무언가 외마디 소리를 질러 댔다. 격려도 있고, 탄식도 있고, 동정도 있고, 축복도 있었다. 그러나 모두가 말뿐이었다. 몸에 밧줄을 맨 젊은이가 용감하게 그를 향해 헤엄쳐 갔으나 이내 밧줄이 다해 되돌아 나온 것을 유일한 구출의 시도로 하고 그는 차츰 사람들의 시야에서 멀어져 갔다.

"예림다리쯤 가믄 그 나무가 안 걸리겠나? 그라믄 우예 살게 되겠지."

사람들은 그런 희망과 예측을 무슨 변명처럼 하며 저마다 조금 전에 하던 일로 돌아갔다. 그러나 내게는 사람이 떠내려가는 걸 보았다는 게 간신히 기억에 편입됐을 뿐 그의 생사에 대한 걱정이나 그에 따른 어떤 어두운 감정 같은 건 없었다. 오히려 더 인상적이었던 것은 그 뒤 얼마 안 돼 무슨 뗏목 같은 걸 타고 내려온 닭 두 마리였다. 짐작건대 나무로 얽은 헛간 같은 게 지붕만 날아가고 고스란히 물에 떠오른 듯한데, 그 대들보 격인 굵다란 나뭇가지를 횃대로 삼아 수탉과 암탉 한 마리가 꼰들꼰들 졸 듯 떠내려가고 있었다.

"야들이 여다서 뭐 하노? 정신이 있나 없나?"

나와 옥경이가 다시 떠내려오는 것들을 건지기에 열중해 있을 때 우리를 찾아 나온 어머니가 그렇게 나무라는 소리가 들려왔다.

퍼뜩 정신을 차려 돌아보니 어느새 출입 채비를 마친 어머니가 우산을 들고 우리 등 뒤에 서 있었다. 기다리다 못해 나온 듯했으나 생각 밖으로 엄청난 우리의 수확에 짜증을 가라앉힌 얼굴이었다.

"영남여객 댁에는 안 갈 끼가?"

건성으로 다시 한 번 우리를 나무랐지만 관심은 이내 우리가 물에서 건져 둑길에 쌓아 둔 것들에로 돌아갔다.

"이거 참말로 느그가 다 건진 기가?"

어머니가 반 상자쯤 되는 사과와 호박 두어 개, 그리고 빠알간 고추로 이루어진 무더기를 눈짓으로 가리키며 물었다.

"그래, 오빠가 건졌어. 나도 거들었다."

옥경이가 자랑스럽게 대답했다. 그러나 나는 어머니가 영남여객 댁 얘기를 하는 바람에 찔끔 놀라듯 그때까지의 열중에서 벗어났다. 그사이 어느 정도 놀이의 욕구가 충족되어서인지 갑자기 명혜 생각이 되살아나며 쓸데없는 짓에 내가 너무 오래 붙들려 있었다는 후회 같은 게 일었다.

"건지긴 했는데 먹어 낼지 몰라."

나는 어느새 자랑과 기쁨을 잃어버린 얼굴로 매미채를 거두며 둑길로 올라섰다. 어머니도 우리에게 권해 가며 그 일을 계속하게 하고 싶지는 않은 듯했다. 대견스럽기는 해도 이걸로 됐다는 것 같은 표정으로 내 말을 받았다.

"먹기야 왜 못 먹을로마는 고마 가자. 영남여객 아주무이가 기다리겠다."

그리고 치마폭에 사과를 싸 담았다. 나도 윗도리를 벗어 나머지를 쌌으나 한꺼번에 나르기에는 너무 많았다. 한 모퉁이가 깨져 물이 든 듯한 호박 하나와 아직 새파란 사과들을 버리고도 옥경이까지 치마폭에 사과를 싸 담아 비칠거리게 되어서야 우리는 강둑을 떠날 수 있었다.

그런데 우리가 강둑에서 한 3백 미터쯤 되는 집에 들어섰을 때 벌써 일이 나 있었다. 어디서 밀려왔는지 모르는 벌건 흙물이 발목까지 찬 마당에서 리어카를 대 놓고 옷가지와 이불 뭉치를 싣고 있던 집주인 내외가 우리를 보고 다급하게 소리쳤다.

"아이고, 속도 좋심더. 물이 막 밀리드는데 어데 갔다 옵니꺼?"

조금 전까지도 내외가 강둑에 들러붙어 무엇이건 닥치는 대로 건져 모으고 있었는데 어느새 돌아와 짐을 싸는 중이었다.

"물이 들다이, 무슨 물 말인교?"

어머니가 알 수 없다는 듯 물었다. 집주인 아주머니가 답답해하는 얼굴로 말했다.

"물은 뭔 물이겠는교, 큰물이제. 발목까지 차도 모르겠습니꺼?"

"그라믄 둑이라도 터졌단 말입니꺼?"

어머니가 아무래도 실감이 나지 않는지 사과가 굴러떨어지지 않게 툇마루에 조심스레 치마폭을 풀어 놓으면서 물었다.

"둑은 안 터졌지만 맘산 쪽에서 물이 거꾸로 차 올라온 거라요. 거기는 둑이 없으이께는…… 벌써 변전소도 잠겼고 잠실도 지붕만 남았다 안 캅니꺼. 어서 빨리 짐이나 싸이소. 여기도 우예 될지 몰라예."

그제야 어머니도 약간 위기감이 드는 듯했다. 벌써 문을 닫은 거나 진배없는 가겟방의 남은 상품들을 주섬주섬 한 보따리에 싸고, 앉은 뱅이 재봉틀을 제 상자에 넣었다. 나도 갑자기 다급해져 책가방을 챙겼다. 이어 옷 보따리를 싸고 이불을 꾸리는 어머니를 거들고 있는데, 제 책가방만 달랑 챙겨 마당에 나가 있던 옥경이가 급한 소리를 냈다.

"엄마, 빨리 나와. 물이 벌써 신다리(허벅지)까지 찼어!"

그 소리에 놀라 바깥을 보니 어느새 물은 툇마루 가까이 차올라 있었다.

"안 되겠다. 틀(재봉틀)만 가지고 가자. 이래다가는 참말로 큰일나겠다."

그새 싼 보따리를 방 한구석에 아무렇게나 재 놓은 어머니가 재봉틀 상자를 머리에 이고 나서며 말했다. 이미 하늘에서는 비 한 방울 듣지 않는데 신기하게도 물은 순간순간 불어나 우리가 강둑에 이르러 내려다보았을 때는 벌써 집이 3분의 1쯤이나 잠겨 있었다.

원래 어머니는 재봉틀부터 둑길에 옮겨 놓고 다시 한두 번 더 들러 이불과 옷가지를 가지고 나올 작정이었던 것 같았다. 그러나 물이 밀려드는 속도가 의외로 빠름을 알자 자질구레한 물욕보다는 갑작스러운 위기감에 휘몰리기 시작했다.

"빨리 뱃다리거리로 가자. 어서 다리를 건너야겠다. 삼문동은 원래가 섬이었다 안 카나? 우야믄 전부가 몽땅 물에 잠기 뿔지도 모리겠다."

그런 소리로 우리를 재촉하며 앞장서서 뱃다리거리 쪽으로 향했다. 그새 둑길은 사람들이 급히 끌어내다 얹어 둔 이런저런 세간과 옷가지가 즐비했다. 거기서 내려다보이는 삼문동도 온통 물바다였다. 지붕만 남은 집들을 빼면 골목이고 채전이고 없이 버얼건 황톳물로 뒤덮여 있었다.

아직도 무슨 큰일이 났다는 느낌보다는 더 재미있고 신기한 놀이를 시작하는 듯한 느낌에 빠져 있던 내가 그런대로 어떤 위기감을 느끼게 된 것은 뱃다리거리에 이른 뒤였다. 경찰과 소방대원 들이 다리 양쪽에 서서 출입을 통제하고 있었는데, 그들의 날카로운 호각 소리가 비로소 나를 유희적인 기분에서 끌어냈다.

"위험합니다. 되도록 다리 통행은 삼가는 게 좋겠습니다."

일없이 다리 위에 서서 물 구경을 하는 사람들을 손짓으로 불러내며 경찰이 마이크로 외치는 소리였다.

"아이다, 우예튼 동 다리를 건네자. 빨리 따라온나."

어머니가 길을 막는 그들을 헤치고 앞장서며 다시 우리를 재촉했다. 그때까지는 아직 그렇게 위험하지는 않았는지 경찰과 소방관 들도 억지로 통행을 막지는 않았다.

그런데 그 다리를 건너는 데서 또 알 수 없는 기억의 고집이 끼어들었다. 다리 한가운데 왔을 때 다리가 마구 흔들리기 시작한 게 그랬다. 마치 널빤지에 사람을 얹어 놓고 마구 흔들어 대는 듯 심한 요동이었다. 어머니가 머리에 재봉틀 상자를 인 채 술 취한 사람처럼 비틀거리며 앞서 가던 모습이 지금도 눈앞에 생생하다.

나중에 토목공학을 한 친구에게서 들은 얘기로는 그 다리가 설령 현대의 특수 공법으로 세워졌다 해도 그렇게 사람이 비틀거릴 정도로 심하게 흔들릴 수는 없다고 한다. 그런데 그 다리는 지금부터로 치면 놓은 지 50년에 가깝고 그때도 벌써 20년이 넘는 평범한 시멘트 다리였다. 호루라기와 마이크 소리로 느닷없이 다급해진 내 의식이 과장을 일으켰거나 어디 딴 곳에서 경험한 흔들림과 그 다리를 건널 때의 기억이 잘못 결합된 까닭인 듯싶지만 어쨌든 30년이 다 돼 가는 지금도 거의 발을 붙이기 힘들 정도로 심하던 그 콘크리트 바닥의 흔들림은 내 발바닥에 생생하다.

다리를 건너고 보니 읍내 쪽 둑가에 사람들이 하얗게 붙어 서서 물 구경을 하고 있었다. 삼문동 사람들과는 달리 웃고 떠들고 하는, 그야말로 물 구경이었다. 똑같은 물이 보는 사람의 입장에 따라 그렇게 달라질 수 있는가 하는 게 어린 마음에도 좀 이상했다. 하지만, 그런 그들에게 분노나 야속함을 느끼는 데까지는 가지 못했고 오히려 나까지도 차츰 그들의 떠들썩한 분위기에 말려들어 갔다.

영남여객 댁도 읍내 쪽 다릿목 둑가에 모여 섰던 사람들의 분위기와 크게 다르지 않았다.

"아이고, 옥경이 어무이, 거기 물이 들었다미 우째 됐습니꺼?"

재봉틀을 이고 함빡 젖은 채 우리 남매와 함께 들어서는 어머니를 보고 아주머니는 그렇게 놀란 시늉을 지었고, 멀찍이서 어머니가 과장 섞어 하는 물 얘기를 듣고 있던 아저씨도, "아이고, 그러믄 큰일이네. 수해가 많겠심더." 하며 걱정하는 표정을 지었으나, 부엌 쪽의 음식 냄새나 조그만 선물 꾸러미를 들고 오락가락하는 사람들은 그대로 넉넉하고 평온한 명절 아침을 보여 주고 있을 뿐이었다.

명혜와 병우는 2층으로 물 구경을 가 있었다. 둑길은 위험하다 해서 나가지 못하고 집 안에서도 남천강을 바라볼 수 있는 2층에 올라가 있었던 것인데, 그 애들에게도 그 강의 범람은 명절날 아침의 특별한 눈요깃감에 지나지 않았다.

우리 남매를 반겨 맞는 그 남매의 화사한 추석빔이 갑자기 물에 젖어 시커먼 색이 된 내 코듀로이 바지를 돌아보게 하면서 나를 비참한 기분에 젖어 들게 했다. 거기다가 방금 살던 집이 물에 잠기는 걸 보며 홍수를 피해 쫓겨 온 피난민의 암담함이 갑작스레 나를 사로잡아, 그 며칠 갖가지 즐거운 상상으로 기다려 온 명혜와의 만남은 하마터면 시작부터 어둡게 일그러질 뻔했다.

그런데 그때껏 집 안에만 갇혀 있었던 그 남매의 귀한 집 아이다운 궁금함이 이내 모든 걸 풀어 주었다. 그 애들 눈에 나는 신비하고 모험적인 태풍의 현장에서 싸우다 온 사람이었다.

"철이 히야(형아), 어떻드노? 삼문동이 우예 됐노? 아까 문화원(文化院) 방송 들으니 맘산은 다 떠내려갔다 카데."

그런 병우의 물음에 이어 명혜도 호기심 어린 눈을 반짝이며 물었다.

"철이 느그 집은 괜찮나?"

그 물음들이, 곧 그 애들은 모르는 걸 나는 알고 그 애들이 겪지 못한 걸 나는 겪었다는 어떤 우월감을 끌어내어 내게 큰 힘이 되었다. 이것저것 대답해 가는 동안에 차츰 자신을 되찾게 된 나는 이윽고 무언가를 그 애들에게 베풀고 있다는 기분까지 느끼며 내가 보고 겪은 것들을 이야기하기 시작했다.

일상의 언어와 문학을 구분 짓는 중요한 특징 가운데 하나는 비틀기와 부풀리기에 있지 않나 싶다. 한쪽은 그걸 허풍이나 거짓이라는 이름으로 경원하는 반면, 다른 한쪽은 재능이라고 추켜세우는 까닭이다. 그리고 만약 이러한 논의가 정당하다면 나는 아마도 그때부터 이미 문학의 사람이었던 것 같다.

나는 먼저 물에 떠내려오던 과일들을 한껏 부풀려 말했다. 그날 명혜와 병우는 틀림없이 남천강을 그 표면이 붉고 굵은 사과와 커다란 호박을 비롯한 갖가지 과일들로 온통 뒤덮인 이상한 흐름으로 상상했을 것이다.

나는 또 떠내려가는 집들과 나무들을 과장했다. 그 애들의 상상 속에서는 역시 틀림없이, 아궁이에서는 불이 타고 벽의 못에는 옷가지가 걸린 채로 반쯤 물에 잠긴 집들이, 과일을 주렁주렁 단 나무들과 나란히 초가을의 어떤 평화로운 농촌 마을을 이룬 채 떠내려가고 있었을 것이다.

그런데 나뭇등걸에 매달려 떠내려간 그 사람은 또 왜 그렇게 끔찍하고 비참하게 그려 냈을까. 머리는 터져 피가 흐르고 손발은 다 해어진 채 안간힘을 쓰며 나뭇등걸에 매달린 그 사람을 얘기하면서, 나까지도 그때는 미처 느끼지 못했던 동정과 연민에 뒤늦게 콧마루가 시큰해졌다.

우리 집은 이 세상의 그 어떤 파도보다도 흉흉한 기세로 몰려오는

240

붉은 황톳물에 순식간에 잠겨 버렸고, 변전소 쪽 사람들은 모두 거기 휩쓸려 그때쯤은 구포(龜浦)다리 근처를 떠내려가고 있었다. 우리는 물이 막 턱에 차는 순간에 강둑길로 올라섰으며, 이어 그날의 하이라이트가 되는 뱃다리거리 도하(渡河) 작전이 시작되었다. 우리는 다리 양쪽 끝에 새까맣게 모여 선 경찰의 제지를 뚫고 다리 위에 올라섰는데, 물살에 떼밀린 다리가 어쩌나 심하게 요동치는지 다리 난간을 잡고도 간신히 건넜다…….

그렇게 내 얘기가 끝나자 명혜와 병우도 더 참지 못했다. 아무리 곱게 자란 아이들이라 하지만, 그 굉장한 구경거리를 놓치고 집 안에 갇혀 먼빛으로 붉은 물결만 건너다보고 있을 수는 없다는 생각이 든 듯했다. 거기다가 이번에도 내 충실한 조수가 되어 나를 돕는 옥경이 때문에 그 애들은 더욱 참고 들어앉아 있기 어려웠을 것이다.

"히야(형아), 참말가?"

"그래, 우리 함 나가 보자."

그들이 그렇게 나와서야 나는 비로소 지나쳤다 싶었으나 걱정할 일은 없었다. 종숙이 누나가 나와 옥경이를 부르러 온 까닭이었다.

"철아, 옥경아, 거 있나? 너 아침 안 먹었다며? 어서 와서 아침 먹거래이."

그 소리를 들은 내가 뻔뻔스레 그 애들의 말을 받았다.

"그래, 밥 먹고 한번 나가 보자. 하기야 그때까지 내 얘기대로 똑같을지는 모르지만……."

그러자 그 애들은 우리를 따라 우르르 2층에서 뛰어 내려왔다.

어머니와 우리 남매가 늦은 아침을 먹는 밥상머리에 붙어 앉은 그 애들은 그새를 못 참아 어머니에게 덤볐다. 마침 그 곁에 있던 아주머니도 신기한 듯 아이들의 말을 받아 같이 물어 댔다.

그런데 알 수 없는 것은 어머니였다. 삼문동 쪽 강둑에서 바라본 강물이나 집을 빠져나올 때와 뱃다리거리를 건널 때의 정경을 묘사하는 것이 나와 조금도 다르지 않았다. 특히 홍수에 떠내려간 사람은 어머니가 보았을 리 없는데도 나보다 훨씬 생생하게 그려 내는 것 같았다. 그게 재난을 당한 사람들에게 공통된 과장 심리 때문인지 아니면 핏줄을 따라 그녀로부터 나에게로 전해진 어떤 천품인지는 알 수 없지만, 쉬 잊히지 않는 묘한 경험이었다.

모두의 안전을 책임지기로 한 내가 그 애들 남매와 옥경이를 데리고 물 구경을 하기 위해 그 집을 나선 것은 열 시가 가까웠을 때였다. 나는 이제 허풍을 떨었다는 데서 온 죄책감이나 두려움을 거의 느낌이 없이 그 애들을 데리고 뱃다리거리 쪽으로 갔다. 완전히 출입이 금지된 다리며 그 입구에 서 있는 경찰 두엇과 소방대원이 내가 한 말에 최소한의 근거는 되어 주었다. 그러나 나머지는 신통치가 못했다. 강물은 이미 불어나는 기세가 꺾여 수위가 조금씩 내려가는 중이었고, 그새 떠내려갈 것은 대강 다 떠내려갔는지 물빛도 그저 버얼건 황톳색일 뿐 그 위에 떠 있는 것은 별로 눈에 띄지 않았다.

"아이, 강에 아무것도 안 없나?"

물 구경을 시작한 지 얼마 되기도 전에 병우가 먼저 그런 불평을 쏟아 냈다. 말은 안 해도 명혜 역시 적이 실망한 눈치였다. 나는 다급하고 또 억울했다. 내가 다소간 과장을 한 것은 틀림없지만, 온전히 거짓말을 한 것은 아니었는데, 갈 데 없는 거짓말쟁이가 될 판이었다.

그런데 그때 생각지도 않은 구원이 왔다. 갑자기 사람들이 상류 솔밭 쪽을 가리키며 소리쳤다.

"저기 뭐꼬? 사람 아이가?"

"맞다, 사람이 지붕을 타고 떠내려온다!"

그 소리에 놀란 우리는 일제히 그곳을 바라보았다. 정말로 사람이었다. 무언가 뗏목 같은 것을 타고 물살에 흔들리며 빠른 속도로 다가오고 있었다. 가까워지는 것을 보니 뼈대만 남은 목조 가옥의 용마루에 올라탄 젊은 남자였는데 하늘색 윗도리가 매우 인상적이었다.

"와아!"

사람들이 그런 뜻 모를 함성을 질러 놓고 저마다 목청껏 외쳐 댔다.

"어이, 힘내라 힘내!"

"다리(橋) 다리(脚)를 잡도록 해 봐."

"물가로 와, 물가로!"

"밧줄 없나, 밧줄!"

하지만 힘 내라는 소리 외에는 그 어느 외침도 소용이 없었다. 그 빠른 물살 속에서 어떻게 교각을 잡을 수 있으며 잡는다 한들 거미나 지네가 아닌 다음에야 무슨 수로 굵은 시멘트 기둥을 기어오른단 말인가. 물가로 나오라는 것도 터무니없는 주문이었다. 그가 탄 것이 온전한 배고 노가 갖춰져 있다 해도 그 물살을 헤치고 밖으로 나가기는 어려운데, 엉성한 목조 가옥의 뼈대에 맨손으로 걸터앉아 무얼 어떻게 하란 말인가. 그중 가장 이치에 닿는 것은 밧줄인데, 그것은 또 이쪽에서 준비가 없었다. 경찰이나 소방대원은 다리의 통행을 막는 데만 정신이 팔려 미처 그런 사태를 예견하지 못한 것 같았다. 하기야 그걸 예견하고 준비했다 해도 난간과 수면 사이의 3미터 가까운 거리를 물에 떠내려오느라 지친 그 사람이 밧줄에 매달린 채 지탱할 수 있을지는 의문이었지만.

사람들이 소리치고 발을 구르는 사이에도 빠른 물살은 그 젊은 남자를 사람들의 시야에서 속절없이 멀어지게 했다. 그가 올라탄 목재 골조가 부딪칠까 조마조마한 교각과 교각 사이를 용케 빠져나가 이내 삼문동 굽이 쪽으로 떠내려갔다.

그 젊은이가 떠내려간 뒤로 강 쪽에는 이렇다 할 일이 더 없었다. 그러나 나의 난처한 입장은 그걸로 충분히 풀릴 수 있었다. 명혜와 병우는 완전히 감동한 얼굴이었다. 특히 명혜는 금방이라도 울음을 터뜨릴 것처럼 눈물을 글썽이며 몇 번이고 내게 물었다.

"참 불쌍하다, 그자? 저래 떠내리가다가 우예 되겠노……."

그렇지만 그 남자의 앞일에 대한 내 추측은 달랐다. 나는 그가 뼈대만 남은 집 용마루를 타고 흘러가는 걸 볼 때부터 드넓은 미시시피를 뗏목을 타고 흘러내리는 허클베리 핀을 연상했다. 그는 수많은 미지의 땅을 지나 마침내는 대해(大海)에 이를 것이다. 그는 결코 재난으로 떠내려가는 사람이 아니라 스스로 모험을 찾아 떠난 사람이었다. 그리고 거기서 또 하나 다른 사람에게는 없는 기억이 만들어졌다. 우리 앞을 저만치 흘러갈 때 그가 돌연 윗몸을 일으켜 크게 팔을 휘저으며 소리쳤다.

"여러분, 안녕히 계시오……"

나는 그때 그가 튼튼하고 고른 이를 내보이며 싱긋 웃는 걸 분명히 보았다. 나중에는 그 자리에 있던 아이들 셋 모두에게 감염되어 그들까지도 긴가민가해진, 참으로 알 수 없는 기억의 왜곡이다…….

그날 우리는 제법 오래 강둑에 붙어 서 있었던 듯하다. 그러다가 다리에 그려진 양수표(量水標)가 물이 줄어들고 있음을 뚜렷이 보여줄 무렵 해서야 명혜네 집으로 돌아갔는데, 그 애네한테도 끝내 사라호가 강 건너 불은 아니었다. 우리가 돌아가니 집안 사람들이 분주하게 아래층의 세간들을 2층과 정원 높은 곳에 지어진 별채로 옮기고 있었다. 수면이 하수구보다 높아져서 강물이 하수구를 거슬러 올라온 탓이었다. 삼문동과 같이 대단한 홍수는 아니었으나 물은 제법 방바닥을 잠기게 할 만큼 차올라 아래층에 있는 세간들을 젖지 않을 곳으로 옮기지 않으면 안 되었다.

"이야."

대문을 열고 물이 찬 마당으로 들어서면서 병우가 먼저 그런 탄성을 질렀다. 집에 물이 든 걸 걱정하거나 놀라 내지르는 소리가 아니라, 마당을 둥둥 떠다니는 세숫대야며 물바가지, 쓰레기통에다 자개농을 마주 들고 정원 언덕 위의 별채로 분주히 옮기고 있는 어른들을 보면서 신이 나서 지른 소리였다. 세상을 일쑤 놀이터로만 바라보고 거기서 일어나는 일들도 무엇이건 놀잇거리로만 여기는 아이라는 데 있어서는 명혜도 크게 다르지 않았다.

"엄마야, 내 공 내 공……"하면서 마당에 떠 있는 자신의 고무공을 잡으러 가는 명혜의 얼굴에도 어두운 그늘은 없었다. 우리 남매도 그들보다 덜할 것은 없어, 곧 마당은 아이들 넷이 철벅거리며 뛰노는 놀이터가 되고 말았다.

물 위에 떠다니는 크고 작은 그릇들은 모두 병우와 나의 자랑스러운 함대(艦隊)였지만 명혜와 옥경에게는 난폭한 해적선이거나 저주받은 영혼들로 가득한 유령선이었다. 그러나 또한 그녀들도 용감하기 짝이 없는 숙녀들이어서, 느닷없이 그녀들에게로 돌진하는 우리 함대에 질겁을 하면서도 쉽게 모험의 바다를 포기하려 들지 않았다.

죄 없는 유년의 비정(非情)이었다. 하지만 그것도 끝내 용서되지는 않았다.

"야들이 불난 집에 부채질하나, 뭐 하노? 어서 모도 2층에 안 올라가나!"

"참말이데이, 아무리 아아들이라 캐도 우예 저래 철이 없으꼬?"

세간을 옮기는 데 온통 정신이 팔려 있다가 배 삼아 올라탄 함석 다라이가 뒤집혀 병우가 물 허깨비 꼴이 나자 비로소 우리에게 눈길을 돌린 어른들이 저마다 소리쳤다. 그 바람에 우리들은 기가 죽어 2층으로 쫓겨 올라갔지만 그곳도 놀이터로는 부족함이 없었다. 미닫이로 칸막이 된 세 개의 크고 작은 다다미방과 물을 피해 거기다 올려 둔 세간 보통이들이 좋은 은폐물 구실을 해 주어, 전에 않던 숨바꼭질까지 하며 그 오후를 쿵쾅거렸다.

그 뒤의 며칠도 크게 다르지 않았다. 열두 살 소년의 의식으로는 좀 한심스럽지만, 그때 내게는 사라호 태풍이 나와 명혜를 한 집 안에 모아 두기 위한 하느님의 축복으로만 느껴졌다. 라디오는 수십만의 이재민과 수백 명의 사망자를 연일 떠들고, 영남루 밑에 높이 매달린 문화원 마이크도 구호의 손길을 호소함과 아울러 성금을 낸 읍내 유지들의 이름을 무슨 전황(戰況) 발표처럼 되풀이하던 게 기억에 뚜렷한데도, 고통받는 이웃에게까지는 의식의 눈길이 미치지 못했다. 뒷날 명혜가 온전한 추상으로 사라져 버린 뒤에야 겨우 대상을 바꾼 내 미칠 듯한 사랑, 거기에 한번 빠져들기만 하면 세상은 오직 그것을 통해서만 이해되고 인식되는 내 걷잡을 수 없고도 정체 모를 그 격정만으로 그런 사회성의 결여가 다 설명될 수 있을는지. 그러다가 뒷날 내가 '추억의 세 기둥'이라 이름 지은 세 가지 애틋한 추억 중에 하나를 남겨 주는 것으로 태풍 사라호의 기억은 홀연 내 머릿속에서 끊겨 버리고 만다.

아마도 추석으로부터 한 일주일이 지났을 어느 날이었다. 세 들어 살던 집이 나무 기둥만 남고 모두 홍수에 씻겨 가 버려 당장 돌아갈 곳이 없게 된 우리는 그때껏 영남여객 댁에 얹혀살았다. 물은 들어도 이렇다 할 탈이 없는 그 집 방 하나를 빌려 우리 세 식구가 자고, 식사는 함께하는 식이었는데, 어머니에게는 틀림없이 몸과 마음이 아울러 편치 않은 나날이었을 것이다.

"아무래도 끼꿈해(껴림칙해서) 안 되겠다. 아래층에 물이 들었던 방들은 다 구들을 새로 놔야겠다. 겨울이 오믄 탄불(연탄)도 피워야 할

긴데 어디가 우째 됐는지 우째 알겠노? 어차피 도배는 새로 해야 할
낀게 솩 고치뿌라."

그날 아침 밥상머리에서 영남여객 댁 아저씨가 그렇게 말하는 걸
듣고 학교엘 갔다가 돌아오니 집 안은 벌써 난장판이 되어 있었다. 아
래층의 방 셋이 한꺼번에 파헤쳐져 거기서 찢어 낸 방바닥과 벽지며
들어낸 구들들로 좁은 마당은 발 디딜 틈이 없었다.

그 무렵 계속되던 오전 수업(단축수업)으로 하루가 유난히 길어져
놀잇거리만 찾고 있던 우리 넷은 또 신이 났다. 특히 병우와 나는 미
장이 아저씨들이 가지고 있는 연장 주머니에 눈을 파느라 점심상의
밥맛을 잃을 정도였다. 그러나 그런 우리에게 이미 일주일이나 시달
려 온 어른들도 만만치가 않았다. 미처 수저를 놓기도 전에 어머니가
와서 울 듯한 얼굴로 말했다.

"철이 니 잘 듣거래이. 오늘 너(너희들) 중에 하나라도 이 방을 나오
믄 그때는 철이 니가 죽는 줄 알아라. 아이고, 나(나이)가 열둘에 어째
저래 눈치코치가 없을로? 식구대로 남의 집에 얹혀 지내면시로……
내사 너 땜에 바늘방석에 앉은 기분이라. 차라리 교회 바닥에 담요를
쓰고 앉았는 기 낫제……. 철이 니, 알겠나?"

그 어떤 위협적인 말투보다 더 엄한 금족령이었다. 말은 않았지만,
실은 나도 진작부터 어머니의 괴로움을 짐작하고 있었다.

"내 집에 수재민이 있는데 어디다가 기부금을 낸단 말고? 옥경이
어무이, 마음 편히 우리 집에 계시다가 삼문동 집수리 다 끝나거든
돌아가시이소."

영남여객 댁 아저씨는 그렇게 마음의 부담을 덜어 주었고, 어머니도 스스로 식모 아주머니와 일을 나누어 아침부터 밤까지 움직였으나, 철없는 두 아이를 데리고 하는 더부살이가 결코 마음 편할 리는 없었다.

그 바람에 나는 오후 내내 아이들을 방 안에 잡아 두기 위해 가지고 있던 얘기 보따리를 탈탈 털어야 했다. 작은 유리통 안을 움직이는 물방울이 신기하던 수평계(水平計)며 수직을 보기 위한 실 달린 원추형의 쇠뭉치나 하얗게 반짝이는 쇠흙손과 역시 녹 안 스는 쇠로 만든 굽은 자[曲尺] 따위 목수들이 가진 연장의 유혹도 컸지만, 워낙 어머니의 당부가 엄한 데다 명혜가 다소곳이 귀를 기울여 주는 게 힘이 되어 겨우 버틸 수 있었다.

"그런데 철아, 니는 우째 그래 맨날 슬픈 이바구만 하노? 내사 똑 가슴이 미지는(메어지는) 것 같다."

그 무렵 읽은 학원사 소년소녀 명작전집의 얘기 하나를 ─ 아마도 '암굴왕(岩窟王)'이란 제목으로 된 『몽테크리스토 백작』 같은데 ─ 한껏 늘여 끝내고, 명혜가 물기 어린 눈길로 그렇게 항의할 무렵에는 해가 벌써 뉘엿해졌는지 방 안이 어둑해 있었다. 그런데 바로 그때였다. 바깥에서 아주머니가 어머니에게 하는 말소리가 들려왔다.

"옥경이 어무이, 이래 하입시더. 종숙이하고 진주댁은 2층 작은방을 치아 며칠 밤 지내게 하고, 옥경이 어무이는 아이들 넷 데리고 이별채 방을 쓰이소. 우리는 2층 큰방 쪽에 우예 쪼매 자리를 맹글어 보지예 뭐."

아마도 아래층 방들의 구들을 새로 놓아 쓸 수 없게 되자 그날 밤 잘 방들을 분배하는 듯했다. 나도 그때까지는 그러한 방 배치가 내게 어떤 특별한 추억을 남겨 주게 되리라고는 전혀 생각하지 못했다.

저녁을 먹고 오래잖아 잠자리에 들게 되었을 때도 마찬가지였다. 맨 안쪽 벽가에 내가 눕고 그다음에는 병우, 명혜, 옥경이 차례로 해서 문 앞에는 어머니가 누웠다. 아이들이 무서움을 타 양쪽 가장자리를 나와 어머니가 맡게 된 까닭이었다.

나는 한 사람 건너 명혜가 누워 있다는 게 조금 가슴 설레기는 했지만 그 때문에 놀이에 지친 몸이 잠을 못 이룰 정도는 아니었다. 불을 끈 직후의 한 차례 귀신 소동을 마지막으로 나는 곧 다디단 유년의 잠 속으로 빠져들었다.

그런데 알 수 없는 일이 일어났다. 그 새벽이었다. 그때껏 옥경이와 함께 어머니 양쪽에 갈라 누워 젖가슴을 더듬는 버릇이 있던 내 손에 언제부터인가 이상한 느낌이 전해 와 나를 타르처럼 검고 진득진득한 잠 속에서 끌어내었다. 따뜻하고 부드럽고, 그러면서도 어머니와는 전혀 다른 연약함과 가냘픔을 느끼게 하는 묘한 촉감이었다.

아슴푸레 잠에서 깨어나면서 나는 처음 그게 병우거니 하고 손을 거두려 했다. 그러나 알 수 없는 흡인력에 이끌려 손을 거두지 못하고 있다가 어쩌면 명혜일지도 모른다는 생각이 퍼뜩 들며 잠에서 확 깨어났다.

깨어나서 더듬어 보니 틀림없이 명혜였다. 그녀의 스웨터 가슴께에 박힌 플라스틱 구슬이 그걸 확인시켜 주는 순간 나는 갑자기 달아

오르는 얼굴과 쿵쾅거리는 가슴으로 손을 거두었다. 그때 그런 내 손을 잽싸게 잡아 오는 손이 있었다. 나는 깜짝 놀랐다. 만약 그때 내가 서 있었더라면 아마 한 자는 좋게 뛰어올랐을 것이다.

"누, 누구야?"

나는 손을 빼며 얼결에 물었다. 그 작고 보드랍고 따뜻한 두 손이 한층 힘주어 내 오른손을 감싸 쥐며 물었다.

"내가 누구게? 함 맞춰 봐라."

그 말에 뒤이어 까르르 무언가 곱고 영롱한 것이 부서지는 듯한 웃음소리가 들리는 게 틀림없이 명혜였다.

"명혜, 너로구나."

그녀가 벌써 깨 있었다는 데 더욱 부끄러워진 내가 허덕이듯 간신히 그렇게 말하며 힘을 다해 손을 뺐다. 까닭은 모르지만 어머니가 알면 몹시 꾸중을 할 것 같아 진땀이 솟을 지경이었다.

"어디 함 빼 봐라."

명혜가 한층 짓궂게 말하며 내 손을 손목까지 움켜 매달리듯 제 가슴으로 싸안았다. 그 바람에 그녀의 윗몸이 그대로 내게 끌려와 하마터면 내 가슴에 얹힐 뻔했다. 그때 어머니 등 뒤에서 병우가 꽥 소리쳤다.

"엄마야, 귀신이다!"

목소리로 보아 그 애 또한 벌써부터 깨어 있었던 듯했다. 새벽잠에서 깨자 문득 무서운 생각이 들어 방 안의 유일한 어른인 어머니 등 뒤로 붙었다가 우리가 깬 걸 보고 그런 무서운 소리로 우리를 골려 주려 했던 것 같았다.

나는 명혜에게 정신이 팔려 미처 그 귀신이란 소리에 놀랄 겨를조차 없었으나 명혜에게는 효과가 있었다. 이미 내 몸 곁으로 바짝 끌려와 있던 그 애가 갑자기 바르르 떨며 내 가슴속으로 파고들었다. 나는 얼결에 그 애를 받아 안았다.

그때의 그 갑작스럽고 야릇하면서도 또한 걷잡을 수 없었던 내 기쁨이란! 아마도 내가 이 세상에서 한 이성(異性)과의 포옹 중에서 그렇게 뜨겁고도 티 없는 것은 다시 없을 것이다. 그 뒤 나는 여러 여자를 안았으나 그때는 이미 칙칙한 욕정의 그림자가 드리워 있었고, 때로는 성년의 추악한 계산이 끼어들기도 했다.

나는 잠깐 동안, 또는 무한히 긴 시간을, 마치 아무도 없는 어둠 속인 양 그녀를 꼭 껴안고 누워 있었다.

'불이여, 꺼져라. 이 시간을 영원으로!'

뒷날 『파우스트』를 읽게 되었을 때 나는 전율과도 같은 세찬 감격으로 그 구절을 받아들였는데, 내가 진작부터 그 구절을 알고 있었다면 그 새벽에 틀림없이 외쳤을 것이다. 불이여, 꺼져라. 이 시간을 영원으로……

하지만 그것은 조숙한 소년의 과장된 감상이었을 뿐 상대편인 명혜에게는 그리 대단한 일이 아니었던 듯싶다. 나중에 나는 몇 번이나 아이답지 않게 음흉한 기도로 그 새벽의 감격을 우리들에게 공통된 추억으로 정착시키려고 해 보았지만, 그리 성공적이지 못했다. 명혜에게 넌지시 그 일을 상기시킬 수는 있어도 특별한 의미로 그녀의 기억에 새겨 넣는 데는 끝내 실패하고 말았다.

딱하게도 그 뒷일 또한 냉정한 기억으로 따져 보면 그 새벽의 모든 것을 단순한 우발사로 몰아가기에 훨씬 유리하다. 병우의 외침에 놀란 옥경이가 어머니의 가슴을 파고들고, 그 바람에 어머니가 깨어나고 병우의 낄낄거림에 이어 두려움에서 깨난 명혜가 내 품을 벗어나고 갑작스레 병우에게서 전염된 우리들의 낄낄거림으로 시끄럽던 방 안이 어머니의 짜증 난 나무람으로 그쳐지면서 병우가 제자리로 돌아와 모든 것은 끝나고 말았다. 나만 방문이 하얗게 밝아 오도록 잠을 이루지 못했을 뿐 다른 아이들은 이내 새벽잠으로 빠져들었다. 그 아이들, 특히 명혜의 가늘고 고른 코 고는 소리를 들을 때의 까닭 모를 쓰라림만 30년의 세월을 거슬러 추억하는 내 가슴을 저리게 할 뿐이다.

우리가 복구된 삼문동의 셋방으로 돌아간 것은 그 며칠 뒤였다. 사라호가 할퀴고 간 상처는 깊었다. 오이 넝쿨이나 옥수숫대가 줄지어 서고 김장 채소가 한창 피어나기 시작하던 삼문동 들은 황폐하고 지저분한 허허벌판이 되고, 허술한 집들은 처참하게 내려앉아 있었다.

삼문동뿐만 아니었다. 한동안을 밀양 곳곳에서 사라호의 상처가 아물지 않은 채 어린 우리에게 별난 기억들을 남겨 주었다. 집집마다 젖은 옷가지와 이불을 널어 말리느라 허옇던 강둑이며, 용케 견딘 강바닥의 갯버들 가지에 걸려 있던 섬뜩한 천 조각들과 땅콩 줄기나 벼 포기 같은 농작물들, 쭈그러지고 깨어지며 떠내려오다 마침내 강변 자갈밭에 주저앉은 철제 집기들. 그리고 찬물 샘에서 보았던 어떤 농부의 시체. 우리가 흔히 '땅꼬(탱크)바지'라고 부르던, 종아리 부근이 단추로 꽉 죄인 바지에 윗몸은 벗은 채 배가 북채만 해져 찬물 샘의 느린목에 떠 있었는데, 나로서는 철들고 처음 보는 시체였다.

하지만 그것들은 이제까지 주의 깊게 구별해 써 온 대로 그저 하나의 기억일 뿐 추억은 아니다. 말 못 하는 세월과 언제나 한 번뿐이라는 이 세상 모든 일의 특성에다 감정의 과장이 겹쳐 일쑤 왜곡되기는 해도, 주관적으로는 또한 가장 정직한 기억일 수도 있는 추억이란 말로 돌이켜 볼 수 있는 내 사라호는 언제나 그 새벽 명혜의 작고 따뜻하고 부드럽던 몸이 내 가슴에서 벗어날 때로 끝나 있다……

어둠 속의 빛살

추석이 지난 지 얼마 안 되어서인지 관람객은 채로 친 듯 줄어든 뒤로 늘 줄 몰랐다. 오전 상영은 표를 도로 물어 주는 게 나을 정도로 관람객이 없었고, 두 시 상영도 크게 나을 것 같지는 않았다. 표 받기 시작한 지 십 분이 넘었는데도 거둔 입장권은 겨우 스무 장을 채울까 말까였다.

"영화도 역시 미제야. 이거 추석 안 꼈으면 쌩으로 공칠 뻔했잖아."

못에 꽂힌 입장권 수를 눈으로 가늠하며 그렇게 투덜거리는 옥니의 말에 동감한다는 듯 기도 주임이 쇠 난간에 담배를 비벼 끄고 몸을 일으키며 말했다.

"나 저기 당구장에 가 있을 테니 무슨 일이 있으면 저리로 연락해."

더 기다리고 있어 봤자 뻔하다는 말투였다.

그 바람에 극장 입구에는 명훈과 옥니만 남게 되었다. 둘 외에 기도를 거드는 녀석으로는 돼지와 촉새가 더 있었지만, 그들은 진작부터 잡일로 돌려져 거기 없었다.

깡 주임(기도 주임의 성이 강씨인 데다 성깔이 있어 붙은 별명)의 짐작대로 두 시 입장도 쉰 명을 채우기 바쁘게 끝났다. 본 영화 시작을 알리는 벨 소리를 들으며 옥니가 또 툴툴거렸다.

"이거 며칠째야? 빨리 포스터 내려야지, 이래 가지고서야 어디 봉급이나 나오겠어? 노상 꽝이잖아?"

꼭 극장 주인 같은 소리였다. 명훈은 무슨 맞장구를 쳐 주어야겠다고 생각하면서도 얼른 말이 떠오르지 않아 애매한 미소로 옥니를 올려보았다. 옥니보다는 게딱지란 별명이 어울릴 만큼 여드름을 함빡 뒤집어쓴 얼굴 윗부분에 빠끔히 뚫린 두 눈이 무언가를 살피는 듯 명훈을 마주 보았다. 나이는 동갑이지만 그 바닥에서는 벌써 몇 년 굴러먹었다는 녀석이었다. 호남 출신이면서도 사투리가 전혀 남아 있지 않은 것만 보아도 서울 생활이 오래되었음을 짐작할 만 했다.

"야, 간다. 우리 '돼지' 새끼나 여기 불러 놓고 어디 가 한잔 걸치고 오자."

옥니가 다시 그런 책임 못 질 소리를 했다. 깡 주임이 알면 귀싸대기 맞을 소리였다. 눈치 없는 건달들이 입장권 없이 들어가겠다고 어거지를 부리는 시간은 오히려 그 무렵이라는 걸 그새 알게 된 명훈이 고개를 저었다.

"주임도 없는데…… 좀 있다가 봐서……."

명훈이 그렇게 말끝을 흐리자 옥니가 더욱 큰소리를 쳤다.

"깡 주임, 저도 당구장으로 내뺐잖아? 가자고. 가서 몇 대포만 하고 돌아와."

명훈은 난감했다. 선배 대접까지 할 거야 없지만 그래도 사이가 틀어져 좋을 건 하나도 없는 녀석이었다. 틈만 나면 가오(얼굴)를 세워 보겠다고 엉뚱한 제안을 들고 나오는 데 딱 질색이었다. 그저께도 명훈을 기어이 종삼(鍾三)으로 끌고 가 대단치도 않은 자기 단골집들을 실속 없이 도는 통에 여간 고역스럽지가 않았다.

"좋아, 그럼 한 반 시간 있다가 가. 혹 우리 없는 사이에 빈대 붙는 녀석들이 있으면 돼지 혼자서는 안 될 거야."

마지못해 반승낙을 하면서도 명훈은 영 속이 편치 않았다. 무슨 일이 있다 해도 배석구가 끼고 도는 자신을 깡 주임이나 극장 쪽에서 어떻게 하지야 않겠지만, 실은 그게 더 부담이 되었다.

"취직 자리 구한다고 했지? 극장 기도 한번 서 보겠어? 월급이야 몇 푼 안 되지만 이틀에 한 번 정도는 학교에 갈 수 있고 일도 힘들지 않아. 하루 서너 번 표나 거두고 겁 없이 빈대 붙는 녀석들이나 날려 버리면 돼."

한 열흘 전 배석구가 처음 그런 제안을 했을 때만 해도 명훈은 썩 마음이 내키지는 않았다. 다급한 심경으로는 무엇이든 해야 했지만 초라한 안동극장과 거기 빌붙어 지내던 똘마니들이 떠오른 탓이었다. 기도뿐만 아니라 조라치(샌드위치 맨)에 소제부 일까지 도맡아 하면서도 겨우 밥이나 얻어먹던, 그곳 뒷골목에서도 가장 하빠리(하층)가 그들이었다.

하지만 한번 나가 보니 그게 아니었다. 포스터가 양편에 붙은 바람막이 같은 걸 지고 꽹과리를 치며 거리를 도는 조라치 일 같은 건 이미 없어졌고, 극장 소제나 잡일하는 사람은 따로 있었다. 다른 극장에서는 어떤지 모르지만, 적어도 명훈이 일하게 된 극장에서의 기도는 꽤 우대까지 받는 식객이었다.

술에 취했거나 제 주먹만 믿고 행패를 부리는 관람객이며 뒷골목의 구조를 잘 모르는 떠돌이 주먹이 공짜 구경이나 푼돈을 뜯으려고 덤비는 걸 처리하는 게 입장권을 받는 일보다 더 중요한 기도들의 업무였는데 법보다 주먹이 가까웠던 당시로서는 당연했다. 월급도 미군 부대하고는 견줄 수가 없었지만 두 끼를 극장에서 얻어먹기 때문에 공납금 내고 잡비 쓰기에는 모자람이 없었다. 거기다가 배석구의 말대로 하루 걸러 한 번은 낮 시간에 극장을 안 나가도 돼 학교 다니는 흉내도 낼 수 있었다.

"그 학교라면 지금부터 안 나가도 졸업장은 내가 뺏어 주지. 대학도 걱정하지 마. 어차피 공부해서 일류 대학 못 갈 바에야, 돈 들고 줄만 서면 되는 대학은 쌔고 쌨어. 같이 고생 좀 하다 보면 내년 봄쯤에 틀림없이 좋은 일이 있을 거야. 믿고 기다려 보라고."

극장에 나가기 시작한 지 사흘 만엔가, 다시 '풍차'로 명훈을 불러낸 배석구가 그렇게 말했을 때는 일종의 감격까지 맛보았다. 따라서 아직까지 충성심이라고 이름할 수는 없어도 그를 실망시키고 싶지 않다는 감정이 명훈을 그전의 어떤 직장에 못지않게 기도 일에 성실하게 만들었다. 지난 추석날 두 건이나 몸 아끼지 않고 도맡아 싸운 것도 극장 측이나 일자리를 위해서라기보다는 자신에게 베푼 석구의 호의에 보답한다는 뜻이 더 컸다.

다행히도 명훈이 옥니 때문에 더 난감해하지 않아도 될 일이 생긴 것은 그로부터 오래잖아서였다. 이제는 더 들어올 사람이 없겠다 싶어 옥니가 다시 끌어댈 걸 속으로 걱정하고 있는데 어떤 신사복 차림의 청년 하나가 성큼성큼 극장으로 들어섰다. 미색 양복에 하얀 구두를 받쳐 신었으나 어쩐지 천격이 흐르는 건달 티가 한눈에 드러나 보였다. 매표구에 들르는 법도 없이 바로 입구로 들어서는 걸 보고 명훈은 약간 긴장이 되었다. 그때 옥니가 나서며 큰 소리로 알은체를 했다.

"하이칼라 형님이 여기 웬일이슈? 까이(여자)도 없이 대낮에 한 푸로 할 셈이유?"

그러나 백구두는 대꾸 없이 한참 이곳저곳을 살핀 뒤에야 누구에게랄 것도 없이 짤막하게 물었다.

"깡 주임, 어디 갔어?"

"갑자기 주임은 왜 찾으슈?"

옥니가 여전히 그와 친근한 티를 내려고 애쓰며 그렇게 되물었다. 그러자 백구두의 인상이 험하게 일그러졌다.

"이 쌔꺄, 깡 주임 찾아오라는데 토는 왜 달아? 어디 갔어? 어서 가서 못 찾아와?"

금세 후려칠 듯한 그 기세에 비로소 옥니가 흠칫하며 애매한 웃음을 거두었다.

"당구장에 가셨는데요. 조기……."

하지만 깡 주임을 데리러 당구장까지 갈 필요는 없었다. 백구두가 막 그리로 몸을 돌리는데 길 건너 당구장 입구를 나서는 깡 주임이 보였다. 성질이 급한 탓에 가물에 콩 나듯 하는 입장객을 보고 있을 수 없어서 당구장으로 가기는 했지만 그도 역시 결과가 궁금했던 것 같았다.

"형, 근무 시간에 당구장은 웬일이슈? 거기 무슨 일 있어요?"

백구두가 옥니와 얘기할 때와는 사뭇 다른 어조로 다가오는 깡 주임에게 물었다.

"보고 있으려니 화딱지가 나서 견딜 수 있어야지. 아무리 임 단장(임화수) 물건이라도 이 큰 극장에서 개봉하는 건 아녔어. 이게 어디 영화야? 망가(만화)지, 망가……."

깡 주임이 그런 입빠른 소리를 하다가 힐끗 백구두의 표정을 살피더니 불쑥 물었다.

"그런데 너야말로 웬일이냐? 똥 밟은 얼굴을 하고……."

"아닌 게 아니라 정말로 밟았수. 내참 더러워서……."

백구두가 갑자기 한숨을 푹 내쉬며 그렇게 푸념처럼 말했다. 깡 주임이 그런 그에게 다시 물었다.

"무슨 소리야?"

"애들이나 좀 빌려 주슈. 다시 가서 박이 터지든지 등줄기가 부러지든지 결판을 내야지……."

"뭔데? 뭣 때문에 그래?"

"4가(청계천) 쪽으로 똥파리 떼가 붙었수. 청산(靑山)빌딩 뒤에."

"그거야 날려 버리면 될 거 아냐? 니네 애들은 다 어디 갔어?"

"안 되니까 형한테 손 빌리는 거 아뇨? 애들 보내 봤는데 깨졌단 말이요."

그제야 깡 주임의 얼굴이 약간 굳어졌다. 직접 상하로 얽혀 있는 건 아니지만 어쨌든 크게 보면 한 식구의 일이었다.

"누구누구 보냈는데? 상대는 어떤 놈들이야?"

"촌놈들 같다기에 히빠리하고 철규, 명태를 보냈는데 놈들이 거꾸로 히빠리를 재워 버렸수. 떡대 두엇에 칼잡이까지 딸렸더라는 거요."

"그럼 종로팬가?"

"그런데 그게 아닌 것 같단 말씀이우. 자기들도 사단(師團)에 바칠 세금 다 바치고 자리 잡은 거라던데요."

백구두가 문득 우울한 표정을 지으며 그렇게 말했다. 깡 주임도 무엇인가를 다시 곰곰이 생각해 보는 눈치였다.

"그래애?"

"어쨌든 애들이나 좀 빌려 주슈. 깡다구 있는 놈으로 셋만. 이번에는 내가 직접 가서 날려 버리겠수."

백구두가 이를 악물며 다시 그렇게 졸랐으나 깡 주임은 여전히 말없이 무언가를 생각하고 있었다.

"아니야."

이윽고 깡 주임이 고개를 천천히 가로저으며 차분하게 말했다.

"그럼 그쪽도 딱새 찍새 합쳐 예닐곱은 된다는 얘긴데…… 그렇다면 결코 뜬 돌이 아니야. 더구나 사단에 세금까지 낸다면 무슨 나와바리 조정 같은 게 있은 거 같아."

그 말에 백구두도 문득 떠오르는 게 있는 모양이었다. 갑자기 목언저리까지 벌게지며 목소리를 높였다.

"그럼 살살이 그 새끼가, 그 새끼가 기어이……."

"살살이? 걔는 약장사(구두닦이) 쪽이 아니잖아?"

"제 일이 뭐 체질에 안 맞는다나요. 돌개 형님에게 달라붙어 꼬리 치는 눈치더니……."

백구두가 거기까지 얘기하자 드디어 깡 주임도 머릿속이 정리되는 듯했다.

"맞아, 돌개한테 물어보자. 공연히 우리끼리 치고받고 할 일이 아니야."

그렇게 말하고는 사무실 쪽으로 들어갔다. 전화라도 걸어 보려는 것 같았다. 그 같은 깡 주임의 태도에 백구두는 꽤나 낙담한 눈치였다. 그러나 명훈과 옥니 앞에서는 여전히 허세를 부렸다. 보란 듯이 의자에 왼 다리를 얹어 장딴지께에 감춘 칼을 매만지며 이를 갈았다.

"살살이 새끼, 정말이면 이제는 살살이가 아니라 사시미가 될 줄 알아."

그사이에도 사무실에서는 깡 주임이 여기저기 전화를 하는 소리가 들려왔다. 있을 만한 곳은 모조리 더듬는 모양이지만 얼른 연결이 되지 않는 듯했다.

"거 이상해. 돌개가 어디 가고 없는데…… 단부 사무실뿐만 아니라 '초원'에도 '풍차'에도 안 왔다는군. 일을 그래 놓고 어디 간 거야?"

이윽고 되돌아온 깡 주임이 고개를 기웃거리며 그렇게 말했다. 백구두가 다시 오기를 냈다.

"까짓것, 돌개 형님 찾아 뭐 해요? 나 혼자 해치우겠수. 아이들이나 좀 빌려 줘요. 이거 원 자존심이 상해 견딜 수가 있나? 벌건 대낮에 제 살 베어 먹히고도 그냥 참으란 말유? 돌개 형님이 직접 찾아와 내게 양해를 구할 때까지는 한 놈도 이 골목을 얼씬거려서는 안 돼!"

"맞아요. 야 간다, 너 돼지 찾아와. 우리 같이 가서 오랜만에 몸 좀 풀자."

옥니가 턱없이 주척거리고 나서며 백구두를 편들었다. 그러나 명훈은 그런 싸움에까지 끼어들기는 싫었다. 더구나 배석구의 뜻이 어디 있는지 정확히 알 수 없는 마당에 함부로 나섰다가는 오히려 그의 뜻을 거스를 우려까지 있었다.

하지만 명훈이 나서서 그런 옥니를 말릴 필요까지는 없었다. 난처한 눈길로 옥니와 깡 주임을 번갈아 보며 적당히 빠질 구실을 찾고 있는데 문득 등 뒤에서 귀에 익은 목소리가 들렸다.

"어이, 하이칼라. 너 여기서 뭐 하는 거야?"

무심코 돌아보니 찾고 있던 배석구가 극장 입구 쪽으로 다가오고 있었다. 시무룩해 서 있는 백구두를 제쳐 놓고 깡 주임이 나섰다.

"넌 어디 갔었어? 아무리 여기저기 전화해도 안다는 놈이 있어야지."

말은 제법 따지듯 했으나 태도는 어딘가 억지로 버티고 있는 듯한 데가 있었다. 나이나 경력에서 위이면서도 싸움 실력이나 근성에서 져 그 아래에서 놀게 된 이들에게 흔히 볼 수 있는 그런 태도였다. 석구가 매서운 눈길로 그를 쏘아보며 물었다.

"왜? 뭣 땜에 날 찾았어?"

꼭히 여럿 앞에서 깡 주임을 억누르려 하는 것 같은 태도는 아니었으나 금세 움츠러든 깡 주임이 더듬거렸다.

"어떻게 된 거야? 청산빌딩 쪽의 애들. 왜 하이칼라에게 말도 안 하고 애들부터 먼저 밀어 넣었어?"

그러자 석구의 얼굴에 야릇한 미소가 떠올랐다. 오래되지는 않았지만 그게 난처할 때 짓는 표정이라는 건 명훈도 알고 있었다.

"아, 그거?"

석구가 그렇게 말해 놓고 백구두를 향해 빙글거리며 물었다.

"어제 살살이 너한테 안 갔든? 얘기하라고 했는데……."

"살살이고 사시미고 코빼기도 못 봤수. 형님 정말 이래도 되는 거유?"

백구두가 석구의 누그러진 기세에 힘을 얻어 그렇게 대들었다.

"살살이 고 새끼, 그래도 낯짝은 있어서. 아침에 숨넘어가는 소리로 전화해 댈 때 알아봤지, 쯧."

배석구가 그렇게 혀를 차고는 다시 달래듯 말했다.

"뭐가 잘못된 모양이다. 하지만 네 구역이 아무래도 좀 넓지 않아? 그렇다고 애들을 늘려 잘 카바하고 있는 것도 아니고…… 하이칼라 네가 좀 양보해야겠다. 식구는 느는데 밥벌이 터는 언제나 고 모양이니 한 술씩 나눠 먹어야 되지 않겠어?"

"좋아요. 그럼 내가 뜨죠. 느닷없이 날아 들어온 녀석들이 우리 애들까지 잠재웠는데 무슨 낯으로 여기서 버텨요?"

"그건 또 무슨 소리야?"

"히빠리하고 철규, 명태가 갔다가 깨졌단 말요. 그런데 이대로 그 새끼들을 놔둔다면 그게 밥통 뺏긴 거지 어디 밥술 나눠 먹는 거요?"

"저런 살살이 이 새끼……."

석구는 그렇게 살살이란 자를 욕했으나 꼭 화가 난 것 같지는 않았다. 오히려 대견하게 여기는 듯 곧 그를 편들어 백구두를 달래기 시작했다.

"그 새끼는 내가 손 좀 보지. 하지만 니네끼리는 더 티격태격하지 마. 걔들 살살이가 청량리 쪽에서 힘들여 빼온 애들이야. 나중에 서로들 큰 힘이 될 테니 이제부터라도 좋게 지내 보라고."

하지만 백구두의 기세는 쉽게 수그러들지 않았다.

"그건 못 해요. 뭐 우리 애들이라고 뺄도 없는 줄 아슈? 정 터가 좁으면 내가 애들 데리고 나가겠수. 나가서 붙어먹을 데 없으면 고향 열차 타면 될 거 아뉴? 아무렴 청량리 역전 똘마니들보다야 못하겠수?"

말하다 보니 더욱 분통이 터진다는 듯 눈에서는 흉맹한 불길 같은 것까지 비쳤다. 배석구는 한동안을 더 좋은 말로 백구두를 달랬다. 그러다가 백구두가 기어이 뻗대자 드디어 성깔을 내보였다.

"야, 하이칼라, 너 많이 컸구나. 그렇게 말해도 내 말을 못 알아들어? 어디를 기어 붙는 거야? 따라와!"

그리고 성큼성큼 극장을 나서다가 그때껏 멈칫해 있는 백구두를 매섭게 흘기며 빽 소리쳤다.

"따라와, 이 새꺄!"

명훈이 그때껏 한 번도 들어 본 적이 없는 냉혹한 목소리였다.

"차암, 알 수가 없어. 예전에는 가장 겁나는 게 입 느는 거였는데…… 어쩌자고 자꾸 끌어모으는지 몰라. 한창때 아무개(이정재) 장관설이 있었다더니 뭐, 돌개 저도 서장 한 자리쯤 따 놨다는 거야? 어찌 된 거야?"

배석구가 하이칼라를 데리고 골목 한편으로 사라지는 걸 보며 깡 주임이 혼잣말로 중얼거렸다. 그 둘의 시퍼런 서슬에 눌려 입도 한 번 떼 보지 못하고 한쪽으로 밀려나 있던 옥니가 그제야 정신이 돌아온 사람처럼 맞장구를 쳤다.

"돌개 형님, 뭐 잘못 짚은 거 아닐까요? 이 쥐 이마빡만 한 바닥에 또 한 무더기 더 부려 놓아 어쩌겠다는 건지⋯⋯."

"시꺼, 인마. 그래도 아다마(머리) 하나는 기차게 돌아가는 놈이야. 네까짓 게 뭘 안다고."

주제넘게 끼어드는 옥니에게 그렇게 통을 놓기는 해도 깡 주임 역시 알 수 없기는 마찬가지인 듯했다. 머쓱해서 입을 다문 옥니를 못 본 척하며 다시 한동안 무슨 생각에 잠겼다가 혼잣말처럼 덧붙였다.

"또 전쟁 한판 벌어지나? 요즘은 종로, 명동 쪽하고도 잘 지낸다던데⋯⋯."

그러나 명훈은 그때부터 이미 바깥 말이 귀에 들어오지 않고 있었다. 자신이 선 자리가 새삼 뚜렷해지며 갑자기 암담해진 까닭이었다.

규모가 작기는 해도 안동 뒷골목 역시 갖출 것은 대강 갖추고 있었다. 아니, 안동 역전을 중심으로 뒷골목 세계가 자리 잡아 가면서 그들이 본보기로 삼은 게 바로 서울인지도 몰랐다. 따라서 똘마니의 똘마니밖에 안 돼도 그 안동 뒷골목에서 잔뼈가 굵은 명훈에게는 극장 주변의 뒷골목 세계가 한눈에 들어왔다. 다만 극장 기도라는 일자리가 어떤 경계선을 그어 그 세계와는 한 발 비켜서 있는 듯한 느낌을 주었을 뿐이었다. 그도 그럴 것이 기도는 어디까지나 극장의 직원이었고, 몇 푼 안 돼도 정당한 월급이 있었다. 하루 한 번꼴은 싸움에 말려들지만 그것도 다분히 방어적이었으며, 그 싸움에서 금품이 생기는 일은 전혀 없었다. 그런데 갑자기 나타난 하이칼라가 어쩔 수 없이 자신도 그 부근 뒷골목의 한 식구임을 깨우쳐 주었다.

생각하면 꼭 2년 만의 회귀였다. 윤 서장의 격려와 충고에 힘을 얻어 그가 떠나온 곳은 안동이란 소읍이 아니라 그 뒷골목 세계였다. 그곳의 어둠과 비정과 범법으로부터 그는 그렇게도 희망에 차 떠나온 터였다. 빛과 사랑과 합법의 큰길을 꿈꾸던 그때의 밤열차를 떠올리며 명훈은 문득 울적해졌다.

'온전히 제자리로 돌아오고 말았구나. 안동과 서울이란 차이뿐, 여기가 바로 거기로구나……'

그러자 지금의 자리를 바탕으로 쌓아 올렸던 계획들이 갑자기 허망하게 느껴지며 남은 삶까지 암담해졌다. 결국 나는 이렇게 한살이를 때워 가게 태어난 것일까…….

"어이, 어디 안 좋아?"

갑자기 침울해져 생각에 잠긴 명훈이 이상했던지 깡 주임이 제생각에서 깨어나 물었다. 일제 때 중학 4학년까지 다녔다는 그는 그 학력 때문인지 명훈을 옥나나 돼지하고는 다르게 보아 주었다. 아무리 배석구가 끼고 돈다 해도 제 밑에 두고 부릴 사람이면 나름의 신고(신참 의식)를 시키게 마련이고, 명훈도 어느 정도는 각오하고 있었으나, 신고는커녕 옥나나 돼지가 고참 행세를 하는 것조차 용서하지 않았다.

"짜식들아. 갠 느이들하고는 번지수가 달라. 학삐리(학생)라고 그런 게 아니라 돌개가 임시로 맡겨 둔 손님이라고. 쓸데없이 밥그 릇 따지고 들다가는 아구통 날아갈 줄 알아!"

첫날 옥니와 돼지가 인사나 트자고 하면서 극장 뒤쪽으로 슬슬 꼬는 걸 보고 깡 주임이 돼지의 뒤통수를 쥐어박으며 말했다. 얼 마나 오래 그 바닥을 굴러먹었는지 몰라도 비슷한 나이에 별로 곤 조(근성)도 없어 보이는 녀석들이라 적당하게 신고를 때우려고 따 라나서던 길이기는 했지만 적잖이 고마웠다. 꼭 겁날 것은 없으되 그래도 피할 수 있으면 피하고 싶은 게 싸움이었다.

"아뇨. 그저 좀……"

명훈도 얼른 제 생각에서 깨어나며 그렇게 깡 주임의 말을 받았 다. 그래도 깡 주임은 명훈의 얼굴에서 눈을 떼지 않았다.

"아무래도 낯빛이 좋지 않은데…… 정말 아무 일 없어?"

"네, 괜찮습니다."

명훈은 짐짓 웃음까지 지어 보였으나 울적한 속 때문에 제대로 웃음이 된지는 스스로도 알 길이 없었다.

"어쨌든 어디 가서 좀 쉬어. 오늘도 꽝인 것 같으니까. 일곱 시 상영 때까지만 돌아와. 네 시 반 상영도 보나마나야."

깡 주임은 그렇게 말하고 매표구 곁에 있던 의자를 끌어다 앉 았다. 옥니가 그 말에 명훈을 보고 눈을 찡끗했다. 얼마 전 대포나 한잔, 하던 그 수작을 다시 벌일 셈임에 분명했다. 막걸리 두어 사발로 밑도 끝도 없는 녀석의 허풍을 들어주어야 하는 일이 끔찍해 명훈은 깡 주임에게 예정에도 없던 청을 불쑥 넣었다.

"저어, 그럼 잠깐 나갔다 오면 안 될까요?"

"밖에? 학교?"

깡 주임이 별생각 없이 그렇게 되물었다.

"아뇨, 학교는 어제 갔다 왔지만 좀……."

명훈은 그렇게 더듬거리다가 문득 생각난 핑계를 댔다.

"별일 없으면 도장엘 한번 가 보려고요."

"아 참, 당수를 한댔지? 그래, 갔다 와."

그러자 옥니 녀석의 눈길이 실쭉해졌다. 명훈은 그걸 못 본 척 하려다가 너무 그럴 것은 없다 싶어 녀석에게 가볍게 한마디 건 넸다.

"이따가 봐. 승단 뒤에 너무 뜸했던 것 같아서……."

거기에는 녀석의 기를 은근히 꺾어 놓으려는 의도도 깔려 있었 다. 자신이 당수 유단자임을 슬쩍 상기시켜 줌으로써였다. 닳고 닳 은 깡패 같으면 그게 오히려 오기를 건드릴 수도 있지만 옥니 정도 의 얼치기 깡패에게는 어느 정도 효과가 있었다.

"알았어. 갔다 와."

옥니가 깨끗이 단념한 얼굴로 그렇게 말하긴 했으나 어딘가 악 의를 억누르려고 애쓰는 듯한 기색이 엿보였다.

극장을 나와 집으로 가는 버스에 오를 때만 해도 명훈은 정말로 도장에나 갈까 하는 마음이 있었다. 실은 초단을 따던 그 얼마 전까지만 해도 더할 나위 없이 열심히 매달렸던 당수였다. 그러나 극장에 나가기 시작하면서부터, 다시 말해 자신이 안동 뒷골목 시절로 돌아가고 있다는 게 뚜렷해지면서 갑자기 그쪽에 대한 열정이 시들해지기 시작했다. 그게 무도(武道)나 운동이 아니라 실용(實用)이 될 조짐이 보이자 '맞장 열 번 까면 초단을 잡는다'는 따위 그쪽의 조악한 경구들이 다시 고개를 쳐든 탓이었다.

'까짓것, 집에 가서 낮잠이나 자고 오자. 깡패 똘마니 주제에 당수 유단자는 무슨……'

처음에는 도복을 가져와야 한다는 생각으로 향한 자취방이었음에도 버스가 차츰 그 동네에 가까워지면서 명훈의 마음은 그렇게 바뀌었다. 하기는 전날 학교에 갔다가 깡철이와 도치네 패를 만나 걸친 술도 그의 몸에 약간의 부담으로 남아 있었다.

명훈이 버스에서 내려 자취방으로 향하는 언덕길로 접어든 것은 세 시쯤이었다. 버스 정류장 쪽에 줄지어 선 해방 전부터의 가로수 잎새에 은근히 도는 누른 기운이 무슨 자극이 된 것인지 그날따라 그 언덕길이 몹시 조용하고 한적하게 느껴졌다.

"어이, 학생, 요즈음은 어째 통 안 보여."

헌책방 앞을 지나는데 불편한 다리를 절룩거리며, 무언가를 새로 써 붙이고 있던 주인아저씨가 명훈을 보며 한마디했다. 명훈이 말없이 고개를 꾸벅하며 흘낏 보니 먼지 낀 유리창에 붙여진 종이에는 이런 글귀가 씌어 있었다.

금일입하(今日入荷)『비극은 없다』, 『그대 이름은』, 《여원》 10월호 특집 ―「내가 설 땅은 어디냐」

　중간에 있는 『그대 이름은』이란 책이 잠깐 명훈의 눈길을 끌었으나 명훈은 내처 걸었다. 어떤 위악의 심리가 책이라는 책은 모조리 멀리하게 만들던 그 무렵이었다.

　그런데 자취방이 저만큼 보이는 골목 모퉁이에서 명훈은 뜻밖의 사람을 만났다. 황(黃)이었다.

　"아니, 명훈 씨."

　"이거 황 형 아닙니까?"

　모퉁이를 돌며 갑작스레 맞부딪치듯 만난 두 사람은 저마다 그렇게 소리치며 손을 잡았다. 미군 부대에 근무할 때는 황보다 김 형과 훨씬 가까웠으나, 몇 달 만에 그렇게 만나고 보니 황도 여간 반가운게 아니었다. 황 편에서도 반갑기는 명훈에 못지않은 듯했다. 잡은 손을 놓을 줄 모르고 물었다.

　"명훈 씨, 도대체 어찌 된 거요? 왜 미군 부대를 그만뒀소? 작별 인사도 없이……."

　"네, 그럴 일이 좀 있었습니다."

　명훈이 그렇게 대답하자 황이 더욱 알 수 없다는 듯 고개까지 갸웃거렸다.

　"그래도 그렇지. 일주일분이나 일당이 남은 게 있다던데 어째 그래 한 번도 오지 않았소? 하기야 지금은 나도 나가지 않지만……."

"네? 그럼 황 형도 거길 나오셨어요?"

"그래요. 그건 그렇고 여긴 웬일이오?"

황이 갑자기 굳은 표정이 되어 명훈이 까닭을 묻는 걸 피하려는 듯 그렇게 말머리를 돌렸다.

"바로 저기가 제 자취방입니다. 그런데 황 형은 어떻게 여길?"

"나도 자취방을 얻으려고 이 부근을 도는 중이오. 이제 갈 데 없는 실업자가 됐으니 아껴 살아야지. 그래서 김가하고 자취나 하며 얼마간 버텨 보려고……."

황은 그렇게 대답하고 문득 생각난 듯 명훈에게 물었다.

"그런데 명훈 씨는 가족들하고 함께 살지 않소? 동생들도 여럿 있다고 들은 것 같은데……."

"아, 모두 밀양으로 이사 갔어요. 지난 초봄에. 원래는 여동생과 함께였는데 그 애도 얼마 전에 취직 나가 지금은 혼잡니다."

명훈은 그렇게 답하고 이어 옷깃을 끌 듯 황을 자취방으로 데려갔다.

"그래 미군 부대는 왜 그만두셨어요?"

방에 들어앉기 바쁘게 명훈이 궁금하던 걸 물었다. 황이 씁쓸한 웃음을 지으며 대답 대신 오히려 명훈에게 물었다.

"그보다도 명훈 씨야말로 어떻게 된 거요? 그날 찾아온 게 형사였다며?"

그 물음에 명훈은 잠시 망설이다가 모든 걸 그대로 털어놓았다. 1년 가까이 한 직장에 있으면서도 일찍이 없었던 일이었다.

"그랬소? 명훈 씨도…… 카인의 후예였단 말이지……."

얘기를 다 듣고 난 황이 옅은 한숨과 함께 그렇게 말해 놓고 이내 변명을 했다.

"아 참, 실례. 카인의 후예란 말 오해하지 마시오. 김가가 이따금씩 스스로를 비꼬아 부르던 말이라……."

"괜찮습니다. 김 형 말대로 우리는 원죄를 쓰고 있는 사람들이니까."

그 부분에 대해서는 전에 황과 김 형이 주고받던 말을 들은 적이 있는 터라 별다른 감정 없이 그렇게 받았다. 황은 그래도 마음이 안 놓이는지 위로하는 투로 한마디 덧붙였다.

"원죄, 그렇지 원죄지. 분단 상태의 남반부에서는. 그렇지만 너무 기죽지는 마시오. 카인의 표지가 그러했듯, 명훈 씨가 짐 진 원죄라는 것도 달리 해석될 수 있으니까. 예컨대, 너무 일찍 깨어난 자의 무모하면서도 영광스러운 상처라든가."

그 말에 섞인 야릇한 동지애 같은 것이 명훈을 섬뜩하게 해 얼른 화제를 바꾸었다.

"어쨌든 이번은 황 형 차례요. 왜 그만뒀습니까?"

"아, 그거요. 노조 때문이지. 외기노조(外機勞組)……."

그 또한 같이 근무할 때 한 번 들은 적이 있는 얘기였다. 그 봄 어느 날인가 당장 결성해야 한다고 열을 올리는 황을 김 형이 말려서 주저앉히는 걸 본 일이 있었다. 지방의 예하 부대 종업원들이 이미 결성했다는데 서울 한복판의 8군 사령부에 근무하면서도 아직 변변한 이익 대표 기관 하나 만들지 못했다니, 하며 떠들던 그때의 황이 문득 떠올랐다.

"그럼 김 형은?"

"김가야 원래 그런 일에는 천 리 만 리 내빼는 녀석이니까, 지금도 잘 근무하고 있소."

"딴 사람들은?"

"하우스 보이 쪽에서 하나. 노조 결성 단계에서 어느 놈이 찔러 미군 쪽도 아닌 회사에서 선수를 쳐 주저앉았지. 조금만 시간이 더 있었어도 잘될 뻔했는데……."

황은 아직도 아쉬운 표정으로 그 일을 제법 설명 붙여 길게 얘기하기 시작했다. 하지만 갑자기 아버지와 관련된 옛날의 이런저런 조합들을 떠올리게 된 명훈에게는 그 같은 얘기를 단둘이서 주고받는 것 자체가 불안하게 느껴졌다. 김 아무개(김두한), 사람 백정 같은 그놈이 백색테러단을 데리고 가서 평화롭게 시위 중인 우리 철도조합원들을 무차별로 때려죽였다는군. 대전에서는 여럿이 보는 앞에서 조합 간부 수십 명을 산 채로 땅에 묻었다던가…… 누가 한 말인지도 기억 안 나는 그런 끔찍한 말들이 유년의 뇌리에 쑤셔 박혔다가 문득 되살아나는 바람에 황이 노동자의 권리, 노동의 존엄 등을 말할 때는 대수롭잖은 방 밖의 인기척에까지 공연히 깜짝깜짝 놀랄 지경이었다.

명훈의 그런 속마음을 읽었을 리는 없지만 워낙 대꾸가 없이 듣고만 있자 황도 차츰 흥이 깨지는 듯했다. 뒷부분에 이르면서 애기를 간추려 짧게 줄이기 시작했다. 그러다가 끝내 명훈이 이렇다 할 반응을 보이지 않자 아무렇게나 애기를 맺은 뒤 불쑥 딴 애기를 꺼냈다.

"참, 명훈 씨. 나 며칠 전에 그 여자 만났소."

"네?"

아직도 아버지가 관계하고 있던 옛날 좌파 조합들의 단편적이지만 끔찍한 기억 토막들에 내몰리고 있던 명훈이 그 갑작스러운 화제의 변화를 알아듣지 못해 그렇게 묻자 황이 빈정거리듯 말했다.

"경애라던가. BOQ 하우스 걸 하던 그 새침데기 아가씨 말요. 명훈 씨 평강공주……."

"경애를? 정말이오? 어디서 봤습니까?"

명훈은 자신도 모르게 목소리를 떨며 소리쳐 물었다. 그 격한 반응에 놀랐던지 황이 빈정대는 어투를 없애고 대답했다.

"한 스무 날 전 서대문 가는 전차 안에서 만났소."

"어디 산답니까? 그래, 요새는 어떻게 지낸대요?"

황이 그녀를 만난 곳이 일정한 장소가 아니라 움직이는 전차 칸이었다는 데 약간 맥이 빠졌으나 명훈은 기대를 버리지 않고 다시 그렇게 물었다.

"그건 물어보지 못했소. 아니 실은 인사를 건넸지만 받아 주지 않았소. 다만……."

"다만……?"

"학생 같은 게 좀 이상했소. 명훈 씨가 술주정하던 대로라면 미

군 장교와 결혼해 물 건너갔거나 사기에 걸려 양공주가 되었거나
해야 되는데……."

"학생이라고요?"

명훈도 하도 뜻밖이라 한층 목소리가 높아졌다.

"그렇다고 교복을 입었거나 배지를 단 건 아니지만 손에 들고
있는 것은 분명 대학 교재였소. 옷차림도 수수한 게 적어도 미군
과 동거하는 여자 같지는 않았소."

"그래, 어디서 내립디까?"

"그건 모르겠소. 내가 먼저 내렸으니까."

그 말을 듣자 한껏 부풀어 오르던 기대가 푹석 내려앉으며 절
로 한숨이 나왔다. 그런 명훈이 보기 안됐던지 황이 변명처럼 덧
붙였다.

"실은 언뜻 명훈 씨 생각이 나서 뒤를 밟아 볼까도 생각했소.
하지만 그쪽이 워낙 찬바람 나게 구는 데다 나도 긴한 일이 있어
서…… 또 명훈 씨도 그때는 언제 만날지 모르는 사람이었고."

그러나 명훈의 귀에는 그런 황의 말이 잘 들어오지 않았다.

경애가 여기 있다. 버터워스와 멀리 포르르 날아가 버리지 않고
이 서울에, 더구나 학생으로……. 그런 생각이 갑작스러운 희망과
기쁨으로 명훈을 들뜨게 한 것은 그로부터 한참 뒤였다. 그리하여
그것이나마 알려 준 황에게 뒤늦게 고마움을 나타내려고 하는데
황이 일어나며 말했다.

"나는 이제 가 봐야겠소. 이러다간 방도 못 구하고 날이 저물

것 같아. 김가도 기한이 다 돼 가는데……."

"잠깐만."

명훈은 알 수 없는 다급함에 내몰리며 황의 옷깃을 잡아 제자리에 앉혔다. 허전함 또는 외로움 비슷하기는 하지만 그런 말들이 통상으로 지니는 것보다는 훨씬 적극적이고 강렬한 어떤 감정이 갑자기 황을 자기 곁에 잡아 두고 싶은 충동을 일으킨 까닭이었다. 무지와 폭력의 진창에 뒹굴며 살게 되리라는 예감이 지식과 조리(條理)의 사람으로만 비쳐지는 황을 전에 없이 필요한 존재로 느껴지게 했다고나 할까.

"자취방을 찾는 거라면 제 방은 어떻습니까? 산꼭대기이긴 하지만……."

명훈이 그렇게 묻자 황이 잠깐 무언가를 생각하다가 되물었다.

"김가는? 김가까지 오면 셋인데 너무 좁지 않겠소?"

"서로 집을 나가는 시간이 다르니까 괜찮을 겁니다. 김 형은 잠도 안 잘 방, 비싼 돈 주고 얻을 필요가 있겠습니까? 또 낮에는 제가 없을 테고."

"하기야 우리도 낮에 집에 있지는 않지. 내 돌아가서 김가와 의논해 보겠소. 그렇지만 정말로 명훈 씨에게 부담되지 않을까?"

"아닙니다. 오히려 제가 배울 게 많겠지요. 꼭 여기 와서 함께 지낼 수 있도록 해 주십시오."

명훈이 진심으로 말했다. 황도 그 자신은 어느 정도 마음을 굳힌 듯했다.

"하긴 언제 다시 일자리를 얻게 될지 모르니까 몇 푼 안 되는 돈이라도 아껴 써야지. 김가하고 의논해 보고 오겠소."

말은 그렇게 해도 방 안이며 부엌을 꼼꼼히 살피는 게 김 형이 안 오겠다면 혼자라도 올 사람 같았다.

그냥 헤어지기 섭섭해 황과 대포 한 잔을 나누고 명훈이 극장으로 돌아갔을 때는 일곱 시가 조금 넘어 있었다. 버스의 라디오에서 일곱 시 뉴스가 시작되는 걸 들은 터라 뛰듯이 극장 쪽으로 다가가다 보니 출입구 쪽에 사람이 몰려 웅성거리는 게 무슨 일이 벌어진 것 같았다.

"야, 이 새꺄! 너 정말 사람 말 못 알아들어?"

출입구 쪽에 둘러쳐진 사람의 담 너머로 그런 깡 주임의 욕설을 들은 명훈은 얼른 구경꾼들을 헤집고 그 안을 들여다보았다. 깡 주임이 어깨가 떡 벌어진 청년 하나를 상대로 삿대질을 하고 있었다. 그 곁에는 술에 취해 무어라고 고래고래 소리를 지르는 그 또래의 또 다른 청년 하나를 일행인 듯한 청년들이 붙들고 있었는데, 모두가 하나같이 힘깨나 써 보이는 몸집이었다.

"보소. 말을 몬 알아듣는 거는 그쪽 같구마는. 표 물러 달라는데 뭔 억보(억지)가 그래 심한교? 아무리 서울깍쟁이라 캐도 남의 돈 생으로 삼킬라 카믄 되능교?"

깡 주임의 삿대질을 별로 탄하는 기색도 없이 상대가 점잖게 되받았다. 그런 그의 손에는 극장표 몇 장이 쥐어져 있었다. 깡 주임이 더욱 표독을 부렸다.

"이 촌놈의 새끼들이 누굴 데리고 장난 노는 거야 뭐야! 마, 그럼 보지도 않을 극장표는 왜 끊었어? 너희 때문에 손님까지 다 돌려보냈는데 상영 시간이 넘은 지금 와서 표를 물러 달라는 거야?"

"글케, 내가 안 카능교? 절마가 술이 취해 우리한테 물어보지도 않고 표를 샀다꼬. 글치만 영화 볼 기분이 아이라 물릴라 칸다 안 카능교? 그 카지 말고, 고마 물러 주소. 우리 땜에 표 못 팔았다 카지만 우리 술 마신 게 바로 조 집이라요. 거기서 보이 극장 오는 사람도 별로 없더만, 무신 억보를 그래 부리쌓논교? 또 상영 시간도 글썹니더(그렇습니다). 우리가 여다 표 물리러 온 게 분명히 일곱 시 전이라요."

거기까지 들으니 대강 사정을 알 만했다. 하는 수작으로 봐서 틀림없이 서울을 잘 모르는 시골 건달들로, 극장표 넉 장 값보다는 자신의 주먹에 대한 자부심이 그 어림없는 시비를 끌어가고 있는 것처럼 보였다.

그 시비가 어림없다는 것은 깡 주임 곁에 돼지만 있을 뿐 옥니가 보이지 않는 것만으로도 잘 알 수가 있었다. 하나가 좀 취해 있기는 해도, 상대가 주먹깨나 써 보이는 덩치 넷임을 보자 옥니가 사람을 모으러 간 것임에 틀림없었다. 하지만 일은 그전에 벌어졌다. 사정 조로 몇 마디 더 늘어놓던 어깨 넓은 청년이 갑자기 험한 얼굴로 목소리를 높였다.

"깡패, 깡패 카디 이기 바로 깡팬가 베. 낫살 묵은 거 같아 좋게 얘기할라 캤다……."

그리고 천천히 점퍼를 벗어부치는 게 이제는 못 참겠다는 뜻 같았다. 삼각형을 뒤집어 놓은 듯한 어깨 모습과 잘 발달된 근육이 하나둘 켜지기 시작하는 거리의 불빛에 비쳐 위협적으로 번들거렸다. 그러나 깡 주임은 눈도 깜박하지 않았다.

"어쭈, 이 새끼 봐라. 고깃근 보인다고(보여 준다고) 야코 죽을 놈이 있나?"

"새끼, 새끼 카지 마라. 이 새끼야."

상대가 앞서와 달리 목소리를 낮추며 이죽거리듯 그런 깡 주임의 말을 받았다. 제법 시골 가다(어깨)로서의 관록과 위엄이 밴 말투였다.

"뭐, 이 새끼가……."

"또 더러븐 주딩이 놀리네. 니는 일마, 나(나이)가 곰백살이 돼도 한번 맞고 정신 채리야 되겠다. 우옐래? 여럿 있는 데서 함 맞아 볼래? 어디 속닥한 데(외진 데) 가서 맞프레이 한번 뛸래?"

"멀리 갈 것 없어. 너 오늘 임자 만난 줄 알아!"

깡 주임도 성미를 이기지 못해 윗도리 단추에 손을 대면서 소리쳤다. 일이 너무 빨리 돌아가 돼지는 도대체 어떻게 해야 될지 모르겠다는 얼굴로 주위만 두리번거리고 있었다. 옥니가 빨리 패거리를 몰아 오기를 기다리는 것 같았다.

'좋지 않다…….'

명훈은 그 시골 가다(어깨)가 웃통뿐만 아니라 구두까지 벗는 걸 보고 속으로 생각했다. 명훈은 전에 한 번 그런 종류의 싸움꾼을 본 적이 있었다. 안동 시절 잇뽕 형이 어쩌다 아는 고등학교의 1등 '가다'와 역전 광장에서 맞붙게 되었는데 그 1등 '가다'가 바로 그런 싸움꾼이었다. 마침 장날이라 빽빽히 둘러선 구경꾼들 때문에 물러날 기회도, 무기를 쓸 체면도 없게 된 잇뽕 형은 결국 그날 사나운 꼴을 보이고 말았다. 고등학생이라고 얕보았으나 웃통을 벗어부치자 운동으로 단련된 가슴과 팔뚝이 드러날 때부터 약간 흔들리던 잇뽕 형은 신발까지 벗고 펄펄 나는 듯 덤벼 오는 그의 두발걸이에 걸려 마침내는 볼품없이 주저앉을 수밖에 없었다. 나중에 역전패를 데리고 가 뭇매로 앙갚음을 하긴 했어도 한동안 뒷골목에서의 위신이 말이 아니었다.

"형님, 왜 이러십니까?"

싸움을 떠맡는다기보다는 옥니가 사람들을 모아 올 때까지 시간이라도 벌어 줄 양으로 명훈이 구경꾼을 헤치고 깡 주임에게로 다가가며 소리쳤다. 산전수전 다 겪은 터라 깡 주임도 전혀 상대방을 모르고 있는 것 같지는 않았다. 딴 직원들과 돼지가 보고 있어 버티기는 해도 분명 반가워하는 눈빛이었다.

"너, 잘 왔다. 저 촌놈의 새끼 손 좀 봐줘라."

그렇게 말하며 한 발 비켜섰다. 명훈은 그 갑작스러운 떠맡김에 당황하면서도 그걸 내색하지 않고 천연스레 물었다.

"도대체 뭣 땜에 그러십니까? 형님이 꼴사납게 직접 웃통을 걸어붙이고……"

"저 새끼가 사람 야마 돌게 하잖아. 바싹 태워 버려!"

깡 주임은 말과 함께 팔짱까지 껴 싸움을 완전히 명훈에게 떠넘겨 버린 자세를 했다. 그러나 돼지를 돌아보며 찡긋 눈치를 보내는 게 무책임한 떠넘기기 같지는 않았다. 명훈은 돼지가 슬그머니 사라지는 걸 보고 조금 힘을 얻기는 했어도 워낙 상대의 기세가 엄청나 그대로 맞붙을 엄두가 나지 않았다.

"이봐요, 형씨. 왜 이러쇼?"

목소리에 잔뜩 허세를 넣어 수작을 붙이면서 눈으로는 새삼 상대를 세밀히 관찰했다.

"뭐꼬, 이라는(이렇게 나서는) 당신은?"

금세라도 덤벼들 듯 힘을 모으고 있던 상대가 생각 밖으로 쉽게 명훈의 수작에 말려들며 물었다.

"이 극장 직원이오. 주임님이 어쨌다고 나이 든 분한테……."

"그럼 기도란 말이구마는. 좋소, 말해 봤자 입만 아프이, 마, 이 표나 물러 주소. 그라믄 갈 낀께는."

상대도 맹탕 쑥은 아닌 듯했다. 자세히 보니 그 또한 홧김에 벗어부치고 나서기는 했어도 되도록 그런 싸움은 피하고 싶어 하는 눈치가 뚜렷했다. 그게 더욱 경계심을 주어 명훈은 되도록 옥나나 돼지가 근처의 주먹들을 끌어올 때까지 시간을 끌기로 작정했다.

"에이, 그걸 가지고…… 형님, 까짓 거 물러 줘 버리지 그래요?"

명훈이 문득 깡 주임을 돌아보고 마음에 없는 웃음을 지으며 그런 속 좋은 소리를 했다. 깡 주임이 발칵 성을 내며 쏘아붙였다.

"어어, 저 새끼 봐? 너 정말로 하는 소리야? 네 월급에서 물어
줄래?"

그 소리에 명훈은 다시 상대편을 향했다. 윗사람이 저러니 난
들 어떻게 하느냐는 그런 난처한 표정을 지으며 짐짓 사정하듯 말
했다.

"형씨, 규정상 그건 안 되는 모양인데 제 월급으로라도 물어 드
릴까요?"

그리고 미처 상대가 대꾸하기도 전에 한마디 덧붙였다.

"그러지 말고 대포 한 잔 덜한 셈 잡으슈. 까짓 몇 푼 된다고……."

"돈 땜이 카는 게 아이라, 하는 짓이 괘씸해 글타꼬. 여러 소리
말고 빨리 표나 물러 주소."

말투는 부드러워도 그대로 물러날 기색은 전혀 없는 상대의 대
꾸였다.

"우리 입장도 생각해 주셔야지. 남의 월급 받으면서 어떻게 규
정에 없는 짓을 하겠소? 형씨들이 양해하쇼."

명훈이 다시 그렇게 눙치고 있는데 누군가가 상대를 재촉했다.

"주장(主將), 뭐 하노? 말로 해 될 것들이 아인갑다마는."

명훈이 곁눈질해 보니 술 취한 친구를 부축하고 있던 둘 중의
하나였다. 구경꾼 틈에서 살필 때보다 다들 술기운이 좀 있었다.

"말로 안 되는 거 주먹으로는 되겠어요? 좀 진정하쇼. 괜히 험
한 꼴 보지 말고……."

입으로는 한껏 부드럽게 말하면서도 명훈은 슬그머니 자세를

바꾸었다. 오른발을 뒤로 빼 몸의 중심을 그리로 모으고, 말리기 위해 내젓듯 손을 들어서는 은근히 가슴을 보호하는 식이었다. 한 2년 당수를 해 오면서 몸에 익은 후굴세(後屈勢)의 변형이었다.

상대도 그걸 알아보는 듯했다. 금세 표정이 험해지며 목소리를 높였다.

"이기 뭐꼬? 싸움 말리러 온 줄 알았디마는 다부(도리어) 시비아이가? 오이야, 일마. 언 놈이든 좋다. 오늘 한번 달가지(다리) 뿌라져 봐라."

그러고는 두 손으로 움킬 듯 앞으로 다가왔다. 얼핏 보기에는 어설픈 듯하면서도 빈틈이 없는 자세였다.

'운동을 많이 한 놈이다. 유도나 레슬링쯤……'

명훈은 그렇게 짐작하며 자신도 모르게 한 발 물러섰다. 그런데 바로 그때였다. 등 뒤에서 여럿의 발소리와 외침이 들려왔다.

"어디야, 어디?"

"어떤 새끼들이야?"

옥니나 돼지가 패거리를 모아 온 게 틀림없었다. 그 소리를 듣자 갑작스러운 힘과 자신이 솟았다. 거기다가 이 기회에 여럿 앞에서 실력을 보여 앞으로의 그 바닥 생활에서 유리한 위치를 잡아 두어야겠다는 생각까지 겹치면서 명훈은 한층 세밀하게 상대를 살폈다.

짐작을 하고 있었는지 어땠는지 모르지만 그 갑작스러운 변화에 상대편도 당황한 것 같았다. 지금까지 술에 취해 비틀거리던 녀석까지 자세를 추스르는 게 적지 않은 충격을 나타내고 있었다.

하지만 그게 바로 명훈에게는 기회가 되었다. 옥니를 앞세우고 네댓 명의 주먹이 달려와 구경꾼을 흩자 상대의 눈길이 그리로 쏠리며 몇 군데 빈틈이 드러난 게 탈이었다.

아주 짧은 순간이긴 하지만, 처음 명훈은 '개 발'이란 낮은 발길질로 사타구니 급소를 차올려 상대를 주저앉히는 것쯤으로 만족하려 했다. 상대가 유도를 한 것으로 짐작되는 한 쓸데없이 동작을 크게 하거나 몸을 높이 띄우는 것은 위험하기 때문이었다.

그러나 여럿이 보고 있다는 것과 이 기회에 한번 솜씨를 보여야 한다는 필요를 떠올리자 명훈의 생각은 이내 바뀌었다. 효과는 있지만 볼품없는 그 공격 대신 위험부담은 있어도 보다 크고 멋있는 동작의 공격 쪽으로 마음이 끌렸다.

거기다가 몰려오는 패거리가 무슨 무기를 들었는지 절그럭거리는 쇳소리가 나자 낯빛이 변해 엉거주춤 그쪽으로 고개까지 돌리는 상대가 명훈을 더욱 대담하게 했다. 명훈은 아무런 방비 없이 드러난 그의 옆 목덜미와 턱을 겨냥해 몸을 높이 띄운 화려한 돌려차기를 했다. 발에 오는 느낌은 그리 무겁지 않았으나 뼛소리 같은 게 들리는 걸 보아 턱을 맞은 것 같았다.

상대편 패거리도 짐작대로 예사 건달들은 아니었다. 턱을 맞은 상대가 넘어가는 것에 상큼한 쾌감을 느끼며 명훈이 막 자세를 바로잡으려는데 옆구리 쪽이 뜨끔하며 누군가의 억센 팔이 집게처럼 옷깃을 죄었다. 취한 친구를 부축하고 있던 녀석들 중의 하나였다.

명훈은 볼품없이 땅바닥에 메어 꽂히는 꼴을 피하려고 힘을 다해 버티었다. 그러나 갑자기 상대편 힘의 방향이 바뀌며 두 발이 땅바닥에서 떨어졌다. 당했구나. 명훈은 그렇게 생각했으나 구원이 더 빨랐다.

"어이쿠!" 하는 소리와 함께 명훈을 메다 꽂으려던 녀석이 그대로 주저앉으며 머리를 싸쥐었다. 그의 등줄기에 각목이 사정없이 내리쳐지고 있었다. 명훈은 싸우느라 듣지도 보지도 못하고 있었지만, 옥니가 데리고 온 패거리는 명훈과 거의 동시에 공격을 시작한 것 같았다.

그날의 싸움은 명훈에게 또 한 번의 화려한 과시의 기회를 준 것을 마지막으로 오래잖아 끝났다. 집게 같은 손아귀에서 풀려난 명훈이 겨우 한숨을 돌리고 주위를 살피는데 그새 돼지가 끌고 온 패거리까지 덮쳐 견디다 못한 그들 넷 중 하나가 싸움판을 빠져나가는 게 보였다. 명훈은 한쪽으로 슬몃 비켜섰다가 구태여 필요하지도 않은 긴 이단 옆차기로 녀석의 허리를 꺾어 놓았다. 누군가로부터 신고를 받은 경찰이 왔을 때 넷은 모두 깨끗이 '잠들어' 있었다.

"뼉다귀가 좀 억세다 싶더니 역시 대학 유도부 애들이었어. 경상도 어딘가에 있는 대학인데 시합하러 올라온 모양이야. 어쨌든 학생들이라 좀 시끄럽게 됐어. 돌개한테 말해서 최대한 수습은 해 보겠지만 명훈이하고 옥니는 며칠 안 나오는 게 좋을 거야. 말렌코프(이정재의 별명)도 전 같지 못하시단 말이야. 끗발이야 임 단장(임

화수)이 있지만 그쪽은 또 돌개(배석구)가 겉돌고……."

그날 밤 병원과 경찰서를 오락가락하다 통금 해제 시간이 다 되어서야 명훈과 옥니가 술에 취해 자고 있는 여인숙으로 찾아온 깡 주임이 한 말이었다. 자신은 멀쩡하게 나와 돌아다니는 걸로 보아 모든 책임을 그들 둘과 달아난 패거리에게 덮어씌운 것임에 틀림없었다.

하지만 그게 명훈에게 반드시 나쁘지만은 않았다. 덕분에 명훈은 다음 날 자취방에서 생각보다 빨리 온 김 형과 황을 맞아들일 수 있었다. 그리고 역시 일 나가지 않고 지낸 그 며칠을 통해 어둠 속의 한줄기 빛과도 같은 그들과의 생활을 보다 자연스러운 관계 위에서 정립해 나갈 수 있었다.

예를 들어 그들이 주고받는 말투만 해도 김 형이 부대에 출근할 때를 빼고 줄곧 셋이 같이 있다시피 한 그 사흘이 아니었더라면, 좀 더 오랫동안 어색한 경어로 남아 있었을 것이다. 그들이 온지 이틀 만인가 입주식(入住式)이라 이름 지은 술자리를 통해 김형은 그것부터 풀어 치웠다.

"자, 이제는 한 지붕 밑에서 한솥밥을 먹게 되었으니 그놈의 '하쇼'부터 집어치우자. 내가 한 살 네게 손해 보았으니 황가 너도 명훈에게 한 살 손해 봐. 이제 모두 말을 트고 지내는 거야. 명훈이 너는 정 미안하거든 그저 성이나 이름 끝에 형이나 붙여 부르면 돼. 뭐 공자도 다섯 살 차이까지는 어깨를 나란히 해도 된다고 하잖았어……."

그해 시월의 어느 저녁

"종점입니다."

덜커덩거리던 전차가 멈추어 서며 차장이 지친 듯한 음성으로 말했다. 여럿에게 소리쳐 알린다기보다는 혼자만의 중얼거림에 가까웠다. 벌써부터 출구 쪽으로 몰려 있던 사람들이 서둘러 전차에서 내리고 있었다. 초저녁부터 술에 취해 조병옥이가 어떻고 장면이가 어떻고를 떠들던 두 중년을 끝으로 차 안이 텅 비자 전차표 통을 챙기던 차장이 힐끗 명훈을 돌아보며 말했다.

"학생, 안 내려?"

딴은 이상하기도 할 것이다. 종점에서 종점까지 오락가락하는 동안에 두 번째로 같은 전차에 탄 데다, 전번에도 맨 마지막에 내려 차장의 기억에 남았을 게 틀림없었다.

"아, 네."

화들짝 놀라 자리에서 일어난 명훈은 그렇게 대꾸하고 출구 쪽으로 갔다. 차장이 자기를 알아본 듯한 게 갑자기 부끄럽고 당황스러워진 까닭이었다.

밖은 완전히 어두워져 있었다. 운행 방향을 바꾸기 위해서인지 전선과의 연결 도르래를 움직이는 다른 전차의 지붕 위에서 푸른 불똥이 무슨 꽃처럼 피었다가 스러지곤 했다.

'오늘도 허탕이구나……'

그런 생각에 갑자기 축 처지는 어깨로 명훈은 청량리행 전차가 출발하는 선로 쪽을 향해 발걸음을 떼어 놓았다.

명훈이 틈만 나면 방금 내린 노선의 전차를 타고 종점에서 종점으로 오락가락하기 시작한 지 그날로 다섯 번째였다. 황이 경애를 만났다고 하는 그 노선으로, 어쩌면 자신도 경애를 만날 수 있을지 모른다는 기대에서였다.

처음 황이 경애 얘기를 꺼냈을 때 명훈은 자신이 그토록 경애를 까맣게 잊고 지냈다는 게 스스로 신기할 만큼 새삼스러운 느낌을 받았다. 사흘이나 흑석동 언저리를 헤집고 다니고, 다시 그 곱절을 취해 보낸 것으로 경애에 대한 미련은 깨끗이 씻긴 것으로 알았다. 그런데 그게 아니었다. 차츰 시간이 흐르면서 자신은 경애를 잊었던 게 아니라 오히려 너무 깊게 그녀 생각에 빠져 있어서 구체적으로 그녀를 떠올리지 못했을 뿐이란 생각이 들기 시작했다.

어떻게 보면 그런 명훈의 분석은 옳을 수도 있었다. 그가 자신의 앞날에 대해서 무책임해진 것, 특히 싸움 때마다 거의 자포자기적인 흉맹성에 휘말리는 감정의 밑바닥에는 경애에 대한 그리움도 틀림없이 있었다. 가끔씩 소스라쳐 깨어나 자신을 돌아보는 것도 실은 경애와 다시 만날지 모른다는 예감 때문이었고, 심지어는 모니카를 안고 뒹굴 때조차도 그의 의식 밑바닥을 휘젓고 있는 것 또한 어김없이 경애에 대한 비뚤어진 그리움이었다. 그런데 황의 우연한 말 한마디가 그 그리움을 깊고 깊은 의식의 밑바닥에서 한순간에 의식의 표면으로 건져 올리고 말았다.

명훈은 묵은 상처가 쑤셔 오는 듯한 아픔으로 며칠이나 안절부절못하고 보냈다. 기억은 분명히 그게 부질없음을 일러 주는데도 어떻게든 다시 한 번 그녀를 만나 보고 싶은 충동이 강하게 그를 몰아대기 시작했다. 그리하여 거기 부대끼다 못해 찾아 나선 게 바로 황과 같은 우연이었다. 황의 추측이 옳다면 언젠가는 그 전차 안에서 자신도 그녀를 만날 수 있으리란 생각이 든 까닭이었다.

하지만 대학의 등하교 시간을 어림해 한 번에 두어 차례씩은 종점에서 종점으로 오가기를 네 번이나 해 보았어도 그녀는 만나지지가 않았다. 그 바람에 맥이 빠져 단념했다가 며칠 만에 다시 그녀를 찾아 나선 것인데, 그날도 헛되이 오후만 날려 버리고 만 셈이었다.

'이제 어디로 간다?'

속이 비어서인지 유난히 밤바람이 쌀쌀하게 느껴져 걷어 올렸던 와이셔츠 소매를 내리며 명훈은 갑작스레 막막해져 중얼거렸다. 원래는 극장으로 돌아가야 할 시간이었지만 그 부분은 이미 깡 주임에게 이야기가 되어 있었다. 깡 주임은 지난번의 싸움 뒤로 명훈을 새롭게 보아, 이제는 전 같은 동정 섞인 호감보다는 약간의 위압감까지 느끼는 인정(認定)으로 대해 주었다. 「보바리 부인」으로 포스터를 바꿔 달아 그 무렵은 손님이 밀려드는데도 명훈이 댄 궁색한 핑계를 깊이 따져 보는 법 없이 조퇴를 허락해 주었다.

어둠 속에서 갑작스레 솟아난 듯 나타난 청량리행 전차에 기계적으로 오르면서도 명훈은 아직 어디로 갈까를 정하지 못하고 있었다. 그저 까닭 없이 서럽게 느껴지는 도회의 야경을 먼지 낀 차창 밖으로 바라보며 처량함과 울적함을 키울 뿐이었다.

경애가 떠나가고, 실직을 하고, 이리저리 생활이 허물어지기 시작하면서 아주 메말라 버린 줄 알았던 시심(詩心)이 문득 되살아난 것은 바로 그런 전차 칸 안에서였다. 명훈은 이렇다 할 힘들임 없이 경애가 소월풍이라고 말한 그 나름의 시 한 구절을 얻었다.

산길을
들길을
먼 하늘가 구름 길을

널 찾아

널 찾아

한없이 헤매어도,

산새도

들꽃도

바람도

주인 없는 상여는 보지 못했노라

아슬한

노을 녘에

무거운 지팡이를 던지면

아, 발갛게

밝아 오는 창마다

그렇게도

잃고 애태운

얼굴들이 많은 것을…….

하지만 '초혼(招魂)'이란 가제로 얽어 보기 시작한 그 시는 거기까지 간 뒤로는 더 이어지지 않았다. 그가 서투른 시인 흉내를 내기 시작한 뒤로 언제나 그를 괴롭혀 온 결구(結句)의 어려움은 이번에도 예외가 없었다. 시는 끝내 완성되지 못했지만, 실로 오랜만에 반짝한 그의 시심은 명훈의 그날 밤을 외부로 향한 발산보다는 내면적인 정리로 이끄는 데 한몫을 단단히 했다. 잘 맞춰지지 않는 결구에 매달려 끙끙대다가 전차가 벌써 동대문을 지나고 있음을 알게 된 명훈은 손에 들고 있던 물건을 팽개치듯 머릿속을 떠다니는 시구들을 흩어 버리며 갑작스레 결정했다.

'그래, 오늘은 일찍 돌아가자. 가서 황 형과 술이나 마시며 삭이자.'

그 무렵의 마음가짐대로라면 '풍차'로 가서 짱구에게 외상을 긋거나, 깡철이를 찾아내 곯아떨어지도록 퍼마시는 게 맞는데도 굳이 그런 차분한 마음을 먹게 된 데는 틀림없이 그런 시심의 역할이 있었다. 거기다가 이제 한 보름 남짓 되어 가는 그들과의 새 생활이 가져다준 정신적인 순화(馴化)도 은연중에 거들어 명훈을 자취방과 황에게로 돌아가게 했다.

명훈 스스로는 뚜렷이 깨닫고 있지 못했지만, 황과 김 형이 그의 자취방으로 옮겨 오면서부터 그의 생활에는 적지 않은 변화가 있었다. 공동생활에 따른 이런저런 불편이나 자질구레한 경제적 부담 같은 부정적인 것보다는 정신의 개안(開眼)과 성장 같은 긍정적인 쪽이었다.

일반적으로 함께 생활하게 되면 서로 떨어져 지낼 때의 신비감이나 존경심 같은 것은 이내 잃게 되는 법이다. 그런데도 황과 김 형의 경우는 달랐다. 오히려 함께 지내면 지낼수록 그들의 정신세계는 아득하게 느껴져, 때로는 그들이 정말로 자신보다 한두 살

위일 뿐인 보통 청년들에 지나지 않을까가 의심될 정도로 위압당하였고, 막연하던 존경심은 어느새 옛사람들이 스승을 대할 때와 같은 경외심으로까지 자라 갔다. 특히 김 형에 대한 인식의 변화는 명훈 스스로도 놀랄 지경이었다.

미군 부대에 근무할 때 명훈은 한때 김 형을 마음속으로 은근히 경멸한 적까지 있었다. 그의 남다른 붙임성은 천박한 아첨으로, 그리고 모든 일에 빈틈없는 요령은 세상일에 닳고 닳은 것을 보여 주는 증표로만 이해한 까닭이었다. 그와 황, 그리고 자신이 남다르게 몰려다니기 시작한 뒤에는 좀 나아졌지만, 그래도 한동안은 황보다 그를 격이 낮게 보는 태도만은 변하지 않았다. 대개 그들의 잦은 토론에서 얻게 된 인상인데, 황이 진지한 태도와 고상한 말로 김 형을 몰아대는 데 비해 김 형은 언제나 흔해 빠진 말과 논리로 스스로를 지키는 데 급급한 것처럼 보였기 때문이었다.

하기야 명훈이 미군 부대를 그만둘 무렵에는 둘의 관계가 좀 달라지기는 했다. 김 형도 언제까지나 몰리고만 있는 눈치는 아니었고 황도 전처럼 함부로 김 형을 몰아대지는 못했다. 하지만 미군 부대를 그만둘 때까지도 명훈이 품고 있는 김 형의 인상은 어딘가 황보다는 세속적이고 경박스럽다는 것이었다.

그런데 그 몇 달 사이에 둘의 관계는 드러나게 변해 있었다. 경멸기 섞이고 몰아대는 것 같은 황의 말투는 여전했지만 김 형의 말을 받아들이는 황의 태도는 전 같지가 않았다. 빈정거리면서도 귀담아들었고, 때로는 경멸 섞어 몰아대는 것 자체가 자신이 풀지 못한 의문에 대한 더 좋은 답을 끌어내기 위한 수단같이 보이기도 했다.

명훈을 향한 김 형의 태도도 전과는 많이 달라져 있었다. 직장에서 그때그때 함께 보내는 동료로서가 아니라 같은 지붕 아래서 한솥밥을 먹는 사이로 바뀌어서인지, 그때 같은 무난함만으로 명훈을 대하는 일은 거의 없었다. 살가우면서도 차가운 살핌을 계속하다가 조금이라도 빗나간다 싶으면 서슴없이 충고하고 교정하려 들었다.

명훈은 처음 그게 아연했으나, 차츰 아니꼽기보다는 고마움으로 받아들여졌다. 정다운 형이 있었다면 느꼈을 그런 감정이었다. 그 바람에 김 형이 앞장서서 말을 트고 지내자고 제안했는데도 김 형에게는 보름이 넘는 그날까지 여전히 존대를 하고 있었을 뿐만 아니라, 자신의 직장까지도 바로 대지 못하고 있었다. 세상일을 다 아는 듯한 그에게 극장에서 표 받는 일을 한다고 바로 말했다가는, 자신이 이따금씩 맡게 되는 마뜩잖은 역할은 말할 것도 없고, 배석구와의 관계나 깡철이네 패와의 학교생활까지 모두 꿰뚫어 볼 것 같아서였다.

그날 명훈이 자취방으로 돌아가서 술을 마실 생각을 한 것도 어쩌면 그 시간에는 김 형이 없을 것이란 은연중의 계산에 힘입었을지도 모르는 일이었다. 황은 기질적으로도 명훈과 잘 맞았을 뿐만 아니라, 명훈의 잘못이나 약점에도 김 형을 대할 때보다 훨씬 관대했다. 거기다가 말을 트고 지내게 되면서 곱절이나 더해진 친밀감이 울적한 술자리의 동행으로 그 시각 홀로 있을 황을 고르게 했을 것이다.

　용두동 근처에서 전차를 내린 명훈은 술과 안주를 사기 위해 주머니를 털어 보았다. 백 환짜리 한 장에 10환짜리 두어 장이 전부였다. 그제야 명훈은 그날 김 형의 제의 때문에 얼마 남지 않았던 돈을 털다시피 하고 나온 걸 기억했다.

　"연탄값과 집세는 세 사람이 똑같이 나눈다. 자질구레한 계산 때문에 사이가 틀어지는 일이 생기면 그보다 더 부끄러운 일은 없어."

　김 형은 그런 말로 아직 바쁘지도 않은 집세와 연탄값을 거두었다. 자신의 엄청난 주량과 만만찮은 황의 술 실력으로 미뤄 봐서는 소주에다 오징어로 한다 해도 백몇십 환은 턱없이 모자랐다. 거기다가 저만치 불이 환히 켜져 있는 박치과 건물이 언뜻 영희를 떠올리게 하여 명훈은 그리로 발길을 돌렸다. 술이야 자취방 아래 골목 구멍가게에서 외상으로 가져갈 수도 있었으나 굳이 그쪽으로 가게 된 것은 갑자기 영희를 본 지 오래된 것 같은 착각이 든 까닭이었다.

　이미 병원 문을 닫았을 시간인데도 치과 안에서는 두런두런 얘기 소리가 들렸다. 그 목소리의 주인이 남자라는 데 가볍게 긴장한 명훈은 꼭 엿들을 생각도 아니면서 문 앞에 잠깐 걸음을 멈추고 노크 대신 귀를 기울였다.

"이만 돌아가세요."

영희가 그렇게 말하자 어디선가 들은 듯한 남자의 목소리가 억지 쓰듯 말했다.

"안 돼, 오늘 여기서 잘 거야."

"그러지 마세요. 사모님이 오실지도 몰라요."

"올 테면 오라지. 흥, 까짓것."

그러는 목소리를 들으니 원장 같았다. 그게 명훈을 안심시켰으나 이내 사람을 긴장시키기에 충분한 영희의 나지막한 외침이 새어 나왔다.

"뭐 하시는 거예요?"

"아무것도 아니야, 걱정할 거 없어."

"이러시면 안 돼요."

영희는 목소리가 한층 다급해졌다. 놀란 명훈은 형식적인 노크에 이어 문을 열었다. 두 사람이 선 채 엉켜 무언가를 뺏고 뺏기다가 놀라 문께를 돌아보았다. 먼저 영희가 명훈을 알아보고 소리쳤다.

"오빠."

그러나 구원을 청한다기보다는 당황하고 난처해하는 빛이 뚜렷했다.

"어, 누구……?"

박 원장도 놀라 엉거주춤한 채 그렇게 물었다. 그러다가 재빨리 손에 든 걸 등 뒤로 감추는데 명훈이 보니 주사기였다.

"오빠가 웬일이야? 이 밤중에……."

그새 평온을 회복한 영희가 명훈을 보고 애써 지은 듯한 웃음으로 물었다.

그 순간적인 표정의 변화가 명훈을 까닭 없이 섬뜩하게 했다.

"집에 돌아가는 길에 잠깐 들렀어."

명훈은 그렇게 대답하면서도 세심한 관찰의 눈길로 영희를 살폈다. 좀 전의 섬뜩함이 어이없을 정도로 영희의 표정은 태연스럽기만 했다. 그러나 무엇보다도 그날 밤의 명훈을 결정적으로 방심하게 한 영희의 앙큼스러움은 박 원장이 우물쭈물하다가 밖으로 나가 버린 뒤의 실토였다.

"뭣 때문에 그랬어?"

그때껏 묘하게 그의 직감을 건드리는, 알 수 없는 의심을 털어 버리지 못한 명훈이 그렇게 묻자 영희가 문득 정색을 하고 말했다.

"그 주사, 아편이야. 원장 선생님은 아편을 하셔. 아편쟁이까지는 아니라도 사모님 걱정이 이만저만이 아니야."

그래 놓고 한층 조심스러운 말투로 덧붙였다.

"그렇지만 오빠, 어디 가서 이런 소리 해서는 안 돼. 큰일 나."

그러자 명훈은 모든 것을 알 듯했다. 영희가 갑작스레 침착해지고 어른스러워진 게 마음에 걸리는 대로 조금 전의 묘하게 그의 직감을 자극하던 의심을 털어 버릴 수 있었다. 영희는 작은 비밀을 털어놓음으로써 큰 비밀을 감쪽같이 숨겨 버린 셈이었다.

영희와 박 원장의 관계에 대해서는 끝내 아무런 낌새도 알아채지 못한 명훈이 떨어져 지내는 남매간의 일상적인 얘기를 한동 안 나누다 일어선 것은 밤 열 시가 가까웠을 무렵이었다. 자리에 서 일어나면서 술값을 빌릴까 말까 속으로 망설이는 명훈에게 영 희가 먼저 물었다.

"오빠, 아직 월급 못 받았지? 돈 떨어지지 않았어?"

"음, 그렇지만 뭐……."

영희가 먼저 돈 얘기를 꺼내는 바람에 오히려 거북해진 명훈이 그렇게 우물거렸다. 그러자 영희가 블라우스 주머니에서 접힌 천 환짜리 두 장을 꺼내 주며 말했다.

"이거 가져가. 그저께 오빠에게 주려고 갔는데 거 뭐야, 황씨라 던가 하는 사람이 자고 있길래 그냥 왔어."

"웬 돈이야? 너도 월사금 내고 나면 잡비 쓰기도 빠듯할 텐 데……."

생각보다 많은 돈이라 명훈이 얼른 받지 않고 물었다. 영희가 다시 어른스러운 한숨과 함께 말했다.

"나 당분간 학교 쉬기로 했어. 병원 일도 그렇고……."

"무슨 소리야? 병원 일 때문에 학교에 못 나갈 지경이라면 차 라리 여길 그만둬."

"말도 안 되는 소리 하지 마. 내가 오빠를 거들지는 못할망정 되 레 오빠 짐이 되란 말이야? 도대체 오빠 월급이 얼마야?"

"어찌 됐건 내가 알아서 할 테니 그만둬."

명훈은 그렇게 큰소리쳤지만 말끝은 자신도 모르게 잦아들었다. 영희가 아이 달래듯 그 말을 받았다.

"알았어. 새로 들어온 김 양 일 좀 배우면 다시 학교 나갈게. 하여튼 이거 받아. 내 월사금은 오빠가 걱정하지 않아도 돼."

거의 본능적이고 또 두텁기 그지없는 정치적 무관심의 벽을 뚫고 그 무렵의 정치 문제가 명훈의 의식에 와 닿게 된 것은 그가 박치과를 나와 자취방으로 돌아가다 들른 구멍가게에서였다. 소주세 병과 오징어 몇 마리, 그리고 꽁치 통조림 한 통을 사고 천 환짜리를 낸 명훈이 잔돈을 거슬러 받기 위해 기다리는데 문득 이런 소리가 들렸다.

"뭐라고 해도 조병옥이가 잘한 거여. 박 터지게 쌈박질해 봐야 될지 안 될지 잘 모르는 거, 터억 밀치고 물러나 앉으니 우선 모양부터가 얼마나 좋아? 암, 잘한 거라고, 잘했고말고지……."

"하, 뭐라꼬, 저 누무 새끼 봐라, 또 더러븐 주딩이 놀리네. 니 이 누묵 새끼, 니 장면인지 냉면인지한테 돈 얼마나 처묵었노? 우예서 우리 조 박사가 대통령 후보 사퇴한 기 잘한 기란 말고?"

명훈이 무심코 그쪽을 보니 가게 문을 들어설 때부터 평상에 앉아 막걸리를 나눠 마시며 무언가를 떠들고 있던 두 사람이었다. 둘 다 허름한 노동자풍의 차림으로 경상도 사투리를 쓰는 쪽이 대여섯 살은 위로 보였다. 둘 다 허리에 도시락 통을 꿰찬 게 떠돌이 노동자 같지는 않고 어딘가 정한 일터에 잡일을 나가는 사람들 같았다.

"난 말여, 못 살겠다 갈아 보자, 이거라고. 이젠 한번 갈아 볼 때가 됐다, 이 말이여. 그런데 그 두 사람이 집안싸움만 해서 쓰겠어? 누가 됐든 하나만 나와야 이승만이한테 명함이라도 내밀어 볼 것 아니겠어? 장 박사 편들어 이러는 거 아니라고."

타관 친구 열 살 맞잡이라던가. 얼굴로 보아서는 상대방에게 말 놓을 만한 나이가 아닌데도 젊은 쪽이 약간 혀 꼬부라진 소리로 그렇게 받아넘겼다. 거기까지 듣고서야 요란스럽기는 해도 명훈의 의식을 겉돌기만 하던 그 무렵의 정치 상황이 무슨 어수선한 꿈자리의 기억처럼 띄엄띄엄 떠올랐다.

조(趙: 조병옥) 장(張: 장면)씨 양파 정면 대립

민주당 내분 수습에 서광 ─ 장 박사 대통령 후보 포기한 듯

민주당 투표수로 당론 결정키로

장 박사 출마 포기 대가로 대표직 요구

민주당 중도파, 내분 확대면 탈당키로

조·장 치열한 성명전

지명 대회 시월 내 개최키로 ─ 분열은 자살 행위

그런 게 대강 그 무렵의 일간지 머리기사였다. 그러나 명훈이 읽어서 아는 것이 아니라 깡 주임 덕분이었다. 겨우 극장 기도나 보면서 정치에는 무슨 관심이 그리 많은지 언제부턴가 깡 주임은 입장권을 거두는 일만 끝나면 신문부터 찾았다. 그리고 큰 소리

로 제목을 읽은 뒤에 구석구석 평까지 곁들이며 훑었다. 이따금씩 신이 나면, "너는 학생이니까 좀 알 테지만……" 하며 명훈을 잡고 한참이나 무어라고 떠들어 댈 때도 있었다. 대개는 자유당을 편들어 민주당의 진흙투성이 집안싸움을 고소해하거나 빈정대는 소리였다. 하지만 명훈은 오히려 그런 일에 그토록 열심인 깡 주임이 이상할 뿐이었다. 그런 표현이 가능한지는 몰라도, 정치는 명훈에게 있어서는 거의 선험적(先驗的)인 금기였고, 그것을 향한 일체의 의식은 그가 이 세상에서는 가장 크다고 믿는 죄악의 출발이거나 끔찍한 재난의 시초였다. 그런데도 명훈이 그만큼이나마 신문의 머리기사들을 기억할 수 있었던 것은 진흙 밭의 개싸움 같은 민주당의 후보 다툼이 아니라 그 한 패의 대표인 조 박사의 이름이 바로 조병옥이라는 데 있었다. 아버지에 관한 어떤 종류의 기억과 마찬가지로 그 이름도 섬뜩함으로 명훈의 머릿속에 새겨진 기억이기 때문이었다.

해방 이듬해 가을이었다. 사랑방을 드나드는 아저씨들의 수군거림에서 주워들었던가. 대구가 해방되었다는 소리와 함께 그쪽 모퉁이가 유난히 활기찬 것 같았은데 며칠 안 돼 밖에 나갔던 아버지가 병든 사람 같은 얼굴로 돌아왔다.

"일이 다 된 줄 알았는데…… 또 사람 백정들이 몰려와 뒤집어 놓았어. 경찰이 아니라…… 백색테러야. 보나마나 그 두 놈이 시켰겠지. 흉악한 놈들……"

그날 밤 아버지는 누군가와 늦도록 술을 마시며 그렇게 말했는데 거기서 뒤이어 나온 게 장택상이란 이름과 '그 이름'이었다. 어쩌면 그때 나이 겨우 여덟아홉이었고, 또 그 이름도 건넌방에서 흘려들은 거라 잊어버릴 법한데도 명훈이 어렴풋이나마 기억하게 된 것은 아버지가 그 이름을 내뱉을 때의 증오 서린 말투와, 장지문 이쪽에서 그런 아버지의 술주정을 안절부절못하며 듣고 있던 어머니의 밭은 헛기침이며 소리 죽인 혼잣말 때문이었다.

"하이고, 집이사 외지지마는 어쩌자고 저런 소리를……."

그러다가 몇 년 뒤 전쟁이 터지면서 다시 듣게 되자 그 이름은 마침내 명훈의 기억에 뚜렷이 남겨지게 되었다. 수원 관사(館舍)에 살 때 무언가로 이따금씩 드나들던 인민군 군관과 아버지의 대화를 통해서였다.

"이 악질 반동으 새끼덜이 마지막 발악을 하는 거우다. 글티만 두고 보라우요. 8·15 전에는 부산까지 해방될 거이니끼."

아버지가 싸움 소식을 물을 때마다 그렇게 거침없이 내뱉던 그 군관의 말투는 여름이 다해 갈수록 거칠어지고 짜증이 늘어 갔다. 그리고 마지막에는 대구를 끌어안고 버티는 그 악질 반동의 이름들까지 나왔는데 거기서 명훈은 다시 몇 번이고 그 이름을 들었다.

하지만 그때만 해도 아직 그 이름은 섬뜩함이나 두려움과는 멀었다. 그 군관의 말투에서 옮은 것일 테지만 기껏해야 혐오였고, 아니면 경멸에 가까웠다. 그런데 전쟁이 끝나고 아버지가 여지없이 단죄(斷罪)되면서 그 이름은 이내 섬뜩함으로 기억 속에 자리 잡게 되었다. 아버지와 그의 패거리가 그를 미워했으니 그와 그의 패거리도 우리를 미워할 것이다. 이승만과 그의 패거리보다 더욱. 그게 이제는 거의 믿음으로 굳어진 소년 시절의 단순한 계산이었다.

따라서 그날 아침 깡 주임이 조간을 펴 들고 떠들어 댈 때도 명훈은 알 수 없는 안도 같은 걸 느꼈을 뿐 별다른 뜻이 없었다.

"햐! 이거 무슨 부처님 가운데 토막 같은 소리야? 조 박사 대통령 후보 포기라니? 뭐, 당내 분규 살리는 유일한 길이라고? 이거 잘하면 뜨물에 애 생기겠어. 자유당, 이 박사, 모두 정신 차려야겠는데."

그날 첫 회 상영 수표(收票)가 끝나자마자 출입구에 의자를 갖다 놓고 신문을 펴 든 깡 주임은 자유당을 걱정하는 건지 민주당을 빈정대는 건지 모를 평을 곁들여 가며 신문을 읽어 나갔다.

"장파(張派) 성명이라…… 정치적인 제스처인가, 진실로 대통령 후보를 포기하고 당권 장악을 기도하는 것인가. 계속 검토하겠다고? 하오 다섯 시경 신파(新派)를 대변해 이철승이가 성명을 발표한다라. 거 재밌군. 이거 잘못하면 둘 다 사퇴하는 거 아냐? 나라도 슬슬 민주당 근처에 가 볼까, 어쩌면 그 빈자리 나한테 내 줄지 알아?"

깡 주임은 한동안을 그렇게 떠들었으나 명훈은 오래잖아 흘려 듣기 시작했다. 그의 머리는 어느새 경애를 찾아보기 위해 오후 시간을 얻어 낼 핑계를 지어내는 일에 젖어 들고 있었기 때문이었다. 하지만 명훈은 그날 오후 전차 칸에서 보내면서도 몇 번인가 그 문제를 떠드는 사람들과 만났다. 아니 모든 사람이 저마다 신문 한 장씩을 사 들고 그 문제만 떠들어 대고 있는 것 같았다. 그런데도 끝내 그 문제가 그의 의식 깊이 뚫고 들어오지 못한 걸 보면 그의 둔감과 무관심은 차라리 처참한 데마저 있었다. 무자비한 상잔으로 끝장을 본 분별없는 이데올로기의 대립이 남긴 슬픈 유산 때문이라 쳐도, 때는 어떤 의미로든 혁명의 전야였고 그의 나이는 이제 스물하나였기 때문이다. 그런데 그 철저하다고 말할 수밖에 없는 둔감과 무관심의 벽이 구멍가게에서 보게 된 그 두 술꾼에 의해 뜻밖으로 쉽게 틈을 보였다. 이렇다 할 배움의 흔적도 느껴지지 않고, 설령 정치적인 변화가 온다 해도 빼앗길 것도 얻을 것도 없을 것 같은 사람들이 그토록 열 올려 떠드는 게 묘하게 명훈의 내면을 자극한 까닭이었다.

"야, 이누무 새끼야. 글타 캐도 왜 하필이믄 우리 조 박사가 양보를 해야 되노? 장면이 그 맨자구(경상도 사투리로 연약하고 아둔한 사람)가 어예 이승만이를 당해 내노? 택도 없다, 택도 없어."

"조병욱이는 뭐 있간디? 자유당 미워 표 찍지 누가 민주당 고와 표 찍었어?"

가겟집 아주머니가 집 안까지 들어가 잔돈을 채워 올 동안 두 사람은 조금도 양보하는 기색 없이 다투었는데, 명훈은 갑자기 자신에게 무얼 물어 올까 겁이 났다. 남들이 다 관심을 갖는 일에 별로 아는 게 없다는 게 새삼 당황스럽고 부끄러웠다. 짓눌리고 움츠러들다 보니 사그라져 없어진 정치적 성향이라 더욱 그랬는지도 모를 일이었다.

그 바람에 명훈은 잔돈을 받아 쥐기 바쁘게 돌아서면서 그때껏 먹고 있던 생각을 바꾸었다. '그래, 오늘은 경애 얘기나 신세 한탄 따위 시시껄렁한 일들은 집어치우고 황 형에게 그거나 차근차근 물어보자. 자유당은 뭐고 민주당은 뭔지, 또 구파는 뭐고 신파는 뭔지, 독재는 뭐고 자유는 뭐며, 아버지의 민주(民主)는 뭐고 요즈음 떠드는 민주는 뭔지……'

황 형은 집에 있었다. 더군다나 방바닥이 좁아 뵐 만큼 신문을 펼쳐 놓고 번듯이 누워 있어 명훈이 마음먹고 있던 얘기를 꺼내기에는 꼭 알맞아 보였다. 명훈은 얘기가 자연스레 풀리도록 하기 위해 술판부터 차렸다. 그러나 결국 명훈이 애써 그 얘기를 꺼낼 필요는 없었다. 부엌에 가서 술잔으로 쓸 종지 둘과 통조림을 딸 식칼, 그리고 양념으로 쓸 마늘과 고춧가루를 찾아오는데 툇마루 쪽문이 열리며 김 형이 불쑥 들어섰다.

"어, 네가 웬일이야?"

황이 뜻밖이라는 듯한 표정으로 물었다. 김 형은 방 안에 펼쳐져 있는 술과 안주에 감탄부터 먼저 했다.

"야, 이 사람들 봐라. 한판 단단히 벌일 모양인데."

"명훈이가 사 왔어. 그런데 오늘 저녁 근무는?"

"박씨 아저씨가 내일 낮에 조카 결혼식에 가야 한다나. 마침 나도 내일 강의가 없기에 근무를 바꿨어."

김 형은 그렇게 말하며 술병 앞에 털썩 자리 잡더니 시시껍적한 미식가답게 안주 참견으로 들어갔다.

"이건 뭐야? 연탄불 없어? 오징어는 굽고 통조림은 끓여야지. 그냥은 비려서 안 돼."

말뿐만이 아니었다. 뒤이어 시원스레 안주를 싸 말아 부엌으로 나간 김 형은 누가 거들 틈도 없이 오징어를 굽고 제법 그럴듯한 통조림 찌개까지 끓여 들여왔다. 그 얘기를 먼저 꺼낸 것은 오히려 황이었다.

"이거 어떻게 생각해?"

술 한 잔이 돌기 바쁘게 방바닥에 펴 놓은 신문 모퉁이를 가리키며 황이 김 형에게 물었다.

민주당 분열 위기 극복. 조 박사 후보 포기로.

당 기능 회복 촉진. 조파(趙派) — 충격 억제코 단합. 장파(張派) — 정화위 해체 동의.

아침에 보았던 그 신문인데 머리기사가 달라진 걸로 보아 석간인 듯했다. 뜨거운 찌개를 후후 불며 한입 맛있게 먹은 김 형이 언제나 그렇듯 별로 감동 없는 말투로 받았다.

"얼굴 보니 꽤나 감격한 것 같은데 뭘 또 물어?"

"하긴 좀……. 민주당 사람들 제법 아냐? 특히 조병옥이 말이야. 듣기로 해방 후의 정국에서는 이런저런 악평도 들었다는데 세월이 지나면 사람도 자라는 모양이지."

그 무렵 들어서는 공격적인 말투가 거의 없어진 황이 조심스레 속을 털어놓았다. 김 형은 여전히 그 화제에 흥미를 보이려 들지 않았다. 비운 잔을 황에게 쑥 내밀며 김 형이 귀찮다는 듯 말했다.

"우리 우국지사께서 그렇게 보았다니 맞겠지 뭐. 어쨌든 그놈의 얘기는 이제 신물이 나. 하루 종일 어딜 가나 모두 그놈의 얘기야. 별것도 아닌 걸 가지고……."

잔을 받으면서 황이 갑자기 자신의 말이 무시당한 게 속상한 듯 삐딱하게 덧붙였다.

"대통령 자리가 별것 아니라면 뭐가 별거야? 그런 대통령 후보 자리를 내던진다는 게 뭐 그렇게 밥 먹듯 쉬운 일이야?"

"대통령 자리야 물론 대단하지. 상당한 가능성이 보이는데 후보를 포기하는 것도……. 요는 그게 아직 말일 뿐이라는 거야. 언제든 뒤집을 수 있는 정치가의 말……."

"언제든 뒤집을 수 있다니 그게 무슨 소리야? 아직 이 나라에서의 정치는 곧 명분이야. 더구나 지금은 그 어느 때보다도 도덕성과 신의가 요구되는 게 이 나라의 정치라고. 그런데 그 정치가의 말이기 때문에 믿을 수 없다고? 더구나 대야당 지도자로서 국민을 상대로 한 말인데?"

황의 말에 차츰 열기가 실리기 시작했다. 그러나 김 형은 담담하기만 했다.

"하기야 더 두고 봐야지. 예측의 부분은 어느 누구도 온전히 장담할 수는 없지."

"물론 그야 그래. 하지만 아직 신문에 잉크가 마르지도 않았는데 의심부터 하는 네 인간 불신도 놀랍다. 그것도 정치적 허무주의의 일종인가?"

"걱정이 돼서 경고하는데 너야말로 그 덜떨어진 이상주의를 절제하도록 해. 이상주의가 상처 받으면 가장 철저한 정치적 허무주의를 낳는 법이야."

전 같으면 그쯤에서 황이 반발해 본격적인 말다툼으로 들어가야 했다. 그러나 황은 반발 대신 오히려 진지하게 물었다.

"결국 내가 사태를 너무 이상주의의 관점에서 보고 있다는 얘긴데 그럼 네가 보고 있는 건 뭐야? 어째서 그렇게 쉽게 조 박사가 자기의 말을 뒤집을 수 있다고 봐?"

그러자 김 형이 피식 웃었다.

"이 나라가 처해 있는 상황과 국제 정세의 분석에 그토록 날카롭던 우리 황석현 씨가 오늘은 웬일일까? 대단찮은 후진국 야당 지도자의 상투적인 정치 행태에는 이렇게 자신 없어 하니……."

그래 놓고는 빈정거림 섞어 이어 나갔다.

"첫째로는 조자룡이 헌 칼 쓰듯 이 나라 정치가들이 애용하는 '국민의 뜻'이 있지. 민주정치란 국민의 뜻을 따르는 정치다. 그러므로 국민이 원하면 정치가의 주관이야 어떻든 거기에 따라야 한다? 뭐, 이런 논리라면 까짓 말 한마디 뒤엎기야 어려울 게 있겠어? 국민이 원한다는데 어떻게 할 거야? 그 국민? 그거 만들기야 간단하지. 명색 조금 이름만 있어도 지지자야 있게 마련이고, 그 지지자 불러 모아 물으면 출마하라는 소리야 절로 나오겠지. 거기다가 든든한 계파 동원해 약간만 손을 쓰면 출마 지지 집회 아니라 출마 권유 폭동이라도 끌어낼 수 있겠다. 그런데 어느 국민은 국민이고 어느 국민은 국민 아니란 법 있어? 숫자야 얼마건 그들도 틀림없이 이 나라 국민이고, 따라서 국민의 뜻을 못 어겨 개인의 결심을 철회한다는데 누가 뭐랄 거야? '국민의 뜻' 끌어대 악용하기 시작하면 정치가들의 공약이야 모두 하나 마나야. 다음은 또 상황 논리란 편리한 게 있지. 그때는 그랬지만 지금은 상황이 달라졌다. 그 말은 이런이런 조건 아래 한 말인데 그중에 무슨무슨 조건이 채워지지 않았으니 내 말은 무효다. 그렇게 나오면 어쩔 거야? 중요한 건 그 사람 마음이지 끌어댈 핑계 없어서 하고 싶은 걸 못 할 것 같아? 그 상황 논리에다 아까 말한 그 '국민의 뜻' 처억 얹어 놓으면 이건 뭐 꼼짝없는 양수겸장이지. 아니, 그 이상 몇 가지 '나 아니면 안 된다'는 식의 필연성을 곁들이면 오히려 대단찮은 지난날의 말 한마디에 묶여 출마를 포기하는 게 나라와 민족에게 죄를 짓는 일이 되게도 할 수 있을 거야."

"기대한 것보다는 상식적인 논리군. 나는 실은 그보다 훨씬 고급한 정치적 책략으로 해석될 줄 알았는데……."

무엇 때문인지 황이 문득 여유를 되찾은 얼굴로 그렇게 받았다. 명훈의 짐작으로는 김 형의 말이 전혀 황의 예상에 없었던 것은 아닌 듯했다. 김 형이 얼른 황의 말을 받았다.

"물론 그 부분도 있지. 미세한 대로 이쪽이 저쪽보다 우세한 구석이 있을 때 상대의 확실한 항복을 받아 내기 위한 전략으로 말이야. 그렇게 되면 저쪽은 실제 이상으로 강한 여론의 압력을 받게 돼 양보를 하게 되거나 최소한 같은 출마 포기 선언으로 이쪽의 부담을 절로 덜어 주게 될 테니까. 단 그때는 그 계파 사람들이 보스의 출마 포기 선언에 조금도 흔들리지 않고 힘을 다해 추대 운동을 계속해 주어야겠지. 하지만 그 부분은 그야말로 정략(政略)의 부분이라 우리가 참견할 일은 아니야. 그게 섬뜩하든 지저분하든……."

"이미 정략 부분을 눈감아 주기로 했다면 더욱 그렇게 비관적일 건 없잖아? 네가 비꼰 '국민의 뜻'이나 상황 논리도 정당화될 수 있으니까."

"너는 고의로 말을 비틀고 있어. 네가 처음 물은 것은 후보 포기 선언 그 자체에 대한 너의 순진한 믿음이었지. 하지만 좋아. 문제를 일반론으로 끌고 간다 쳐도 반드시 네 낙관에 유리할 건 없어. 중국 사람들 말에 손바닥으로 하늘을 가린다는 게 있지. 실제로는 두 눈을 가려 하늘을 보이지 않게 해 놓고 하늘을 가렸다고 믿는 건데, 아무리 정략이라 해도 그 수단이 그런 식이어서는 안 돼. 속임수와 잔꾀를 수단으로 쓰면 당당하던 정략이 상하는 수가 있어."

"너는 마치 조 박사가 벌써 '국민의 뜻'과 상황 논리로 자신의 말을 뒤집은 것처럼 말하는군. 겨우 오늘 아침에, 그것도 내가 보기에는 상당히 어려운 걸 결정하고 발표했을 뿐인데."

"나도 아무것도 단정하지 않았어. 그저 네 이상주의를 기초로 한 낙관에 미리 주의를 주었을 뿐이야."

그렇게 말한 김 형이 갑자기 귀찮은 듯 말머리를 바꿨다.

"어떻든 이쯤 하지. 비싼 술맛 떨어지겠어. 별로 관심도 없는 얘기에……."

그러나 황은 그런 김 형을 놓아 주지 않았다. 뿌리치기 어려운 진지한 어조로 김 형의 말꼬리를 잡고 늘어졌다.

"바로 그 점인데…… 3천만이 다 관심 있는 일이 네게는 어찌 그리 흥미가 없지? 하기야 미래, 특히 변혁 후의 미래에 대한 네 비관은 나도 어느 정도 이해한다. 그러나 아무런 대안 없는 비관은 전망의 결여와 다를 게 없어. 전망은 없이 비관만 한다. 네 허무주의로 설명하지 못할 건 아니지만 젊은 나이로 좀 참담하지 않아?"

명훈은 거기서 가벼운 긴장을 느꼈다. 그럭저럭 그들의 어법에 단련된 덕분에 이제는 거의 정확하게 알아듣게 된 황의 그런 물음은 김 형보다 자기를 향하고 있는 듯한 느낌이 든 까닭이었다. 그러나 김 형은 특별히 긴장하는 기색은커녕 오히려 빈정거리는 투로 되물었다.

"전망이라고? 그게 뭔데? 그게 뭐라서 그 전망의 결여를 꼭 욕설하는 투로 말하는 거야?"

"그럼 너는 전망이 없는 게 아니라 하지 않는다는 뜻이야?"

"그 이상이지. 나는 우리에게뿐만 아니라 인류사 전체를 통해 인간에게 가장 큰 재난을 몰고 온 게 바로 그 얼치기 전망들이라고 생각해. 만약 그 전망이란 게 기대와 예측을 겹친 말인 게 틀림없다면 말이야."

"그건 또 무슨 소리야?"

"크건 작건 옳건 그르건 이데올로기라고 부를 수 있는 관념 체계의 핵심은 바로 그 전망이기 때문이야. 어떤 이데올로기든 그 힘은 전망의 실현 가능성에 비례하게 되어 있지. 아니 더 정확히 말하면 실현 가능성이라기보다는 기만적인 분장술에. 그리하여 당대인들을 현혹하기에 충분한 분식을 갖추게 되면 그 이데올로기는 곧 힘이 되지. 신화의 시대에는 신화에, 감성의 시대에는 감성에, 그리고 이성의 시대에는 이성에 걸맞은 분식 말이야."

"실현 가능성이 아니라 분장술이라고?"

"그래, 이성의 시대라고 볼 수 있는 18세기 이후의 이데올로기들이 가장 잘 쓰는 분장술은 과학과 합리지. 그리고 대표적인 성공 사례는 공산주의쯤 되고. 하지만 애초부터 어거지스러운 과학적 또는 합리적이란 말을 떨고 나면 모든 이데올로기가 갖는 전망의 본질은 과거의 이상화에 지나지 않아. 기록된 역사를 왜곡했건 과장했건, 증명할 수 없는 역사의 단계를 상정(想定)한 것이건 과거의 어떤 상태를 이상화(理想化)시킨 게 소위 이데올로기적 전망의 원형인 경우가 대부분이지. 이를테면 초기 기독교도의 공동 생활에서 공산주의의 뿌리를 찾거나, 아무도 증명할 길 없는 원시 공산 사회(原始共産社會)를 상정해 그걸 바탕으로 전망한 게 미래 의 공산주의 낙원인 것처럼 말이야. 과학적이니 합리적이니 하는 것은 동시대인들을 홀리기 위한 분장술일 뿐이지."

"나는 『자본론』은커녕 『공산당 선언』조차 전문(前文)밖에 읽어 보지 못한 상태지만 적어도 네가 매우 자신만만한 오해를 하고 있 다는 것만은 짐작한다. 좋아, 네가 말한 대로 모든 이념적인 전망 은 결국 이상화된 과거에 지나지 않는다 치자. 하지만 그렇더라도 역사가 완성된 것이 아닌 이상 개혁과 진보는 필요하지 않아? 그 렇게라도 전망을 지니고 사회를 발전시켜 나가려고 노력하는 게 보수의 독선과 아집보다는 바람직하지 않겠어? 만약 너처럼 전망 그 자체를 부정적으로 본다면 빼앗김과 짓눌림의 역사는 영원히 계속될 거 아냐? 그런 논리가 불의하고 부패한 지배 계층의 현상 유지에 한 근거로 악용된다면 정말 참담한 일 아니겠어?"

김 형의 빈정거림에 자극을 받은 탓일까. 황의 어조가 다소 강 경해졌다. 그 말 어디가 아픈 곳을 건드렸는지 거기서 김 형도 진 지해지기 시작했다.

"정치제도나 이념에 대한 전망이 없다고 해서 내가 우리의 개 혁과 진보를 단념했다는 뜻은 아니야. 이거 좀 엉뚱한 고백이 되 지만 우리의 상황이 개선 또는 개혁되어야 하고 우리 사회도 진보 돼야 하는 어떤 것이라고 믿기는 나도 마찬가지야. 그러나 내가 그

실현 수단으로 기대하는 것은 제도나 이념이 아니라 인간 그 자체야. 우리로 국한시키건 인류로 확대하건 지금 이대로의 인간성으로 개선과 진보를 오직 제도와 이념에만 맡겨 버린다면 언제나 우리가 치른 값에 비해 얻는 게 너무 적을 것이라고 나는 믿어. 너는 또 이걸 역사적 허무주의라고 빈정대겠지만, 지금까지 어떤 이상적인 혁명도 그걸 위해 바친 인간의 피와 땀과 눈물에 충분한 보답을 한 것 같지는 않거든. 분명히 진보와 개혁이 있었다 해도 우리가 너무 터무니없이 비싼 값을 치른 것 같단 말이야. 소비에트 공화국 인민이 제정러시아 백성보다 얼마나 행복해졌는지 모르지만, 한 가지 틀림없어 보이는 것은 그 증진된 행복의 총량이 아직 적(赤)·백(白)의 싸움에서 죽은 수백만의 핏값에 까마득히 못 미친다는 점이지. 나는 그게 인간성의 고양에 대한 노력 없이 제도와 이념에만 사회의 개선과 진보를 맡긴 탓이라고 봐. 한마디로 말해, 나는 나쁜 인간이 운영하는 좋은 제도나 이념의 나라보다는 좋은 인간이 운영하는 나쁜 제도나 이념의 나라가 더 희망적이라고 보고 있어. 따라서 항상 제도나 이념과 연관을 맺는 너희들의 이른바 그 전망에는 관심이 없는 거야."

"그렇다면 그건 전망의 결여라고 할 수가 없지. 뭐랄까, 말 그대로의 인간주의적 전망을 가졌군그래."

이번에는 황이 빈정거리는 투가 되었다. 김 형의 말끝이 전에 없이 조심스레 맺어지는 게 어떤 자신감을 회복시켜 준 듯했다.

정말로 그랬다. 무엇이 쑥스러웠던지 술기운 탓만은 아닌 붉은 기가 살짝 스치는 얼굴로 김 형이 대답을 어물거리는 사이에 황이 예전의 시원스러운 공세로 나왔다.

"오랜만에 속을 털어놓은 셈인데, 이러기는 안됐지만 네 말에는 몇 가지 기본적인 오류와 혼동이 있어. 첫째로 너는 정치의 기능과 종교 또는 도덕의 기능을 혼동하고 있고……."

황이 그렇게 시작하면서부터 명훈은 점차 그들의 대화 밖으로 밀려나기 시작했다.

뒤이어 황의 말 속에서 쏟아지는 귀에 선 서양 사람들의 이름과 점점 일상의 말투에서 멀어져 가는 그들의 어법이 적의 비슷한 느낌으로 그의 접근을 거부한 탓이었다.

"찌개를 데워 와야겠어."

한동안 멀거니 앉아 그들의 입 모양만 번갈아 바라보던 명훈은 마침 알맞은 일거리를 찾아냈다는 기분으로 누구에게랄 것도 없이 그렇게 말하며 찌개 냄비를 들고 일어났다.

그러나 연탄 화덕에 찌개 냄비를 얹어 놓고 부뚜막에 걸터앉자 갑자기 외롭고 서글픈 마음이 들었다. 애썼으나 다시 그들의 세계 밖으로 밀려나고 말았다는 쓸쓸함과 안다는 것에 대한 막연한 동경에 술기운이 겹쳐 만들어 낸 느닷없는 감정 상태였다. 그사이에도 황의 얘기는 창호지 바른 부엌문을 통해 폭포처럼 명훈의 귓전에 쏟아졌다.

"……인간성의 문제도 그래. 너는 그렇게도 자주 모든 판단의 기초를 역사에서 끌어내면서 인간성의 한계나 그 발전 속도는 왜 무시해? 인류가 동료의 시체를 뜯어 먹거나 들판에 버리지 않고 묻어 줄 만한 도덕감을 가지는 데 얼마나 걸렸는지 알아? 인류의 출현을 백만 년 전으로 잡아도 자그마치 97만 년 이상의 세월이 흘렀다고. 뿐만 아니야. 살인이 나쁘고 도둑질 따위가 나쁘다는 걸 깨달은 것도 수만 년이 넘지만, 그리고 그동안 수많은 성인과 도덕군자가 그걸 되풀이 일깨워 주었지만, 아직 그 어떤 것도 온전히 고치지는 못하고 있어. 그런데 그 더디고 가망 없는 인간성의 고양에다 우리의 개선과 진보를 맡기자고?"

이따금씩 그렇게 알아들을 수 있는 구절도 있었지만, 그때는 이미 명훈에게 귀담아들을 마음이 없었다. 어렸을 적에 즐겨 들어가 놀았던 아버지의 서재와 네 벽을 가득 채우고 있던 수많은 책이 문득 떠오르며 까닭 모를 외로움과 서글픔만 더해 갈 뿐이었다.

그렇게 앉아 있자 더 심하게 오르는 술이 감정의 과장을 부추긴 탓일까. 이윽고는 콧등마저 시큰해 옴을 느끼며 망연히 앉아 있던 명훈을 깨운 것은 김 형이었다.

"명훈이 뭐 해? 거기 없어? 뭐가 타는 냄새가 나는데……."

그 소리를 듣고 얼른 냄비 뚜껑을 여니 그새 찌개가 졸아붙었는지 생선과 고춧가루 타는 냄새가 뒤섞여 매캐하게 코를 찔렀다. 그게 시큰해 있던 콧등을 더욱 자극해 짜낸 눈물이 느닷없이 명훈을 당황케 했다.

"술이 모자라지? 더 가져와야겠어."

명훈은 뜨거운 줄도 모르고 맨손으로 냄비 귀를 잡아 방 안에 들인 뒤 그 말과 함께 도망치듯 부엌을 빠져나갔다.

통금이 다 돼 가서인지 가게 마루에 걸터앉아 떠들던 노동자 풍의 두 사내는 가고 없었다. 다시 소주 세 병을 사 들고 언덕길을 오르면서 명훈은 비로소 밤공기를 느낄 수 있을 만큼의 정상적인 기분으로 돌아갔다. 좀 전의 그 느닷없는 당황스러움도 떨쳐 버릴 수 있었고, 그래서 자취방에 들어설 때는 제법 새로운 결의로 마음을 가다듬기까지 했다.

'그래, 겸손하게 배우자. 세상을 껍데기만 보고 살아갈 수는 없지 않은가. 나도 저들처럼 세상의 내막을 이해하고 설명할 수 있도록 스스로를 만들어 보자.'

명훈이 술병을 안고 들어갔을 때는 김 형과 황의 입씨름이 거의 끝나 가고 있었다.

"원래가 그런 거지만 결국은 제 팔 흔들기가 되고 말았군."

어이없다는 듯 그렇게 말을 맺고 시무룩해 있는 김 형에게 술잔을 따르는 황을 보고 명훈이 불쑥 물었다.

"황 형, 방금 한 그 얘기들, 모두 대학서 배운 거야? 아니면 책에서 읽은 거야?"

"아, 뭐, 그거……."

황이 뜻밖이라는 눈길로 명훈을 보며 어물거렸다. 전 같으면 야릇한 자존심 같은 것 때문에라도 묻기를 그만두었겠지만 그날은 달랐다. 명훈은 별로 그런 감정을 억누르려는 노력 없이 다시 물었다.

"책이라면 어떤 책에 있어? 지금 가지고 있는 것 있어?"

"갑자기…… 그건 왜?"

황이 더욱 알 수 없다는 듯 김 형을 흘깃 건너보며 되물었다.

"나도 좀 알고 싶어서 그래. 실은 두 사람의 얘기를 잘 알아듣지 못하겠어. 분명히 나도 궁금한 화제고, 어떤 때는 끼어들고 싶기도 한데 말이야."

"대단한 건 아니지만, 한두 권 가지고는 안 될걸. 그런데 특히 어느 쪽이 알고 싶어?"

김 형이 황을 대신해 명훈에게 그렇게 물었다. 갑자기 상대가 바뀐 바람에 잠깐 망설이던 명훈이 솔직히 대꾸했다.

"우선 민주부터. 민주가 뭐요?"

"뭐?"

"이북이 말하는 민주는 뭐고 남한이 말하는 민주는 뭐야?"

그러자 아연해하던 김 형의 눈빛이 신중해졌다. 한참 말이 없다가 한숨 쉬듯 말했다.

"인간이 찾아낸 가장 완벽한 정치적인 이상. 공산주의도 자본주의도 똑같이 그 말을 쓰고 있지만 아직은 둘 다 비어 있는 곳이 많은……."

"그래도 같은 말을 어떻게 서로 죽고 죽이는 상대가 함께 사용한단 말이오?"

"드문 일도 아니지. 크고 무거운 관념일수록 여러 가지 내용이 담겨 있게 마련인데 그중에 일부만 꺼내 들고 그게 전부라고 서로 다투는 식으로. 내가 보기에 공산주의가 민주란 말에서 찾아낸 알맹이는 평등이고 자본주의는 자유인 것 같더군. 그리고 서로 상대방이 찾아낸 것은 자신이 찾아낸 것의 일부일 뿐이라고 주장하지. 하지만 아마도 공산주의의 민주와 자본주의의 민주는 서로 다투다 보면 언젠가는 결국 같아질걸.”

“그럼 평등은 뭐고 자유는 뭐요?”

“말뜻을 몰라 묻는 건 아니겠지? 지금 관행으로 구분 지어 쓰이기를 ‘경제적 평등’ ‘정치적 자유’라는 행태야. 그리고 서로가 저편은 이편의 하위 개념이거나 종속 개념이라고 우겨 대고 있지. 어쩌면 공산주의나 자본주의가 말하는 민주도 그중의 어떤 것을 하나씩 움켜쥔 것일 뿐이라고 할 수도 있겠지.”

물음에 대한 답이고 또 직접 자신을 향해 하고 있는 말이라 대강은 알 듯했지만 뚜렷하지 않기는 전과 마찬가지였다. 특히 하위 개념이니 종속 개념이니 하는 말들은 짐작은 가면서도 무엇인가 딴 뜻이 있을지도 모른다는 우려를 일으켜 뚜렷이 알아들을 수 있는 다른 말까지 애매하게 만들어 버리기도 했다. 명훈이 그 점을 밝히려다가 속으로 어느새 고개를 든 자존심과 싸우고 있는데 황이 불쑥 끼어들었다.

“그거 지나친 단순화 아냐? 명훈은 정말로 알고 싶어 묻는 것 같은데…….”

황은 그렇게 핀잔 비슷이 말하더니 김 형을 제쳐 놓고 스스로 명훈의 물음에 답하기 시작했다. 이상한 열정까지 곁들인 훨씬 세밀하고 친절한 풀이였다. 하지만 그도 용어나 어법의 담을 온전히 허물지는 못했다.

명훈은 그게 불만스러운 대로 물음을 계속해 나갔다. 물음의 내용이 국내의 구체적인 정치 상황으로 접근해 가자 알아듣기는 훨씬 수월해졌다. 원래 이승만과 한패였던 한민당이 어떻게 이승만과 갈라선 오늘의 민주당이 되었는지. 어떤 사람들이 그 구파(舊派)이고 어떤 사람들이 그 신파(新派)가 되었는지, 지금 자유당의 죄악은 무엇이며 민주당이 집권당으로 교체될 때 기대할 수 있는 변화는 무엇인지 따위의 물음에 대해 황은 아는 대로 말해 주었고 명훈도 한동안은 귀 기울여 들었다.

"야, 너 알고 보니 서슬 푸른 혁명가 지망생이 아니라 착실한 의회주의자로구나. 실망 끝에 성난 자유민주주의 이론가가 네 정체였군그래."

듣고 있던 김 형이 그렇게 황을 빈정댔으나 명훈은 갑자기 세상을 곱절은 더 잘 이해하게 된 느낌이었다. 거기다가 어떻든 자신도 그들의 얘기에 끼어들게 되었다는 것은 단순한 흐뭇함을 넘어 어떤 뿌듯함까지 느끼게 했다.

그렇지만 그날 밤이 온통 그런 분위기로만 이어지고 끝난 것은 아니었다. 마신 술이 있어 점차 그들의 화제는 지리멸렬해지고 자리는 술판으로 바뀌어 갔다. 그리하여 폭음의 버릇이 있는 황이 다시 나가 이미 닫힌 가겟문을 두드려 열고 사 온 소주 두 병을 더 비웠을 때 셋 다 모두 이취(泥醉) 상태에 빠져 버렸다. 황은 무언가 위험스러운 말로 비분강개를 시작했고, 김 형은 좀체 털어놓지 않던 어린 날의 외롭고 고단했던 삶을 그리움 섞어 추억했다. 명훈도 가슴 한구석으로 밀쳐 두었던 경애 얘기를 기어이 꺼냈으며 뚜렷하지는 않지만 그가 몸담고 있는 새로운 세계에 대해서도 꽤 많은 걸 내비쳤다. 그러다가 앞뒤 없는 합창이 되어 주인집 아저씨의 호통을 듣고서야 셋 다 곯아떨어졌는데 그게 몇 시쯤이었는지는 영 기억에 없었다.

날개, 또는 추

교정을 벗어나자 영희는 그때껏 줄곧 짓눌려 있던 묘한 어색함과 거북스러움에서 벗어난 느낌이 들었다. 참으로 알 수 없는 일이었다. 지난 1년 반을 아무런 생각 없이 오간 그 교정이 겨우 한 달 남짓 쉬다가 다시 나왔는데 그렇게 낯설고 무관하게 보일 수가 없었다.

하지만 애써 외면해서 그렇지, 영희가 조금만 더 세밀하게 자기 분석을 한다면 그 까닭을 모를 것도 없었다. 한마디로 말해, 박 원장과의 은밀한 관계가 영희로 하여금 그 또래의 소녀들과는 다른 감정에 빠지게 하였고, 그게 학교까지 낯설고 무관하게 느껴지도록 이끌었다.

영희가 다시 학교를 다니게 된 것은 모르핀 문제로 박 원장과

심하게 다툰 다음 날인 닷새 전부터였다. 그 전날 밤 열한 시쯤 병원으로 찾아든 박 원장은 또 모르핀을 찾았다. 자신과 그런 일이 있고 더 자주 모르핀을 찾는 것 같아 까닭 없이 속이 상해 있던 영희는 그날 밤 마음먹고 박 원장에게 덤벼들었다.

"저와의 일이 그렇게 괴로우세요? 아니면 저도 아편이나 술과 같이 선생님의 정신적인 진통제에 지나지 않는 거예요?"

주사기를 바닥에 팽개치며 그렇게 소리쳐 따지던 끝에 마음에도 없던 위협까지 곁들였다.

"차라리 제가 여길 나가겠어요. 가난하고 무식한 부모 밑에서 자란 열등감을 역시 가난하고 무식한 저에게 풀고도 아직 모자라는 게 있으세요? 제 옆에서 괴로워하시는 것 자체가 바로 저를 괴롭히는 것인지 모르세요?"

스스로도 멋진 말을 찾아냈다고 은근히 감탄해 가며 내뱉은 소린데 뜻밖에도 박 원장이 받은 충격은 컸던 듯했다. 한참을 아연해서 보고 있다가 갑자기 팔을 벌려 영희를 껴안으며 말했다.

"그래, 내 불행한 과거에 대한 보상 심리로 어린 너를 희생시켜서는 안 되지. 나는 틀림없이 너를 사랑했어. 그래, 그 사랑으로…… 뒤틀려 버린 내 삶을 다시 바로잡아 봐야지."

그리고 박 원장은 이미 자신의 작은여자가 되어 가고 있는 영희의 짐작과는 달리 이마에 가벼운 입맞춤을 해 주고는 집으로 돌아갔다.

영희는 박 원장이 점점 깊이 모르핀 중독으로 빠져드는 걸 막는 데 한 역할을 한 것만으로 그날 밤의 일을 다행스레 여겼으나 박 원장은 그걸로 끝나지 않았다. 다음 날 아침 일찍 출근하기 바쁘게 영희를 보고 정색한 채 말했다.

"오늘부터 학교에 나가 보도록 해. 이제 김 양도 웬만한 시중은 들 수 있으니까, 너는 저녁 몇 시간쯤은 비워도 될 거야. 다른 생각 말고 공부나 열심히 해."

그리고 그날 저녁 내몰리듯 학교에 갔다가 돌아왔을 때는 새로 나온 '간추린' 시리즈로 참고서까지 일습을 사 두고 있었다.

"휴우……."

학교 앞 골목길을 벗어난 뒤에야 영희는 자신도 모르게 긴 한숨을 내쉬었다. 가을밤도 열 시가 넘어 골목길이 호젓해진 탓인지 한숨 소리가 영희 스스로도 얼굴이 화끈할 정도로 크게 들렸다. 무엇 때문인가 학교서부터 잔뜩 주눅이 든 얼굴로 뒤따라오던 모니카가 겨우 말을 걸어 볼 틈을 찾았다는 듯 물었다.

"왜 그래? 무슨 일 있어?"

"뭘?"

"그 한숨 말이야, 게다가 줄곧 말도 없고."

"아, 그거……."

영희는 그러면서 새삼스럽게 모니카를 쳐다보았다. 언제나 그렇듯 영희가 정색하고 쳐다보자 모니카는 갑자기 겁먹은 얼굴로 움츠러들었다. 오빠 명훈과 그런 일이 있고서부터 더 심해진 버릇이었다.

저 해맑은 얼굴과 채 다 자라지도 않은 것 같은 몸이 벌써 남자를 알고 있다니……. 전에 영희가 그런 모니카를 볼 때마다 느끼던 감정은 가여움과 얄미움이 반반씩 섞인 일종의 한심스러움이었다. 그녀 자신이 박 원장과 그런 일이 있고 난 뒤에도 한동안은, '그래도 나는 너와 달라'라고 하는 어떤 근거 없는 우월감이 그런 감정을 유지하게 했는데, 그날은 아니었다. 갑작스레 그녀에게 어떤 동료 의식이 느껴지며 마음속을 털어놓고 싶어졌다.

박 원장이 등교를 강요해 방치했던 미래를 상기시킴으로써, 너무 빨리 치러 버린 자신의 성년 의식이 새삼스러운 불안으로 영희를 짓눌렀는지도 모를 일이었다.

"갑자기 하염없다는 생각이 들어서 그래. 이렇게 꾸벅꾸벅 학교에 나오고, 졸업을 하고, 상급 학교엘 가고, 좀 더 많이 알게 되고…… 그래서 결국 어떻게 된다는 거지?"

영희가 빈정거리거나 쏘아붙이는 대신 그렇게 진지하게 말을 받자 모니카는 거의 황송하다는 표정이었다. 공연히 허둥대다가 겨우 한마디 조심스럽게 했다.

"오늘보다 더 나아지려고, 행복해지려고 그러는 거 아냐?"

"어떻게 되는 게 행복해지는 건데?"

"그건…… 실은 나도 잘 모르겠어. 거 왜 선생님이나 어른들이 뭐라고 하잖았어?"

모니카가 찔끔하며 발뺌 아닌 발뺌을 했다. 영희는 그런 그녀의 태도에는 별로 개의치 않고 다시 한숨 섞어 말했다.

"얘, 너나 나나 그리 오래는 살아 보지 못했지만 선생님들이나 어른들은 일을 쓸데없이 복잡하게 만드는 것 같지 않아? 실은 산다는 게 아주 단순하고 명백한 것 같지 않느냐고?"

"그게 무슨 소리야?"

"이를테면 사랑 같은 것도 말이야, 결국 남녀가 한 이불 속에 드는 거뿐인 거 아냐? 몸이 하는 짓은 어떤 경우나 비슷비슷할 테고, 이른바 정신적이라는 부분이 좀 다를 텐데, 그 대단치도 않은 차이에다 사람들이 너무 허풍을 떨고 있지 않느냐고. '고귀한'이니 '진실한'이니 '아름다운'이니 하는 말로 어린 우리를 가슴 설레게 만들어……."

"그래도 거 있잖아? 정말로 좋은 사람을 만나면 안기는 것도, 함께 자는 것도 아무 생각 없이 그저 숨이 콱 막히고 가슴이 떨려 오는 거……. 나는 말이야, 오히려 안고 입 맞추고 몸을 섞고 하는 거 그런 게 없으면 더 좋은 사랑이 될 거라고 생각되기도 해. 사람들이 그런 게 꼭 있어야 한다고 그러고, 또 달리는 마음을 표현할 수 없으니까 어쩔 수 없지만……."

"뭐, 네가?"

영희가 어이없어하며 그런 모니카를 보았다. 조금도 과장하거나 거짓말을 하고 있는 것 같은 얼굴은 아니었다. 눈가에 가볍게 어린 발그스레한 기운이 오히려 이상하게 깨끗하고 싱싱한 아름다움으로 그녀가 한 말의 진실성을 보증하는 것 같았다.

'어쩌면 오빠는 저 애의 저런 면을 정말로 사랑하고 있는지도

몰라……'

　만약 영희가 좀 더 조리 있게 말할 줄 알았다면 이렇게 덧붙였을 것이다. '너무 일찍, 너무 여지없이 망가져서 더는 상처받고 타락할 수가 없게 돼 버린 정신, 그래서 오히려 어떤 부분은 보다 오래 순수하게 남아 있고 때로는 그 순수함으로 거듭되는 육체의 상처와 타락까지도 씻어 버릴 수 있는 한 특이한 영혼……'

　실제가 그랬다. 길지 않은 생애에서 모니카는 명훈의 몸과 마음이 어둠 속을 걸어갈 때만 함께 동반하며 그 특이한 정신 ─ 명훈은 그걸 백치미라고 달리 표현했는데 ─ 으로 그의 느닷없는 격정을 끌어내곤 했다. 어쩌면 그 뒤 둘 다 비슷하게 얼룩지고 참담한 젊은 날을 지나게 되지만, 영희가 그런 과거의 부담을 쉽게 벗어던질 수 있었는 데 비해 모니카는 끝내 그 부담을 벗어던지지 못하고 참담하게 끝장을 보게 된 것도, 영희의 억세고 꿋꿋함보다는 모니카의 그런 정신이 지닌 또 다른 특성 탓이었는지 모를 일이었다.

　"하기야……."

　영희는 문득 오빠 명훈이 연상되자 그런 말로 그때껏 이끌어 오던 이야기의 알맹이를 흐려 버렸다. 처음 얘기가 시작될 때만 해도 경우에 따라서는 박 원장과의 일까지 모니카에게 다 털어놓을 수 있을 것 같은 기분이었다. 그러나 자칫하면 그녀를 통해 오빠의 귀에 그 말이 들어갈지 모른다는 걱정에 영희는 마음을 바꿔 먹었다.

모니카도 굳이 그 화제에 매달리려고는 하지 않았다. 영희가 말 끝을 흐리자 한 발 뒤떨어진 듯하게 붙어 서서 잠자코 따라올 뿐 이었다.

"저어……."

그사이에도 몇 번인가 망설이다가 모니카가 어쩔 수 없다는 듯 입을 연 것은 영희가 타고 가야 할 시내버스가 저만치 다가올 무 렵이었다. 진작부터 할 말이 있었으나 미루다가 다급해지자 입을 연 것임에 틀림없었다.

"왜 그래?"

버스 쪽으로 다가가려던 영희가 힐끗 돌아보며 물었다.

"형배 오빠가……."

"형배 씨가?"

아득하게 잊힌 이름이었는데, 막상 되뇌 놓고 나니 반짝하고 그 리움이 일었다. 그 느낌이 어떤 표정으로 내비쳤던지 모니카가 힘 을 얻어 말했다.

"형배 오빠가 기다리기로 했어. 저쪽 길 건너 빵집에서."

"형배 씨가 새삼 왜?"

"마지막으로 한 번만 만나고 싶대. 추근추근 매달리지 않을 거 니까 걱정 말고 한 번만 나와 달랬어. 네가 다시 학교엘 나온다는 말을 들은 직후부터의 부탁이야."

그래 놓고 모니카는 다시 영희의 눈치를 살폈다. 실은 얼마 전 까지만 해도 짜증스러운 중개였고, 그래서 모니카를 윽박질러 피해 오던 영희였지만 그날은 좀 이상했다. 그와 헤어진 지 오랜 세월이 지난 것 같은 느낌이 들며 처음 그 이름을 들었을 때와 마찬가지로 불쑥 형배가 보고 싶었다.

"좋아, 뭐 어려울 것도 없지. 하지만 삼십 분뿐이야."

영희가 큰 선심이라도 쓰듯 그렇게 말하자 모니카가 띄엄띄엄 서 있는 가로등 아래서도 금세 알아볼 만큼 환해진 얼굴로 앞장을 섰다.

어디서 한잔 마시고 왔는지 형배의 얼굴에는 엷은 술기운이 내비쳤다. 거기다가 제법 넥타이까지 받쳐 입은 양복이며 길게 넘긴 머리칼은 반년 전의 어설픈 대학 신입생과는 딴사람처럼 달라져 있었다.

"죄송합니다. 잠시만 폐를 끼치겠습니다."

감정을 과장하는 혐의는 가도 그런 말투 역시 까닭 없이 허둥대는 것 같던 반년 전의 그 말투는 아니었다. 그러나 영희에게는 그가 의젓하게 굴면 굴수록 어리고 우스꽝스럽게 보였다. 그 바람에 모니카가 핑계도 제대로 안 대고 슬그머니 빠져나가도 못 본 체하며 형배와 마주 앉았다.

"그동안 잘 있었어?"

영희는 일부러 형배의 얼굴을 빤히 쳐다보며 전과 다름없는 말투로 인사를 건넸다. 영희가 노린 대로 형배는 기습과도 같은 그 눈길과 말투에 금세 흔들렸다. 불그레하던 얼굴이 더욱 붉어지며 더듬거렸다.

"아직…… 말을 놓아도 되는 거야? 그래, 나는…… 괜찮았어."

그러다가 안 되겠다는 듯 목소리를 가다듬어 마음속의 혼란을 감추었다.

"넌 어땠어? 모니카에게 들으니 무슨 치과에 간호원으로 나간다고? 어때, 견딜 만해?"

"그럭저럭."

"집안일도 뭔가 복잡한 게 있다며? 그건 이제 잘 풀렸어?"

"그저 그렇지 뭐. 월북한 골수 빨갱이의 처자식이 풀려 봤자 무슨 큰 수야 나겠어?"

영희는 여전히 나이 어린 소년을 대하듯 가벼운 기분으로 그렇게 받았다. 그런데 갑자기 예상 못 한 변화가 생겼다. 형배의 얼굴에 전에 못 본 심각한 그늘 같은 게 지며 목소리에도 일부러 꾸민 게 아닌 의젓함이 배어들었다.

"참, 아버님이 그리 되셨다지. 큰일이야. 혈육이 남북으로 갈라져 살게 된 것만도 큰 형벌인데 덤으로 연좌제란 부담까지 얹고 살아야 한다니……. 민족적 차원에서뿐만 아니라 인도적 차원에서도 이제는 관용을 베풀 때가 됐는데……."

그러는 얼굴도 평범한 소년의 것이라기보다는 조금씩 개성이 붙어 가는 청년의 그것이었다. 그러나 영희에게는 그때까지도 그가 애써 어른 티를 내는 아이처럼 느껴질 뿐이었다.

"어쭈, 대학 가더니 많이 늘었는데? 제법 두 눈 처억 내리깔고 민족 걱정도 하고……."

"뭐, 그리 대단한 건 아니고, 한 1년 등록금 바치고 왔다 갔다 하다 보니 귀동냥한 거지. 하지만 건달에게도 심각한 건 모범생에게도 마찬가지로 심각하지."

"뭐가 그리 심각해? 너도 민주당이야? 요즘 어른들 온통 민주당 대통령 후보 얘기뿐인 것 같던데."

"내가 듣기에는 꼭 대통령 후보 문제만은 아닌 것 같아. 요는 이제 무언가 변화가 있어야 할 때라는 거야. 자유당은 6·25에 기대 10년을 버텨 온 정권이고 남한의 사회도 그런 전시 체제의 연장선 위에서 유지돼 왔는데 이제 그걸로는 안 된다는 얘기들인 것 같았어."

형배가 영희의 말투를 따지지 않고 거기까지 얘기했을 때였다. 그게 일부러 아는 '척' 해 보는 소리가 아니라 그에게는 익숙한 화제라는 느낌을 받자 영희는 문득 당황스러웠다. 자신이 살이의 질척한 수렁에서 망연히 헤매는 사이에 그는 손 닿지 않을 어떤 곳으로 훌쩍 뛰어올라 버린 것 같았다. 거기서 느닷없는 심술이 이번에는 다른 방향으로 영희의 말투를 뒤틀어지게 했다.

"대학이라는 데 정말 가 볼 만한 곳 같은데. 그렇지만 뭐가 왜 달라져야 한다는 거야? 작년도 모두 살아왔고 금년도 살아왔는데. 어제 그제도 살아왔고 오늘도 그럭저럭 살아가는데 왜 이대로는 안 된다는 거야?"

"나도 들은 말인데 정치 경제 양쪽에 모두 한계가 왔대. 이제 더는 피투성이 전쟁에서 근거를 확보한 그 삼엄한 반공만으로 모

든 정치 문제를 해결할 수 없으리라는 게 그 정치 쪽의 한계라더
군. 그것만으로 자유당의 독재와 폭정을 모두 지키기에는 전쟁이
끝난 지 너무 오래됐다는 얘기겠지. 경제적인 것은 두 가지 방향
에서야. 하나는 우리 국민들 사이의 일로, 삶의 질이야. 다른 하나
는 외국의 원조 문젤 거야. 미국은 이미 전시(戰時)에 준한 원조를
제공할 필요가 없다고 판단해 원조를 중단하려고 하는데, 우리 경
제는 여전히 그 원조에 의존하고 있거든. 이런저런 것들이 무언가
변화가 있어야 하겠다는 사람들이 내놓은 근거야."

이 사람이 무엇 때문에 자신을 만나자고 했을까 하는 의심이
들 정도로 형배는 성실하게 영희의 물음에 대답했다. 그게 영희의
대꾸를 한층 뒤틀어지게 했다.

"그렇지만 그 변화가 반드시 좋은 쪽일 거라고 누가 보증해? 더
나빠질 수도 있잖아?"

"그건 그래. 하지만 그 변화가 나쁜 쪽으로 가지 않도록 지켜야
하지 않겠어? 이 땅은 어차피 우리가 살아야 할 땅이고, 이 사회
의 형태 역시 우리 삶에 직접적인 연관을 맺게 되는 거니까."

"누가? 누가 그걸 지킬 수 있어? 그 유식해 빠진 대학생들이?"

"아니, 모두가 지켜야겠지."

"혹시 형배 씨, 그동안 학교 다닌 게 아니라 정치하고 다닌 거
아냐?"

까닭 없이 뒤틀린 나머지 악의까지 감추지 않고 드러내며 그렇
게 쏘아붙인 영희가 이어 차게 덧붙였다.

"그래서 날 포섭하러 왔다면 흥미 없어. 나는 그 어쭙잖은 정치에 신물이 난 월북좌익 집안의 딸이니까."

그러면서 짐짓 일어날 채비를 하자 비로소 형배도 자신의 실수를 깨달은 듯했다.

"그게 아니라 영희, 네가 자꾸 묻는 바람에……."

그렇게 얼버무려 놓고 앞뒤 없이 불쑥 물었다.

"우리 다시 시작해 볼 수는 없을까? 실은 그걸 한 번 더 물어보고 싶었어."

이제 막 원래의 목적이 생각났다는 듯 갑작스럽고 허둥거리는 말투라 까닭 모를 악의에 휘몰리는 중에도 영희는 하마터면 실소를 지을 뻔했다.

정치니 경제니를 떠들어 댈 때만 해도 형배는 영희가 야릇한 질투를 느낄 만큼 어른스러운 데가 있었다. 그러나 막상 사랑 얘기로 돌아가자 그는 여전히 고등학생 티를 벗지 못한 대학 신입생으로밖에 보이지 않았다. 그게 순식간에 대화에서의 우위를 되살려 주어 그때껏 영희를 사로잡고 있던 까닭 모를 악의를 누그러뜨렸다.

"또 그 얘기? 벌써 오래전에 우리 끝난 거 아냐?"

영희가 애써 감정을 드러내지 않으며 그렇게 말을 받자 형배가 조금 진정된 목소리로 말했다.

"둘의 일을 혼자서 끝낼 수는 없지 않아? 솔직히 나는 내가 왜 네게 거부되었는지조차 모르고 있어."

"형배 씨, 나는 말이에요, 이제 겨우 열여덟에 고등학교 2학년이야. 거기다가 지금은 학비도 스스로 벌어 써야 하는 고단한 몸이라고요. 친구의 오빠로 이따금씩 만나서 얘기를 나누는 것은 괜찮지만 그 이상 다른 생각을 하기에는 내 처지가 너무 빡빡해요. 또 본격적인 연애를 시작하기에는 너무 어리고요……."

영희는 최근 자기가 겪은 변화를 깜박 잊고 그 봄 형배와의 관계를 끊으려고 마음먹은 뒤로부터 마련해 두었던 답변을 되뇌다가 갑자기 가슴이 뜨끔해 말을 중단했다. 연애를 시작하기에는 너무 어리단 말이 스스로 생각하기에도 앙큼하고 끔찍스러워 두 볼까지 화끈거릴 지경이었다.

"그건 이유가 안 돼. 더구나 너는 내게 키스까지 허락하지 않았어? 내게는 첫 키스였어……. 그것만으로도 이렇게 끝나 버려서는 안 된다고 생각해."

형배가 너무 일찍 마지막 감춰 둔 카드를 휘둘러 대는 사람처럼 숨까지 헐떡이며 그렇게 따져 왔다. 그게 영희의 가슴에 다시 한 번 썰렁한 바람을 일으켰다. 벌써 네 번째인가, 틈을 보아 밤늦게 병원 문을 두드리는 박 원장에게서 이제는 고통조차 느끼지 않게 된 그녀의 몸이었다. 소설 같은 데서 본 그 짜릿한 쾌감까지는 아직 몰라도 그와 벗은 몸을 거듭 맞댈수록 자신의 몸속에 있는 성년의 어떤 비밀스러운 부분이 자라남을 느껴, 어떤 때는 거울 속의 자기 얼굴이 조금도 변하지 않고 그 전날과 똑같이 비치는 게 이상하기까지 했다. 그런데 이 사람은 엉터리 입맞춤 한 번을 이처럼 심각한 얼굴로 얘기하고 있다니……

"그런 건 중요하지 않아. 아무것도 아니야, 그딴 건……."

영희는 마음속의 동요를 감추기 위해 가벼운 웃음까지 띠며 그렇게 받았다. 그 웃음을 어떻게 해석했는지, 형배의 목소리가 갑자기 높아졌다.

"아무것도 아니라고? 키스가? 그럼 넌 키스를 아무렇게나 하고 다니는 애야? 그게 아무런 의미가 없을 만큼……?"

"그게 아니라 어쩌다 당한 키스 한 번이 마음에도 없는 만남을 거듭해야 되는 이유는 되지 않는다는 뜻이지."

"이제 바른말이 나오는군. 그럼 그걸 한번 들어 보자. 왜 나와의 만남이 마음에 없어졌지? 무엇 때문에 그리 된 거야?"

형배의 목소리에는 이제 새로운 종류의 감정으로 열기가 실려 갔다. 상당한 고뇌를 거치고 잦아들었다가 갑자기 되살아난 안타까움과 분노가 차츰 그를 휘몰아대고 있음에 틀림없었다.

'나는 네 평범이 싫었어. 평범한 환경과 평범한 용모와 평범한 지능과 평범한 꿈. 그래서 네 평범이 내게도 옮아 와 우리가 함께 꾸미는 삶까지 평범하게 만들어 버리는 것이…….'

박 원장과의 일이 없었더라면 영희는 거침없이 그렇게 말했을 것이다. 그러나 그걸 피해 이른 데가 겨우 아무래도 불륜이라고 이름할 수밖에 없는 박 원장과의 관계라는 게 영희의 말문을 막히게 했다. 그 대꾸를 형배가 반문으로 대신해 주었다.

"모니카에게 그랬다지. 나의 평범함이 싫다고. 그럼 한번 물어

보자. 평범하지 않은 건 어떤 거야?"

"……."

"또 평범하지 않은 걸 요구하는 너는 뭐야? 얼마나 대단한 존재냐고."

"……."

"그래, 평범하지 않은 사람을 얻었어? 질투로 이러는 거 아니야. 정말 부탁인데 한번 보여 줘. 어떤 사람이 그렇게 비범한지."

영희가 입을 다물고 있자 형배의 말투는 더욱 격렬해졌다. 형배가 무얼 알고 그러는지 모른다는 터무니없는 의심과 함께 드러난 맨살을 사정없이 할퀴어 대는 것 같은 그의 마지막 말마디가 그때껏 잠자코 있던 영희를 발끈하게 했다.

"형배 씨, 나 그딴 시비를 들으려고 여기 온 거 아니야. 다른 할 말 없으면 일어나겠어."

영희가 차갑게 내뱉으며 책가방을 집어 들었다. 얼마 전 정치 얘기를 할 때와 마찬가지로 제 김에 격해 있던 형배의 얼굴에 다시 낭패한 빛이 떠올랐다. 얘기를 하다 보니 그리 됐을 뿐 처음부터 그걸 따지러 오지 않은 것은 그런 표정만으로 넉넉히 알 만했다.

"조금만 더 있어 줘. 할 얘기가…… 있어."

금세 허둥대는 말투가 되어 영희를 잡아 앉힌 형배가 다시 서둘러 이야기를 시작했다.

"실은…… 그동안 평범하지 않은 것에 대해서 여러 가지로 생각해 보았어. 과연 세상에는 평범하지 않은 사람들이 있고, 그들은 여러 가지로 크고 값진 일을 하기도 하지……."

그렇게 얘기를 풀어 나가는 게 좀 더듬거리기는 해도 자신의 말마따나 오래 생각하고 다듬은 내용 같았다. 위협으로 한번 그래 보았을 뿐 굳이 일어날 생각은 아니었던 영희는 못 이기는 척 주저앉아 들어주었다.

"그런데 문제는 한 생각의 틀로서 평범한 사람들을 괴롭히는 귀족주의나 선민(選民)의식이야. 가끔 우리 주위에는 이런 형태의 인간들이 있지. 평범하기 그지없는 재능에 또한 평범하기 그지없는 처지면서도 스스로를 비범하다고 믿고 다른 사람의 평범함을 참아 주지 못하는 사람들 말이야. 대개는 어떤 형식으로든 몰락을 경험했거나 영광스러웠던 과거의 기억을 가진 경우가 많은데 참으로 곤란한 존재들이지. 그들에게는 '더불어'라는 개념이 없어. 몸도 마음도 평범하고, 또 평범한 사람들 속에 묻혀 살면서도 그들은 언제나 그 상태를 자신의 일시적인 전락이라고 단정하지. 그래서 기억의 과장으로 터무니없이 엄청나게 된 과거 그 자체에 몰입하거나 그 때문에 평범한 사람들보다 몇 배나 강렬해진 신분 상승의 욕구에 휘몰려 스스로를 망쳐 버리고 말지. 열에 아홉, 그들이 결국 경멸해 마지않던 평범에조차 이르지 못한다는 점에서 그들의 터무니없는 귀족주의나 선민의식은 스스로를 상하게 하는 칼밖에 되지 않아……."

"그건 형배 씨 생각이야?"

"내 생각이라기보다는 어떤 선배의 말 중에 문득 내 가슴에 닿아 오는 게 있어서……. 그 선배는 그런 의식층을 혁명 세력의 행동적 전위(前衛)로 이용해 소모해 버려야 할 계층의 한 예로 손꼽았지만……."

"그런데 그게 나 같은 사람들이란 말이지?"

"꼭 그런 건 아냐. 다만 네가 사로잡혀 있는 게 그런 귀족주의나 선민의식이라면 그 불행한 결과를 예고해 주고 싶어서……."

"나는 그딴 어려운 말 잘 몰라. 쉽게 얘기해."

"세상에는 그런 턱없는 환상이나 정신적인 허영을 노리는 사람들이 많다는 걸 얘기해 주고 싶었어. 그 선배 같은 사람은 그래도 명분이나마 그럴듯하게 써 주지만, 그런저런 것도 없이 그저 눈먼 갈급을 나쁘게만 이용하려 드는……."

"형배 씨."

거기서 끝내 가리고 싶던 부분이 들춰지고 있는 듯한 기분에 사로잡힌 영희가 날카롭게 형배를 불렀다. 형배가 그 기세에 찔끔하며 입을 다물었다. 그 순진스러운 위축이 다시 한 번 야릇한 연민을 자아냈으나 영희는 내친 기세대로 내뱉었다.

"형배 씨는 그동안 여러 가지 값진 경험도 하고 좋은 할 일도 찾아낸 것 같아. 거기에 그대로 열중해. 어린 기집애 불러 쓸데없이 우스꽝스러운 꼴 보이지 말고."

그리고 발딱 일어서며 조용히 덧붙였다.

"형배 씨, 나 되도록 형배 씨를 좋은 사람으로 오래 기억하고 싶어. 다시 나를 찾는 따위 못난 짓을 해서 자신을 빨리 잊어버리고 싶은 사람으로 만들지 마. 잘 있어."

스스로도 약간은 감정적으로 일어선 것이라 명확히 작별의 뜻을 전했는데도 영희는 형배가 다시 불러 줄 것이라 생각했다. 실제로 영희의 마음 한구석에는 형배가 강하게 자신을 붙들어 주었으면 하는 바람도 있었다.

그러나 영희가 돌아서서 나와도 등 뒤에서는 끝내 아무런 기척이 없었다. 문밖을 나오며 힐끗 돌아보니 형배는 이상하리만큼 창백한 얼굴로 굳은 듯이 앉아 있었다.

영희는 그새 더욱 깊어진 밤길을 걸어 버스 정류장으로 갔다. 그런데 그 무슨 감정의 요사일까, 갑자기 거리가 그렇게 허전하게 느껴질 수가 없었다.

마침 멈춰 선 버스에 오르면서 영희는 문득 뜨거워지는 눈시울로 형배가 있는 빵집 쪽을 돌아보았다. 실은 내가 있어야 할 곳이 저긴데, 하는 느낌이 아스라한 후회처럼 의식을 스쳐 갔다.

영희가 박치과로 돌아왔을 때는 열한 시가 넘어 있었다. 까닭 모를 서글픔과 쓸쓸함으로 후줄근해져 잠자리도 마련하지 않고 환자 대기용 소파에 넋을 놓고 앉았는데 노크 소리도 없이 문이 열리며 박 원장이 들어왔다. 약간 취한 얼굴이었다.

"오늘 좀 늦었군."

아직도 교복 차림으로 가방을 곁에 두고 앉아 있는 영희를 보고 박 원장이 혼잣말처럼 물었다.

"네, 누굴 좀 만나고 오는 길이에요."

"이 밤중에? 누군데?"

이번에는 박 원장이 흥미를 보이는 눈길로 좀 더 뚜렷하게 물어 왔다. 그런 그가 전에 없이 늙고 시들어 보이면서 문득 영희를 반발하게 했다.

"옛날 애인요."

영희는 일부러 애인이란 말에 힘을 주어 야멸차게 대답했다. 박 원장의 얼굴이 일순 묘하게 일그러졌다.

"옛날 애인이라고? 영희에게도 그런 사람이 있었나?"

이윽고 박 원장이 기뻐하고 성냄을 짐작할 수 없는 어조로 그렇게 물었다. 영희는 자신도 걷잡을 수 없는 악의로 쏘아붙이듯 받았다.

"왜요? 저도 열여덟이에요. 멋진 대학생으로 키스쯤 나누는 애인이 있어서 안 될 거 있어요?"

"그럼 그 사랑을 내가 망쳐 놓았겠군."

"그렇게까지 생각하실 건 없어요. 여기 취직할 때 이미 헤어진 상태였으니까요."

"왜? 싸우기라도 했어?"

여전히 감정을 억누르고는 있어도 그렇게 묻는 박 원장의 얼굴에는 희미한 안도의 빛이 떠올랐다. 그게 묘하게 자신감을 주어 영희는 한층 스스럼없이 털어놓았다.

"나는 그 사람의 평범이 싫었어요. 평범한 머리와 평범한 환경과 평범한 꿈이……. 잠시 스쳐 가서 나쁠 것은 없지만 오래 함께 걷고 싶지는 않았다고요."

"평범해서 헤어졌다고?"

박 원장이 문득 의심쩍은 눈길로 영희를 살피며 물었다.

"그래요. 나는 평범하게 살고 싶지는 않아요. 나는 한 번도 스스로를 평범한 거리의 아이로 생각한 적이 없어요. 언제나 '미운 오리 새끼'거나 어려운 세월을 지나고 있는 '소공녀'였을 뿐이에요."

그렇게 답해 놓고 나니 더욱 복받치는 무엇이 있었다. 영희는 거기서 느닷없이 솟는 눈물을 닦으려고도 않고 박 원장을 향해 퍼붓듯 물었다.

"자, 이제 어떡하시겠어요? 앞으로의 내 삶은 무엇이 되는 거죠? 무엇이 나를 기다리고 있죠? 무엇이?"

영희는 걷잡을 수 없는 눈물로 울먹이며 말끝을 흐렸다. 어쩌면 그 눈물은 형배와의 쓸쓸한 만남을 위한 것인지도 몰랐다. 그러나 박 원장이 읽는 의미는 또 다른 것 같았다. 영희의 눈물을 보는 순간부터 무슨 예리한 것에 가슴을 찔린 사람처럼 몸을 가늘게 떨더니 와락 다가와 영희를 쓸어안으며 말했다.

"걱정하지 마. 어떤 희생을 치르더라도 반드시 네 소중한 꿈을 가꾸어 주마."

그리고 영희가 조금 진정되기를 기다려 영희에게라기보다는 스스로에게 다짐하듯 덧붙였다.

"그래, 어떤 경우에도 우리의 일이 치정이나 불륜으로서만 끝나서는 안 돼. 둘 모두에게 삶의 한 전기(轉機)가 돼야 해. 이제부터 나도 보다 철저하게 내 삶을 관리하도록 할 테니까 너도 그래야 해. 우선은 모든 걸 잊고 열심히 공부나 하는 거야. 그래서 좋은 대학에 들어가면 그때 다시 어떤 결단을 내리도록 해. 아니, 대학까지도 그대로 마쳐. 그래서 한 구실을 할 수 있는 성년이 되었을 때 결단을 내리도록 하지. 그때까지 나는 내 능력을 다해 뒷바라지해 주겠어."

"그때까지 선생님의 감춰 놓은 여자 노릇을 하면서요?"

영희가 세차게 몸을 흔들어 그의 품에서 빠져나오려 애쓰며 쏘아붙였다.

박 원장은 그런 영희를 더욱 굳게 껴안으며 말했다.

"그런 소리 마. 서로를 상처 입힐 뿐이야."

그 겨울 초입

깡 주임은 며칠째 심기가 좋지 않았다. 여러 가지로 미뤄 며칠 전 조병옥 박사를 대통령 후보로 선출한 민주당 전당대회를 전후해서부터인 게 틀림없었다.

"뭐야? '나의 의사(意思) 당명(黨命)만이 구속'이라고? 그럼 더도 말고 바로 한 달 보름 전에 제 입으로 대통령 후보 경쟁을 사퇴하겠다고 한 건 그냥 노는 입에 한번 해 본 염불이야?"

전당대회 하루 전부터 그렇게 시작된 깡 주임의 독설은 하루하루 갈수록 더 심해졌다.

"바로 이 수작이었구먼. 그렇지만 이건 또 뭐야? 대의원 표 484 대 481이라, 과반수는 483표고. 겨우 세 표 차이로 후보를 먹었군. 480분의 3이면 160분의 1이라, 1퍼센트도 안 되는 차이로 하나는 대통령 후보가 되고, 하나는 부통령 후보가 된 거 아냐? 이 렇게 아슬아슬하니 수 쓸 만도 하지……."

"'민주당 최고대표위원에 장면'이라. 최고위(最高位)는 각 파 세 명씩이고…… 그런데 이건 누구야? 윤보선도 최고위원에 추가라. 잘해 봐라 잘해 봐. 뭐 당장에 정권이라도 잡을 듯이 설치는군."

김 형과 황이 비교적 결과에 담담하던 것에 비해 깡 주임은 자 유당 간부라도 된 것처럼 그렇게 입에 거품을 품었다. 그러나 깡 주임의 꿈을 언뜻 들어 알고 있는 명훈으로서는 그런 깡 주임이 어이없다 못해 우스꽝스럽기까지 했다.

언젠가 깡 주임은 술자리에서 자신의 꿈을 내비친 적이 있는 데, 그것은 고작 '이눔의 기도 주임 때려치우고' 점잖은 고등학교 체육 교사로 자리 잡는다는 소박한 것이었다. 축구 선수로 구제(舊 制) 중학교를 졸업했고 월남하기 전에 황해도 어디에선가 임시 체 육 교사를 한 게 그가 가장 내세우는 전력이고 보면 당연하기도 하지만 명훈에게는 어쩐지 그게 이루어질 것 같지 않았다. 아무리 자유당이 선거에서 이겨 반공청년단에게까지 논공행상이 따른다 해도, 지부에 특별 단부하고도 구석진 모퉁이의 말단 간부에게까 지 그런 혜택이 돌아올지 의문인 데다, 일제 때 중학교 졸업장 가 지고는 자격부터가 미달이었다.

그런데 그날 아침 조간을 받아 든 깡 주임의 욕설의 방향이 달 랐다.

"합죽이 이 새끼는 뭘 믿고 까부는 거야? 이게 임 단장을 어떻게 보고 엉겨 붙어?"

하도 사람을 마주 보고 하는 시비 같아 명훈이 그 뒤로 돌아가 보니 그가 읽고 있는 신문의 기사 제목은 이랬다.

합죽이 김희갑(金喜甲) 진상 폭로.

거기다가 입원실에 누운 김희갑의 사진도 그 무렵 깡 주임이 열을 올리던 정치 문제와 무관한 것 같았다. 그게 오히려 이상해 명훈이 깡 주임에게 물었다.

"김희갑이가 뭘 어쨌는데요?"

"그 새끼, 임 단장한테 대들다가 몇 대 조박힌(쥐어박힌) 모양인데, 그걸 다 나발 분 모양이야. 옛다 예 있다. 네까짓 게 아무리 떠들어 봐라, 임 단장 터럭 하나 건들어 내나."

"사진 보니 그냥 몇 대 쥐어박힌 것 같지는 않은데요."

"조박혀도 사람 나름이지. 그 새끼 갈빗대 몇 개 나간 걸 가지고 엄살 부리고 지랄인데 두고 봐, 어찌 되는가."

"그래도 이름깨나 있는 연예인을 때리기는 왜 때려요? 갈빗대까지 나갔으면 임 단장도 성치 않겠는데……."

"인마! 너 임 단장이 누군지나 알고 하는 소리야?"

"반공예술인 단장 임화수 씨 아녜요?"

"새끼, 돌개가 데려왔길래 뭘 좀 아는 줄 알았는데 순 깡통이군. 임 단장 말이야, 알아? 지금은 오히려 오야붕(이정재)보다 더 쎄다

고. 이 박사 수양아들에 경무관 곽영주하고는 의형제라, 반공예술
단 말고 회장 부회장 맡은 단체만도 명함 뒤가 빽빽하지. 그런 양
반을 누가 건드려? 이 박사 특명 없이는 아무도 못 건드려.”

　“하지만 신문 기사 크기를 보니 그냥 흐지부지 넘길 일도 아닌
것 같은데요…….”

　명훈이 별로 마음에도 없는 논쟁에 말려드는 게 싫어 그쯤에서
말끝을 흐리고 있는데 누가 등 뒤에서 부르는 소리가 났다.

　“어이 간다, 거 뭐 해?”

　소리 나는 쪽을 돌아보니 극장 입구에 깡철이가 서서 손을 들
어보이고 있었다. 그런데 명훈에게 약간 뜻밖인 것은 그런 깡철이
곁에 모니카가 백치 같은 웃음을 흘리며 서 있는 것이었다.

　“너 어떻게 된 거야? 학생이 여긴 어떻게 알고…….”

　극장 앞 지하 다방에 자리를 잡기 바쁘게 명훈이 앞뒤 없이 치
미는 울화로 모니카를 윽박질렀다. 언제나 그렇듯 명훈의 성난 표
정을 보자 가여울 만큼 질린 얼굴이 되어 더듬거렸다.

　“그, 그냥. 마침 이 근처를 지나다가 저 오빠를 만나…….”

　좀 더 심하게 몰아대면 금세 눈물이라도 떨어뜨릴 것 같았다.
전 같으면 그쯤에서 화가 가라앉기 시작할 때도 되었건만 그날은
달랐다. 깡철이와 나란히 온 게 묘하게 신경을 건드리며 질려 있는
그녀의 얼굴에 연민을 느끼기보다는 그녀가 앙큼을 떨고 있다는
기분에 좀체 속이 풀어지지 않았다.

　“야 간다, 내숭 떨지 마. 반가우면 그냥 웃으며 맞을 일이지. 안

내해 준 은공도 모르고……."

깡철이가 모니카를 흘금흘금 보아 가며 명훈에게 핀잔 비슷이 말했다. 그게 더욱 마음에 거슬려 명훈이 험하게 그를 노려보며 쏘아붙였다.

"새꺄, 너도 그렇지. 극장 기도 서는 게 뭐 큰 자랑이라고 애를 여기까지 끌고 오냐? 너 그렇게 눈치가 없어?"

그러자 깡철이도 명훈이 정말로 화를 내고 있다는 걸 알아차린 듯했다.

"그게 또 그렇게 되나? 하기야 이렇게 예쁜 아가씨한테 극장표나 받고 앉아 있는 네 꼴을 보이고 싶지 않기도 하겠지. 미안허다. 내 딴에는 좋은 일 한답시고 앞장서서 모셔 왔는데……."

그렇게 말하며 웃음을 거두었다. 술집 주인의 팔을 꺾어 놓은 뒤로 명훈을 대하는 깡철이의 태도는 좀 달라져 있었다. 그전에는 언제든 기회가 있으면 한번 겨뤄 보자는 식으로 은근히 신경을 긁어 올 때도 있었는데, 그 일이 있고 나서는 어딘가 한풀 꺾인 듯한 기세였다.

명훈은 그런 깡철을 놓아두고 다시 모니카를 을러대기 시작했다.

"너 여기가 어디라고 함부로 따라 들어선 거야? 도대체 여긴 왜 왔어?"

"엄마 심부름으로…… 동대문시장엘 왔다가……."

모니카가 다시 그렇게 더듬거렸다. 안됐게도 그녀가 거짓말을 하고 있다는 게 너무나도 표정에 뚜렷했다. 깊이 마음을 준 것도 아니면서 명훈이 쉽게 그걸 알아볼 수 있을 만큼 거짓말에 서투른 그녀의 특성은 그 뒤로도 계속되어, 때로는 알 수 없는 매력으로, 그리고 때로는 진저리 처지는 답답함으로 그녀에 대한 명훈의 애증을 키워 나갔다. 짧고 불행했던 생애가 끝날 때까지 그녀가 단 한 번도 성공적이지 못했던 것 중의 하나가 바로 그 거짓말이었다.

"거짓말 마. 내가 여기 있다는 건 누구에게서 들었어?"

명훈이 그렇게 다그치자 그녀는 귓불까지 새빨개지며 이내 털어놓았다.

"실은…… 오빠를 만나러 용두동 집에 갔더랬어요. 거기서…… 오빠와 함께 지낸다는 대학생한테 들었어요."

그 새빨개진 얼굴이 자아내는 갑작스럽고 야릇한 미감(美感)이 비로소 진정의 효과를 내어 명훈의 성을 약간 가라앉혔다. 그때 숙녀의 위급을 구하러 뛰어드는 기사처럼 깡철이가 끼어들었다.

"야, 이제 사랑싸움은 그만해. 그렇게 싫으면 모니카 씨는 내가 맡지. 그건 그렇고, 넌 마, 내가 왜 여기까지 왔는지 물어보지도 않나?"

명훈은 깡철이가 모니카의 이름을 입에 담는 게 섬뜩하도록 싫었으나 애써 내색 않고 물었다.

"무슨 일이야?"

"우선 이거. 학교로 온 거래. 도치가 네게 전한다고 받아 들고

350

있길래."

깡철이는 그 말과 함께 검은 물을 들인 야전잠바 주머니에서 작은 꾸러미 하나를 꺼냈다. 소포였는데 봉투에 든 책 같은 걸 붉은 포장용 끈으로 맵시 있게 얽은 것이었다.

"경애라, 여자 이름인데 누구야?"

명훈에게 건네기 전에 깡철이가 일부러 봉투 뒤편을 훑어 큰 소리로 읽으며 물었다. 그러나 명훈의 대답을 기다리지도 않고 모니카를 흘긋흘긋 보아 가며 이죽거리는데 정말로 궁금해서 묻는 다기보다는 그런 여자가 있다는 걸 모니카에게 알려 주는 데 뜻이 있는 것 같았다.

"음, 그런 사람 있어."

펄쩍 뛰고 싶을 만큼 놀랍고 반가우면서도 명훈이 짐짓 무덤덤하게 그 꾸러미를 받으며 말했다. 그러면서 절로 모니카의 눈치를 살피게 되는 게 스스로도 이상했다. 모니카의 낯빛이 일순 파랗게 질렸다 천천히 풀어지기 시작했다. 깡철이가 야한 농담까지 섞어 그런 모니카를 한 번 더 들쑤셨다.

"니미, 재수 좋은 년은 엎어져도 가지 밭에 엎어진다더니, 우리 이명훈 씨 오나가나 꽃밭이로구나. 모니카 씨, 이거 어물어물 넘기지 말고 단단히 따져 보슈. 저 친구, 나비 중에도 호랑나비라고요."

"그만해. 흰수작 말고 여기 온 딴 이유나 밝혀."

명훈이 다시 정색을 하자 깡철이도 더는 그 일을 물고 늘어지지 않았다. 모니카에게만 뜻 모를 눈짓을 찡긋하고는 선선히 화제를 바꾸었다.

"돌개 형님 호출이야. 5가 은정(銀亭)으로 나오래."

"왜?"

"모르겠어. 도치하고 몇 새끼 더 불러내라는 게 어디 한바탕 있는 모양이야."

"야, 그 얘기라면 좀 기다려."

명훈이 급하게 깡철이의 말허리를 자르고 몸을 일으키며 모니카에게 말했다.

"너 일어나."

"어딜 가려는 거야?"

깡철이가 모니카를 대신해 물었다.

"애 보내고. 돌개 형님 얘기는 나중에 해."

명훈은 그렇게 대꾸하고 마지못해 일어서는 모니카를 재촉해 다방을 나갔다.

"넌 기집애가 어째 그래? 여기가 어디라고 찾아오는 거야?"

길을 걸으면서 명훈이 조금 가라앉은 목소리로 다시 모니카를 나무랐다. 실은 그녀가 찾아온 일 자체는 꼭 화날 것도 없었다.

"어저께 만나자고 해 놓고 안 나오셨잖아요?"

명훈의 기분이 좀 풀린 걸 금세 알아차린 모니카가 응석 섞인 항의를 했다. 명훈은 비로소 지난 주일에 다시 만나기로 약속한 날이 그 전날이었음을 떠올리고 머쓱해졌다. 그러나 변명하는 게 귀찮고 싫어 다시 성난 기색을 짓는 것으로 대신했다.

"바빴어."

"그래도 전화라도 주셔야 하잖아요."

"바빴다니까. 대신 오늘 일찍 마치고 만나도록 하지."

"언제요?"

"집에 가서 기다려. 시간 되는 대로 부근에 가서 전화할게."

그러자 그것으로 모니카의 얼굴은 무슨 좋은 일이 생긴 아이처럼 환해졌다.

"꼭 그래 주셔야 해요."

그렇게 말하며 다시 무언가 코맹맹이 소리로 덧붙이려는 걸 명훈이 딱딱한 어조로 잘랐다.

"알았어. 그럼 빨리 가 봐."

명훈이 그렇게 모니카를 몰아대는 것은 손에 든 경애의 소포 때문이었다. 그 안에 들었을지도 모를 그녀의 편지에 대한 궁금함이 모니카의 기쁨에 들떠 반짝이는 눈빛까지 못 느끼게 했다. 백치 같은 웃음과 어울려 일종의 요염함을 내뿜으면 명훈의 불 같은 분노조차도 일순 느닷없는 욕정으로 바꾸어 놓던 그녀 특유의 눈빛이었다.

명훈이 들고 있던 꾸러미를 이로 물어뜯어 가며 풀어 본 것은 모니카가 인파 사이로 저만큼 사라진 뒤였다. 짐작대로 장판지로 된 봉투 안에 든 것은 책이었다 포켓판보다 조금 큰 선물용 작은 시집으로, 『꿈과 사랑의 시(詩)』란 제목 아래 글로리아 벤더빌드라는 낯선 이름이 표지에 씌어 있었다.

명훈은 먼저 봉투 속을 살피고 이어 그 시집을 털어 보았다. 있을지 모를 경애의 편지를 찾기 위함이었으나 편지는 들어 있지 않았다. 명훈은 다시 앞뒤의 여백을 살펴보았다. 역시 경애의 이름 한 자 씌어 있지 않았다.

마지막으로 명훈은 길가 전봇대에 붙어 서서 책갈피를 한 장 한 장 펼쳐 보기 시작했다. 끼어 있을지 모를 메모나 하다못해 눈에 익은 필체의 낙서라도 찾게 되기를 바라서였다. 그러나 끝내 그런 것은 보이지 않고, 찾아낸 것은 겨우 책 가운데의 짧은 시에 그어진 푸른 밑줄이었다.

그 밑줄을 찾은 뒤에야 비로소 활자가 명훈의 눈에 들어왔다.

동화(童話)

옛적에

한 아이가 있어

내일은 오늘과 다르리라

기대하며 살았답니다.

나중에는 명훈도 좋아하게 되었지만 그날은 그 뜻조차 제대로 와 닿지 않는 시였다. 이게 무슨 뜻일까. 왜 그녀가 메모 한 줄 없이 이런 시집을 보냈을까. 한동안 휑한 머리로 그런 생각에 잠겨 건성으로 책장을 뒤적이고 있던 명훈은 차츰 깊은 실망과 서글픔에 빠져 들어갔다. 하지만 그런 기분도 오래는 가지 않았다.

'같잖은 기집애, 나쁜 년, 무슨 갈보 같은 수작이야……'

명훈은 걷잡을 수 없는 분노에 휩싸여 경애가 보낸 시집을 찢어발기기 시작했다. 꽤 번잡한 길 한 모퉁이라 지나가는 사람들이 그런 명훈을 힐끔힐끔 훔쳐보았다.

"야 인마, 거기서 뭘 해? 난 또 깔치(여자)하고 날아 버린 줄 알았잖아."

깡철이가 불쑥 나타나 명훈의 어깨를 치다가 명훈이 쓰레기통에 찢어발긴 시집 뭉치를 내던지는 걸 보고 그날 처음으로 진지한 표정을 지으며 물었다.

"뭐야? 또 왜 그래?"

"한 코 먹고 차 버린 년인데 시건방을 떨잖아. 똥갈보 같은 년이 시는 무슨 놈의 말라죽을 시야? 같잖게……"

명훈이 갑작스러운 위악의 충동으로 스스로도 야비하게 들리는 소리를 거침없이 내뱉었다. 그리고 공연히 주눅 들어하는 깡철이의 앞장을 서며 제법 악당 티를 냈다.

"돌개 형, 은정이랬지? 가자. 뭔 일인지 모르지만, 한 건 걸리면 신나게 까부수는 거야. 간만에 몸이나 한번 풀자."

은정은 명훈이 전에 한 번 가 본 적이 있는 한식점 겸 요정이었다. 명훈과 깡철이 방에 들어가니 도치가 떡대와 호다이를 데리고 벌써 와 있었다. 졸업이 가까워서인지 모두 길러 넘긴 머리에 사복 차림이었다.

"돌개 형님이 웬일일까? 대폿집이나 중국집이 아니라 떡 벌어진 요정으로 불러 모으는 게 어째 으스스한데……."

방 안으로 들어와 앉는 명훈과 깡철에게 도치가 끝이 노랗게 곪은 여드름을 두 손가락으로 눌러 터뜨리며 물었다.

"개 값 물어 줄 일이 있는 모양이지."

그들 앞에만 가면 갑자기 말수가 적어지고 움직임이 느려지는 깡철이가 천천히 담배를 꺼내 입에 물며 대답했다. 호다이가 재빨리 군용 라이터를 꺼내 불을 붙여 주었다. 꼭 깡철이 흉내를 내는 것은 아니지만 명훈도 입을 다문 채 담배만 빨았다. 그렇게 되자 잠시 방 안은 까닭 없이 무거운 분위기가 되었다.

"상 들여가요."

갑자기 방문 밖에서 그런 소리가 나더니 방문이 열리며 젊은 여자 둘이 교자상을 마주 들고 들어왔다. 맵시 있게 차려입은 한복이나 짙은 화장으로 보아 색시들인 듯했다.

"아직 돌개 형님이 오시지 않았는데……."

호다이가 그렇게 말하자 나이가 좀 더 들어 보이는 쪽 여자가 말했다.

"전화 왔었어요. 석구 씨는 늦는다니까 먼저들 식사하고 계시랍니다."

명훈이 흘깃 보니 밑반찬만 놓인 것 같은데도 잘 차린 한 상이었다. 이어 불고기와 국이 들어오는데 배석구가 마음먹고 한턱 쓰는 것임에 틀림없었다.

다섯은 색시들이 보는 데서도 누가 먼저랄 것도 없이 수저를 집어 들고 분주하게 먹어 대기 시작했다. 스물 이쪽저쪽의 한창나이에다 솜씨 부려 만든 반찬들이라 금세 접시들이 비고 악의 없는 다툼이 시작되었다. 그런 그들을 보며 키득대던 색시가 몸을 일으키며 물었다.

　"많이 있으니까 무엇이든 다투지 말아요. 불고기, 밥, 그리고 뭐뭐 더 가져올까요?"

　"아무거나 많이만 가져오슈."

　도치가 한입 가득 밥을 쑤셔 넣은 채 그렇게 넉살을 떨었다. 배석구가 방 안으로 들어선 것은 그들이 짠 장아찌나 조림 접시까지도 모조리 비워 버린 뒤였다.

　"야, 벌써 다 먹었어? 모자라지 않아?"

　배석구가 웃으며 그렇게 묻자 도치가 곧이곧대로 받았다.

　"먹기는 잘 먹었습니다만, 무슨 턱인지 영 걱정되는데요."

　"짜식, 내가 너희들 밥 한 그릇 사 주는 게 뭐 그리 별난 일이라고."

　"밥도 밥 나름이죠. 원체 요란뻑적지근한 밥이라서……."

　이번에는 깡철이가 깐깐한 말투로 끼어들었다.

　"너희들 졸업도 다 됐고 해서……."

　배석구는 그렇게 말을 한참 돌리다가 마침내 본론으로 나왔다.

　"그동안 너희들을 죽 지켜보고 있었는데…… 그래, 너희 그룹 중에서 대학 갈 녀석은 몇 명이냐?"

"거야 뭐 형편만 되면 다 가고 싶죠. 지게꾼을 해도 대학 졸업장이 있으면 나은 게 이눔의 세상이니까."

깡철이가 또 그렇게 삐딱하게 받자 석구의 눈길이 씰룩해졌다가 다시 풀리며 물었다.

"명훈이 너하고, 그래 떡대는 어디 알아봤어? 깡철이하고 도치는 어쩔 거야?"

"떡대는 변두리 대학 축구부로 어떻게 되는 모양이에요. 호다이는 아버지 어머니가 목을 매고 나서니 어디든 등록금 들고 줄을 설 것 같고…… 어중간한 건 저와 깡철입니다. 뭐 이렇다 할 운동을 한 것도 없고, 등록금 뭉쳐 등허리를 밀 부모도 없으니 한 2년 빈둥거리다 군대나 가야죠."

도치가 별로 둘러말하는 기색 없이 아는 대로 밝혔다. 그러나 실은 그게 그리 중요한 게 아니었는지 배석구가 갑자기 정색을 하며 도치의 대답을 가볍게 딛고 넘어 정작 그날의 골자가 되는 일로 들어갔다.

"너희들도 들어 알겠지만 반공청년단이란 게 있다. 흔히 깡패들의 모임으로만 아는데 그건 큰 오해다. 주먹들이 많이 끼어든 건 사실이긴 해도 〈땃벌떼〉나 백골단(白骨團)하고는 유가 달라. 반공이란 이 나라 청년들이 젊은 날의 이상으로 한번 품어 볼 만한 대의다. 우리는 리승만 박사 리기붕 선생을 정·부통령으로 모셔 기필코 공산주의를 쳐부수고 북진 통일을 완수해야 한다……."

말을 하다 제 김에 들떴는지 석구의 말이 연설조가 돼 갔다. 명훈이 석 달 전보다 많이 늘었다고 생각하고 있는데 깡철이가 빈정거렸다.

"형님, 많이 늘었수. 잘하면 동대문구에서 국회의원 나서도 되겠는데요. 하지만 반공하고 리승만 리기붕 정·부통령 만드는 거하고 무슨 관계유?"

"너, 이 새끼!"

갑자기 눈길이 험악해진 배석구가 으르렁거리듯 해 깡철이의 기를 눌러놓고 다시 연설조로 돌아갔다.

"이 나라에서 진정하게 반공할 세력은 국부 리 대통령께서 이끄시는 자유당뿐이다. 민주당은 리 박사에 대한 앙심으로 빨갱이들하고까지 손을 잡아 믿을 수가 없다. 우리가 그 두 분이 내년 선거에서 이기시도록 분골쇄신 싸워야 하는 것은 실로 그 때문이다."

"요는 우리더러 반공청년단에 들라는 거 아뉴?"

배석구의 매서워진 눈길에 찔끔해하면서도 깡철이가 다시 그의 말을 끊었다.

"그렇다. 하지만 그냥 이름 없는 단원이 되어 시가행진 때 줄이나 채우는 것이라면 권하지 않겠다. 반공청년단 중에서도 핵심부인 우리 특별 단부의 행동대원이 되어 반공 대열에 앞장서는 것이다. 어때? 대학에 가든 안 가든 자격에는 제한이 없고, 지금 벌써 우리 단원은 백만을 넘어섰다."

거기서 배석구의 말투는 다시 정상으로 돌아왔다. 그러나 이미 입단한 명훈을 뺀 나머지 넷에게는 석구의 그 제의가 좀 갑작스러 웠던 듯했다. 무어라고 대답할지 얼른 생각이 안 나는지 서로 얼굴만 쳐다보았다.

"뭐 당장에 결정하라는 건 아니다. 내일까지 생각해 보고 결정이 되면 우리 단부 사무실로 와. 깡철이나 명훈이가 알고 있으니까."

배석구가 그런 말로 모두에게 여유를 주었다. 순수한 가다 기질이라 솔직한 도치가 여럿을 대신해 물었다.

"그런데 말입니다. 형님, 반공청년당인가 뭔가 그거 하면 뭐가 생겨요?"

"당이 아니고 단이야. 그리고 생기긴 뭐가 생겨? 나라 위해 하는 일인데."

석구가 그렇게 퉁을 주어 놓고 이내 은근하게 덧붙였다.

"꼭 그걸 바라서는 아니지만 너희들이 열심히 뛰어 이번 선거에 리 박사는 물론 리기붕 선생까지 이기게 되면 그쪽에서도 가만히 있지는 않을 거다."

"뭐 공기 보니 될 것 같지도 않던데요. 더구나 민주당은 조 박사로 단일화가 됐고……."

깡철이가 또 입바른 소리를 했다. 배석구가 그 말에 부쩍 열을 올렸다.

"네가 인마, 뭘 알아? 다 되게 돼 있어."

"그렇지만 선거야 내년에 있는 거고 그동안은 어쩝니까? 이제는 학생도 아닌데 내 밥 먹고 내 벤또(도시락) 싸 거기 다닐 순 없잖아요?"

도치가 다시 배석구의 말을 받아 물었다. 김 형과 황하고 함께 지내면서 이것저것 들은 게 많은 명훈이라 배석구에게 묻고 싶은 게 있었으나 망설이는 사이에 도치가 먼저 제 궁금함을 털어놓은 것이었다. 배석구가 차라리 잘됐다는 듯 말했다.

"뭐, 단원이 됐다고 매일 일이 있는 것도 아니고…… 그렇지, 원한다면 너희들이 용돈 정도 뜯어 쓸 곳은 마련해 주지."

"간다처럼 극장 기도 시다바리라면 전 사양합니다."

깡철이가 또 입바른 소리로 끼어들었다. 배석구가 기어이 성깔을 드러냈다. 어지간한 깡철이가 머리를 싸쥐고 한동안 몸을 비틀 만큼 센 알밤을 먹이며 목청을 높였다.

"새꺄, 넌 애새끼가 어쩨 그리 순진한 맛이 없어? 너 한 번만 더 그따위 발랑 까진 소리 하면 아래윗니 모조리 외출할 줄 알아!"

그래 놓고 시계를 보더니 자리에서 일어나며 성이 안 풀린 소리로 말했다.

"생각 없다면 그만들 둬, 이 새끼들아. 대신 앞으로 형님, 어쩌고 하며 내 앞에 쌍판 들이밀 생각은 마!"

도치가 약간 겁먹은 얼굴로 그런 배석구를 쳐다보며 잘못을 비는 말투로 우물거렸다.

"우리가 뭐…… 형님 말씀을 거역하겠다는 것도 아니고…… 고정하십쇼."

그러나 배석구는 그 편이 더 효과 있다는 걸 알아차린 듯 성난 표정을 풀지 않았다. 찬바람 도는 얼굴로 문을 열다가 문득 명훈을 돌아보며 말했다.

"명훈이, 너 좀 따라와. 깡철이 저 새끼하고 같이 뭘 좀 맡기려 했더니."

그 말에 명훈은 흔쾌하게 일어났다. 배석구가 자신을 특별하게 대우해 주는 것이 은근히 기쁘기도 했지만, 그보다는 무언가 화풀이 거리가 있을 것 같다는 기대 때문이었다. 모니카와 경애가 휘저어 놓은 속이 언제부터인가 맹렬한 파괴의 열정으로 부풀어 그 분출을 졸라 대고 있었다.

"형, 잘못했수. 나도 따라가게 해 줘요."

명훈이 배석구를 따라 대문께로 나오는데 깡철이가 뒤에서 소리질렀다.

"너 이 새끼, 앞으로 식구통(감방안으로 밥 들여 주는 구멍. 입의 속어) 조심해. 함부로 놀리다간 아고(턱) 돌아가는 거야."

배석구는 그렇게 을러대면서도 발걸음을 멈춰 깡철이가 신을 바로 신기를 기다려 주었다.

배석구가 명훈과 깡철을 데려간 곳은 '풍차'였다. 아무도 없는 홀에 혼자 풀 죽은 얼굴로 앉아 있던 청년 하나가 배석구를 보고 반색을 하며 달려왔다.

"돌개 형, 늦었수. 나는 안 오시는 줄 알고……."

"급한 일이 있었어."

배석구가 그렇게 말하고 가까운 테이블을 골라 털썩 의자에 앉았다. 그 청년이 주방 쪽을 향해 수다스레 맥주를 청하고 따라 앉았다. 스물대여섯쯤 됐을까, 양복에 넥타이까지 맸으나 어쩐지 어울리지 않아 보였다. 그러나 그보다 더 마음에 들지 않는 것은 희극적이면서도 섬뜩한 데가 있는 인상이었다. 명훈은 대뜸 언젠가 백구두가 말하던 그 살살이일 것이라는 짐작이 들었다.

"쟤들이유?"

그 청년이 의미도 없는 눈웃음을 치며 배석구에게 물었다. 배석구가 어딘가 한심하다는 눈길로 그를 보며 말이 없자 그가 다시 걱정된다는 듯 덧붙였다.

"풋내기들 같은데…… 그 새끼들, 여간 악바리가 아니란 말이에요. 차라리 백구두하고 짱구 데리고 가는 게 낫지 않을까요?"

"시꺼, 이 새꺄!"

배석구가 마침 날라져 온 유리잔으로 테이블 바닥을 쾅 치며 소리쳤다. 울화가 치민다는 표정이었다. 청년의 앉은키가 한 뼘은 좋게 줄어들며 얼굴빛까지 핼쑥해졌다. 하지만 꼭 겁을 집어먹어 그렇다기보다는 그 사회의 예의에 단련된 나머지라는 걸 명훈은 금세 알아차릴 수 있었다. 뒷골목에서는 윗사람이 때리면 되도록 많이 아픈 척하고, 겁을 주면 정말로 겁먹은 듯 질려 주는 게 예의였다.

"살살이, 너 인마, 그래 가지고 어떻게 야쿠자 물 먹고 지낼 생각을 해? 제 똘마니도 못 거느려 빌빌거리는 주제에……. 일찌감치 보따리 싸서 시골 내려가 땅이나 파는 게 어때? 그리고 뭐 백구 두? 너 새꺄, 전에 백구두 나와바리 잘라먹은 거 벌써 잊었어? 찾 아가서 뒈지도록 깨지지 않으면 다행인 줄 알아. 짱구도 그래, 짱 구가 인마 너 때문에 동생이래도 몇째 동생 같은 애들하고 다구리 (싸움) 붙어 주겠어? 그저 주둥이만 살아 가지고……."

배석구가 곁에 있는 사람이 무참할 만큼 살살이를 몰아세운 뒤 명훈과 깡철이를 힐긋 보고 이어 말했다.

"다른 애들도 생각해 봤는데, 그래서 그 새끼들 깨 준다 해도 네 가오가 뭐가 되냐? 그래 놓고 걔들한테 형, 소리 들어 낼 것 같 아? 차라리 얘들이 나아. 데리고 가 봐. 쓸 만한 놈들이야. 그 정도 일은 해치울 수 있을 거야."

"면목 없습니다. 하지만 그래도 그 새끼들은 다섯인데……"

살살이가 아무래도 못 미덥다는 듯 배석구에게 사정했다. 명훈 은 대강 앞뒤가 짐작되었다. 긴장 못지않게 야릇한 흥분을 느끼며 둘의 대화를 귀담아듣고 있는데 깡철이가 불쑥 물었다.

"형님, 무슨 일입니까?"

자신을 얕보는 것 같은 살살이의 말에 발끈한 모양이었다. 그제 야 배석구도 정식으로 그들을 대화에 끼워 주었다.

"인사해라. 여긴 윤칠성이라고 니네들한테는 한참 선배가 되 는 형이다."

배석구는 그렇게 살살이를 소개한 뒤 좀 전과는 사뭇 다른 엄 한 말투로 그들을 거기 데려온 까닭을 밝혔다.

"이 형이 얼마 전에 청량리역에서 똘마니 네댓을 데려와 청산빌딩 골목에 자리 잡았는데, 그 똘마니 중에 한 놈이 말썽이다. 이 형을 무시하고 저희끼리 통장 반장 다 해 먹는 모양이야. 아무래도 너희들이 좀 손을 봐줘야겠다. 네댓이라고 하지만 거 뭐야, 아이구찌(짧은 칼)라 했나?"

"네, 아이구찌……."

살살이가 얼른 그렇게 대답하자 배석구가 잠깐 그런 살살이를 한심하다는 듯 노려보다가 이내 명훈과 깡철이 쪽으로 눈길을 돌리며 계속했다.

"그래, 아이구찌라는 놈만 깨면 돼. 단, 놈은 꽤나 독종이야. 내가 한번 타일렀는데도 영 씨가 먹혀 들지 않아. 놔두면 살살이 저 새끼 깨부수고 제가 그 모퉁이 차지할 눈치라고. 저 새끼 깨지는 거야 저 할 탓이라 쳐도, 그냥 보아 넘길 일이 아니야. 찬물도 위아래가 있다는데 그러기로 시작하면 이눔의 골목 하루아침에 콩가루 집안 된다고. 그렇다고 여기 놀던 애들을 보내서도 안 되지. 그러면 살살이 저 새끼는 개들한테 앞으로 쌍판 쳐들고 형 대접 받기가 영 글러 버린다고. 그래서 너희들을 부른 거야. 너희들이 살살이가 숨겨 놓은 손발 노릇을 해 줘서 아이구찐가 뭔가 하는 새끼를 깨 주면 살살이 저 새끼는 이 골목에서 가오 안 죽고도 버텨 나갈 수가 있지. 어때? 너희 둘이 할 수 있겠어?"

별명이 아이구찌라면 틀림없이 칼을 잘 쓰는 놈이다. 명훈은 그런 짐작으로 마음속에 부글거리는, 가학과 피학이 잘 구분 안 가는 기묘한 열정에도 불구하고 선뜻 대답하기가 떨떠름했다. 흉기로 피를 보는 싸움이 신날 만큼 모질고 독하지는 못한 그였다. 깡철이는 깡철이대로 무언가를 속으로 가만히 계산하고 있는 표정이었다. 그 짧은 침묵을 살살이의 신파조가 메웠다.

"형님, 정말로 감사합니다. 그렇게 깊이 저를 생각해 주시는지 몰랐습니다. 이 은혜 백골난망이겠습니다."

탁자에 닿을 듯 머리를 숙였다가 다시 고개를 드는 그의 두 눈에 놀랍게도 눈물까지 비치고 있었다. 너무도 갑작스러우면서도 과장된 연기였으나 배석구는 별로 불쾌해하는 표정이 아니었다.

"새끼, 약해 빠져 가지고. 넌 인마 아무래도 사원들(소매치기들) 바람잡이가 제격이야. 주먹이 없으면 깡다구라도 좋든가⋯⋯."

그렇게 말하는 배석구의 표정에는 경멸 못지않게 연민이 어려 있었다. 명훈은 비로소 왜 그의 별명이 살살이가 되었는지 알 수 있었다.

"근데 형님, 저쪽은 다섯이라면서요?"

그런 분위기에는 관계없이 깡철이가 이제 겨우 마음속의 계산을 끝냈다는 얼굴로 물었다.

"아, 그거? 그건 별로 걱정하지 않아도 돼. 같이 몰려다니긴 해도 아이구찌 그 새끼만 깨면 옴쭉달싹 못할 애송이들이야. 또 살살이가 갑자기 아이구찌를 부르면 다섯을 다 챙겨 올 리도 없고⋯⋯. 녀석은 지금 살살이를 한껏 얕보고 있거든."

"아이구찌란 놈을 자세히 보셨습니까?"

이번에는 명훈이 마음에 걸리는 걸 물었다. 석구가 명훈이 무얼 걱정하는지를 살피는 눈길이다가 이내 알아보고 대답했다.

"그래, 그 녀석 칼잡이고 독종인 것은 틀림없어 뵈더라. 왜, 천하의 간다가 꿀리냐?"

"그건 아니지만······."

"칼 뽑을 틈을 주지 않는 게 낫지. 선방으로 눕혀 버리고 항복 받으면 돼. 그러고 보니 그런 독종 잡는 데는 깡철이가 한 수 월 것 같은데······."

배석구가 그 말과 함께 무얼 암시하듯 깡철이를 돌아보았다. 깡철이가 드디어 마음을 정했다는 듯 차고 야멸차게 내뱉었다.

"그 녀석은 제가 맡지요."

"그게 좋을 거야. 명훈이 너는 녀석의 똘마니들이 나서는 것만 막으면 돼. 일 대 이나 일 대 삼이 되겠지만 너 정도면 깡철이가 아이구찌를 깰 때까지 잡아 둘 수 있을 거야. 더구나 저편은 니네들 얼굴을 모르니까 선수 한 방은 언제나 너네들 거야."

그러면서 배석구는 제법 자상한 작전까지 일러 주었다. 살살이도 곁에서 이따금씩 그럴듯한 꾀를 보태, 대강의 계획이 서자 명훈도 마음속으로 떨떠름해하던 게 많이 가시어졌다. 깡철이도 자신이라기보다는 어떤 의욕으로 앞장을 섰다. 짐작건대 일종의 경쟁 심리로, 이 기회에 한번 멋있게 일을 치러 스스로를 드러내고 싶은 듯했다.

살살이가 대강 짜인 각본의 무대로 고른 곳은 청산빌딩 뒤편 공지에 판자로 얽은 대폿집이었다. 대폿집 안도 한바탕 붙기에 좁지 않았지만 여차하면 그 옆 공지로 끌어낼 수 있다는 계산인 것 같았다. 만약 아이구찌 패 다섯이 다 몰려올 경우 좁은 실내에서 일을 벌였다간 되당할 걱정도 있기 때문이었다.

명훈과 깡철이가 입구 쪽 탁자에 막걸리 한 되와 순대 한 접시를 시켜 놓고 자리 잡자 뒤이어 들어온 살살이가 생판 모르는 사람처럼 둘을 지나쳐 술집 주인아주머니에게로 다가갔다. 이제 막마흔 고개로 들어선 듯한, 젊을 때는 꽤나 반반한 얼굴이었으리라 짐작 가는 여자였는데, 전부터 살살이를 잘 아는 듯했다.

살살이가 제법 험한 인상까지 쓰면서 자신을 반갑게 맞는 그녀에게 을러대듯 말했다.

"아줌마, 이따가 여기서 무슨 일 있어도 쓸데없이 경찰에 뛰어갈 생각 마. 손해난 건 나중에 내가 다 물어 줄 테니까."

"무슨 일이야? 또 뭘 어쩌려고 그래?"

술집 여주인의 얼굴이 이내 흐려지면서 물었다. 살살이가 한층 험한 인상을 지으며 잘라 말했다.

"어쨌든 여기서 이 장사라도 고이 해 먹으려면 시키는 대로 하라고요."

그러고는 거칠게 문을 열고 술집을 나갔다. 찡긋 눈짓을 하는 게 이제 아이구찌를 데려올 테니 마음을 다지고 있으라는 신호 같았다. 그러나 심각한 표정을 지을수록 희극적이 되는 그의 얼굴 때문에 명훈은 자신도 모르게 픽 웃었다. 승산이 엿보이자 이내 가슴속은 분출을 기다리는 울분으로 가득해져 긴장보다는 묘한 흥분과 열기에 들떠 가는 그였다.

"새끼, 웃음이 나와?"

깡철이가 긴장으로 굳은 얼굴로 명훈을 노려보며 까닭 모를 짜증을 부렸다. 명훈은 구태여 그의 신경을 건드리고 싶지 않아 말없이 주머니에서 담배를 꺼냈다. 그때 바깥 멀지 않은 곳에서 살살이의 말소리가 들려왔다.

"야, 아이구찌 어딨어?"

"아이구찌 형요? 좀 전에 금란다방에 계신 것 같던데……."

앳된 목소리가 그렇게 대답했다. 살살이가 목소리에 한층 위엄을 실어 명령했다.

"그럼 그 구두 딱새한테 갖다 주고 아이구찌 불러와. 내가 저기 아줌마 집에서 기다린다고 그래."

"네, 그러죠."

앳된 목소리가 그런 대답을 한 지 얼마 안 돼 살살이가 다시 술집으로 돌아왔다.

"아줌마, 여기 소주 한 병하고 족발 한 사라."

살살이가 그렇게 소리치고 안쪽 깊숙한 탁자에 자리 잡았다.

아이구찌네 패가 그 술집으로 들어선 것은 그로부터 오래지 않아서였다. 살살이가 제법 무거운 분위기까지 잡아 가며 첫 번째 소주잔을 기울이려고 하는데 검고 모난 얼굴에 땅딸막한 몸집의 청년이 또래의 키다리 둘을 데리고 술집으로 들어섰다. 어쩌면 중키인데 가운데 선 땅딸막한 녀석 때문에 키다리로 비치는지 모르는 둘은 한눈에 보아도 그리 대단하게 느껴지지 않는 게 아이구찌는 아닌 듯했다.

"형, 날 불렀수?"

짐작대로 땅딸보가 비식비식 웃으며 살살이에게 소리쳤다. 형자를 붙이는 것조차도 아니꼽다는, 처음부터 아예 놀리는 듯한 어조였다. 허세를 부린다고 부린 게 겨우 울상 같은 인상이 되고만 살살이가 목소리를 차악 가라앉혀 그 말을 받았다.

"그래, 이리로 좀 와!"

그런 살살이의 태도에 아이구찌는 무언가 퍼뜩 짚이는 게 있는 모양이었다. 갑자기 경계하는 눈길로 술집 안을 휘둘러보았다. 뒤따르던 둘도 덩달아 사방을 살폈다.

그들이 술집에 들어설 때부터 시답잖은 학교 얘기를 꺼내 주고받던 명훈과 깡철은 짐짓 그걸 느끼지 못하는 척 목소리를 높였다.

"물리 선생 그 새끼 말이야, 졸업식 날 손 좀 봐줘야지."

"나도 영어 선생한테 감정은 좀 있는데 그렇지만 어떡하냐? 명색이 선생인데 손이야 댈 수 있어? 사은회 때나 한마디 해 주고 말지 뭐."

처음부터 그런 효과를 노린 것은 아니었지만 실은 가장 알맞게 안개를 피운 화제였다. 처음 다소 경계하는 눈길로 명훈과 깡철을 살피던 아이구찌는 그들이 고등학교 졸업반 학생이라는 걸 알자 마음을 놓은 듯했다. 처음의 그 놀리는 듯한 말투로 돌아가 이죽거렸다.

"어쭈, 살살이 형도 제법 분위기 잡을 줄 아시네. 웬일이우? 대낮에 쐬주까지 까고……."

"너한테 따질 게 있어. 똥파리하고 멍게는 거기 앉고 너만 이리 와."

살살이가 여전히 흔들림 없는 자세로 그렇게 말해 놓고, 술집 안주인을 불렀다.

"쟤들한테도 술 한 병 갖다 주슈. 저쪽 끄트머리 탁자에. 아이구찌하고 조용히 따져 볼 일이 있어 그래."

그런 살살이에게는 인상이 희극적인 대로 제법 작은오야붕다운 데가 있었다.

"너희들은 저쪽으로 가 있어."

아이구찌가 명훈과 깡철이가 앉은 탁자와 통로 하나 건너에 있는 나무 탁자를 눈으로 가리키며 데리고 온 두 녀석에게 말했다. 어느 쪽이 멍게고 어느 쪽이 똥파린지 생김만으로는 얼른 가늠이 가지 않는 녀석들이었는데, 보아하니 겉으로는 맞먹는 흉내를 내도 속으로는 완전히 아이구찌의 꼬붕이 돼 버린 것 같았다. 두말없이 나무 의자에 엉덩이를 내려놓으며 멍청한 눈길로 아이구찌의 뒷모습을 좇았다.

"자, 왔수. 할 얘기가 뭐유?"

그사이 살살이에게로 다가간 아이구찌가 맞은편 의자에 털썩 주저앉으며 거칠게 물었다. 살살이가 한동안 말없이 그를 노려보다가 나직하면서도 힘 실린 목소리로 엄포를 놓았다.

"너 새꺄, 바로 대."

"허, 오늘 살살이 형이 왜 이러실까? 뭐 잘못 드셨수? 대낮에 헛폼까지 잡고……."

아이구찌가 움찔하다가도 어처구니없다는 듯 이죽거렸다. 살살이가 갑자기 그런 그의 뺨을 후려치며 쇳소리를 냈다.

"새꺄, 정신 차려, 이게 어따 대고 기어오르는 거야?"

"형, 다 쳤어? 정말로 날 친 거야?"

뺨을 감싸 쥔 아이구찌가 험악한 눈길로 살살이를 보며 천천히 몸을 일으켰다. 한껏 얕보기는 해도 함부로 덤비기에는 뭐가 찔리는지 잠깐 망설이는 중인 것 같았다. 살살이가 망신당하기 전에 서둘러야 한다는 눈짓을 보내려는데 깡철이가 먼저 몸을 일으켰다.

"아줌마, 여기 얼마요?"

깡철이가 살살이의 탁자로 다가가면서 불안한 눈길로 살살이와 아이구찌의 다툼을 보고 있는 술집 안주인에게 그렇게 능청을 떨었다. 그게 아이구찌를 방심하게 해 깡철이가 바짝 다가가도록 아이구찌는 살살이만 노려보고 있었다.

"그래 새꺄, 너 이번 주일 애들한테 거둬들인 거 다 어쨌어?"

살살이는 깡철이가 다가오는 걸 보자 더욱 기세를 올렸다. 아이구찌가 천천히 볼을 싸쥐고 있던 손을 내리며 이를 갈 듯 말했다.

"새끼 새끼 하지 마, 이 새꺄. 낮살 먹은 대접으로 고이 모시려 했더니 이게 어디서 앞발질이야, 애들 보는 데서……."

"뭐야? 너 정말 죽고 싶어?"

"정말 잠꼬대하고 자빠졌네. 이걸 그냥 칵……."

아이구찌가 그런 으름장과 함께 주먹을 쳐들 때였다. 깡철이가 갑자기 그들 탁자로 뛰어들듯 둘 사이에 끼어들었다.

"아니, 살살이 형님, 왜 이러십니까?"

"이 새끼가 겁대가리 없이 기어 붙잖아? 청량리역에서 빌빌 싸는 걸 데려와 길러 줬더니……."

깡철이가 끼어든 게 너무 갑작스러워 잠깐 어리둥절해 있는 아이구찌를 제쳐 놓고 살살이가 분한 듯 씨근거렸다.

"그래요?"

깡철이가 그 말과 함께 아이구찌에게로 고개를 돌리는가 싶더니 그대로 아이구찌의 얼굴을 이마로 들이받았다. 퍽, 하는 둔탁한 소리와 함께 아이구찌가 풀썩 주저앉았다. 엉성하게 짜 둔 나무 의자라 그랬는지 아니면 그 불의의 습격에 정신없이 무너지다 잘못 앉았는지 요란한 소리와 함께 아이구찌의 몸이 탁자 아래로 쑥 내려앉는 걸 보고 명훈은 섬뜩했다.

'저것이었구나……'

깡철이의 매섭고 재빠른 솜씨에서 비로소 그가 도치네 패를 휘어잡고 있는 비결을 알아낸 듯한 느낌이었다.

하지만 명훈도 그런 깡철이에게 오래 감탄하고 있을 수는 없었다.

"어, 어라?"

"아니, 저 새끼가……."

곁에서 소주병을 이빨로 까 막 첫 잔을 나누려던 두 녀석이 동시에 일어났다. 깡철이가 자리를 뜰 때부터 채비를 갖추고 있던 명훈은 재빨리 몸을 일으켜 녀석들의 탁자를 세차게 걷어차면서 소리쳤다.

"서!"

미리 계산한 대로 탁자 모서리에 급소를 세게 부딪힌 녀석이 사타구니를 싸안고 설설 기자 다른 한 녀석은 여기저기서 한꺼번에 벌어진 뜻밖의 사태에 얼이 빠졌는지 무방비한 자세로 명훈 쪽을 돌아보았다. 그런 녀석을 명훈이 샌드백처럼 두들겼다. 당수고 권투고를 생각할 필요가 없는 마구잡이 주먹질이었다. 몇 대 쥐어박을 것도 없이 녀석도 푹석 주저앉았다.

"꼼짝 말고 거기 앉아 있어! 어디 순 피라미 새끼 같은 것들이……."

명훈은 겨우 아픔을 참고 덤벼들려는 다른 녀석까지 모질게 쥐어박아 주저앉힌 뒤에야 그렇게 을러 댔다.

녀석들은 명훈의 엄청난 기세에 완전히 질려 버린 듯 땅바닥에 주저앉은 채 멀거니 명훈을 올려보았다. 명훈은 진작부터 손 가까운 데 두었던 잭나이프를 꺼내 탁자에 꽂으면서 그런 녀석들에게 한 번 더 겁을 주었다.

"꼼짝하면 배때기에 바람 구멍 날 줄 알아!"

그사이에도 깡철이는 거의 저항조차 없는 아이구찌를 짓이겨 대고 있었다. 숨소리 하나 내지 않고 발길질을 해 대는 녀석에게 는 일종의 살기까지 느껴졌다. 하지만 깡철이의 모진 솜씨는 그것 으로 그치지 않았다. 갑자기 발길질을 멈춘 그가 윗주머니에서 이 발소에서 쓰는 접는 면도칼을 꺼내 날을 폈다.

그리고 거의 제정신이 아닌 아이구찌의 머리칼을 한 손으로 움 켜 고개를 젖히더니 한 손에 든 면도칼을 여기저기 피가 번지는 그 얼굴에 갖다 대며 살살이에게 물었다.

"형님, 이 새끼 아예 낯 껍질을 확 벗겨 놀까요?"

그 차가운 목소리나 동작의 단호함이 살살이의 명령만 있으면 그대로 그어 버릴 것처럼 보였다. 풀린 아이구찌의 눈길에서 숨길 수 없는 공포가 드러났다.

'저게 진짜 깡철이구나, 무서운 놈이다……. 지난번 술집 주인 의 팔을 꺾어 놓을 때는 짐짓 뒤로 빠져 나를 시험해 본 게 틀림 없어…….'

그런 생각이 들자 명훈은 새삼 깡철이가 으스스해졌다. 여러 가 지로 미뤄 그 세계에서의 경력도 자기보다 더했으면 더했지 덜할 것 같지는 않았다. 그런데도 깡철이를 그저 좀 성깔 있는 학생 깡 패 정도로만 알아 온 게 언젠가는 자신과 깡철이가 한바탕 맞붙 게 될 것이란 예감과 함께 속 깊은 두려움을 일으켰다.

"그만해 둬."

살살이가 이제는 제법 위엄까지 세우며 턱짓으로 깡철이를 말렸다. 아이구찌의 볼에 닿을 듯 면도칼을 바짝 들이대고 있던 깡철이가 왼손으로 잡고 있던 아이구찌의 머리칼을 고개가 홱 젖혀지도록 뒤로 당겼다 놓으며 천천히 몸을 일으켰다.

아이구찌는 부서진 의자와 밀려난 탁자 사이의 반 평 남짓한 공간에 엉덩방아를 찧으며 주저앉더니 멀거니 깡철이와 살살이를 올려다보았다. 아직까지는 상황이 잘 정리되지 않은 대로 기가 꺾이고 겁을 먹은 것만은 틀림없어 보였다.

"꿇어앉아, 새꺄!"

깡철이가 면도칼을 접어 윗주머니에 넣으며 독살스럽게 소리쳤다. 명훈은 아무래도 그의 별명이 마음에 걸려 은근히 긴장하며 아이구찌를 살폈다. 그대로 당할 것 같지 않다는 느낌 때문이었으나, 아이구찌는 이내 굴복했다. 천천히 일어나더니 살살이 앞에 무릎을 꿇었다.

"형님…… 잘못했습니다."

아이구찌가 힘없는 목소리로 중얼거렸다. 그 뒤 명훈이 사람과의 문제에 부닥치면 맨 먼저 물리적인 폭력을 해결책으로 떠올리게 된 것은 어쩌면 그 시절에 자주 목격한 그런 육체의 나약과 비굴 때문인지도 모를 일이었다. 바꿔 말해 한번 가혹한 타격을 입은 육체는 신기하리만큼 깊게 그 가해자에 대한 공포를 기억한다는 게 그 뒤의 그를 그토록 자주 폭력에의 유혹에 말려들게 했던 것임에 분명했다.

마음속의 실망은 명훈의 기세에 눌려 굳어 있던 두 녀석에게도 마찬가지였던 듯했다. 그때까지만 해도 흘금흘금 명훈의 눈치를 보며 틈을 노리던 두 녀석도 아이구찌가 무릎을 꿇는 걸 보자 고개를 푹 떨구며 마찬가지로 여지없는 굴복을 나타냈다.

그제야 명훈도 탁자 위에 꽂아 두었던 잭나이프를 뽑아 소리 나게 날을 집어넣고 어슬렁어슬렁 깡철이와 살살이가 있는 쪽으로 갔다.

"너희들도 이리 와!"

살살이가 명훈 뒤에 처져 어쩔 줄 모르며 머뭇거리는 두 녀석에게 소리쳤다. 녀석들은 그 소리를 듣자 갑자기 할 일이 생각났다는 듯이 아이구찌 곁으로 다가가 털썩털썩 무릎을 꿇었다. 그런 그들을 상대로 살살이가 다음 단계 작전을 펼쳤다. 기습 점령 뒤의 선무 공작(宣撫工作) 같은 것이었다.

"새끼들아, 느이들 어째 그래 이 형의 마음을 몰라주냐? 우리 사회는 의리하고 선후배간 예의 빼면 시체야, 시체. 그런데 뭘 믿고……."

살살이가 문득 목소리를 부드럽게 해 그들을 달래기 시작했다. 그러나 정작 명훈은 그때부터 슬슬 난감해져 옴을 느꼈다. 자기들의 역할이 끝났다고 보고 떠나기에는 뒤가 못 미더웠고 그렇다고 때 만났다고 씨알도 안 먹히는 수다를 떨고 서 있는 살살이 곁에 남아 있기도 거북했다. 더구나 배석구의 뜻은 아이구찌 패를 길들여 쓰려는 데 있는 듯해 보이는 만큼 어떻게든 한 식구로서의 화해가 필요한데 그 절차도 생각할수록 어색했다.

그런데 뜻밖에 나타난 배석구가 그런 명훈과 깡철의 난감함을 풀어 주었다.

"뭣 하는 짓들이야?"

갑자기 술집 문이 열리며 들어선 배석구가 찌푸린 얼굴로 주위를 둘러보며 소리쳤다. 각본에 없던 출현이라 명훈과 깡철은 좀 당황스러웠다. 아이구찌를 해치우기는 했지만 일이 제대로 됐는지 모르는 데다가 뒤를 잘 풀지 못해 난처해 있을 때라 더욱 그랬을 것이다.

그러나 살살이는 달랐다. 분명히 뜻밖이기는 하지만 오랜 단련대로 거기 알맞은 연기를 술술 풀어냈다.

"돌개 형이 여기 웬일로?"

얼마 전 '풍차'에서 사정할 때와는 180도로 사람이 달라진 듯 팔짱조차 풀지 않은 채 시무룩이 물었다. 배석구를 빌려 자신의 권위를 최대한으로 세워 보겠다는 계산 같았으나 명훈이 보기에는 좀 역겨웠다. 아이구찌 패도 배석구만은 알아 모시는 듯했다. 한층 기가 죽어 머리를 수그렸다.

"너 인마 잊었어? 오늘이 너희 갑오패(1936년생 모임) 귀빠진 날 아냐?"

배석구가 그렇게 능청을 떨었다. 정말로 그런 모임이 있는지 없는지 알 수 없지만 그렇게 말하니 살살이에게는 또 다른 큰 힘이 뒤를 받치고 있는 것 같은 인상이었다. 그걸 뒷받침하듯 '풍차'의

짱구와 그 또래 하나가 허세 밴 몸짓으로 뒤따라 들어서며 살살이에게 인사를 건넸다.

"야, 칠성이, 여태껏 여기서 뭐 하냐?"

살살이가 그런 찬조 출연을 더욱 효과적으로 이용했다.

"응, 이 쌔끼들 군기가 싹 빠졌어. 그래서 군기 좀 잡고 있는 거야."

별거 아니라는 듯 그렇게 대꾸하고 다시 배석구에게 물었다.

"그런데 형은 여기 왜 오셨수?"

"너희들에게 술 한잔 사려고 그런다. 왜 내 술 먹어 입 비뚤어질 일이라도 있어?"

꼭 무슨 긴한 부탁이 있는 사람 같은 말투였다. 그러다가 지나가는 말로 깡철이에게 물었다.

"너희들은 여기 웬일이냐?"

"간단하고 한잔하러 왔다가 이 새끼들이 살살이 형님한테 기어 붙길래……"

깡철이가 대강 그렇게 끼워 맞췄다. 그제야 배석구의 눈길이 아이구찌에게로 돌려졌다.

"이게 누구야? 너 전에도 한번 주의받지 않았어?"

"잘못했습니다."

아이구찌가 더욱 기가 죽은 목소리로 움츠러들었다. 배석구는 거기서부터 능숙한 솜씨로 그 일을 마무리 지어 가기 시작했다.

"얀마, 애들 교육이라면 으슥한 곳에서 빳다나 몇 대 앵기지 남의 장삿집에서 이게 무슨 소동이야? 채신머리 없게."

먼저 그렇게 살살이를 나무라고 이어 엄한 눈길로 아이구찌를 쏘아보았다.

"넌 인마, 이왕 동대문으로 건너왔으면 형들 잘 모셔야지 어쩌다가 이 지경까지 당해? 앞으로 또 이런 일 있으면 그때는 내가 가만두지 않을 거야."

그렇게 은근히 겁을 주고 다시 명훈과 깡철을 향했다.

"너희들도 그래. 선배 형을 생각해 주는 건 좋지만 같은 식구끼리 피까지 봐서야 되겠어? 앞으로는 형들 일에 함부로 끼어들지 마. 여기 이 살살이, 그만한 일 못 해 니네들 힘 빌릴 정도로 약하지는 않아."

배석구는 명훈과 깡철이를 그렇게 나무라고 내쫓았는데, 둘이 얼결에 술집을 나오며 들으니 그의 마무리는 이랬다.

"오늘 니네들 갑오패하고 한잔할랬는데 생각 바꿨다. 니네들은 가 봐. 나는 뭐야, 그렇지, 아이구찌 얘하고 한잔해야겠어. 고집은 세도 뭐가 있는 놈 같아 마음에 들었어."

끝내 놓고 나니 너무도 허전하고 싱거운 싸움이었다. 이래저래 들끓는 속이나 풀려고 나선 끝이라 더욱 그렇게 느껴졌는지도 모를 일이었다.

"어디로 갈 거야?"

샛바람이 이는 골목길을 나서며 깡철이가 물었다. 말은 안 해도 녀석은 자신이 해치운 일에 만족하고 있는 듯했다. 그게 더욱 비위를 건드려 명훈은 마음에도 없는 대답을 했다.

"극장으로 가 봐야지."

"어디 가서 한잔 안 빨고?"

깡철이가 의외라는 눈길로 명훈을 살피며 다시 물었다.

"일찍 집에 돌아가 봐야겠어. 일이 있어."

"일이? 무슨 일?"

"그건 몰라도 돼."

그러자 잠시 말이 없던 깡철이가 갑자기 키들거리며 명훈의 어깨를 쳤다.

"아, 알았어. 니네 깔치 만나려고? 그래, 정말로 걔 볼수록 쌈박하더라."

그러더니 더욱 야한 어조로 덧붙였다.

"그래, 것도 좋지. 나도 어디 가서 허리뼈가 내려앉도록 떡이나 쳐야겠어. 네 깔치 닮은 똥치나 하나 골라……."

그가 모니카 닮은 여자를 고르겠다는 게 묘하게 명훈의 신경을 긁어 대면서도 한편으로는 모니카의 벗은 몸을 연상시키며 느닷없는 욕정을 불러일으켰다.

"새꺄, 넌 예의도 모르냐? 형님의 여자를 그렇게밖에 말해 줄 수 없어?"

입은 그렇게 쏘아붙였지만 몸은 그새 벌레같이 스멀거리기 시작하는 욕정으로 가볍게 진저리를 쳤다.

그날 저녁, 명훈은 저물기 바쁘게 모니카를 불러냈다. 그리고 다급한 요의에 쫓기는 사람처럼 그녀를 여인숙으로 끌어들여 학대하듯 오래오래 짓주물렀다. 사랑이 아니라 차라리 가열(苛烈)한 싸움 같았다.

(3권에 계속)

변경 2

신판 1쇄 인쇄 2021년 9월 17일
신판 1쇄 발행 2021년 9월 25일

지은이 이문열

발행인 양원석
편집장 최두은 **디자인** 김유진 **영업마케팅** 양정길, 강효경, 정다은, 김보미, 구채원

펴낸 곳 ㈜알에이치코리아
주소 서울시 금천구 가산디지털2로 53, 20층 (가산동, 한라시그마밸리)
편집문의 02-6443-8844 **도서문의** 02-6443-8800
홈페이지 http://rhk.co.kr
등록 2004년 1월 15일 제2-3726호

ISBN 978-89-255-7967-2 04810
        978-89-255-7978-8 (세트)